STEFANIE KASPER

Der dunkle Grund des Sees

GOLDMANN
Lesen erleben

Buch

Als ihre Adoptivmutter Elisa stirbt, zieht die junge Grafikdesignerin Isabel Radspieler wieder zu ihrem Adoptivvater Quirin an den Forggensee. Der Tod seiner geliebten Frau betrübt ihn schwer, und Isabel möchte Quirin im Alltag unterstützen. Doch in ihrem alten Kinderzimmer entdeckt sie einen Brief von Elisa mit einer ungewöhnlichen Bitte: Isabel soll das Schicksal ihrer Familie aufklären. Elisas Eltern und ihre Schwester sind verschwunden, als der Forggensee in den Fünfzigerjahren aufgestaut und das Dorf geflutet wurde. Keiner weiß, was damals passiert ist. Elisas Bitte lässt Isabel nicht los; sie will unbedingt die Wahrheit erfahren. Außerdem begegnet Isabel Tom wieder, ihrer Jugendliebe, und die Leidenschaft zwischen ihnen flammt erneut auf. Sie kennen sich und vertrauen einander. Das glaubt Isabel jedenfalls – bis Tom vehement fordert, dass sie ihre Nachforschungen einstellt. Aber Isabel gibt nicht auf. Damit gerät sie jedoch in große Gefahr. Denn was auch immer mit Elisas Familie geschehen ist – es scheint Isabel zu verfolgen ...

Informationen zu Stefanie Kasper
sowie zu lieferbaren Titeln der Autorin
finden Sie am Ende des Buches.

Gewidmet allen
der Heimat Geflohenen,
der Heimat Beraubten.

Dieser Roman basiert auf der Entstehung des Forggensees. Mit einer Fläche von 15,2 Quadratkilometern ist er der größte Stausee Deutschlands. Darüber hinaus ist die vorliegende Geschichte eine fiktive und jede Ähnlichkeit mit lebenden oder verstorbenen Personen sowie realen Geschehnissen rein zufällig und nicht beabsichtigt.

Doch wenn die Nacht ihr Bahrtuch warf
Auf diese Stelle und auf mich,
Und mystisch durch die Wellen strich
Der Wind, bald klagend und bald scharf,
Dann – ja – erschreckte mich oft jäh
Die Einsamkeit am dunklen See.

Auszug aus »Der See« von Edgar Allan Poe

Er kommt nur an finsteren Tagen hierher. Wenn Regenwasser den Grund des abgelassenen Sees in Schlacke verwandelt, die seine Fußabdrücke aufsaugt und glättet. Nur dann gibt es die beruhigende Gewissheit, keiner lebenden Seele zu begegnen.

Mit den Toten ist das etwas anderes. Er hält keine Zwiesprache mit ihnen, das nicht, aber er nimmt doch an, dass sie ihn spüren. Wie er sie.

Dieses Mal findet er ein rostiges Sensenblatt bei den Ruinen. Eines, wie man es früher zur Grasmahd benutzt hat. Er fährt mit dem Finger daran entlang. Die Jahre und das Wasser haben es stumpf werden lassen. Stumpf wie das Geheimnis, das seinen Körper vom Innersten her durchwurzelt. Die feinspinnigen Wurzelausläufer liegen auf den bleichen Monden seiner Nägel, durchdringen seine Ohrläppchen wie schlecht gestochene Löcher, jedes Fleckchen Haut und die Härchen seiner Brauen. Manchmal, wenn er nach dem Kämmen die Haare zwischen den Bürstenzinken hervorzieht und sie die Toilette hinunterspült, überkommt ihn die irrationale Angst, sie könnten ihn verraten.

Schwarze Wolken ballen sich über den Ruinen. Wo der Himmel durchschimmert, sieht er fahl aus, wächsern beinahe. Der Mann schiebt das Sensenblatt unter einen Steinblock. Er hat keine Verwendung dafür, doch irgendein Dahergelaufener braucht es auch nicht zu finden. Die Leute haben ja keine Ahnung. Keine Ahnung von dem Dorf, das 1954 in den Fluten versunken ist und dem großen Stausee seinen Namen gegeben hat. Zwölf Kilometer in die Länge, drei Kilometer in die Breite. Der Forggensee.

Forggen.

Einst Heimat seiner Familie.

Schauplatz des Grauenvollen, das in den tiefsten Stunden der Nacht an seine Tür pocht und ungebeten eintritt. Dann stehen sie bei ihm im Zimmer, umstehen sein Bett, als bräuchte er nur die Hand auszustrecken und nach ihnen zu greifen. Nie hat er es gewagt, die Hand unter der Decke hervorzuschieben, sich überhaupt zu rühren. Der Vorwurf in den toten Gesichtern webt ihm eine unsichtbare Maske über Nase und Mund, die ihn schier zu ersticken droht.

Doch es ist besser geworden. Inzwischen schneidet er sich seltener an den scharfen Kanten der Vergangenheit. Die Qual steht längst nicht mehr im Zenit.

Das wenigstens glaubte der Mann lange Zeit. Bis eine Maus begann, an den Wurzeln des bösartigen Gewächses zu nagen, das in ihm wucherte. Der Tod und das Leben schmiedeten eine Allianz, um sein dunkles Geheimnis zu offenbaren.

ERSTER TEIL

1
Jugendliebe

ISABEL – März 2004

»Vorsicht!« Die junge Frau balancierte auf einem schmalen Streifen Teer, der von der alten Straße übriggeblieben war, in Richtung ihres Begleiters. Sie war braunhaarig, schmal in den Schultern, etwas breiter in den Hüften. »Die Stangen halten sicher nicht mehr richtig.«

Die Rede war von den fünf Klangspielen, die in einer Reihe im abgelassenen Bett des Forggensees staken. Jedes bestand aus drei hölzernen Stangen. Wie bunte, überdimensionierte Mikadostäbchen ragten sie aus der Erde. An den oberen Enden zusammengenommen erinnerten sie an die nackten Skelette von Indianerzelten; an dreibeinige Grillgestänge über offenem Feuer. Mittig an den Holzstäben hingen, mit dicken Drahtschnüren befestigt, die schweren Metallstangen.

»Ach was!« Tom Radspieler setzte sein Spiel mit den Klängen fort, ließ Stange an Stange stoßen und bewegte sich von einem Klangspiel zum nächsten, bis ihr Lied weit über den stillen Forggensee trug. Zu dieser Jahreszeit war der große Stausee abgelassen und führte kaum Wasser. Nur in einigen Senken und Mulden schimmerte matt ein Rest Nass, der träge auf die Flutung im nächsten Mai wartete, um sich wieder mit dem Wasser des Flusses Lech zu vereinen. »Du bist ein Angsthase, Isabel Radspieler.«

»Und wenn schon. Irgendwann treffen sie dich.« Auch ihre Augen waren braun. Ohne einen Klecks Grau, ohne einen grünen oder blauen Ring um die Iris. Einfach nur braun.

Durch eine Reihe zufälliger Begebenheiten war sie Toms Adoptivcousine. Der Nachname, den sie früher einmal getragen hatte, war der Dämmerung in ihrem Kopf zum Opfer gefallen. Genau wie die Eltern, die ihr diesen Namen gegeben hatten.

»Lass gut sein. Die halten bombenfest.«

Statt einer Antwort nickte Isabel in Richtung zweier rostiger Stangen, die vergessen zwischen Sand, Steinen und Schilf lagen und seine Behauptung Lüge straften.

»Schon gut.« Tom gab sich geschlagen. »Ich höre gleich auf.« Ein letztes Mal ließ er die metallenen Stangen klingen, und Isabel bekam eine Gänsehaut. Gespenstisch und wunderschön – so empfand sie den Ruf der Klangspiele immer. Sie hockte sich auf einen Baumstumpf, das Holz unter den Fingern grau und glatt vom Wasser, die Wurzeln fast vollständig freigelegt.

Tom ging vor ihr in die Hocke. Ihr Herz klopfte schneller. Manchmal vergaß sie, dass sie keine Kinder mehr waren, so vertraut war er ihr. Wenn es ihr dann wieder einfiel, brachte die Erkenntnis ihren Körper zum Vibrieren.

Seine Lippen suchten ihren Mund. Er schmeckte nach dem Wind über dem See, nach Lehm und Sand. Und nach Heimat. Forsch schlüpften seine kalten Hände unter ihre Jacke, ihren Pullover, ihr Shirt, bis sie auf nackte Haut trafen. Isabel sog die Luft ein. Hielt sie an.

In einiger Entfernung – zu weit weg, um die jungen Leute zu stören – bewegte sich jemand in größer werdenden Kreisen über das Seebett. Kein einfacher Spaziergänger, denn die Person trug Kopfhörer, die zu erkennen waren, weil das Licht auf ihnen reflektierte.

»Wieder einer«, sagte Tom an Isabels Mund. »Anscheinend hat er was gefunden.« Die Gestalt war in die Hocke gegangen und fing an zu graben.

»Irgendwann birgt noch jemand den Schatz des Jahrhunderts.«

»Eher Menschenknochen.« Tom war überzeugt, dass auf den uralten Opferplätzen im See nicht nur Tiere rituell getötet worden waren.

»Meinst du, der kommt hierher?«

»Der Schatzsucher? Glaube ich nicht. Der zieht da drüben bestimmt noch länger seine Kreise. Wir sind ungestört, Isi.«

»Wenn du jetzt erst damit angefangen hättest, mich so zu nennen ... Ich schätze, es würde mich stören. Du bist der Einzige, der das darf.«

»Klar. Da ich dich Isi nenne, seit du mit elf Tag und Nacht geflennt hast, magst du es.« Er küsste sie, und Isabel erwiderte seinen Kuss. Manchmal erschien es ihr geradezu unverschämt, mehr von ihm haben zu wollen. Vom liebsten Spielkameraden ihrer Kindertage. Von dem Jungen, der sie gerettet und ihr Wurzeln geschenkt hatte, als sie bloß ein dürrer Keimling gewesen war. Dabei wollte er es genau wie sie, oder nicht?

»Tom?«

»Hm?«

»Wir sollten es ihnen endlich sagen. Deinem Vater. Onkel Quirin und Tante Elisa. Wir sind seit bald drei Monaten zusammen.«

»Du bist siebzehn, fast volljährig. Was braucht es dich zu kümmern, ob sie von uns wissen oder was sie dazu sagen.«

»Es kümmert mich eben.« Sie sah ihn an. »Du willst nicht, dass dein Vater von uns erfährt, richtig? Weshalb nicht?«

»Er hat doch ohnehin nichts dagegen. Es ist ihm piepegal, mit wem ich zusammen bin.« Seine Miene war düster. Der Mund – sonst zu groß und weich für ein Gesicht, das schon die markanten Züge des Mannes trug, der zu werden er im Begriff war – ein schmaler Strich.

»Sagen wir es ihm trotzdem. Und Onkel und Tante. Bitte.«

»Von mir aus.« Er löste sich von ihr und zog sie hoch. »Komm mit.« Sie liefen zu der Mulde im Seebett, nicht einzusehen von drei Seiten, auch nicht für die Gestalt mit dem Detektor, dafür mit herrlichem Blick auf das gegenüberliegende Ufer, auf die Berge mit ihren weißen Schneehauben und auf die Königsschlösser Neuschwanstein und Hohenschwangau. Der verrückte König hatte Monumente für die Ewigkeit geschaffen. Für eine menschliche Ewigkeit zumindest.

Tom zog zwei Wolldecken aus seinem Rucksack. Eine breiteten sie in der Mulde aus, mit der anderen deckten sie sich zu. Der Boden war feucht, klamme Nässe kroch durch die Decke, aber das störte sie nicht.

»Ich muss dich fühlen«, raunte er an ihrem Ohr. »Nachts kann ich nicht einschlafen beim Gedanken daran, wie es ist, dich so zu halten. So dicht bei mir, dass es schon fast wehtut.«

Sie zogen an Kleidern aus, was sie in der Märzkälte wagten. Schmutzig gelb kämpfte über ihnen die Sonne darum, aus den Wolken zu brechen. Isabels Körper brannte. Das Sehnen war gewaltig und vernebelte ihr Denken. Ihre Augen waren geschlossen – wann hatte sie sie zugemacht? Sie hörte Tom in seinem Rucksack nach den Kondomen kramen. Dann der Druck seines Gewichts auf ihrem Körper, endlich. Steine bohrten sich in ihren Rücken, seine Küsse hingen an ihren Lippen, zwischen Weinen und Lachen und Ekstase. Wieder war es zu viel. Zu viel Gefühl zwischen ihnen und zu groß der Wunsch, sich vor Verlangen aufzulösen.

Isabel ahnte, dass sie es auskosten mussten. Dass es früher oder später nicht mehr so sein würde und hernach niemals wieder. Nur, dass es so bald zu Ende gehen würde, damit rechnete sie nicht.

*

Pikiert, dachte Isabel. Damit war Tante Elisas Gesichtsausdruck am besten umschrieben, obgleich sie sich redlich mühte, die Offenbarung von Ziehtochter und Neffe gelassen zu nehmen.

»Was soll man dazu auch sagen.« Onkel Quirin trug eine Brille mit dickem rotem Rahmen, die ihn wie einen geschäftigen Apotheker aussehen ließ. Grauweiße Locken umstanden wirr seinen Kopf, der Blick war mild-vergeistigt. Isabels Adoptivvater wirkte wie ein Künstler, stammte aber aus einer Wirtsfamilie und war ein äußerst pragmatischer Mensch, der bis zu seiner Pensionierung in der Gemeindeverwaltung gearbeitet hatte. Vielleicht sammelte er deshalb Nudeln in jedweder Form und Variation – um im Fall einer Hungersnot gleich auf seine Sammlung zurückgreifen zu können.

»Schön, dass ihr euch, äh, gernhabt.« Auf Tante Elisas Wangen zeigten sich rote Flecken. Ihre Zungenspitze pendelte zwischen den Mundwinkeln hin und her wie eine Schiffsschaukel auf dem Rummel. Sie nahm es weniger leicht als der Onkel. Dabei war Isabel auch bei ihm nicht ganz sicher, ob er sich wirklich freute. Der Gedanke, dass die beiden sich jetzt zwangsläufig vorstellten, wie Tom und sie miteinander … Ihr Gesicht glühte.

»Also, ihr achtet auf Verhütung. Sicher tut ihr das.« Onkel Quirins Hüsteln verdeckte nur unzulänglich seine Verlegenheit.

»Selbstverständlich.« Tom lächelte Tante Elisa beschwichtigend zu und ruckte für den Onkel zustimmend mit dem Kinn, eine Geste von Mann zu Mann.

»Beruhige dich. Wenn Onkel und Tante uns bisher nicht den Kopf abgerissen haben, werden sie es vermutlich auch nicht mehr tun.« Zwar war Isabel die Adoptivtochter von Elisa und Quirin Radspieler, doch genau wie Tom nannte sie die beiden Onkel und Tante. Als sie ihm diese Worte ins Ohr wisperte, streiften ihre Lippen sein Ohrläppchen. Es fühlte sich heiß an – als hätte es jemand zwischen Daumen und Zeigefinger zu lange und kräftig gerieben. Natürlich versuchte er, sich nichts anmerken zu lassen, doch sie kannte ihn und ließ sich von seinem erwachsenen Getue nicht täuschen. Gelegentlich zuckten seine Füße, als hielte er sie nur mit Mühe vom Zappeln ab. Außerdem zupfte er mit den Fingern unablässig an einer Packung Papiertaschentücher in seiner Hosentasche.

»Wer wird denn hier vom Kopfabreißen flüstern, Kinder. Wir freuen uns doch für euch und wünschen euch alles Glück der Welt. Tom kann natürlich hier übernachten, hier bei dir, jetzt, wo ihr ...«

»Gar keine Frage«, sprang Elisa ihrem Mann bei. »Aber bitte vergesst nicht, wie jung ihr seid.«

»Ihr wollt sagen, unsere Liebe wird nicht halten?«, hakte Isabel ein.

»Das hat niemand behaupt...«

»Wohl eher nicht«, bestätigte Quirin und legte die Hand auf den Arm seiner Frau.

»Das wissen wir nicht«, meinte Elisa. »Das ist Teil des Abenteuers, nicht wahr? Es nicht zu wissen.«

Isabel funkelte den Onkel der Form halber böse an. Dabei dachte sie im Grunde ihres Herzens genau wie er.

Sie waren zu jung.

Sie kannten einander zu gut.

Und sie riskierten ihre Freundschaft.

*

»Das war peinlich.«

»Entsetzlich peinlich«, prustete Isabel. »Ich glaube, den beiden noch mehr als uns. Schnell ins Auto, ehe ihnen noch etwas dazu einfällt.«

»Oder Tante Elisa uns eine Jahrespackung Kondome besorgt. Ich sehe sie damit schon an der Kasse stehen …« Tom war ein Jahr älter als Isabel und stolzer Besitzer eines Führerscheins. Sein Vater hatte ihm nach der bestandenen Prüfung einen nagelneuen Kleinwagen vor die Tür gestellt. Ohne großes Brimborium, ohne Schleife um das Fahrzeug oder den Schlüssel. Vermutlich wollte er nicht ins Gerede kommen, weil er seinen einzigen Sohn mit einem klapprigen Vehikel durch die Gegend fahren ließ. Wenigstens hatte Tom das zu ihr gesagt.

Das Auto ermöglichte ihnen spontane Kinobesuche, Ausflüge nach Füssen und Kurztrips nach Österreich. Nicht zuletzt auch die Fahrten nach Osterreinen, wo sie parkten, wenn sie zu den Klangspielen wandern wollten. An diesem Tag kutschierte Tom sie vom Schwangauer Ortsteil Waltenhofen, wo Elisa und Quirin mit Isabel wohnten, zum lediglich zweieinhalb Kilometer entfernten Ortskern von Schwangau. Nachdem sie das Gespräch mit Elisa und Quirin erfolgreich hinter sich gebracht hatten, wollten sie im Anschluss gleich die zweite Hürde nehmen.

»Das wird schon.«

»Mir egal, ob das wird.«

»Es kümmert dich herzlich wenig, was dein Vater über uns denkt, schon klar.«

»Exakt.« Tom grinste und parkte vor dem Haus. Die gepflegte Anlage mit Eigentumswohnungen stand in zweiter Reihe an der Schwangauer Hauptstraße. Michael Radspieler bewohnte mit seinem Sohn das Dachgeschoss. Es bot einen phantastischen Blick auf die Königsschlösser, und Isabel mochte sich nicht ausmalen, was diese Aussicht gekostet hatte. Sie war lange nicht mehr hier gewesen, weil Tom sich praktisch nur dann in der Gegenwart seines Vaters aufhielt, wenn es sich nicht umgehen ließ. Er nutzte die Wohnung eigentlich nur zum Essen und Schlafen und wollte baldmöglichst ausziehen. Nach dem Tod seiner Mutter hatte er Probleme in der Schule gehabt und war nur ums Haar versetzt worden, doch im Juni standen endlich die Abschlussprüfungen an.

Sie trafen Michael Radspieler bei der Lektüre eines dicken Ordners, der vor ihm auf dem gläsernen Wohnzimmertisch lag. Toms Vater ähnelte seinem jüngeren Bruder Quirin kaum. Die Haare trug er so kurz, dass die Kopfhaut durchschimmerte und die Familienlocken keine Chance hatten, zum Vorschein zu kommen. Alles an ihm wirkte ein wenig steif.

»Es freut mich, Isabel, dich einmal wiederzusehen.« Toms Vater schüttelte ihr die Hand. »Kommt mit hinaus auf die Dachterrasse.« Er war sehr höflich, mit einem permanent in den Mundwinkeln lauernden Lächeln, das wohl Nettigkeit signalisieren sollte. Doch seine Augen tasteten über ihr Gesicht, als hätte er dort eine Warze entdeckt.

»Freut mich auch, Herr Radspieler.« Sie wurde nicht schlau aus dem Mann. Im einen Moment fast überfreundlich, meinte sie einen Lidschlag später Aggression unter der Oberfläche zu fühlen.

»Nimm bitte Platz. Thomas, würdest du für Getränke sorgen?«

Tom brummte etwas und verschwand.

»Es muss annähernd vier Jahre her sein, seit wir uns zuletzt begegnet sind. Deinen Eltern geht es gut?«

»Onkel und Tante sind wohlauf«, bestätigte Isabel. Es wunderte sie, dass er überhaupt fragte, pflegte er doch zu ihrer Familie keinerlei Kontakt. Nicht mehr, seit Tom selbstständig genug war, alleine zu Quirin und Elisa zu radeln und dahingehende Absprachen unnötig geworden waren. Es war allein das Verdienst seiner Mutter gewesen, dass die Brüder Radspieler in früheren Jahren noch gelegentlich miteinander am Tisch gesessen hatten. Welche Differenzen auch immer zwischen Michael Radspieler und Onkel Quirin gärten – weder Isabel noch Tom hatten je in Erfahrung bringen können, welche das sein mochten –, sie hatten es schlussendlich unmöglich gemacht, die Brüder zu versöhnen. Zum Zeitpunkt ihrer Adoption hatte sich jeder Austausch zwischen ihnen längst bloß noch um Tom gedreht.

»So nennst du sie? Ihr seid nicht irgendwann zu Mama und Papa übergegangen?« Michael Radspielers Augen wurden bei der Frage eine Winzigkeit enger.

»Ich war ja schon elf, als sie mich adoptierten. Mit Onkel und Tante fühlen wir uns alle wohler.« Isabel blickte in die Sonne, die an diesem Tag ihr Bestes gab, um winterklamme Knochen zu wärmen. Wo blieb Tom so lange? Sie ließ den Blick über die Terrassendielen in Holzoptik schweifen, die eigentlich aus sündteurem Kunststoff waren; über unechte Pflanzen in großen Keramiktöpfen und ein wetterfestes Outdoor-Gemälde, das eine toskanische Landschaft mit Zypressen und Pinien zeigte. Tom machte sich gelegentlich darüber lustig, wie wenig Sinn sein Vater für Gestaltung hatte. Der Anbau der Dachterrasse war von der groben Erstplanung bis hin zur Auswahl der Untertöpfe für die Kunstpflanzen in fremde Hände gegeben worden. Ebenso die Sauberkeit der Wohnung, für die eine Zugehfrau zweimal die Woche sorgte. Tom beteuerte allerdings, kaum häufig genug daheim zu sein, um irgendetwas dreckig zu machen.

»Verstehe«, sagte Michael Radspieler nach einer gefühlten Ewigkeit, als Isabel den Faden fast verloren hatte.

Tom kam zurück und stellte drei Dosen mit süßer Brause auf den Tisch.

»Gibt es einen bestimmten Anlass für euren Besuch? Nicht, dass ich nicht begeistert wäre, euch beide hier zu sehen - aber wo Thomas euer Erscheinen schon im Vorfeld angekündigt hat ...«

»Wir sind ein Paar, Isabel und ich.« Es war eine reine Informationsübermittlung, da war kein Gefühl in Toms Stimme. Doch Isabel sah das kurze Zucken seiner Hand.

»So. Ihr beiden, ein Pärchen also. Das ist ... eine Überraschung.« Radspieler lächelte diplomatisch. Als amtierender Landrat und ehemaliges Mitglied des Bundestags beherrschte er diese Kunst wahrscheinlich in allen möglichen und unmöglichen Situationen. »Hätte jede andere sein können, aber mein Sohn wählt sich ausgerechnet die Adoptivtochter meines Bruders.« Die väterliche Hand legte sich auf den Nacken des Sohnes. Tom wurde ganz steif, schüttelte sie jedoch nicht ab. »Dann werden wir uns in Zukunft sicher wieder öfter sehen, Isabel. Ich muss mich leider verabschieden. Bestellt ihr beide euch einen Happen, wenn ihr mögt. Den neuen indischen Lieferservice in Füssen kann ich empfehlen.« Er zückte seinen Geldbeutel und steckte Tom fünfzig Euro zu. »Richte schöne Grüße aus daheim, Isabel, ja?« Schon war er weg.

»Siehst du, offenbar nimmt er die Neuigkeit gelassen.« Isabel schmiegte sich an Tom, kaum, dass sie seinen Vater außer Reichweite wusste. »So wie er geredet hat, könnte man meinen, er wäre überhaupt nicht mit Onkel Quirin zerstritten.«

»Was weiß ich.«

»Alles in Ordnung?«

»Schon.« Tom fasste sie bei den Händen und lächelte. »Ich habe dir gleich gesagt, er würde kein Drama daraus machen.«

Plötzlich waren sie beide aufgekratzt, erfüllt von einem überraschenden Gefühl der Erleichterung, und drehten Pirouetten über die unechten Holzdielen der Terrasse.

»Das haben wir heute meisterlich über die Bühne gebracht. Ich bin froh, dass unsere Beziehung jetzt kein Geheimnis mehr sein muss.«

»Du hattest recht. Es war gut, es allen zu sagen.«

»Lass uns eine Pizza bestellen«, schlug Isabel vor. Sie fühlte sich so rundum heiter, frohgemut und zufrieden, wie es ihr nicht allzu häufig vergönnt war.

»Keine Lust auf Papas Inder?« Tom drückte ihr grinsend einen langen Kuss auf den Mund.

Heiter, frohgemut und zufrieden – bis Isabel am Tag darauf in den Mahlstrom der Vergangenheit geriet und ihre Welt sich mit einem Ruck drehte.

2

Der Teufel unter der Maske

TOM – März 2004

Tom warf seine Autoschlüssel in die Luft und fing sie schwungvoll wieder auf. Er hatte Isabel (seine erste offizielle Freundin!) nach Hause gefahren, und ihr Abschiedskuss schmeckte noch in ihm nach. Isi und er. Er und Isi. Es gab viele Dinge, die er an ihr liebte. Unter anderem ihre Küsse, die wie süßer Krokant auf warmen Zwetschgenknödeln schmeckten. Lang streckte Tom die Arme über den Kopf, der kühlen Nachtluft entgegen, und gestattete sich das Aufatmen darüber, wie leicht es gewesen war. Ein Mädchen zu seinem Vater nach Hause zu bringen, ihm offiziell seine Freundin vorzustellen – es hatte ihm davor gegraut. Michael Radspieler war kein einfacher Mensch. Nicht leicht zu durchschauen, selbst für seinen Sohn nicht; aalglatt und schlüpfrig wie frisch gefangener Fisch. Oder wütend und aufbrausend, das auch. Die Öffentlichkeit kannte nur das Bild des kompetenten, erfolgreichen Geschäftsmanns und alleinerziehenden Vaters. Den Sohn des legendären Forggenwirts und vertrauenswürdigen Politiker, der sich für die Belange der Bevölkerung einsetzte und in zahlreichen Vorständen saß.

Daher hatte Tom Isabel im Vorfeld lieber angeschwindelt und ihr weisgemacht, sein Vater würde ihnen gewiss keine Steine in den Weg legen. In Wahrheit war er sich da ganz und gar nicht sicher gewesen.

Er pfiff vor sich hin, als er den Schlüssel ins Schloss steckte. »Lemon Tree« von Fools Garden. Dass seine heimliche

Sorge sich als unbegründet erwiesen hatte, machte sein Herz leicht wie eine Feder.

Die väterliche Wohnung war dunkel. Tom schlüpfte aus den Schuhen, ohne Licht zu machen. Auf Socken tappte er durchs Wohnzimmer. Sein Vater mochte es nicht, von etwas anderem als der Mozartsonate Nummer 16 aus dem Schlaf geholt zu werden. Michael Radspieler war nie, selbst nicht in früheren Jahren, der Typ gewesen, der besorgt auf die Heimkehr seines Sprösslings wartete. Vielleicht lag es an seiner späten Vaterschaft – er war bei Toms Geburt schon Ende vierzig gewesen –, dass er nie so recht Zugang zu seinem einzigen Sohn gefunden hatte.

In dem Bemühen, leise zu sein und nirgendwo anzurempeln, rechnete Tom nicht mit der Hand, die aus dem Fernsehsessel schoss und ihn so fest packte, dass die feinen Härchen auf seinem Unterarm ziepten.

Er quiekte erschrocken auf.

»Du hörst dich ja an wie ein junges Schwein. Wusste gar nichts von den hohen Tönen in deinem Repertoire.«

»Papa? Was soll das?«

»Tut mir leid. Wollte dich nicht erschrecken.« Der Anflug von Belustigung verschwand aus Michael Radspielers Stimme. »Setz dich. Wir müssen reden.«

»In Ordnung.« Tom schwante nichts Gutes. »Wenn du reden willst, mache ich das Licht an. Du brauchst ja nicht wie ein Wegelagerer im Dunkeln zu hocken.«

»Lass es aus.«

»Weshalb ...«

»Lass es aus.«

»Wie du meinst. Worum geht es?«

»Es geht um das Mädchen. Isabel.« Michael räusperte sich, griff sich kurz an den Hals. Tom konnte die Bewegung des Vaters im Dunkeln erahnen.

»Du warst nett zu ihr.« Aggression schlich sich in Toms Stimme. Das Bild in der Seifenblase – Isabel und sein Vater, lachend am Kaffeetisch, während er den Kuchen schnitt – war zu schön gewesen.

»Du musst das Mädchen verlassen, Thomas. Unverzüglich.«

Ehe Tom nach dem Warum fragen konnte, begann sein Vater zu erzählen. Der Sohn erfuhr Dinge, die er – hätte er in dieser Sache eine Wahl gehabt – lieber mit Blei beschwert auf dem tiefsten Grund des Forggensees belassen hätte; dort, im letzten Rest Nass, wo die Fische sich sammeln, wenn der See abgelassen wird.

*

Der Tag war windig und grau. Tom fror auf der Holzbank am Rand des Sees, in die sie als Kinder ein Herz mit ihren beiden Namen geritzt hatten. Er erinnerte sich an das rote Schweizer Taschenmesser in seinen Händen, an die nagelneue Bank und das Gefühl der Lächerlichkeit (wegen des Herzens), vermengt mit einem gehörigen Schuss Aufregung (wegen der Sachbeschädigung).

Er hatte es getan. Hatte Isabel angerufen und sich mit ihr verabredet. Isi war auf dem Weg.

Eigentlich hatte er immer gewusst, dass etwas nicht stimmte. Man hätte schon blind und taub sein müssen, um die Missstimmung zwischen seinem Vater und Onkel Quirin für eine Lappalie zu halten. Da hatte etwas Schwerwiegendes vorgefallen sein müssen, wonach er wohlweislich zu fragen aufgehört hatte, nachdem ihm ohnehin nie einer etwas dazu sagte. Dass es aber so schlimm sein würde, damit hätte er in seinen grausigsten Träumen nicht gerechnet.

»Tom!« Mit wehendem Tuch um den Hals rannte Isabel auf ihn zu. Wenn er sich einer Sache im Leben gewiss war, dann ihrer Zuneigung, seit er zum ersten Mal in ihr Kinderzimmer gekommen war und ihren bis dahin steten Tränenfluss gestoppt hatte. »Was ist passiert, Tom?« Sie gab ihm einen Kuss, den er erwidern wollte, aber nicht konnte.

»Nichts.« Es schnürte ihm die Kehle zu.

»Sollen wir vielleicht einen Ausflug machen? Du hast andauernd gelernt in den letzten Tagen. Wie wäre es mit ein wenig Ablenkung, um den Kopf freizubekommen?«

»Ich habe nicht gelernt, Isabel.«

»Nicht? Ich dachte, weil du ...«

»Das war gelogen. Eigentlich habe ich nur nachgedacht.«

»Du hast mich angelogen? Und deshalb musstest du mich jetzt so dringend sehen?«

»Ja. Um dir etwas Wichtiges zu sagen.«

»Was denn? Mach es nicht so spannend, Tom.« Sie wollte seine Hand greifen, doch er trat einen Schritt zurück. Sein Vater stand unsichtbar hinter ihm und zog den Draht um seinen Hals enger.

»Du bist mir richtiggehend unheimlich heute.«

»Wir sind Freunde, Isabel. Die besten Freunde. Mehr empfinde ich nicht für dich.« Tom blickte zum trostlosen Himmel, zu Boden, zum aufgewühlten See: bloß ihr nicht eine Sekunde in die Augen sehen. »Wir können nicht länger ein Paar sein.«

»Das ist nicht wahr. Das glaube ich dir nicht.« Sie starrte ihn an, als wären ihm eben Tentakel aus den Ohren gewachsen.

»Ich werde für eine Weile weggehen, das macht es leichter für uns beide.«

»Das ist ein saublöder Witz, Tom. Der schlechteste, den ich überhaupt je gehört habe.«

»Ich habe meine Sachen gepackt. Es geht gleich los.« Der

Wind riss ihr das Tuch vom Hals. Er fing es auf und hielt sich daran fest, weil er sonst nichts hatte.

»Was ist mit der Schule? Mit deinen Prüfungen?«

»Die kann ich da auch schreiben.«

»Wo ist *da?*« Isabel schrie gegen den zunehmenden Sturm an. »Wo gehst du hin, Tom?«

»Ins Ausland. Mein Vater hat das als Überraschung für mich arrangiert. Du weißt ja, wie dringend ich weg will von ihm.« Tom wartete darauf, dass Isabel seine schlechte Show entlarvte, aber das tat sie nicht. Sie glaubte ihm.

»Du mieser Hund.« Der Wind trug ihre Worte an sein Ohr.

»Ich hätte mir darüber früher klarwerden müssen. Es tut mir leid.«

Ihr Gesicht begann zu glühen wie ein rot glasierter Kirmesapfel. »Du dreckiges, elendes Stück Scheiße!«

»Hör auf. Ich habe es verdient, schon klar, aber ich will das nicht hören. Beschimpfe mich halt in Gedanken.« Er sah sie mit den Tränen kämpfen und fühlte sich erbärmlich. Heulend wie ein verletztes Tier warf sie sich ihm an die Brust.

»Nicht.« Er schob sie fort und weinte dabei. Anscheinend merkte sie es nicht. »Lass das bitte.«

»Arschloch!« Isabel schluckte, schluchzte, schniefte. Dann schlug sie ihm ins Gesicht, so fest sie konnte.

Tom holte aus, mehr ein Reflex als alles andere, doch auch seine Ohrfeige saß. »Das wollte ich nicht! Es tut mir leid!« Hinterher hätte er sich am liebsten an Ort und Stelle umgebracht.

Isabel starrte ihn entgeistert an. Als wartete sie darauf, dass er sich die Maske vom Gesicht riss und den Teufel darunter offenbarte, der ihren Tom in Besitz genommen hatte. »Isi ...«

Sie riss ihm das Tuch aus den Händen und rannte davon.

So gingen sie auseinander. Waren weder länger Liebende noch Freunde. Wussten nicht, wie viel Zeit bis zu ihrem Wiedersehen vergehen würde. Mehr als ein Jahrzehnt.

Dabei hätten sie einander gebraucht.

3

Feindesland

ISABEL – Oktober 2015

Isabel war wach, mochte aber nicht aufstehen. Stattdessen starrte sie unversöhnlich in den hässlich kahlen Raum, der ihr Schlafzimmer war, als wartete sie darauf, er möge die Herausforderung annehmen und endlich zurückstarren. An der Decke klebten die Überreste von Mücken.

Zwischen der Matratze und dem Bettrahmen steckten Block und Stift. Isabel griff danach und betrachtete ihre jämmerlichen Versuche vom Vorabend, etwas in Worte zu fassen, das nicht in Worte zu fassen war.

Liebe Tante Elisa, lieber Onkel Quirin,
ihr fragt euch zu Recht, weshalb ich nicht längst zu Hause bin bei euch. Es tut mir leid. Die Wahrheit ist: Schon seit Jahren kämpfe ich mit

Geliebte Tante, geliebter Onkel,
es fällt mir nicht leicht, dies zu schreiben, doch es gibt etwas, das ich euch nie sagen konnte.

Hallo ihr lieben beiden,
im Moment hält die Arbeit mich hier noch fest, aber ich bin zuversichtlich, in der nächsten, spätestens übernächsten Woche bei euch sein zu können.

Ich belüge euch. Schon seit Jahren.

Frustriert strich Isabel die Zeilen mit dem Kugelschreiber durch, bis die Mine sich zum Blatt darunter durchgefressen hatte. Sie konnte das nicht.

Nicht jetzt, da die Tante sterbenskrank war und sie es schon zuvor nie gewagt hatte, sich mit ihrem hässlichen Geheimnis den Adoptiveltern anzuvertrauen.

Nicht jetzt, da die Ärzte Elisa nur noch einige Monate gaben. Oder Wochen.

Nicht jetzt, da sie ihre Wohnung seit Tagen nicht mehr verlassen hatte und das Haus am Ufer des Forggensees genauso gut auf dem Mond hätte liegen können.

*

Er spürte ihre zunehmende Schwäche wie einen Dämon, der mit ihnen im Raum saß. Ihre Atmung hatte sich verändert, war zu einem geräuschvollen Rasseln geworden. Zwischendurch setzte sie ganz aus, zusammen mit seinem Herzen. Das Schlimmste war, dass ihn selbst das alles noch viel mehr erschreckte als seine sterbende Frau. Er war lange nicht so stark, wie er sein müsste.

*

Von draußen drang das empörte Lärmen eines Hupkonzerts. Schrill setzte das erste Autohupen ein, dicht gefolgt von einem zweiten und dritten. Isabels Schlafzimmerfenster ging auf eine belebte Verkehrsstraße hinaus, mittlerweile glaubte sie, die Hupgeräusche blind den verschiedenen Autotypen zuordnen zu können. Genau das Richtige für »Wetten, dass ...?« – hätte es die Show noch gegeben und wäre sie ein anderer Mensch gewesen.

Unter dem Fenster stand der massive Eichenschreibtisch, den Isabel Onkel Quirin vor vielen Jahren mit Engelszungen abgeschwatzt hatte. Im ganzen Raum – der ganzen Wohnung – das einzig schöne Stück. Das eierschalenfarbene Fensterbrett darüber war voll mit kleinen schwarzen Tupfen, die sich bei genauem Hinsehen als tote Fruchtfliegen entpuppten. Auf dem in die Jahre gekommenen Laminatboden – an mehreren Stellen von Feuchtigkeit aufgequollen – lag ein angegrauter Läufer mit orangenen Wachsflecken. An der Wand stand ein altes Zweisitzer-Sofa mit einem Glastisch davor – das Schlafzimmer war zugleich Wohnzimmer. Einen Schrank suchte man vergebens. Hinter der Tür stapelten sich Umzugskisten, aus denen Isabel lebte. Sonst gab es nichts in dem Zimmer, das auf seine Bewohnerin schließen ließ.

Müde hob sie die Beine aus dem Bett und ging hinüber in die kleine Küche, die noch vom Vormieter stammte. Der Mann, dessen Küchenzeile sie abgelöst hatte, war starker Raucher gewesen und hatte nicht zuletzt auf den Schränken leichtes Nikotingelb hinterlassen. Auch in diesem Raum fanden sich Fruchtfliegen auf dem Fensterbrett, doch keinerlei persönliche Gegenstände.

Isabel brühte sich einen Instant-Kaffee und dachte darüber nach, wie lange sie nun schon hier wohnte. Beinahe vier Monate. Hundertsiebzehn Tage, ganz genau. Eine Schande. Noch immer sah keiner der Räume so aus, als wäre es ihrer. Dabei hatte sie anfangs hochfliegende Pläne mit der Wohnung gehabt, hatte sich mit knappen Mitteln ein wohnliches Nest bauen wollen; vielleicht sogar ein Blog über den Fortgang der Renovierungsarbeiten schreiben.

Hundertsiebzehn Tage seit ihrem Einzug. Isabel stellte die benutzte Tasse in die Spüle. Seufzte. Sechsundsechzig Tage, seit sie zuletzt bei Elisa und Quirin gewesen war. Es half nichts. Sie musste endlich nach draußen.

*

»Wann kommt sie?« Trotz ihrer fortschreitenden Schwäche setzte Elisa sich im Bett auf, schob den eingefallenen Körper Stück für Stück nach oben. Quirin zog die Bettdecke zurecht, tupfte ihr den Mund mit einem Tuch ab, in das ihrer beider Initialen gestickt waren. Sie hatten einen ganzen Satz dieser Tücher zur Hochzeit bekommen. Vor langer Zeit. In einem anderen Leben.

Wann kommt sie? Diese Frage, immer die gleiche, auf die er keine Antwort hatte. Elisa blickte ihn an, ihre Augen seit Jahrzehnten sein warmer, sicherer Ort der Verheißung. Wie sollte er leben ohne diese Zuflucht?

Die Farbe ihrer Augen war wie immer. Blaugrün wie der See an einem stillen Tag. Das Einzige an ihrem von der Krankheit geschändeten Körper, das sich nicht verändert hatte. Das ihm noch Sicherheit vermittelte.

»Ich weiß es nicht.« Er griff die Hand seiner Frau, die zu leicht war und zu trocken. Tatsächlich hatte er den Glauben daran, dass sie noch kam, längst verloren. Zu häufig und immer verzweifelter hatte er an sie appelliert, doch seine Ziehtochter täuschte Arbeit vor und vertröstete ihn und ihre sterbende Tante auf später.

Später, das hatte Quirin begriffen, würde zu spät sein.

*

Isabels Wohnung lag in einem Gebäude, das die Farbe von zu lange im Kühlschrank belassenem Fleisch hatte. Nahtlos schlossen sich die Häuser links und rechts an. Es gab eine zweite Wohnung im Haus und ein Ladengeschäft im Erdgeschoss. Beide Räumlichkeiten standen leer. Wenn Isabel durch die schmutzigen Fensterfronten ins Innere des Ladens spähte (was sie nur ein einziges Mal getan hatte), sah sie vergessene Kartonreste auf dem Boden und eingetrocknete Malerkübel. *Trostbringer. Bestattungen in und um Bamberg.*

Die scharlachroten Lettern schrien noch von der Hauswand, dabei war der Bestatter längst ausgezogen.

Sie ließ das Haus mit hämmerndem Herzen hinter sich und wandte sich nach links, vorbei an Taubenkot auf einer Bank; einem überquellenden Mülleimer, dem jemand eine umgedrehte Eiswaffel obenauf gestülpt hatte. Es waren nur dreihundert Meter bis zu dem kleinen Lebensmittelgeschäft. Die Anonymität eines großen Discounters wäre ihr lieber gewesen, aber dafür hätte sie eine viel weitere Strecke durch Feindesland in Kauf nehmen müssen. Feindesland – so nannte sie die Welt vor ihrer Wohnungstür inzwischen. Während die Passanten an Isabel vorüberzogen, meinte sie deren Blicke auf sich zu fühlen. Bohrend, stechend, verächtlich. Obgleich kaum einer Notiz von der jungen Frau nahm, jagten ihr die gewohnten Fragen durch den Kopf. Ging sie zu schnell? Zu langsam? Zu schwankend? Waren die Schweißflecken unter ihren Achseln schon so groß, dass sich alle abgestoßen fühlten? Ihr Blut, ihr Herz, ihr Puls – alles wummerte. In ihrer Hast, den Einkauf hinter sich zu bringen, knickte sie zweimal fast mit dem Knöchel um, was ihr glühende Wangen und einen starken Druck im Kopf bescherte. Diese Peinlichkeit! Sie weinte fast, als sie den Laden erreichte, alle Muskeln im Körper bis zum Gehtnichtmehr angespannt. Das Bemühen, ihre Panik vor all diesen Fremden zu verbergen, kostete sie unendlich viel Kraft.

Isabel belud ihren Einkaufswagen. Sie kaufte Dinge, die sie nicht brauchte oder die ihr nicht schmeckten, einfach nur, weil sie das Richtige auf Anhieb nicht fand. Sauerkraut mit Kümmel (donnerstags hatte es in einer ihrer Pflegefamilien Kassler mit Sauerkraut und viel Kümmel gegeben. Sie hasste Kümmel!) und Schinken mit daumendickem Fettrand (den Tante Elisa früher immer abgeschnitten und für Quirin aufgehoben hatte). An der Kasse beobachtete sie eine Mutter mit ihrem kleinen Sohn, der nach allem griff, was er nicht haben durfte. Pralinen, Überraschungseier und kleine, bauchige Schnapsflaschen, die schon beim flüchtigen Hinsehen giftig aussahen. Früher einmal war Alkohol ihr wie die Lösung erschienen. Inzwischen nicht mehr.

Als Isabel an die Reihe kam, fiel ihr das Wechselgeld hinunter. Sie war zu sehr darauf konzentriert gewesen, ihrem Gegenüber nicht ins Gesicht zu sehen und gleichzeitig das Rückgeld in Empfang zu nehmen. »Verzeihung.« Ihr Blick flirrte nun doch zur Kassiererin.

»Kann passieren.« Den Ton ihres Nagellacks hatte die Frau perfekt auf ihre roten Haare abgestimmt. Sie bemühte sich nicht, ihre Gereiztheit zu verbergen. Insbesondere, da die Schlange hinter der Kundin rasant anwuchs.

In Panik klaubte Isabel ihr Rückgeld zusammen – und ließ das Kümmelkraut liegen.

»He, warten Sie!«, trötete die Rothaarige ihr hinterher.

Isabel fuhr zusammen, rempelte versehentlich gegen einen anderen Kunden und verlor erneut Geld.

»Jetzt warten Sie doch!«

Sie rannte aus dem Laden, rannte den halben Weg nach Hause, bis das Gedankenkarussell in ihrem Kopf langsamer wurde. Natürlich wusste sie um die Irrationalität ihrer Ängste. Dennoch kam sie nicht dagegen an.

Seit Toms Verlust hatte sie mit wechselhaftem Erfolg gegen die Symptome gekämpft. Das hieß, sie hatte noch bis vor vier Monaten dagegen angekämpft – als wieder eine ihrer Beziehungen gegen die Wand gefahren war; als immer klarer wurde, dass Tante Elisas tödliche Diagnose sich bewahrheiten würde. Dann hatte sie aufgegeben.

*

Ihre rasselnde Atmung war ein Zeichen des nahenden Todes. Die Ärzte hatten es ihm gesagt, mehrfach, so einfühlsam sie konnten. Er hatte gelernt, was er für sie tun musste, welche Handgriffe zu erledigen waren, damit sie zu Hause sterben konnte. Manchen Angehörigen, sagten die Ärzte, ging das über die Kräfte. Sie konnten es schlichtweg nicht. Quirin hätte dem sofort zugestimmt. Er konnte es ebenfalls nicht. Und tat es dennoch. Wenn er sie schon gehen lassen musste, dann nicht in der Anonymität eines Krankenzimmers.

»Hol sie nach Hause, versprich es mir.«

Quirin zuckte zusammen. Er hatte seine Frau in einer Phase der Bewusstlosigkeit gewähnt, die immer häufiger wurden.

»Natürlich, mein Herz.«

»Du bist böse, weil sie nicht hier bei uns ist. Aber du musst ihr vergeben. Isabel hat Probleme.«

»Das sagst du seit Jahren.« Quirin schnaubte. Wann immer sie nach Hause gekommen war, hatte die Ziehtochter auf ihn den Eindruck einer gesunden jungen Frau gemacht, die mit beiden Beinen im Leben stand. Ob sie glücklich war, gut, das konnte er nicht sagen. Aber so schwerwiegende Probleme, wie sie Elisa seit langem bei Isabel vermutete, vermochte er schwerlich auszumachen.

»Isabel liebt uns«, beharrte Elisa. »Sie wäre an unserer Seite, wenn sie könnte.«

»Ich werde mein Bestes geben, sie heimzuholen und ihr zu helfen. Das schwöre ich dir.« Quirin küsste die Kranke auf die Stirn, auf der kalter Schweiß stand. Er würde Isabel helfen, das schon. Ob er ihr jemals verzeihen würde, dass sie ihre Familie im Stich ließ, wusste er allerdings nicht.

*

In der Sicherheit ihrer vier schäbigen Wände zog Isabel die durchgeschwitzten Kleider aus und stellte sich unter die Dusche. Hinterher atmete sie freier. In einem zu großen Shirt setzte sie sich an den Schreibtisch. An den nackten Fußsohlen spürte sie Kekskrümel. Draußen, unter ihrem Fenster, ging das Leben weiter. Sie konnte die Bank sehen, an der ungerührt der Taubenkot haftete, den kommenden und gehenden Hinterteilen zum Trotz. Sie sah Geschäftsleute und Gruppen von Jugendlichen, Rastafaris und kleine Mädchen mit glitzernden Haarspangen. Sie sah Lachen und Streit, Emotionslosigkeit und sehr viel Eile. Das Leben in seinen matten und schillernden Facetten. Feindesland.

Sie war nie der Typ Mensch gewesen, den die Leute auf Anhieb mochten. Aber sie hatte sich um Offenheit bemüht, hatte darauf geachtet, die Arme im Gespräch nicht vor der Brust zu verschränken und den Blickkontakt zu ihrem Gegenüber zu halten, ohne zu starren. Inzwischen konnte sie das nicht mehr.

Bitte haben Sie Verständnis, dass ich momentan keine weiteren Aufträge annehmen kann. Ich bedaure dies sehr und hoffe auf eine Zusammenarbeit zu einem späteren Zeitpunkt.

Sie arbeitete als selbstständige Grafikdesignerin, schon seit Jahren. Doch die Auftragslage war – in Zeiten von Picasa, Photoshop und Co., wo jeder halbwegs talentierte Laie etwas Brauchbares zustande bringen konnte – schlecht. Ganz besonders für Isabel, die seit Wochen jeden potenziellen Auftrag von vornherein ablehnte, um nur keine persönlichen Planungsgespräche führen zu müssen. Schon Telefonate gingen über ihre Kraft.

Es klingelte an der Tür. Der Ton war laut und schrill. Isabel versteifte sich augenblicklich; ein Nager im Käfig, der die Schlange wittert. Wer konnte das sein? Der Vermieter, der nach dem Rechten sehen wollte? Neue Mieter, deren Einzug ihr entgangen war? Der Postbote möglicherweise? Vor einer Weile hatte sie darüber nachgedacht, ihre Lebensmittel nur noch über das Internet zu beziehen. Der Gedanke, was die Paketzusteller dann von ihr halten mochten – verrückte Verpackungsmüllproduzentin oder einfach ein faules Stück? –, hatte sie die Idee verwerfen lassen. Sowieso vermied sie es, die Tür zu öffnen.

Man konnte unten von der Straße nicht in die Wohnung sehen. Dennoch hockte Isabel sich auf den Boden, den Rücken an den Schreibtisch gelehnt, die Beine angezogen. Sie zupfte nacheinander an ihren nackten Zehen, lauschte einem zweiten Klingeln und wartete noch exakt fünfzehn Minuten, ehe sie aufstand, bedachtsam die Wohnungstür öffnete und in den Flur spähte. Es war sehr unwahrscheinlich, auf jemanden zu treffen, da sie die einzige Mieterin war. Dennoch durchströmte sie Erleichterung, als der Flur tatsächlich leer war. Auf der Treppe lag ein dicker Versandhauskatalog. Nicht die erste Sendung dieser Art, die an eine unbekannte Vormieterin im ersten Stock adressiert war und nicht in den Briefkasten passte.

Das Läuten des Telefons riss Isabel zurück in die Wohnung. Schon ehe sie abnahm, zog sie die Mundwinkel nach oben. Der gequälte Versuch eines Lächelns.

Onkel Quirin war der einzige Mensch, der sie – abgesehen von Umfragefirmen – anrief. Ihre Designfirma ließ sich nur via Mail kontaktieren. Bei all seiner Sorge um Tante Elisa sollte er Isabels schlechtes Befinden nicht gleich aus ihrer Stimme heraushören müssen. Die Telefonate mit ihm liefen in den letzten Wochen immer gleich ab, als wären sie beide Schausteller in einem Rührstück, das noch nicht recht saß:

»Wie geht es dir, Liebes?«

»Mir geht's gut, Onkel. Aber viel wichtiger: Wie geht es euch? Ist Tante Elisa stabil?«

»Sie fühlt sich den Umständen entsprechend. Die Ärzte sagen, sie hält sich tapfer. Gestern haben wir zusammen am See gesessen. Sie ist den ganzen Weg zur Bank ohne Hilfe gegangen, stell dir vor.«

»Das ist wunderbar. Ich komme euch bald besuchen, ja? Ihr fehlt mir.«

»Tu das, mein Liebes. Ich weiß, du hast viel Arbeit am Hals. Doch ... ich bin nicht sicher, wie viel Zeit uns noch mit ihr bleibt.«

»Ich komme nach Hause, sobald ich kann.« Isabel hält das verzerrte Lächeln in ihrem Gesicht fest. Sie sieht die lange Fahrt vor sich, sieht die vielen Menschen und möchte weinen vor Sehnsucht, sich dem Onkel anzuvertrauen. Er trägt Last genug, da kann sie ihm nicht noch die eigenen Probleme aufbürden. Sie nimmt sich zusammen, irgendwie.

»Wir freuen uns auf dich«, sagt Onkel Quirin. »Wir brauchen dich hier.«

*

Er kroch zu ihr ins Bett. Es war ein medizinisches Bett und zu schmal für sie beide. Quirin versuchte, sich nicht auf ihren Arm zu legen, ihr möglichst viel Platz zu lassen – und fragte sich zugleich, was ihn das kümmerte. Sie spürte es wohl ohnehin nicht mehr. Die Frau, die er ein Leben lang geliebt hatte, war im Begriff, ihn zu verlassen.

Seine Welt hatte in den vergangenen Wochen Putz verloren, die Mauern hatten angefangen zu bröckeln und einzustürzen. Nun, da sie starb, würde er vor den kümmerlichen Ruinen seines Lebens stehen. Ruinen, zu denen vor langer

Zeit auch das Dorf geworden war, aus dem sie beide stammten.

Elisa bewegte sich ruckartig, zu hastig. Ihre Füße klopften auf das Bett wie die Hinterläufe eines Hasen. Sie schlug sich mit den Händen auf den grauen Haaransatz, der wie ein Dach über dem braunen Haar wachte, seit sie zu schwach geworden war, es färben zu lassen. Sacht hielt er ihre Handgelenke fest. Die zunehmende Unruhe – auch diese ein Vorbote des nahenden Todes.

»Ich bin bei dir«, sagte er an ihrem Ohr. Seine Tränen benetzten ihre Ohrmuschel. Er merkte es; konnte es nicht verhindern. War nicht sicher, ob sie es merkte. Wie viel sie überhaupt noch mitbekam von dem, was um sie herum vor sich ging.

»Isabel!«, rief sie plötzlich. »Isabel!«

»Ich hole sie heim«, versprach er seiner Frau erneut, während sein Schluchzen immer heftiger wurde und schließlich seinen massigen Körper von Kopf bis Fuß beben ließ. »Ich liebe dich, Elisa. Wo immer du jetzt auch hingehst, vergiss es nie.«

Ihr Gesicht wandte sich ihm zu, es war nur der Hauch einer Bewegung, bis ihre Nasenspitzen einander berührten.

»Niemals.«

*

»Isabel Radspieler«, sprach Isabel in den Hörer. Das bemühte Lächeln ließ sie gepresst sprechen. Es war ihr ein Graus, den Onkel wieder zu belügen, ihn mit ihrem baldigen Besuch vertrösten zu müssen.

»Isabel.« Seine vertraute Stimme war fort. An ihre Stelle war ein raues Krächzen getreten, das nicht menschlich klang. »Deine Tante ist heute Vormittag gestorben. Du musst nach Hause kommen.«

4

Begräbnis

ISABEL – Oktober 2015

In der Nacht vor der Beerdigung träumte Isabel. Sie lag neben Tom im Bett, seine Hand ruhte warm auf ihrem Kopf, und sie fühlte sich so geborgen und sicher wie ein Küken unter dem Federkleid seiner Mutter.

Als sie aufwachte, gab es keinen Tom.

Und Tante Elisa war immer noch tot.

Sie war nach der entsetzlichen Nachricht drei Tage wie gelähmt. Aß nicht und leerte stattdessen ihren Weinvorrat, den sie so lange erfolgreich nicht angetastet hatte; schlug die Stirn gegen nikotingelbe Küchenschränke und die Kante des Schreibtisches, bis ihr Kopf wummerte und sie sich auf die orangefarbenen Wachsflecken erbrach.

Erst am vierten Tag nach Elisas Tod überzog Isabel ihr Girokonto und nahm ein Taxi von Bamberg bis Schwangau. Der Taxifahrer beäugte den Fahrgast mit der ungesunden Gesichtsfarbe scheel, doch Isabel stieg trotzdem ein. Der Kummer dämpfte ihre Ängste. Anfangs wurde sie hochrot, wenn der Taxler etwas zu ihr sagte, aber nach einigen Stunden Fahrt hatte sie sich so weit im Griff, halbwegs normal mit ihm sprechen zu können. Sie zahlte fünfhundertfünfzig Euro, um es noch rechtzeitig zur Beerdigung zu schaffen, und kam so spät an, dass Onkel Quirin die Hoffnung auf ihr Kommen sicher schon aufgegeben hatte.

Der Friedhof lag neben Quirins und Elisas Haus. Oder

Quirins und Elisas Haus neben dem Friedhof. Wie man es nahm. Ich brauche nur umzufallen, hatte die Tante nach der schlimmen Diagnose mit Galgenhumor gescherzt, schon liege ich drüben. Isabel war mit den Gräbern als Mahnmal der Vergänglichkeit groß geworden, auch wenn das Fenster ihres Zimmers auf den Bauerngarten hinausging, mit dem Tante Elisa im Gartenbauverein Preis über Preis gewonnen hatte.

*

Die Stille hing wie ein schwerer Vorhang in der Luft und schottete diejenigen ab, die sich versammelt hatten; ein Schwarm aus dem Himmel gefallener Vögel, zusammengerottet aus Gründen wie Liebe und Freundschaft, Höflichkeit und Verpflichtung. Auch Abneigung. Und Hass.

Da war der ältere Mann mit den schlaffen Locken, dem der tiefe Schmerz aus jeder Falte sprang. Weitestmöglich entfernt von dem Lockigen ein Greis im Rollstuhl, umsorgt von einem glatzköpfigen Sohn mit maskenhaft starrem Gesicht. Ganz dicht am Grab eine schluchzende Frau, ein letztes Mal die Nähe der Verstorbenen suchend.

Beim Absenken des Sarges wurde die Stille noch tiefer und dichter. Der Wind frischte auf, trug den Geruch von Frittierfett aus der nahen Gaststätte heran und fuhr unter knielange Röcke in Trauerfarben. Das offene Loch in der Erde glich dem Schatten eines mächtigen, gefallenen Tieres, während Blätter von den Friedhofslinden fielen und jedem die eigene Sterblichkeit vor Augen führten.

Die Kapelle fing an zu spielen und übertönte das vereinzelt einsetzende Murmeln der Trauernden. Die Trauergäste begannen sich nach dem Spätankömmling umzudrehen. Die Sängerin verpasste ihren Einsatz. Das Murmeln dehnte sich zu allgemeinem Raunen aus, wuchs an zu einem Ballon, dem Platzen nahe, bis irgendeiner beherzt die Nadel griff und ihren Namen sagte.

»Isabel.«

Das Erscheinen der jungen Frau mit dem grauen Gesicht ließ die Hände des lockigen Mannes flattern. Er sah ihr entgegen, während die Menge sich für sie teilte. Sie nickte den Menschen zu, ohne jemandem in die Augen zu sehen. Erst mit Erreichen des Lockigen blieb sie stehen.

»Ich bin da.« Ihre Stimme war zittrig, ihre Worte das Flehen um Vergebung.

»Isabel.« Der ältere Mann zog sie kurz und heftig an sich.

Isabel trat einen Schritt hinter Onkel Quirin zurück. Bloß nicht zu nahe heran an das Loch in der Erde.

Für kurze Zeit ruhten alle Augen auf ihr, ehe sich die Aufmerksamkeit wieder auf die Zeremonie verlagerte. Die Sängerin stimmte *Von guten Mächten wunderbar geborgen* an. Isabel hatte nun Gelegenheit, die Trauergäste ihrerseits zu beobachten. Manche waren erkennbar um Fassung bemüht. Einige verschränkten die unruhigen Finger ineinander, nicht wissend, wohin damit. Andere suchten nach der warmen Hand des Partners. Frau Scharnitzer von nebenan stand am offenen Grab und weinte laut und hemmungslos, als wollte sie die ganze Welt um ihren Schmerz wissen lassen. Die gute Seele hatte Isabel früher Gummibärchen in die Zeitungsrolle gesteckt und sie *mein trolliger Keks* genannt, obwohl sie da schon fast in der Pubertät gewesen war. Eigentlich mochte Isabel die Nachbarin gern, doch gerade hätte sie Frau Scharnitzer am liebsten rückwärts ins Grab gestoßen, nur, damit sie Ruhe gab.

In Wahrheit richtete ihre Aggression sich gegen sich selbst. Frau Scharnitzer war eine Nachbarin, einfach eine Nachbarin. Gut, sie war darüber hinaus auch Tante Elisas

Freundin gewesen. Aber warum konnte Berta Scharnitzer weinen, da ihre eigenen Augen trocken blieben? Warum vergoss sie, die sonst schon beim Verlassen ihrer Wohnung fast in Heulkrämpfe ausbrach, nicht Sturzbäche an Tränen?

Stattdessen spürte Isabel ihre rutschende Strumpfhose und eine Stelle am Rücken, die entsetzlich juckte. Sie kratzte sich nicht, zupfte nicht am Strumpf. Nur keine Aufmerksamkeit auf sich ziehen – und auf ihre fehlenden Tränen.

Onkel Quirin war eine Armspanne vor ihr, versunken in seinen Kummer. Sein Rücken war seltsam krumm, doch breit genug, sich hinter ihm zu verstecken, Abstand zwischen sich und das offene Grab zu bringen. Isabel sah Quirins zu Fäusten geballte Hände, seine Locken, die müde herabhingen. Er hielt sich in seinem Leid reglos wie ein Brocken Fels. Ob er ebenfalls nicht weinen konnte?

Mein Gott, weshalb hatte sie ihn bloß so lange warten lassen?

Weshalb sich nicht von der Tante verabschiedet, solange Zeit gewesen war?

Als die Nachbarin Scharnitzer vom Grab zurücktrat, wagte Isabel sich doch zögerlich an den schwarzen Schlund heran und blickte hinunter auf den Buchensarg, der unter der Fülle an Kränzen mit letzten Wünschen und Blumengestecken fast verschwand. Ihr Herz verglomm wie ein erkalteter Meteor, jetzt, da die vielen *Nie-wieder* durch das Blut in ihren Ohren rauschten. Nie wieder Tante Elisa zusehen, wie sie lächelnd zu viele Backerbsen in die Suppe kippte; sie nie wieder mit den schwarzen Rändern unter ihren Fingernägeln aufziehen, die nach der Gartenarbeit nie ganz sauber wurden; nie wieder neben ihr auf der Bank am See sitzen, gehalten von ihrer Gegenwart; nie wieder ihre aufgeregte Zungenspitze von einem Mundwinkel zum anderen pendeln sehen. Das tröstend gemeinte Lächeln des Pfarrers war Isabel denn auch mehr wie eine Ohrfeige. Der Geistliche hatte ja keine Ahnung, wie viel Quirin und sie verloren hatten. Elisa war der Mittelpunkt ihrer kleinen, glücklichen Familie gewesen, seit diese Familie existiert hatte.

»Der Tod kam für unsere liebe Verstorbene als eine Erlösung«, begann der Pfarrer seine Trauerrede. Isabel vermutete, dass die Tante, die immer so gerne draußen gewesen war, sich eine Rede unter freiem Himmel gewünscht hatte. Wahrscheinlich hatte der Geistliche im Vorfeld mit Onkel Quirin auch über deren Inhalt gesprochen. Armer Onkel Quirin. Wieder wollte ihr schier das Herz brechen bei dem Wissen, ihn im Stich gelassen zu haben. »Nach langer, tapfer erduldeter Krankheit ist Elisa Radspieler zum Herrn heimgegangen. Wir alle gemeinsam wollen ihr Andenken ehren, indem wir uns ihres Lebenswegs entsinnen. Schon in jungen Jahren hatte Elisa es nicht leicht. Sie gehörte zu jenen, die 1954 das Dorf Forggen - und damit ihre Heimat - verlassen mussten, um die Aufstauung des Forggensees zu ermöglichen. In dieser schweren Zeit verlor Elisa ihre Familie. Ein Lebensabschnitt, über den sie kaum je gesprochen hat. Nachdem sie in der Fremde den Beruf der Näherin von der Pike auf erlernt hatte, kehrte sie heim an den See. In Quirin«, der Geistliche sah Isabels Onkel an, »dem Nachbarssohn aus dem gefluteten Forggen, hat sie ihr Glück gefunden, und später in Isabel ein geliebtes Kind.« An dieser Stelle blickte der Pfarrer auf Isabel, die kaum ertragen konnte, wie ihre Tante von einem Menschen aus Fleisch und Blut zu sauber verpackten Erinnerungssätzen degradiert wurde. Der Inhalt der Grabrede traf sie unvorbereitet. Ihre Tante hatte die Eltern jung verloren, das hatte Isabel gewusst, dabei aber immer angenommen, Elisa wäre im Heim aufgewachsen. War das nicht einer der Hauptgründe für ihre eigene Adoption gewesen? Wenigstens hatte sie das bisher geglaubt. Stattdessen hörte sie aus dem

Mund des Geistlichen zum ersten Mal, dass die Tante – wie Onkel Quirin – aus dem gefluteten Forggen stammte. Dem Dorf, nur einige Steinwürfe von hier, das es seit 1954 nicht mehr gab.

Zutiefst verstört und gerade im Begriff, wieder hinter den Onkel in die zweite Reihe zurückzuweichen, sah Isabel über das offene Grab hinweg einen Mann stehen. Mit seinen hellen Jeans stach er aus der schwarz gekleideten Menge hervor. Seine Augen waren gerötet, und seine Gesichtszüge verrieten bei genauerem Hinsehen den Jungen, der er einmal gewesen war. Auf seiner rechten Schulter lag ein Lindenblatt.

Isabel wandte die Augen eilends ab, als wäre der bloße Anblick des Mannes Gift. Sie hatte den Gedanken, er könnte zur Beerdigung kommen, gar nicht erst zugelassen. Hatte über die Möglichkeit, ihm nach all den Jahren wieder zu begegnen, nicht ein einziges Mal nachgedacht. Es war ihr ausgeschlossen erschienen.

Trotzdem, wie aus dem Boden gewachsen stand er da, und so vieles zwischen ihnen war unausgesprochen. So viel Wut gärte in Isabel, dass sie ihr wie ein Knäuel Stacheldraht im Magen lag, wenn sie nur daran dachte. Obgleich sie natürlich wusste, wie dumm und verrückt es war, dieser Jugendliebe von einst überhaupt noch irgendeine Bedeutung beizumessen.

Nach der Beerdigung verließen die Menschen den Kirchhof in kleinen Grüppchen, hoffend, Gevatter Tod möge brav hinter der Friedhofsmauer bei den Verstorbenen zurückbleiben.

Onkel Quirin blickte sich nach Isabel um, entdeckte den Mann in Jeans und ging, nickend wie eine Aufziehpuppe, allein zum Tor.

»Hallo«, sagte Isabel zu dem Fremden, den sie mit siebzehn mehr geliebt hatte als jeden anderen Menschen davor und danach. Wenigstens nahm sie das an, denn an ihre Eltern hatte sie kaum eine Erinnerung; sie konnte ihre Gefühle für Mutter und Vater nur erahnen.

»Ich lebe wieder am See. Das hast du nicht gewusst, oder?« Er reichte ihr die Hand. Sie war warm und fühlte sich schwielig an. »Aber ich wäre so oder so gekommen.«

»Das brauchst du nicht extra zu betonen.«

»Es tut mir leid.«

»Was tut dir leid? Dass die Tante tot ist?«

»Alles. Dein Verlust natürlich. Dass ich dich damals Knall auf Fall verlassen und dir wehgetan habe. Die Ohrfeige.«

»Weshalb hast du dich nie wieder gemeldet?« Isabel durchfuhr es mit heißer Klinge – außer Elisa und Quirin war er der einzige Mensch auf der Welt, bei dem sie keinerlei Berührungsängste hatte. Bei dem sie sprechen konnte, ohne dass ihr der Atem knapp zu werden und ihr Herz vor Furcht zu zerspringen drohte.

»Ich wollte dich nicht ein weiteres Mal aus dem Tritt bringen. Tante und Onkel haben mir lebhaft geschildert, wie sehr du gelitten hast. Wie dreckig es dir ging. Sie waren nahe dran, mich zu lynchen, als ich nach unserer Trennung zum ersten Mal wieder nach Hause kam. Ich fand anschließend, es wäre dein gutes Recht, dein Leben zu leben und von mir in Frieden gelassen zu werden.«

»Mehr als mein gutes Recht.« All die Bitterkeit und die Wut, über Jahre in Isabel aufgestaut, lagen ihr als pfeilscharf formulierte Vorwürfe auf der Zunge. Sie wollte sie Tom ins unheimlich erwachsen gewordene Gesicht schleudern, ihm den Schmerz von einst heimzahlen.

Stattdessen legte sie ihren Kopf ganz leicht und vorsichtig an seine Brust. Als seine Hand ihr Haar berührte, konnte sie endlich weinen.

Er schloss die Arme um sie.

Für den Moment war es gut.

»Tut mir leid. Entschuldige.«

»Schon gut. Ich bin auch traurig, Isi. Es ist hart, sie zu verlieren.«

»Nenn mich nicht so.« Erneut spürte Isabel die Tränen hochsteigen. So wenig sie zuvor hatte weinen können, so sehr drängte ihr Kummer jetzt, da Tom hier war, an die Oberfläche. Was hatte seine Gegenwart an sich, dass sie so von ihren Gefühlen übermannt wurde? War es die Kinderfreundschaft, die sie verbunden hatte, oder die leidenschaftliche Liebe zweier Teenager? Oder die schlichte Tatsache, dass sein Weggehen die Krankheit in ihr zum Vorschein gebracht hatte, mit der sie sich seitdem herumschlug?

»Kommst du mit zum Leichenschmaus?« Sie wischte sich mit dem Ärmel ihrer schwarzen Bluse über die Augen. Ihre Wimperntusche war sicher zerlaufen, wahrscheinlich sah sie aus wie der traurige Clown, der sie ja auch war. Doch ausnahmsweise kümmerte sie nicht, was die anderen über sie denken mochten. Fast empfand sie Toms Gegenwart wie einen Schutzschild. Der effektivste Schild, den sie sich vorstellen konnte.

»Selbstverständlich. Komm.« Er bot ihr seinen Arm, und sie hängte sich bei ihm ein. »Wir wollen den Onkel nicht länger allein mit der Meute lassen.«

Isabel fand es überaus merkwürdig. Alles und gleichzeitig nichts schien seit ihrer Trennung geschehen zu sein. Tom war in der Zeit erwachsen geworden, sie war erwachsen geworden – aber waren sie das wirklich?

Das Wirtshaus »Zum Roten Milan« war brechend voll. Viele hatten Elisa gekannt und gemocht, und die Wirtin veranstaltete mit Händeklatschen und schroffen Anweisungen in Richtung Küche ein rechtes Bohei um die Beerdigungsgruppe. Onkel Quirin stand verloren in der Tür und ertrug nur mühsam den Zug der Kondolierenden, die Umarmungen und das Händeschütteln der Gäste. Unter seinen Augen hingen Ringe wie auf den Rücken gefallene Mondsicheln. Zu seinen Füßen spielte der Wind mit trockenen Herbstblättern, die durch die offene Tür hereinwehten, während draußen die Sonne schien. Ein milder Herbsttag mit lauer Brise, den Tante Elisa gewiss in ihrem geliebten Garten verbracht hätte.

Isabel sah den Onkel fest von Berta Scharnitzer umhalst, die nicht merkte, wie ihm alles längst zu viel wurde.

»Ich muss zu ihm«, entschuldigte sie sich bei Tom und stellte sich an die Seite ihres Onkels.

»Da bist du«, sagte Quirin.

»Da bin ich. Jetzt bin ich da.« Isabel lehnte sich leicht gegen ihn, so dass ihre Schultern einander berührten. Und so standen sie das Beerdigungsessen Seite an Seite durch.

Am Abend duschte Isabel und fand sich hernach in ihrem alten Kinderzimmer mit den knarzenden Dielen wieder. Noch immer kannte sie jede Delle und jede Schramme im Holz. Sie schlüpfte in frische Kleider und sah eine ganze Weile reglos aus dem Fenster; blickte auf den Himmel und den friedlich und geheimnisvoll liegenden See. Am zartrosa Abendhimmel türmten sich weiße Wolken zu einer Reihe mehrstöckiger Hochzeitstorten. Ein Himmel, unerträglich schön in dem Wissen, dass Elisa ihn nicht mehr sehen konnte. Unter dem Fenster tauchte das Abendlicht Elisas Garten in warmgoldene Zauberstimmung. Hin und wieder blitzten graue Locken zwischen den Rosenstöcken auf, während weit draußen auf dem See ein Ruderboot tanzte. Obwohl es zu weit weg war, meinte Isabel, die Menschen darin lachen zu hören.

Sie dachte an Tom. Das Wiedersehen war überwältigend gewesen und wühlte sie zutiefst auf. Seit langer Zeit hatte sie wieder etwas wie Nähe und Vertrauen empfunden und zugelassen. Wie mochte es ihm ergangen sein, in der Zeit zwischen damals und heute? Wohin war er nach der Trennung gegangen, wie hatte er gelebt? Obwohl die Trauer um Tante Elisa sie lähmte, wünschte sie doch, es bald herauszufinden.

Isabel ging hinunter. Die Teppichinseln auf der alten Treppe staubten bei jedem Schritt. Unten bereitete sie ein Abendessen für den Onkel zu, Würstchen mit Kartoffelsalat. Die einfachen Handgriffe und die vertraute Umgebung brachten sie ein Stück weit zur Ruhe. Von der Vorhangstange hingen Elisas Kräutertöpfchen, alle vertrocknet und nicht mehr zu retten. Darunter stand der wuchtige Vierfach-Toaster, den Isabel ihren Zieheltern zur Jahrtausendwende geschenkt hatte. Auf den eichefurnierten Regalen lag Staub, wie das früher nie der Fall gewesen war. Sicher hatte der Onkel sich in den letzten Wochen nur noch um die Kranke gekümmert. Isabel entdeckte ihn durch das Fenster im Garten, noch immer bei Elisas Rosen verweilend. Er nahm sich Zeit. Die Traurigkeit ließ die Uhren langsamer laufen. Quälend langsam.

»Auf dem Tisch stehen Würstchen, das Wasser im Topf sollte noch warm sein.« Sie hielt ein Staubtuch in den Händen, als der Onkel schließlich hereinkam. Er wirkte gefasst. Als habe er gerade eine schwere Entscheidung gefällt. »Ich dachte, ich mache dir etwas zu essen. Im Kühlschrank ist auch Kartoffelsalat.«

»So.« Seine Augenlider waren stark gerötet, die Augäpfel im Licht der Glühbirnen mehr gelblich denn weiß. Es war eine ganze Weile her, da hatte Isabel während einer ihrer guten Phasen einen Freund mit nach Hause gebracht. Dede, ein Mensch, der zu allem eine Meinung zum Besten gab, hatte wegen des Einsparpotenzials für den Ersatz der alten

Birnen durch LEDs plädiert. Da war er allerdings an den Falschen geraten, denn Onkel Quirin schwor auf Glühbirnen. Merkwürdig, dass ihr diese Begebenheit jetzt einfiel.

»Irgendwie habe ich nie wirklich geglaubt, sie könnte fortgehen«, sagte Isabel, weil sie sonst nichts zu sagen wusste und das Schweigen lastete.

Wäre Quirin ein Igel gewesen, er hätte bei diesen Worten vermutlich alle Stacheln aufgestellt. »Wo warst du?«, fuhr er sie barsch an. »Wo. Zum. Teufel. Warst. Du!« Früher, wenn Tom und sie etwas angestellt hatten – ohne Luftmatratze viel zu weit auf den See hinauszuschwimmen oder am ersten Mai die Mülltonnen der Nachbarn im See zu versenken, wo die Stauung gerade begonnen hatte –, war er manchmal unwirsch mit ihr gewesen. Aber so, in einem solchen Ton, hatte er noch nie mit seiner Ziehtochter gesprochen.

»Ich ...«

»Wieder und wieder habe ich dich gebeten, du mögest nach Hause kommen. Regelrecht angefleht habe ich dich. Du wusstest, wie es um sie steht.« Der Onkel packte Isabel hart bei den Schultern. »Welche Boshaftigkeit hat dich denn geritten, dich nicht einmal mehr von ihr zu verabschieden?«

»Ich konnte nicht«, sagte Isabel betroffen. »Ich weiß, das klingt nach einer schwachen Erklärung, aber, Onkel Quirin, ich konnte wirklich nicht. Ich wollte bei euch sein, mit jeder Faser. Bitte glaub mir.«

»Ich wüsste keinen einzigen Grund, der dich daran hätte hindern können. Sie ist tot, verstehst du das? Wir haben sie heute begraben. *Begraben*, Isabel! Sie kommt nie wieder durch diese Tür. Klingt das für dich nach einer Sache, die du wiedergutmachen könntest?«

»Bitte ...«

»Nenn ihn mir, deinen Grund. Weshalb warst du nicht da?«

»Ich kann nicht.«

Quirin ließ seine Adoptivtochter los und betrachtete ihr Gesicht, als gälte es, ein kompliziertes Rätsel zu lösen. Seine Stirn war von Falten zerfurcht, die bei ihrer letzten Begegnung noch nicht da gewesen waren. »Sie hatte einen letzten Wunsch.«

»Welchen?«

»Weiß Gott, ich möchte dich gerade am liebsten auf den Mond schießen ... Deine Tante wollte, dass du nach Hause kommst. Heim zu mir.« Nach diesen Worten kniff Quirin die Lippen fest aufeinander. Sein ganzes Gesicht schien dichtzumachen, seine Augenlider hingen herab wie ausgeleierte Rollos. Er wartete auf ihre Entgegnung. Der Ball war auf Isabels Seite.

»Das bin ich, Onkel Quirin. Ich bin bei dir.«

»Nicht nur für eine Weile. Du sollst wieder hier einziehen.«

»Das ist nicht dein Ernst.«

»Deiner Tante war es sehr ernst damit.«

»Das geht nicht.«

Quirin schwieg.

»Wie stellst du dir das vor? Soll ich wieder in meinem alten Kinderzimmer wohnen?«

»Ich stelle mir gar nichts vor.« Er sprach emotionslos, seine Wut schien verpufft. Als wäre ihm im Grunde, nun, da Elisa fort war, alles nicht mehr wichtig. »Es war ihr Wunsch, Isabel. Ihr letzter.«

In Isabels Kopf arbeitete es fieberhaft. Sie würde ihre Krankheit nicht vor dem Onkel verbergen können, nicht unter einem Dach mit ihm. Es musste ihm zwangsläufig auffallen, wenn sie kaum das Haus verließ, keinerlei Kontakte pflegte. Ob ihn das andererseits überhaupt noch kümmern würde? Ein wildes Sehnen überkam sie, die grauenvolle

Wohnung und die Fremde hinter sich zu lassen und an den einzigen Ort zurückzukehren, an dem sie jemals glücklich gewesen war. Wieder in Toms Nähe zu sein, der Gedanke war da und ließ sich nicht leugnen.

»Ich vermute, deinem Beruf kannst du überall nachgehen.« Quirin betrachtete sinnend die vertrockneten Kräuter in ihren Töpfen.

»Schon.«

»Ich bin nicht mehr jung, und Kraft habe ich wahrlich kaum mehr.«

»Du bist erschöpft und ...«

»Womöglich werde ich auf kurz oder lang selbst zum Pflegefall.«

»Das solltest du nicht ...«

Wieder unterbrach er sie. »Du könntest dich um mich kümmern. Das heißt, falls du mich nicht genauso im Stich lässt wie deine Tante.«

Protest lag Isabel auf der Zunge, doch was nützte der, wo er im Grunde recht hatte. Nicht bloß im Grunde: *Er hatte recht*. Die Dinge waren so glasklar wie gefrorenes Eis auf einer Regentonne, ehe Hände es im Vorübergehen spielerisch brechen. Sie hatte es nicht fertiggebracht, über ihren Schatten zu springen, und hatte sich selbst im Weg gestanden. Nun war es zu spät.

»Ich habe Probleme, Onkel Quirin. Ich möchte mich um dich kümmern. Aber ich bin nicht sicher, ob ich das kann.«

»Mir genügt es, wenn du Elisas letzten Wunsch erfüllst. Das hat sie verdient, Isabel. Es ist das Mindeste.«

»Natürlich.« Isabel begriff, dass der Onkel ihr nicht verzeihen würde. Sie selbst würde sich ebenfalls nicht vergeben.

»Wie schnell kannst du deine Wohnung in Bamberg kündigen?«

»Acht Wochen, jeweils zum Monatsende«, sagte sie leise.

»Es tut mir leid, dass du dein Leben und deine Freunde dort aufgeben musst«, kam Quirin ihr ein winziges Stück entgegen.

Isabel schüttelte den Kopf. »Um ehrlich zu sein, es gibt dort nichts, das aufzugeben mir leidtäte.«

»Verstehe.« Quirin sah sie stirnrunzelnd an, ehe er einen Bogen um das unberührte Essen auf dem Tisch machte und ohne ein weiteres Wort aus der Küche stapfte. Sie hörte seine Schritte auf der Treppe und konnte fast vor sich sehen, wie er im Bad vor dem Spiegel stand, Zahnpasta auf seine Zahnbürste drückte und dabei Elisas verwaisten Zahnputzbecher anstarrte.

Später fand Isabel neben dem Telefon einen Zettel aus Tante Elisas gelbem Abreißblock. Darauf standen in Onkel Quirins Handschrift Toms Name, eine Telefonnummer und die Notiz: *Er wartet auf Rückruf.*

5

Ankündigung einer Heimkehr

ISABEL – Oktober 2015

Das Telefon mit der grünen Wählscheibe lachte sie aus. Isabel war seit zwei Wochen beim Onkel am Forggensee, und genauso lange spukte ihr Toms Telefonnummer durch den Kopf. Sie wollte ihn anrufen, aber das Telefon schien von einem unsichtbaren Schutzschild umgeben, das ihr einen Stromschlag verpasste, wann immer sie sich näherte.

Schließlich gelang es ihr doch, den Hörer zu greifen und die Nummer zu wählen. Beim ersten Tuten schrak sie zusammen, als käme es völlig unverhofft aus dem Off. Um ein Haar hätte sie wieder aufgelegt, aber sie tat es nicht.

»Ich habe gehofft, du würdest dich melden«, sagte Tom am Telefon. Sie verabredeten sich am Seeufer, bei ihrer Bank.

Er war noch nicht da. So blieb Isabel Zeit, Erinnerungen nachzuhängen. Dankbar registrierte sie das Fehlen von Spaziergängern oder Joggern. Es war ihr schwergefallen, das Haus zu verlassen, doch es war ihr tatsächlich gelungen. Immer noch verblüfft zog sie ihre Mütze tiefer in die Stirn.

Im Holz der Bank erahnte sie die verblasste Kontur des Herzens, das Tom und sie vor einer Ewigkeit hineingeschnitzt hatten. Es war so lange her, dass sie Kinder gewesen waren und später einander in der Mulde bei den Klangspielen geliebt hatten.

»Es ist verdammt lange her, oder?« Tom tauchte wie ein

Gedankenleser neben ihr auf. Die Arme hielt er vor der Brust verschränkt, als wüsste er nicht, wohin damit. Er versuchte nicht, ihr die Hand zu geben oder sie zu umarmen. Stattdessen sah er ebenfalls hinaus aufs Wasser. »Sie lassen den See gerade ab. Siehst du, wie das Wasser schon zurückgegangen ist?«

»Ich mag es, wenn der See im Oktober seine Geheimnisse preisgibt. Kommt im Mai das Wasser zurück, fühle ich mich fast ein wenig beraubt.«

»Da stehst du mit deiner Meinung gegen Segler, Angler und Badegäste.« Toms Lächeln erreichte die Augen nicht. »Sag, hast du daran gedacht? An uns beide?«

»Ich habe es nie vergessen.« Was hätten Ausflüchte genutzt? »Ich habe uns nie vergessen.«

»Ich auch nicht.« Sein grauer Kapuzenpullover hatte dicke gelbe Kordeln, darüber trug er eine schwarze Steppweste. Der Seewind spielte mit seinen Haaren, noch immer aschblond, doch der Schnitt war anders als früher. Mehr rauer Seemann als rotziges Kurzhaar. Seine Locken kamen durch. »Ich bin froh, dass du angerufen hast. Ehrlich gesagt war ich nicht sicher, ob der Onkel dir meinen Anruf überhaupt ausrichten würde.«

»Hat er nicht. Es lag bloß ein Zettel da.«

»Verstehe.« Tom blickte sie an. »Ich könnte dir praktisch andauernd sagen, wie leid es mir tut - würde ich auch gern -, aber mir ist klar: Alle Beteuerungen werden nichts nützen.«

»Du hast mir damals das Herz gebrochen.« Ihr Lachen klang verletzt. »Wir hatten erst einige Tage zuvor unsere Beziehung offiziell gemacht. Was erwartest du?«

»Das klingt nicht, als hätte die Zeit es dir leichter gemacht«, murmelte Tom und berührte ihre Wange. »Das habe ich erwartet. Das Leben ist doch weitergegangen, auch für dich. Es ist so lange her, Isi.« Seine Hand war warm. »Eigentlich möchte ich bloß wissen, wie es dir ergangen ist. Du siehst schlecht aus. Elisas Tod nimmt dich sehr mit.«

»Lass das.« Isabel schob seine Hand fort. Sie hätte ihm sagen können, dass sie seit Jahren schlecht aussah. Weil sie zu viel trank, sich ungesund ernährte und immer weniger Kraft hatte, gegen die krankhafte Angst anzukämpfen, die ihr das Leben schwer und schwerer machte. »Ich lebe in Bamberg und arbeite da als selbstständige Grafikdesignerin«, berichtete sie knapp. »Und du?«

»Nach unserer Trennung war ich für einige Jahre im Ausland.«

»Wo denn?«

»In Österreich.« Tom grinste verlegen.

Also gar nicht weit weg. Sie hatte ihn sich anderswo vorgestellt, in einem heißen Land, einer pulsierenden Metropole. Rio vielleicht, Cancún oder Santo Domingo. Seine Familie hatte ja Geld.

»Ich habe eine Ausbildung zum Landschaftsgärtner gemacht, gearbeitet ...«, er machte eine vorsichtige Pause, »... und geheiratet.«

»Na dann, herzlichen Glückwunsch.« Es kam bitterer heraus, als sie wollte. Natürlich hatte sie kein Recht dazu, aber es traf sie dennoch. »Wo ist sie, deine Frau?«

»Wie du siehst, trage ich keinen Ring.« Er streckte ihr die nackten Hände hin. »Wir sind geschieden. Schon eine ganze Weile.«

»Oh.«

»War besser so.« Tom beobachtete einen Schwan, der mit rauschendem Flügelschlag über den See zog. »Im letzten Jahr hat es mich dann wieder nach Hause verschlagen. Und bei dir, gibt es jemanden?«

»Nein. Nicht im Moment.« Sie bemühte sich krampfhaft

um einen leichten Ton. »Ich bin wohl das, was man bindungsunfähig nennt.«

»Ist das so?« Sein Blick fraß sich unter ihre Haut.

Zumindest früher war es nicht so gewesen, das war beiden klar. Zwischen ihnen war es nicht so gewesen.

»Ich habe meine Angel im Auto. Gehen wir sie holen? Ich würde gerne ausnutzen, dass der See noch Wasser führt. Dort drüben bei den Felsen könnten wir sie auswerfen.«

»Du angelst noch?« Isabel wollte *Nein* sagen und sich von Tom fernhalten, wie sie es sich mit siebzehn geschworen hatte. Stattdessen nickte sie. Die Spannung zwischen ihnen schien fast mit Händen greifbar, dennoch war Tom seit langem der erste Mensch, mit dem sie sich angstfrei unterhalten konnte. Was einem Wunder gleichkam, dem sie auf den Grund gehen musste. Nicht, weil sie einfach nur bei ihm sein wollte, log sie sich in die Tasche. Deshalb nicht.

»Erst, seit ich wieder in der Nähe des Sees lebe. Es hat mir gefehlt.« Sie spazierten zum Parkplatz, wo sie einer Frau mit ihrem schwarz-weißen Border Collie begegneten. Nur der rechte Hinterlauf des Hundes war braun. Tom grüßte die Fremde im Vorbeigehen. Isabel tat es ihm gleich – erstaunt, mit welcher Leichtigkeit ihr das kurze Hallo über die Lippen kam und wie wenig sie hinterher über die flüchtige Begegnung mit der unbekannten Frau nachdenken musste.

Bei den Felsen warf Tom seine Angel aus, und bald tanzte der neongelbe Schwimmer auf dem Wasser. Isabel hockte sich auf den kalten Stein, zupfte Moos und Flechten von den Felsen und beobachtete Tom. Bis auf vereinzelte Spaziergänger in der Ferne war es friedlich und ruhig.

Tom konzentrierte sich auf seine Angel. Gelegentlich warf er ihr einen lächelnden Blick zu.

»Ich hätte nicht geglaubt, dass wir so einträchtig beieinandersitzen können«, gestand er nach einer Weile.

Tatsächlich, die Spannung zwischen ihnen nahm ab.

»Weil ich dich eigentlich hassen müsste.«

»Im Ernst? So schlimm?«

»Nein. Hassen ist ein zu großes Wort. Wir waren damals noch blutjung. Selbst Onkel Quirin hat uns gewarnt, es würde wohl nicht halten.«

»Der alte Pragmatiker.« Tom lächelte halb. »Es tut mir trotzdem gewaltig leid, Isabel. Ehrlich. Ich möchte nicht jammern, schließlich warst du die Leidtragende, aber auch für mich war es hart, dich zu verlieren. Plötzlich ohne unsere Freundschaft zu sein.«

Der neongelbe Schwimmer begann heftiger auf dem Wasser zu schaukeln, als dass es nur den leichten Wellen zuzuschreiben sein konnte.

»Da zupft was.« Isabel spürte einen Stich der Aufregung.

»Rotfedern oder Rotaugen wahrscheinlich, die den Wurm wegfressen«, meinte Tom gelassen, doch er ließ den Schwimmer nicht aus den Augen. Mit einem Mal verschwand das neongelbe Leuchten von der Wasseroberfläche.

»Halt dich bereit, wenn du möchtest.«

»Du überlässt mir den Fisch?«

Tom nickte. »Jetzt!«

Isabel sprang auf, griff die Rute und riss sie hoch. Früher hatte sie Tom häufig zum Angeln begleitet. Die Spule surrte, und sie spürte ein starkes Rucken beim Versuch, die Schnur einzuholen. »Da ist wirklich einer dran!«

»Aber holla, das will ich meinen. Halt fest!« Tom trat hinter Isabel, um ihr mit der Angel zu helfen. Der Fisch wehrte sich kräftig. Je weiter sie die Schnur einholten, desto mehr war von ihrem Fang zu erkennen. Ein Karpfen, der immer wieder in die Höhe sprang, die Schnur nach links und rechts zog, bis er im flacheren Wasser zwischen die Felsen schwamm, wo er sich mitsamt der Leine verfing.

»Den kriege ich so nicht raus.«

»Warte.« Tom überließ Isabel die Angel wieder alleine. »Ich gehe ihn holen.«

»Nimmst du ein Bad, oder wie willst du sonst bis zu ...«

Tom schlüpfte aus Schuhen und Socken, ehe sie zu Ende gesprochen hatte. Nach einem kurzen, fragenden Hochziehen der Brauen entledigte er sich achselzuckend auch seiner Jeans und stapfte ins flache Wasser. Gänsehaut überzog seine Oberschenkel, mehrmals glitschte ihm der Fisch aus den Händen, bis er ihn schließlich auf beiden Armen wie eine junge Braut ans Ufer trug.

»Lust auf Fisch?« Er grinste Isabel an, die ihn offenen Mundes anstarrte. »Mach den Mund zu, Isi. Oder gefallen dir meine Boxershorts nicht?«

Für einen Moment war es zwischen ihnen wie früher.

Tom wohnte in einem schmalen, hohen Haus an der Füssener Stadtmauer. Ein grauer Pflasterweg wurde flankiert von üppigen Beeten. Späte Rosen, Taglilien und violette Herbstastern gediehen zwischen runden Buchsbaumkugeln. Verblühte Prachtkerzen und gelbe Blätter gemahnten hingegen nüchtern an das fortgeschrittene Jahr und verbaten sich untereinander jeden Anflug spätsommerlicher Nostalgie. Die Haustür war taubenblau, die Fenster aus Bleiglas. Das Haus mutete an wie aus der Zeit gefallen. Vermutlich hatte es vor hundert oder zweihundert Jahren nicht sehr viel anders ausgesehen.

Im Inneren des schmalen Häuschens setzte sich das Bild fort. Die Einrichtung war spärlich, dabei sorgsam ausgewählt. Es fanden sich viele antiquarische Stücke, die auf den alten Mosaikfliesen schön zur Geltung kamen. Einziges Zugeständnis an die Moderne schienen auf den ersten Blick die Elektrogeräte in der Küche.

»Man kann einmal gerade durchlaufen«, erklärte Tom. »Das hat mir gleich gefallen.«

Tatsächlich gab es vis-à-vis der Haustür eine niedrige Hintertür, die durch einen gemauerten Bogendurchgang führte.

»Ist das die Stadtmauer?«

»Das Haus ist quasi Teil davon«, nickte Tom. »Komm hinaus in den Garten.« Der Garten war nicht wesentlich größer als das Vorgärtchen und blühte ebenso hübsch in herbstlichen Farben. Auf den Schieferplatten der Terrasse stand ein Kugelgrill. Daneben fanden gerade so ein runder Tisch und zwei Korbstühle Platz. »Setz dich. Möchtest du ein Glas Wein? Ich habe einen Spätburgunder da, der gut zum Fisch passen müsste.«

»Gern.« Der Korbstuhl ächzte, als Isabel sich hineinsinken ließ. Sie lauschte dem Surren der Insekten, während Tom in der Küche den Fisch ausnahm, wusch und füllte. Das mit dem Wein war keine gute Idee, überlegte sie. Eigentlich sollte sie keinen Alkohol trinken – und es drehte ihr den Magen um, wenn sie an das einsame Besäufnis in ihrer schäbigen Bude in Bamberg dachte, in den Tagen nach Elisas Tod.

Isabel ging zu Tom in die Küche. »Ich möchte doch keinen Wein.«

»In Ordnung. Dann lieber ein Wasser?« Er räumte die bereitgestellten Weingläser wieder in den Schrank.

»Bitte, ja. Kann ich dir beim Kochen helfen?«

»Du könntest Kartoffeln schälen.« Er stellte die Utensilien auf den Tisch. Da das Haus nur nach vorne zur Straße Fenster hatte, waren die Räume dunkel wie in einer Burg. Tom hatte das Licht angeschaltet, obwohl draußen noch die späte Nachmittagssonne am Himmel stand. Während sie schälte, kam Isabel ein wenig zur Ruhe. Es war im Grunde genommen nichts dabei. Sie kannten sich seit ihrer Kindheit, lange bevor sie ein Paar geworden waren. Tom hatte Elisa genauso geliebt und verloren, da durften sie einander ruhig ein wenig Trost spenden und Erinnerungen an alte Zeiten austauschen. Auch deshalb hatte sie seine Einladung angenommen, oder nicht? Schließlich waren sie beide längst erwachsen, und was einmal zwischen ihnen gewesen war, galt schon lange nicht mehr. Außerdem tat der Anflug von Normalität gut, den sie beim Schälen der Kartoffeln erstmals seit einer Ewigkeit wieder empfand. Wie sie hier bei ihrem alten Freund in der Küche saß, hätte sie sich sogar fast für normal halten können.

»Was geht dir durch den Kopf?« Tom hatte den Fisch mittlerweile in die Pfanne gelegt. Ein rotweiß kariertes Spültuch steckte in der Gesäßtasche seiner Jeans.

»Hast du gewusst, dass Tante Elisa aus Forggen stammte? Wie Onkel Quirin?«

»Schon.« Er nickte verhalten.

»Weshalb hat mir das nie ein Mensch gesagt? Ich habe es zum ersten Mal vom Pfarrer auf der Beerdigung gehört. Elisa hat nicht gern über ihre schwere Vergangenheit gesprochen, das war mir klar. Aber ich habe immer angenommen, sie wäre in irgendeinem Kinderheim groß geworden.«

»Keine Ahnung.«

»Wie, keine Ahnung?« Isabel sah ihm zu, wie er sich angelegentlich mit dem brutzelnden Fisch beschäftigte. Wich er ihr aus?

»Ich weiß es eben einfach nicht. Mich jedenfalls hast du nie nach Elisas Vergangenheit gefragt, soweit ich mich erinnere.« Er legte letzte Hand an den Dip für die Kartoffeln.

»Denkst du, Onkel und Tante haben mir das absichtlich verschwiegen?«

»Mit Sicherheit nicht.« Tom belud ein Tablett mit Tellern, Besteck, Gläsern und einer Flasche Wasser, um es hinaus auf die Terrasse zu tragen.

Währenddessen dachte Isabel an Onkel Quirin, der allein

daheim saß. Sofort überkam sie das schlechte Gewissen. Sie hatte ihn gefragt, ob es für ihn in Ordnung war, wenn sie sich mit Tom traf. Er hatte bloß genickt, nach wie vor wütend auf sie. Aber sollte sie nicht dennoch bei ihm sein? Vielleicht war er andererseits froh, das Haus für sich allein zu haben, um seiner Trauer Raum zu geben. Um zu schreien und zu toben.

»Schon wieder grübelst du.« Tom tippte ihr an die Schläfe. »Lass uns essen.«

Isabel war kein Fischliebhaber, doch der Karpfen schmeckte unglaublich zart. Sie griff zweimal zu. Während des Essens erzählte Tom ihr vom Schlaganfall seines Vaters im letzten Jahr. Für eine Weile war Michael Radspieler nicht alleine zurechtgekommen. »Da habe ich mich entschieden, wieder nach Hause zu ziehen. Es ist ja nicht absehbar, wie es mit der Gesundheit meines Vaters weitergeht. Und mein Großvater freut sich ebenfalls über meinen Besuch.«

»Ich glaube, ich habe deinen Großvater auf Tante Elisas Beerdigung gesehen.«

»Er wollte unbedingt kommen. Störrischer alter Mann.« Toms Stimme klang liebevoll.

»Ihr steht euch noch immer sehr nahe.«

»Manchmal erzählt er mir, wie es sich anfühlt, das Altsein. Das *Uraltsein* muss man in seinem Fall sagen. Mir wird jedes Mal angst und bange. Kannst du dir vorstellen, nichts mehr richtig schmecken zu können? Mitten in einem wichtigen Gespräch einzunicken und permanent die Hilfe anderer zu akzeptieren, selbst in intimsten Momenten?«

»Das würde ich nicht ertragen.«

»Wird uns irgendwann vielleicht nichts anderes übrigbleiben. Es muss merkwürdig für meinen Großvater sein, Elisa zu überleben.« Tom zog ein Gesicht, als hätte er eben in eine Zitrone gebissen.

»Was hast du?«

»Nichts. Schon in Ordnung.«

»Hat dein Großvater sie denn gut gekannt?«

»Elisas Eltern waren die Nachbarn meiner Familie. Die Forggenmüllers neben den Wirtsleuten Radspieler.«

»Dann hat Tante Elisa mit Onkel Quirin den ehemaligen Nachbarsbuben geheiratet, als sie nach Jahren zurück an den See kam?«

»Ja. Wirklich merkwürdig, dass du davon so gar nichts weißt.«

»Ich werde Onkel Quirin fragen.«

»Lass das mal besser bleiben.« Mit einer Serviette wischte Tom sich den Mund ab. »Ich weiß nicht, ob er im Moment die Erinnerungen an seine glücklichen Kindertage mit Elisa gebrauchen kann.«

»Du hast recht.« Isabel kam sich dumm vor. Natürlich konnte sie den Onkel jetzt nicht mit Tante Elisas Vergangenheit bedrängen. Vielleicht waren ihre Adoptiveltern auch der Meinung gewesen, es ginge sie nichts an. Schließlich war es nicht Isabels eigentliche Familie, die im überfluteten Forggen gelebt hatte. »Ich finde es traurig, dass Onkel Quirin zu deinem Vater und zu deinem Großvater keinen Kontakt hat. Gerade jetzt. Sie sind doch seine einzigen Verwandten.«

»Er hat ja dich. Das wird im Leben nichts mehr mit Onkel Quirin und meinen Leuten.«

»Ich habe nie erfahren, weshalb sie sich entzweit haben. Weißt du es inzwischen?«

»Nein.« Tom stand auf. »Ich hole noch eine Flasche Wasser.«

Nach dem Essen blieben sie auf der Terrasse sitzen, bis es dunkel geworden war. Tom bot Isabel eine Jacke an, die sie ablehnte. Auch wenn sie sich den ganzen Tag wie Erwachsene benommen hatten und freundschaftlich miteinander umgegangen waren: Sie mochte seinen Duft nicht um sich haben. Dafür war er ihr immer noch viel zu präsent.

Gegen zehn Uhr fuhr Tom sie nach Hause. In Quirins und Elisas Schlafzimmer brannte Licht. »Ich bin froh, dass zwischen uns alles klar ist.« Er stieg aus, umrundete das Auto und öffnete ihr die Wagentür. Zum Abschied gab er ihr die Hand. Er versuchte weder sie zu umarmen noch zu küssen. Zu küssen. Wie kam sie überhaupt auf den Gedanken?

»Das bin ich auch, Tom. Vor allem, da ich bald wieder am See leben werde.« Er war der erste Mensch, dem sie davon erzählte, von heute auf morgen ihr ganzes Leben umkrempeln zu wollen. Allerdings verschwieg sie die essenzielle Tatsache, dass es da nichts umzukrempeln gab, ihr Leben praktisch nicht existierte.

»Mach es gut.« Er winkte, bis sie im Haus verschwand.

*

Die Scheinwerferkegel des Wagens trafen auf Mauern aus dicken Quadersteinen, halb unter Efeu begraben; schreckten das Getier darin auf. Es dauerte vier Minuten, bis die Diskussion an der Sprechanlage endete und das meterhohe Eisentor ächzend aufschwang – der Gast kam spät und ohne Vorankündigung.

Drinnen wurde der Wagen im weitläufigen Hof abgestellt. Die Bewegungsmelder aktivierten die nächtliche Beleuchtung. Der Fahrer stieg aus und verschwand im Gebäude, das im Schein der Hoflampen wie frische Sahne leuchtete.

Festen Schrittes erklomm der Gast die ihm vertrauten Stufen und öffnete eine Tür. Das Licht im dahinterliegenden Raum war angenehm gedimmt. Es spielte fröhliche Musik, die den Besucher vage an schwingende Röcke und bunte Bänder denken ließ. Die Wände waren gepflastert mit Zeitungsartikeln hinter Glas. Im Lehnsessel saß eine Gestalt.

»Sie kommt nach Hause«, sagte der späte Gast und kniete sich vor den Sessel.

6

Ein weiß gestrichenes Türchen

ISABEL – Oktober 2015

Nach dem Besuch bei Tom stand Isabel in der Tür ihres ehemaligen Zimmers und erinnerte sich. An die Zeit, als sie zehn Jahre alt gewesen war und die Radspielers kennengelernt hatte. An den schnellen Entschluss des Ehepaars zur Adoption. An den herzlichen, wenngleich routiniert erscheinenden Abschied von ihrer fünften Pflegefamilie in wenigen Jahren. An das erste Betreten dieses Zimmers, kurz nach ihrem elften Geburtstag. Und an ihre unzähligen Tränen, bis Tom gekommen war und sie an die Hand genommen hatte.

Mit der Zeit war der Raum für Isabel zum sicheren Refugium geworden. Nie waren Elisa oder Quirin ohne Anklopfen eingetreten, immer hatten sie ihre Privatsphäre hochgehalten.

»Ich komme heim, Tante Elisa.« Isabels Stimme schien lange in der umfassenden Stille des Zimmers zu schweben. Kein Echo, sondern etwas sehr viel Zarteres. »Wie du es wolltest.«

Sie setzte sich auf den Boden und versuchte, wieder ein Gefühl für den Raum, das Haus und nicht zuletzt ihr eigenes Leben zu bekommen. Für den Anfang genügte es wohl, die Eindrücke in sich aufzusaugen. Das Bügelbrett der Tante lehnte hinter der Tür. Auf den alten Dielen lag dort, wo Isabel in den letzten zwei Wochen nicht hingetreten war, ein wenig Staub. Die Deckenbalken waren dick wie eh und je. Das Bett war noch immer ihres, das sie sich zum dreizehnten

Geburtstag ausgesucht hatte – ein beigefarbenes, verschnörkeltes Metallgestänge, das die verliebten Träume jedes jungen Mädchens anfeuern musste. Der mannshohe Spiegel mit dickem Rahmen warf das Bild des bunten Quilts auf dem Bett zurück – und das der leeren Kristallvase auf dem Fensterbrett. Auch daran merkte man, dass die Tante nicht mehr da war. Zu Elisas Lebzeiten hätte es im Haus niemals eine Vase ohne Blumen gegeben. Isabel kamen die Tränen. Erst waren es einzelne Rinnsale, die sich bald zu heftigen Schluchzern auswuchsen. Rotz lief ihr aus der Nase, und sie fand kein Taschentuch. Eines unten aus der Speisekammer zu holen wagte sie nicht, um Onkel Quirin in ihrem Zustand nicht über den Weg zu laufen. Stattdessen zog sie ihren Pullover aus und schnäuzte kräftig in den Ärmel, ehe sie das Kleidungsstück in der Tüte mit ihrer Schmutzwäsche versenkte. Nachdem sie sich etwas beruhigt hatte, nahm sie ihre Betrachtung des Zimmers wieder auf.

An der Wand über dem Bett hing eine gerahmte Fotografie. Elisa und Quirin vor dem Kolosseum in Rom, irgendwann in den Neunzigern. Daneben ein Bild von Isabels Eltern, glücklich lachend am Tag ihrer Hochzeit. Eines der wenigen Bilder von ihnen, das sie besaß. Sie hatte beide Fotos aus Bamberg mitgebracht und wieder an ihrem alten Platz aufgehängt. Es waren, neben Kleidern und Waschzeug, die einzigen Dinge gewesen, die sie am Tag der Beerdigung hastig in die Reisetasche gepackt hatte. Außerdem waren da noch der Schrank aus weiß lasiertem Holz und dicke Bretter, Funde aus dem abgelassenen See, als Bücherregale an den Wänden befestigt.

Isabel ließ sich auf das Bett fallen. Unterhalb der beiden Fotografien gab es ein kleines, weiß gestrichenes Türchen, das kaum auffiel. Ein stillgelegter Kamin, den sie früher als Geheimversteck genutzt hatte. Dort hatte sie kleine Schätze aufbewahrt, Muscheln, Glassplitter und Tonscherben aus dem See, auch die eine oder andere Münze aus Zeiten des Deutschen Reichs. Später ihre Tagebücher. Eine Karte von Tom, geschrieben nach ihrem allerersten Kuss. Isabel hatte diese Dinge bei ihrem Auszug im Kamin gelassen, wo sie sie sicher bewahrt wusste. Sie hielt die Luft an. Seit bald zehn Jahren lagen die Sachen unberührt in ihrem Versteck.

Sie öffnete das Türchen.

Da waren die Tagebücher, vollgeschriebene DIN-A5-Seiten, fein säuberlich gestapelt. Die Scherben und Muscheln in einer ausrangierten, mit rotem Samt ausgeschlagenen Schmuckschatulle. Ein verschnürtes Bündel Briefe und Karten. Eine Stoffschildkröte, die mit ihr zusammen das Unglück überlebt hatte, bei dem ihre Eltern ums Leben gekommen waren.

Ganz zuhinterst stand ein Karton, den Isabel noch nie gesehen hatte. In Tante Elisas unverkennbarer Handschrift stand darauf nur ein Wort: Isabel.

Sie räumte die eigenen Erinnerungen mit fliegenden Händen beiseite, hob den Deckel vom Karton und blickte auf mehrere übereinanderliegende Reihen nummerierter Audiokassetten: Kunststoffgehäuse, Tonband, C60-Aufdruck. Es handelte sich dem Anschein nach um genau solche Kassetten, wie Isabel sie als Jugendliche dutzendfach besessen hatte.

Was mochte die Tante aufgespielt haben? Musik? So viel Musik? Isabel griff die Kassette mit der Nummer eins heraus. Wie schon ihr Name auf dem Karton war auch die Ziffer eindeutig von ihrer Tante geschrieben worden. Elisa hatte jedem Großbuchstaben und jeder Zahl rechts oben ein Fähnchen angehängt, ganz gleich, ob es dahingehörte oder nicht. Am liebsten hätte Isabel die Kassette auf der Stelle angehört, doch sie besaß schon lange keinen Rekorder mehr. In Gedanken wanderte sie durchs Haus, hielt im Keller und unter dem Dach Ausschau nach dem tragbaren Kassettenrekorder mit bunten Tasten und plüschweichem Mikrofon; eines der ersten Geschenke von Quirin und Elisa an die Adoptivtochter. Leider fiel ihr das unspektakuläre Ende wieder ein, welches der Rekorder seinerzeit in der Mülltonne gefunden hatte, nachdem die Kassettenklappe nicht mehr zu schließen gewesen war. Im Schlafzimmer von Tante und Onkel stand zwar seit Jahr und Tag eine wuchtige Kenwood-Musikanlage aus den Neunzigern, mehrere Kassettendecks inklusive, aber zu Quirin konnte sie mit ihrer Entdeckung schlecht gehen. Nicht, solange sie nicht wusste, was die kleinen Tonbänder für ein Geheimnis bargen. Tante Elisa hatte sie sicher nicht grundlos im stillgelegten Kamin versteckt und mit ihrem Namen versehen.

Isabel gestand sich unwillig ein, wie wenig Aussicht es hatte, mitten in der Nacht – inzwischen hatte die Kirchturmuhr Mitternacht geschlagen – an ein Abspielgerät zu kommen. Sie griff nach dem Deckel des Kartons und entdeckte, dass unten am Deckel, mit Tesafilm befestigt, ein Briefkuvert klebte. Auch auf diesem prangte Isabels Name in Elisas Handschrift.

War sie zuvor noch erstaunlich ruhig geblieben, fing sie jetzt an zu zittern. Kassetten, die sie sich vorerst nicht anhören konnte, waren das eine. Das hier – ein an sie gerichteter Brief der verstorbenen Tante – war sehr viel direkter, sehr viel unmittelbarer und dadurch sehr viel intensiver.

Was würde beim Entfalten des Papiers auf sie warten? Elisas Worte und Sätze stünden dort, Zeilen mit den charakteristischen Fähnchen, ganz für Isabel bestimmt. Vielleicht jene letzten Worte, die auszusprechen sie ihrer Tante keine Gelegenheit mehr gegeben hatte. War der Brief Elisas Ausweg, ihrer Enttäuschung über den Tod hinaus Ausdruck zu verleihen?

Ohne überhaupt ein Wort gelesen zu haben, schämte Isabel sich in Grund und Boden. Sie war dabei gewesen, als ihre Eltern starben, hatte aber keine - wenigstens keine bewusste - Erinnerung daran. Dafür war sie dankbar. Mit dem Tod ihrer Tante verhielt es sich anders. Sie hätte bei ihr sein müssen.

Die dich über alles liebt
an Fräulein Raupe vom See

Ich habe mit dir nie über meine Vergangenheit gesprochen. Du wusstest lediglich von einem großen Schmerz, der mich daran hinderte. Das war ein Fehler, liebe Isabel. Ich hätte dir viel früher alles erzählen sollen. Als noch Zeit war.

Aber das konnte ich nicht, weil ich zu schwach war - und ahnte seit langem, dass ich es nie können, dafür immer zu schwach sein würde.

Wenn du diesen Brief liest, bin ich nicht mehr hier. Mach dir keine Vorwürfe. Stattdessen, darum bitte ich dich, höre dir die Kassetten an. Ich habe in den vergangenen Jahren für dich aufgesprochen, was ich dir nicht sagen konnte. Immer, wenn dein Onkel bei den Kemptener Vespafreunden war - und das war er noch lange Jahre, nachdem seine eigene Vespa längst auf dem Schrottplatz lag -, saß ich vor dem Aufnahmegerät. Später, mit meiner Krankheit, wurde es schwieriger. Aber ich habe dennoch Zeitfenster gefunden, während derer dein Onkel außer Haus und ich ungestört war. Die Kassetten sind nach dem Zeitpunkt ihrer Aufnahme nummeriert. Du wirst keine zeitliche Chronologie finden, wohl aber die Chronologie meiner Erinnerungen, wie sie durchs Fenster meines Gedächtnisses hereinwehten. Nimm dir Zeit dafür.

Als 1954 der Forggensee zur Stromgewinnung erst-

mals vollständig aufgestaut wurde, versank nicht nur die Heimat deines Onkels in den Fluten. Forggen war auch meine Heimat, Isabel. Noch vor der Stauung, im Juli 1954, gab es einen heftigen Sturm, der den Pegel des Sees unerwartet über anderthalb Meter steigen ließ. In jener Nacht war ich nicht zu Hause. Ein Leben lang – und bald wirst du verstehen, weshalb ich nicht an diesem großen Schmerz rühren mochte – habe ich mich gefragt, was in den Stunden geschah, als der Sturm über unserem Dorf wütete.

Es war die Nacht, in der meine Eltern und meine kleine Schwester für immer verschwanden. Sie waren fort, einfach so, ohne ein Wort. Ohne irgendetwas aus der Mühle mitgenommen zu haben. Die Gerüchteküche brodelte in den Tagen und Wochen danach. Das Rätsel um das Verschwinden meiner Familie faszinierte die Leute selbst noch Monate und Jahre später. Anfangs hielt man sie für ertrunken, was angesichts des Sturms und des unerwarteten Anstiegs des Wassers nahezuliegen schien. Aber ihre Leichen wurden nie gefunden – und das hätte man, wären sie im Wasser ums Leben gekommen –, daher zog die Polizei bald auch andere Szenarien in Betracht. Man flüsterte von Mord.

Schlussendlich wurde ihr Verbleib nie geklärt – und ich selbst habe die Suche nach der Wahrheit vor Jahrzehnten aufgegeben. In diesen meinen letzten Wochen auf Erden bleibt mir nur die Gewissheit, dass unsere Familie eine Aufklärung verdient hat.

Darum will ich dich bitten, liebes Kind. Finde an meiner Stelle heraus, was meinen Eltern und meiner Schwester damals widerfahren ist. Sieh es als Wiedergutmachung für dein Fernbleiben in meinen letzten Lebenswochen, wenn du möchtest. Nicht, dass es da etwas wiedergutzumachen gäbe, doch dein Onkel wird dich mit Vorwürfen nicht verschonen. (Nimm es ihm nicht krumm. Er liebt dich von Herzen.)

Ich hinterlasse dir diese Kassetten, auf denen ich dir von meinem Leben in Forggen und allem erzähle, was dir weiterhelfen könnte. Hoffend, es möge dir gelingen, des Rätsels Lösung zu entdecken. Ich habe über ein halbes Jahrhundert mit den Geistern meiner Familie gelebt, Isabel. Es wird Zeit, dass sie endlich Ruhe finden.

Kümmere dich um deinen Onkel, mein Schatz. Damit ihn mein Verlust nicht härter ankommt, als er muss. Was von all dem hier du ihm erzählen möchtest, bleibt dir überlassen. Nur: Entscheide nicht voreilig. Er weiß weniger, als du vielleicht annimmst.

Was ich dir vor allem wünsche, meine kleine Raupe: Mögen die Spuren meiner Vergangenheit dich am Ende nicht nur zum Verbleib meiner Eltern und meiner Schwester, sondern ganz besonders zu dir selbst führen.

Ich war nie blind für das, was dich umtreibt und dir seit langem das Leben schwermacht. Aber genauso wenig, wie ich jemals an dir gezweifelt habe, zweifle ich an dem glücklichen Leben, das du haben wirst. Denk daran, wenn du eines Tages lächelnd die Käfer auf einem Stück Rinde beim Krabbeln beobachtest oder deine Kinder dich mit kurzen, warmen Ärmchen liebevoll umfangen. Dann hat meine kleine Raupe sich aus ihrer Verpuppung befreit (wusstest du, dass manche Schmetterlingsarten viele Jahre lang in ihrer Puppe verharren, ehe sie schlüpfen?) und ist zum wunderschönen Schmetterling geworden. Einem Schmetterling, der keine Angst mehr hat.

Ich glaube fest an dich.

Deine Elisa

Isabel erfuhr am eigenen Körper, was die Leute meinen, wenn sie von gleichzeitigem Weinen und Lachen sprechen. Tränen rollten ihr über die heißen Wangen, während sie zugleich über die Worte der heißgeliebten Tante lächelte. *Die dich über alles liebt an Fräulein Raupe vom See.* Wenn man Elisas ausgeprägte Vorliebe für melodramatische Filme und Bücher berücksichtigte, hatte sie sich bei ihrem letzten Brief an Isabel zurückgehalten.

Was es bedeutete – was es wirklich bedeutete! –, dass Elisas Familie vor Jahrzehnten verschwunden war, das vermochte Isabel für den Augenblick nicht einmal zu erahnen.

Sie erinnerte sich an den Film *Der mit dem Wolf tanzt.* Elisas Lieblingsfilm und zeitweise auch der ihre. Ein wenig peinlich war es ihr gewesen, sich jedes Mal verstohlen neben Tante Elisa auf die Couch zu drücken. Daher rührte die Marotte im Hause Radspieler, einander mit langen Namen in der Art des Films zu belegen: Die ihr Zimmer jetzt aufräumt; Der die Nudeln abstaubt; Die mit den Blumen spricht.

Die sich weinend auf das Bett legt und zu einem trauernden Knäuel zusammenrollt.

7

Die Stille über dem Wasser

ELISA – September 2009

Elisa Radspieler räumte den Staubwedel weg, den ihr Mann zum Abstauben seiner Nudelsammlung benutzte. Sie trank ein Glas Saft und stieg dann hoch auf den Dachboden. Quirin war nach Kempten gefahren, und das Haus war sehr still. Ihr blieben wenigstens drei Stunden.

Sie holte das Aufnahmegerät aus seinem Versteck auf dem Dachboden, schob eine Kassette hinein und setzte sich damit hinaus in den Garten, in den Schatten der Pergola, wo keiner sie hören würde. Mehrere Minuten dachte sie schweigend nach. Sie war noch ungeübt darin, ihre Gedanken einem Tonband anzuvertrauen. Daher formulierte sie die ersten Sätze im Kopf gerne vor. Nach mehreren tiefen Atemzügen begann sie zu sprechen.

»Was mache ich jetzt? Die Frage hämmerte mir im Kopf. Die ganze Situation erschien mir so unwirklich, als widerführe das alles einer anderen Person. Was mache ich jetzt? Was mache ich jetzt?«

Juli 1954

Was mache ich jetzt? Was mache ich jetzt? Was mache ich jetzt? Die Frage hämmerte in ihrem Kopf als monotoner Singsang. Das Haus schlief noch. Edith hatte ihr am Vorabend in der Küche eine Pritsche zum Schlafen aufgestellt. Das war nett von ihr gewesen. Mehr als das. Elisa hätte sonst nicht gewusst, wo sie die Nacht verbringen sollte, nachdem Ediths

Mann ihre große Hoffnung zunichtegemacht hatte. Bis der Morgen dämmerte, kaute sie auf ihren Nägeln herum, bis sie bis aufs Fleisch heruntergebissen waren. Draußen heulte ein Sturm und rüttelte an den Läden. Es hörte sich an, als prasselte das Wasser in Tonnen vom Himmel.

»Hast du schlafen können?« Ihre Gastgeberin kam herunter, schon fertig angekleidet für den Tag. Sie war eine mitfühlende Frau, es tat ihr sichtlich leid, was Elisa im Moment durchmachte.

»Ein wenig. Danke, dass ich dableiben durfte.«

»Wir müssen doch zusammenhalten«, zwinkerte Edith. »Himmel, Kleine, du bist blass zum Herzerweichen. Dir ist klar, dass du darüber reden musst? Das weißt du, Elisa, oder?«

»Das muss sie allerdings«, tönte Ediths Ehemann, der eben die Küche betrat. Wie seine Frau war er bereits für den Tag gerichtet.

»Sie werden es aber nicht … Sie werden nichts sagen, meine ich?«

»Gib dem Mädchen halt eine Antwort«, verlangte Edith.

Ihr Mann schwieg sich aus, musterte Elisa schweigend.

»Bitte.« Elisa hätte ihm die Füße geküsst oder die mit Holzasche beschmutzten Pantoffeln. Hauptsache, sie bekam sein Wort.

»Wird er nicht«, versicherte Edith schließlich an seiner Stelle, nicht ohne ihren Gatten mit vorwurfsvollen Blicken zu bedenken. »Ich verspreche dir das. Wie steht es, möchtest du ein Frühstück, ehe du aufbrichst?«

Elisa nickte und hätte ums Haar geweint.

Auf dem Heimweg von Rieden trödelte sie und sandte ein kurzes Stoßgebet zum lieben Herrgott, er möge ihre Mutter in der Kirche nicht so bald mit Frau Walterer sprechen lassen. Barbara Forggenmüller und Roswitha Walterer konnten einander nicht besonders gut leiden, daher hatte Elisa ihre Waltenhofener Schulkameradin Veronika Walterer ausgewählt, um vorgeblich bei ihr zu übernachten. Dass sie dann in Wahrheit anderswo genächtigt hatte, war das eine; dass die Familie Walterer nichts von ihrem angeblichen Übernachtungsgast wusste, das andere.

Eigentlich betete Elisa gar nicht mehr zu Gott. Dafür gab es zu viel Schlimmes in ihrem Leben. Sie fing wieder an, auf den Nägeln zu kauen, da erspähte sie den Postboten. Das Unwetter war abgeflaut, geblieben waren Windböen, die an Herrn Amboss' Kappe zerrten. Er kam auf seinem Fahrrad aus Richtung Forggen angeschossen und bremste neben ihr.

»Das Forggenmüller-Mädel«, rief er außer Atem. »Was hattest du denn so früh in Rieden zu tun? Und wie bist du trockenen Fußes von Forggen herübergekommen?«

»Ich habe bei einer Freundin übernachtet.« Elisa sah den Schweiß, der dem Postmann auf der Stirn stand, dabei war es jetzt am Vormittag noch recht kühl. Der Sturm hatte die Luft aufgefrischt, und sie war froh um ihre Strickjacke. »Wieso trockenen Fußes?«

»Dann warst du nicht daheim letzte Nacht?« Er ging gar nicht auf ihre Frage ein.

»Nein. Ist etwas geschehen, Herr Amboss? Sie wirken ganz durcheinander.«

»Der Sturm hat das Wasser angehoben. Man kommt nicht mehr trockenen Fußes nach Forggen hinüber.«

»O nein!«

»Leider doch. Ich bin unterwegs, einen Kahn aufzutreiben. Wenn du magst, kannst du nachher mit mir übersetzen. Es ist eine Schande mit eurem Dorf, aber irgendwie doch auch ein Abenteuer für ein Mädel wie dich. Man sieht nicht alle Tage, wie das Wasser an der Heimstatt leckt, nicht wahr?«

Herr Amboss hielt Wort und nahm sie mit hinüber nach Forggen.

»Mutter! Vater!« Elisa stand in der heimischen Küche, und das Wasser reichte ihr bis zu den Knien. Kalt und trüb. Obschon es bloß Wasser war und sie niemals wasserscheu gewesen war, drohte Panik sie zu überwältigen. »Sybille! Wo seid ihr denn alle?« Das Wasser im Haus, dieses unheimliche Szenario, war ein bitterer Vorgeschmack dessen, was ihrem Dorf in Bälde blühte. Sie konnte es kaum ertragen.

Auf Höhe der Mühle war sie aus Herrn Amboss' windigem Kahn gesprungen, den er vom Lassner Ottokar geliehen hatte. Der Postbote hatte gleich weiter zum Wirtshaus gewollt, sich zum Fortkommen mit Brettern behelfend, weil er auf die Schnelle nichts anderes hatte auftreiben können.

Elisa durchsuchte das Haus. Die schwere Tür zum Gewölbe stand offen, der Keller war vollgelaufen. In den Räumen im Erdgeschoss war niemand. Nicht in der Küche, nicht in der Speisekammer, auch nicht in Vaters Kammerl, wo er seine Buchführung erledigte. Sie stieg die Treppe hinauf. Die ersten Stufen lagen noch unter Wasser, danach klebte der Rock ihr nass und schwer an den Beinen. »Mutter! Vater! Wo seid ihr denn?« Elisa konnte sich nicht erklären, wo ihre Lieben so früh am Tag geblieben waren. Sie hatte den Sturm ja gehört, der letzte Nacht gewütet hatte. Ringsum stand Wasser. Wo also waren sie? »Sybille! Das ist nicht lustig! Bitte antwortet mir!«

»Elisa!« Quirins Stimme aus dem Erdgeschoss.

»Ich bin oben!«

Er kam herauf, nass bis zum Nabel, das Gesicht bleich wie ein Gespenst. »Herr Amboss ist drüben bei uns und ganz aus dem Häuschen – es scheint das Abenteuer seines Lebens zu sein. Er sagte mir, dass er dich hier abgesetzt hat.«

»Da bist du herübergewatet?«

Quirin nickte. »Warst du bei Edith und ihrem Mann? War alles in Ordnung? Du hast doch nicht …?«

»Nein.« Elisa sah ihn an, helle Panik in den Augen. »Meine Familie ist nicht hier.«

»Was soll das heißen?«

»Ich kann sie nicht finden.« Sie fing wieder an zu rufen. »MUTTER! VATER! SYBILLE!« Die Antwort war jene Stille, die das Wasser über allem ausgebreitet hatte. »Wo sind sie, Quirin?«

»Ich weiß es nicht. Sie tauchen sicher bald wieder auf.« Er nahm sie so fest in die Arme, dass es ihr wehtat.

»Wo ist meine Familie?«, wimmerte Elisa an seiner Brust.

8

Hochgradig

ISABEL – Oktober und November 2015

Tom rief drei Tage später an, als die Planung ihres Umzugs Isabel zu überwältigen drohte. Onkel Quirin hockte seit der Beerdigung oft stundenlang an einem Platz und starrte ins Leere, doch auf ihren Umzug pochte er energisch. Er wollte, dass sie ihre Sachen aus der Wohnung holte und das Kapitel Bamberg abschloss. Isabel hatte nichts dagegen, lieber heute als morgen, auch wenn der Mietvertrag erst Ende Dezember auslief. Wenn sie nur gewusst hätte, wie sie einen kompletten Umzug bewältigen sollte, wo sie sich seit dem Treffen mit Tom kein weiteres Mal mehr vor die Tür getraut hatte.

»Ich muss meinen Umzug stemmen«, sagte sie am Telefon. »Wahrscheinlich einen Transporter leihen. Ich habe kein Auto, und in Onkel Quirins Wagen kriege ich noch nicht einmal den Schreibtisch. Mit einem Treffen sieht es vorerst schlecht aus.«

»Ich helfe dir«, bot Tom spontan an. »Machen wir eben eine Umzugsverabredung daraus.«

»Ehrlich?« Das Lächeln hüpfte ihr förmlich in die Mitte der Unterlippe und bog die Außenseiten nach oben. Wieder war ihr, als mache seine Gegenwart die Dinge einfacher. Selbst am Telefon.

»Warum nicht? Wann passt es dir? Ich kann mir freinehmen, hole dich mit dem Auto ab, und wir leihen in Bamberg einen Transporter.«

»Das wäre toll.« Isabels Erleichterung hätte nicht größer

sein können, wenn er soeben das Rote Meer für sie geteilt hätte, um ihr die sichere Durchquerung zu ermöglichen.

»Wann kommst du zurück?« Das Morgenlicht war zu hell, an diesem vierten Tag im November. Es offenbarte Armeen von Altersflecken auf Quirins Schläfen und Angst in Isabels Gesicht.

»Ich weiß nicht genau, Onkel. Morgen, vielleicht übermorgen. Ich rufe dich auf jeden Fall an. Bist du sicher, dass du allein zurechtkommst?«

»Klar.« Da war eine Ahnung in Quirins Blick, die ihr nicht behagte. »Wird ohnehin Zeit, dass du ein wenig aus dem Haus kommst. Und Tom begleitet dich?« Er sah auf die Uhr. »Wo bleibt er denn?« In der Stimme des Onkels schwang etwas mit. Zustimmung oder Missbilligung? Isabel konnte es nicht einschätzen. Wie sie überhaupt vieles an ihrem Onkel nicht mehr einschätzen konnte, seit Elisa gestorben war. »Ich finde ...«

Ein Umzugstransporter fuhr hupend vor und unterbrach, was immer Quirin hatte sagen wollen.

»Guten Morgen.« Tom trug einen billigen Strohhut auf dem Kopf, den er mit einer angedeuteten Verbeugung lüpfte. »Eine Chauffeursmütze habe ich leider nicht mehr aufgetan. Ich hoffe, der hier tut es genauso.« Er umarmte Quirin; klopfte ihm auf den Rücken. Isabel grinste er bloß an. »Bereit?«

»Wie viel Kaffee hast du heute Morgen getrunken, Tom?« Sie zog skeptisch die Brauen hoch und war innerlich voller Freude über diese einfache Bemerkung, die ihr so leicht über die Lippen kam. »Und seit wann ist dein Auto ein Transporter?«

»Den habe ich geliehen. Dachte mir, es ist einfacher, als sich erst in Bamberg nach einem Fahrzeug umzusehen. Du hast ja gesagt, du hast nicht so viel Mobiliar – denkst du, wir bekommen alles in einer Fuhre unter?«

»Ich ... schätze schon.« Isabel wurde bewusst, was sie verdrängt hatte: Sie würde Tom in die Wohnung lassen müssen. In ihre trübselige, elende, verwohnte, beschämende Bude unter dem Dach.

»Keine Bange, Isi, ich bring dich sicher hin und zurück. Der Transporter hat sogar schon die Winterreifen aufgezogen, falls wir in einen Schneesturm geraten sollten.«

»Es ist doch kein Schnee angekündigt?«, fragte Quirin alarmiert.

»Iwo. Ich mache nur Spaß.«

Sie winkten dem Onkel zum Abschied.

Hernach sagte Isabel kaum ein Wort, bis sie in Bamberg ankamen und sie durch die Scheibe das Lebensmittelgeschäft sah, das sie sich schwor, nie wieder zu betreten. Tom nahm ihr Stillschweigen während der Fahrt kommentarlos hin und fand nach der dritten Runde um den Block einen Parkplatz direkt vor dem Haus.

»Im Ernst«, er sah sie an, »du bist seit Stunden stumm wie ein Fisch. Ich merke also, du magst heute nicht mit mir reden. Aber: Du wohnst wirklich über einem Bestatter?«

»Das Geschäft steht schon lange leer.«

»Sagte sie und meinte eigentlich: Du Trottel.«

»Ich brauche einen Kassettenrekorder, Tom. Kannst du mir einen Kassettenrekorder besorgen?«

»Ich bin zwar kein Hehler, doch das sollte ich ...«

»Ich muss aufs Klo.« Isabel sprang auf den Gehsteig und war mit wenigen Schritten im Haus.

Tom kam ihr irritiert nach. »Entschuldige! Ich bin weder der witzigste Unterhalter noch der einfühlsamste Zuhörer. Es muss schwer für dich sein, so bald nach Elisas Tod dein ganzes Leben aufzugeben, um wieder bei Onkel ...« Der Zustand der Wohnung ließ ihn abrupt verstummen. Effektiver hätte auch eine herausgeschnittene Zunge mit anschließender Brenneisen-Behandlung niemanden zum Schweigen gebracht.

Wortlos ging er von der Küche ins Bad und weiter ins Wohn- und Schlafzimmer. Blinzelte häufig. Drehte sich schließlich zu Isabel um, die auf dem Teppich mit den orangenen Wachsflecken stand, auf den sie sich nach Elisas Tod übergeben hatte. Tatsächlich stieg von dem Läufer nach wie vor ein schauderhaft süßlicher Geruch nach altem Erbrochenem auf.

»Schau nicht so entsetzt, Tom.«

»Das ist nicht dein Ernst, oder? Sag mir bitte, dass das gar nicht deine Wohnung ist.«

»Ich wohne ja erst ein paar Monate hier.« Isabels Gesicht brannte vor Scham. Sich die Tortur einer Zugfahrt zu ersparen, das war es nicht wert gewesen – nicht mehr, wo sie den Ekel in Toms Miene sah. Sie hätte ihm niemals einen Blick in ihr elendes Leben gewähren dürfen. Nicht einen einzigen.

»Fahr nach Hause. Ich räume das Loch hier allein aus.«

»Unsinn.« Tom rieb sich die Schläfen. »Geh mal runter da.« Energisch rollte er den stinkenden Teppich zusammen und ließ die orangenen Flecken endgültig verschwinden. »Ich entsorge den ganzen Krempel – den willst du ja nicht ernstlich mit heim zum Onkel nehmen? –, und danach erzählst du mir, was hier eigentlich los ist. Einverstanden?«

»Nur den Schreibtisch«, sagte Isabel leise. »Nur den Schreibtisch will ich mitnehmen.«

1998

Die Tränen des Mädchens versickerten im weichen Fell des Stoffbären, dabei wollte es die glitzernden Perlen auffangen und in einer Phiole aus Glas für immer aufbewahren. Bei dem Gedanken weinte sie gleich noch mehr.

Den Bären hatten sie ihr geschenkt. Die Radspielers. Außerdem den Kassettenrekorder und die neuen Kleider. Viele Geschenke von den Leuten, deren Adoptivtochter sie jetzt war. Einige Tage nach ihrem elften Geburtstag brauchte Isabel sich nicht länger als Waise zu fühlen. Nicht mit den funkelnagelneuen Eltern an ihrer Seite. Radspielers bemühten sich sehr um Isabel und klangen, als hätten sie all die Ratgeber und Broschüren, die das Jugendamt ihnen mitgegeben hatte, wirklich gelesen.

Isabel Radspieler. Das hörte sich fürchterlich an. Deshalb weinte sie. Verkroch sich in ihrem neuen Zimmer; fast die ganze Zeit, seit man sie hergebracht hatte. Absichtlich ließ das Mädchen das Gesicht auf dem feuchten Stofftier liegen, drückte Nase und Lippen noch fester dagegen. Die Nässe juckte auf der Haut. Isabel begrüßte die kleine Unannehmlichkeit. Begrüßte sie als eine von vielen gerechten Strafen, denn: Sie war eine Verräterin. Das hatte sie immer gewusst. Seit ihre Eltern ums Leben gekommen, sie selbst aber verschont geblieben war. Mit ihrer Wanderschaft von einer Pflegefamilie zur nächsten hatte ihre Buße begonnen. Isabel war nie aufmüpfig oder unfolgsam gewesen, dennoch hatte keiner sie längerfristig haben wollen. Vielleicht, weil sie die Zuneigung ihrer Pflegemütter und -väter niemals erwidern konnte. Sie hatte immer wenig gelächelt, weniger als die anderen Kinder, selbst wenn man ihr eine Freude bereitet hatte. Keiner der Erwachsenen, die sich im Lauf der Jahre um sie bemüht hatten, war jemals zu ihr durchgedrungen.

Bis Radspielers aufgekreuzt waren, um ungebeten an den Grund des dreckigen Tümpels zu tauchen, in dem Isabel lebte. Seither bemühten Elisa und Quirin sich darum, ihre Adoptivtochter glücklich zu machen. So glücklich, dass es Isabel schon wieder unglücklich machte. Sie wollte nicht froh sein. Das war nicht fair ihren toten Eltern gegenüber.

»He du.« Der aschblonde Junge hatte, anders als die Radspielers, nicht angeklopft. Ohne Vorwarnung stand er bei Isabel im Zimmer und starrte mit gerunzelten Brauen auf das weinende Mädchen. »Kannst du mal aufhören zu weinen?«

Isabel schluchzte heftiger. Der Stoffbär bekam es mit einer wahren Sintflut an Tränen und Rotz zu tun.

»Hallooo.« Der forsche Besucher tippte sie sacht mit der Fußspitze an die Schulter. »Steh doch mal auf. Lass uns reden.«

»Willnichredn«, kam es erstickt von Isabel.

»Hä? Was hast du gesagt?« Der Junge kniete sich neben Isabel. »Ich habe dich nicht verstanden.«

Der Teddybär und das darin vergrabene Gesicht schwiegen wie die Sphinx.

»Na gut.« Er machte sich an dem kleinen Stapel Musikkassetten zu schaffen, während Isabel vorsichtig nach ihm linste. »Onkel und Tante stehen wohl nicht so auf CDs«, brummte er ein wenig abfällig, der eigenen Weltgewandtheit sicher, und schob eine Kassette in den Rekorder mit den quietschbunten Tasten. Die Klänge von Wes' Alane füllten das Kinderzimmer. Der Junge drehte die Lautstärke auf und begann zu tanzen. Sprang Pirouetten in die Luft, hüpfte einbeinig im Kreis, wackelte mit dem Po und fuchtelte mit den Armen, als wäre er einem Erstickungsanfall nahe. »Dein Bär grinst schon«, brüllte er über den Lärm der Musik hinweg. »Was ist mit dir?«

Isabel stand auf, als die Musik verklang. Ohne den Jungen anzusehen, wechselte sie die Kassette und drückte auf Play. Die Flut von Joachim Witt feat. Peter Heppner, seit Wochen hoch in den Charts gelistet, flutete den Raum wie ein Gezeitensturm.

»Wann kommt die Flut, wann kommt die Flut? Wann kommt die Flut, die mich mit fortnimmt, in ein anderes großes Leben – irgendwo?« Der Junge sang mit.

»Ich bin Tom«, stellte er sich vor und fing Isabels Blick unnachgiebig ein. »Onkel und Tante machen sich Sorgen um dich.«

»Und wo haben sie dich aufgegabelt?« Schon seit Aläne *weinte sie nicht mehr.*

»Ich bin der Neffe.« Tom streckte ihr die Hand hin. »Mein Vater ist Quirins älterer Bruder. Seit meine Mama tot ist, bin ich meistens hier oder bei meinem Großvater.«

»Deine Mutter ist tot?« Isabel horchte auf.

»Ja. Gib mir schon die Hand und komm mit nach draußen. Du bist nicht der einzige Kummerkloß auf der Welt, Isi.«

»Okaaay«, sagte Tom langgezogen, streckte sich und verschränkte die Arme hinter dem Kopf. »Das Gerümpel ist weg, die Wohnung leer, dein Schreibtisch im Transporter. Mehr kann der Vermieter zur Wohnungsabnahme nicht erwarten. Nicht bei so einer Absteige.«

»Danke.«

»Den Kassettenrekorder habe ich dir auch besorgt. Er ist unten. Lass uns etwas essen gehen und dann ein Hotel suchen.«

»Nein.« Isabel schüttelte den Kopf. »Such du dir ein Hotel. Ich schlafe hier.«

»Hier?« Er verzog das Gesicht. »Weshalb? Sag bitte nicht, das hat nostalgische Gründe.«

»Einfach so.«

»Du solltest keine Nacht länger hier verbringen. Der Gedanke, dich auf dem versifften Boden schlafen zu lassen …«

»Lass das. Bedräng mich nicht.« Isabel sah die Szene vor sich, wie sie mit zittriger Hand versucht, die Felder des Gästeformulars auszufüllen, Name und Adresse wenigstens, während die Angestellte an der Rezeption sie nicht aus den Augen lässt und sie deshalb keinen einzigen Kugelschreiberstrich zustande bringt.

»Wenn es wegen des Geldes ist … Ich übernehme die Kosten.«

»Ich möchte einfach nicht anderswo schlafen.«

»Was ist mit essen gehen? Hast du keinen Hunger?«

»Nein.« Ihr Ausdruck war so müde, wie sie sich fühlte. »Such du dir ein Hotel und iss etwas. Ich lasse den Pizzadienst kommen.«

»Hör auf damit. Hör auf, so zu sein!« Als sie eigentlich schon mit Toms Einlenken rechnete, wurde er laut. »Mag sein, wir haben uns viele Jahre nicht gesehen. Aber ich kannte dich einmal besser als jeden anderen Menschen, Isabel Radspieler. Ich will wissen, was mit dir los ist! Warum zum Henker warst du nicht da, als die Tante starb? Wieso haust du in dieser widerlichen Absteige?« Er atmete schwer. Isabel konnte sehen, wie sein Brustkorb sich hob und senkte.

»Ich ...« Es gab eine Bezeichnung für das, was sie quälte. Vielleicht würde es helfen, das Wort auszusprechen. Die Krankheit zu benennen. Sie räusperte sich. »Das geht dich schon lange nichts mehr an, Tom.«

»Wie du meinst.« Er warf ihr die Transporterschlüssel zu und stampfte aus der Wohnung. Sie hörte seine schweren Schritte noch im Treppenhaus, dann vermengten sie sich mit der Geräuschkulisse vor der Tür.

Die Stunden tickten mit den unsichtbaren Zeigern einer Uhr dahin, die Isabel nicht besaß. Sie stellte sich vor, wie Tom durch die Stadt lief, um einen klaren Kopf zu bekommen – und beneidete ihn glühend um diese Freiheit.

Oder saß er längst im Zug nach Hause?

Es war bemerkenswert, wie normal sie mit ihm reden, sogar fast streiten konnte. Neben Quirin war er der einzige Mensch, mit dem ihr das möglich war. Umso schlimmer, dass sie ihn vergrault hatte. Weshalb hatte sie es ihm nicht gesagt? Das Eingeständnis ihrer Krankheit war seit Jahren überfällig. Sie musste sich endlich jemandem anvertrauen, um sich am Ende nicht ganz zu verlieren. Tom, dachte Isabel, ich hätte es dir sagen müssen. Ich *wollte* es dir sagen. Mit dir ist es anders. Dich stoße ich nicht fort, nein, ich will bei dir sein. In deiner Nähe. Weil ich mir, zum ersten Mal überhaupt, vorstellen kann, über meine Probleme zu sprechen.

Zu spät. Sie streifte unruhig durch die leeren Räume, betrachtete nachdenklich die toten Fruchtfliegen auf den Fensterbrettern und haderte mit sich und mit dem Leben. Bis ihr Handy piepste.

Es tut mir leid. Seit wir uns wiedergesehen haben, denke ich immerzu an dich. Du musst mich für einen Idioten halten. Ich bin auch einer.

Tom. Er hatte sich ihre Handynummer besorgt. Von Onkel Quirin? Egal. Isabel begann zu tippen.

Mir tut es leid. Können wir das mit dem Reden noch mal versuchen?

Sie wartete auf das erneute Piepsen ihres Handys. Es kam nicht. Dafür klingelte es etwa eine Stunde später an der Tür. Reflexartig wollte Isabel zu Boden sinken, sich gegen ein Tischbein lehnen und panisch abwarten, bis die Invasion von draußen vorüber war. Es klingelte wieder. Und wieder. Sie rührte sich nicht vom Fleck.

»Isabel!« Der laute Rufer unter dem Fenster war Tom. Kein Fremder, einfach Tom, der sogar die Autos übertönte. Ihr Handy piepste.

Mach auf.

Sie ließ ihn herein.

»Ich habe uns Pizza mitgebracht.« Er stellte die Kartons mit dem obligatorisch grün-weiß-roten Aufdruck des italienischen Stiefels auf die Arbeitsplatte in der Küche. »Prosciutto mit Zwiebeln und viel Käse. Vielleicht hast du ja jetzt Hunger.«

»Habe ich.«

Sie setzten sich nebeneinander auf den Boden und aßen die Pizza mit den Händen.

»Weißt du, wofür die italienischen Farben stehen?«

Isabel schüttelte den Kopf.

»Das Grün für die Natur, das Weiß für die Alpengletscher und das Rot für vergossenes Blut. Berlusconi wollte die Farben während seiner Regierungszeit mal ...«

»Sag nicht, du liest immer noch *Unnützes Wissen* auf dem Klo?«

»Ähm, doch. Gibt es zwischenzeitlich sogar als Buchreihe«, schmunzelte Tom. »Aber jetzt im Ernst. Was ist seit unserer Trennung geschehen, Isabel? Ich möchte es wirklich gerne wissen.« Er tippte ihren Fuß mit seinem an.

Der Nachthimmel über Bamberg war dort, wo die Lichter der Stadt ihn trafen, grau und trüb. Es gab keine Vorhänge in der Wohnung, hatte es nie gegeben, denn das Beschaffen von Vorhängen hätte menschliche Interaktion in irgendeiner Form bedeutet.

»Ich fühlte mich ... verloren, nachdem du fort warst. Und ich war unfassbar wütend. Am See, wo mich alles an dich erinnerte, konnte ich nicht bleiben. Ich hielt es nicht aus. Also machte ich die Schule fertig und ging dann ebenfalls.«

»Das verstehe ich.«

»Bis dahin verstehst du es.« Isabel sah Tom an. Sein Mund war jetzt nicht mehr zu groß für sein Gesicht; seine Züge so markant, wie sie es damals erahnt hatte; seine Haut kein unberührtes Blatt wie früher, eher eine Landkarte mit Licht und Schatten und ersten faltigen Tälern auf der Stirn und um die Augen. »Ich bin mit neunzehn hierhergezogen, nach Bamberg, um Grafikdesign zu studieren. Anfangs habe ich in einer WG gewohnt, doch ich kam mit meinen Mitbewohnern nicht gut zurecht. Anscheinend war ich zu still und verschlossen, machte den Mund zu wenig auf. Bald blieb ich bei ihren gemeinsamen Unternehmungen außen vor. Manchmal hörte ich sie über mich lachen. Eines Tages wachte ich auf und stand vor einem gewaltigen Berg aus Angst, die wer weiß wie lange in mir geschlummert hatte.«

»Wovor hattest du Angst, Isi?« Tom legte ihr eine Hand aufs Knie. Tröstend. Bestärkend.

»Angst vor der Uni und den Menschen, denen ich dort begegnen würde. Angst davor, meine Mitbewohner morgens im Bad oder in der Küche zu treffen. Angst davor, vor anderen Leuten sprechen oder essen zu müssen. Angst davor, mein Zimmer zu verlassen. Mir war klar, dass ich etwas unternehmen musste. Also fing ich an, Alkohol zu trinken. Morgens einen Schnaps im Bett, mittags einen auf der Toilette, abends vor dem Ausgehen gleich zwei oder drei.« Isabel starrte mit toten Augen in ein Nichts, das nur sie sehen konnte. »Das mit dem Alkohol funktionierte. Ich lernte Bruno kennen, einen kleinen Mann mit französischen Wurzeln. Er war älter als ich, trank selbst ganz gerne und hatte nichts dagegen, dass ich es tat. Ich zog bei ihm ein.«

»Du hattest dich in Bruno verliebt?«

»Nein.« Isabel schüttelte entschieden den Kopf. »Ich brauchte einen Platz, wo ich bleiben und mich sicher fühlen konnte. Mit Bruno musste ich nicht viel reden, wenn ich nur regelmäßig mit ihm schlief. Er mochte meine Nähe und hatte außerdem kaum Besuch – was ich wiederum mochte.«

»Entschuldige.« Tom war unruhig geworden. Er stand auf.

Sah auf Isabel hinunter. »Das klingt für mich wie Prostitution.«

»Es war ein Geschäft. Als das mit Bruno vorbei war, trank ich noch ein wenig mehr, lernte Dede kennen, und wir wurden ein Paar. Er brauchte eine Weile, bis er mein Problem begriff. Dann wollte er mich zur Verhaltenstherapie schicken. Das wollte ich nicht und verließ ihn. Trotzdem half er mir noch, meine Designfirma auf die Beine zu stellen. Er war schon länger selbstständig, begleitete mich zum Gewerbeamt und gab mir Ratschläge. Danach habe ich nie wieder von ihm gehört.«

»Du nennst es nie beim Namen, dein Problem.«

»Ich bin in Bamberg geblieben, weil ich die schmalen Wege entlang der Regnitz mochte und es im Grunde egal war, wo ich lebte. Die Angst hatte ich ohnehin im Gepäck. Alle anderen Gefühle waren nach unserer Trennung stets von leichtem Morgenfrost bedeckt. Nie wirklich tief. Nie wirklich echt.«

»Isabel ...«

»Was denn? Du meinst, ich hätte besser und effektiver über dich hinwegkommen müssen? Mein Gott, Tom, du warst einfach alles für mich, seit du in meinem Zimmer zu *Alane* getanzt hast.«

»Wie konntest du das – deinen Zustand – bloß vor Onkel und Tante verheimlichen?«

»Ich habe ihnen etwas vorgespielt.« Isabel tat die Mühsal der jahrelangen Lügen mit einem harten Zucken der Schultern ab. »Es brauchte einiges an Vorbereitung, ehe ich nach Hause fuhr, doch irgendwie ist es mir jedes Mal gelungen. Das dachte ich zumindest.«

»Wie meinst du das?«

»Tante Elisa wusste es. Sie wusste trotz des schönen Scheins, dass mit mir etwas nicht stimmte.«

»Weshalb hat sie dann nie etwas gesagt?«

»Keine Ahnung. Womöglich hat sie geglaubt, ich würde es selbst in den Griff bekommen. Eine Weile sah es so aus. Nach Dede traf ich Robin. Er war ebenfalls Grafiker und ein introvertierter Mensch. Das kam mir entgegen. Wir blieben häufig zu Hause. Arbeiteten am Computer, lasen, sahen Filme. Ich trank etwas weniger und war insgesamt ... zufriedener. Bei Robin fragte ich mich nicht ganz so häufig, was er gerade über mich denken mochte. Das war eine Erleichterung.«

»Und wie bist du in diesem Loch gelandet?« Tom hatte sich wieder gesetzt, blieb aber unruhig und zappelig.

»Robin machte Schluss, nicht ohne mir zuvor alles hinzuknallen, was bei mir so schieflief. Er sagte mir auf den Kopf zu, ohne eine Therapie würde ich vermutlich zum Sozialfall werden oder in nicht allzu ferner Zukunft von der nächsten Brücke springen.«

»Scheißkerl.«

»Eigentlich nicht. Eigentlich bloß ein ehrlicher Kerl.«

»Und dann?«

»Und dann habe ich mich in dieser Bude vergraben, mich praktisch nicht mehr nach draußen gewagt und wochenlang meine Fahrt nach Hause geplant. Ich wollte die Tante sehen, Tom. Ihr beistehen. Onkel Quirin bei der Pflege helfen. Nichts davon habe ich getan.«

»Schhh.« Tom zog ihren Kopf an seine Brust, ehe die ersten Tränen auf den hässlichen Linoleumboden klatschten. »Ich hätte dich niemals im Stich lassen dürfen, Isi.« Er wiegte sie wie ein Kind, bis Isabel sich von ihm löste.

»Ich bin hochgradig soziophob, Tom. Ich kann nur mit ganz wenigen Menschen normal sprechen, geschweige denn mich richtig unterhalten. Am leichtesten fällt mir das noch immer mit dir.«

9

Karate-Äffchen

ISABEL – Dezember 2015 und Januar 2016

AUFNAHMEBOGEN/PATIENTENERHEBUNG
Marguard-Klinikum für Psychiatrie, Psychotherapie und Psychosomatik

Verehrte Patientin, verehrter Patient,
um die ersten Schritte Ihrer Behandlung detailliert vorbereiten und Ihnen von Anfang an bestmögliche Hilfe zur Genesung leisten zu können, bitten wir Sie, diesen Bogen vollständig auszufüllen und nachstehende Fragen in aller Offenheit zu beantworten.

Name:	Radspieler
Vorname:	Isabel Alessia
Geburtstag:	12. Februar 1987
Geburtsort:	Bamberg
Größe:	170 cm
Gewicht:	57 kg

Beschreiben Sie bitte die Beschwerden (einschließlich des bisherigen Verlaufs), aufgrund derer Sie eine Behandlung in unserer Klinik anstreben.

Ich habe Angst vor Menschen. Mich vor ihnen zu zeigen, innerhalb einer Gruppe (und sei es nur die Schlange beim Bäcker) zu agieren. Tödliche Angst davor, mich zu blamieren. Dass alle mich für dumm, uninteressant und tölpelhaft halten. Mich auslachen.

Welche Lebensereignisse haben Sie geprägt?

Der Tod meiner Eltern, als ich vier Jahre alt war.
Dass ich mit elf Jahren adoptiert wurde.
Die Freundschaft zu Tom, meinem Adoptivcousin.
Das erste Auftreten meiner Krankheit als Studentin.
Der Tod meiner Tante/Adoptivmutter.

Haben Sie jemals versucht, sich umzubringen? Falls ja, geben Sie hier die Häufigkeit der Suizidversuche mit dem jeweiligen Datum an.

Nein.

Waren Sie bereits in ambulanter und/oder stationärer Behandlung?

Nein. (Bis auf eine einzige Sitzung bei einem Therapeuten, zu dem mein damaliger Freund mich geschleppt hat. Seit diesem Tag habe ich einen Namen für meine Krankheit.)

Konsumieren Sie regelmäßig Drogen und/oder Alkohol?

Alkohol, sehr bald nach Ausbruch meiner Krankheit. Seit einigen Monaten versuche ich, weniger oder besser nichts zu trinken.

Was erhoffen Sie sich von der Behandlung in unserem Klinikum?

Ohne (massiven) Leidensdruck unter Leute gehen zu können.
Vor einer anderen Person entlanglaufen zu können, ohne dabei fast wahnsinnig zu werden.
Eine Unterschrift leisten zu können, wenn ein anderer mir dabei zusieht.
Frei zu werden von meiner Angst.
Wieder leben zu können.

*

Isabel befestigte doppelseitiges Klebeband an den Pfoten des Stofftiers. Tom hatte ihr den kleinen Affen zum Abschied geschenkt. »Dein Begleiter durch stürmische Gewässer, Isi.«

Viele Jahre lang war sie strikt gegen jede Art von Therapie gewesen – in erster Linie aus Angst vor den Fremden, mit denen sie zwangsläufig in Berührung käme. Ärzte, Therapeuten, Mitpatienten bei einem stationären Aufenthalt.

Elisas Brief und Toms gutes Zureden hatten – Isabel fand die Tatsache absolut wahnwitzig, wann immer sie darüber nachdachte – binnen kürzester Zeit erreicht, was zuvor undenkbar gewesen war: Sie ließ sich behandeln.

Nach nur vier Wochen Wartezeit hatte Anfang Dezember ein Zimmer im Marguard-Klinikum für Psychiatrie, Psychotherapie und Psychosomatik für Isabel Alessia Radspieler bereitgestanden. Besonders die intensive Verhaltenstherapie hatte sie schon ein ganzes Stück weitergebracht. Isabel schöpfte frischen Mut und spürte Lebensfreude in sich aufquellen wie Rasensamen nach einem Regenguss.

Jeden Tag schickte sie Tom ein Foto, aufgenommen mit ihrer Handykamera. Im Moment drapierte sie den Stoffaffen mit seinen präparierten Pfoten an einem Betonpfeiler. Das Klebeband hielt gerade einmal für zwanzig Sekunden, doch es reichte, um ein Bild zu schießen. *Climbing-Äffchen*, schrieb sie in die MMS und drückte auf Senden.

Der Affe war allerhand gewohnt. Vom *Santa-Claus-Äffchen* über *Sehnsüchtiges Äffchen*, *Ku-Klux-Klan-Äffchen* (hier waren ein spitz gefaltetes Taschentuch und mit einer Nagelschere ausgeschnittene Löcher im Spiel gewesen), *Bade-Äffchen*, *Notarzt-Äffchen*, *Morgenmuffel-Äffchen*, *Versautes Äffchen* (ein zweites Stofftier war involviert) und *Bungee-Jumping-Äffchen* war er schon alles gewesen. Toms Antwort kam prompt. Es war jeden Tag dieselbe:

Bring mir das Äffchen heil zurück.

*

Herr Theo war einer von sieben festangestellten Verhaltenstherapeuten am Klinikum Marguard, ein Mann Mitte vierzig mit einer tiefen Längskuhle auf dem Nasenrücken, die ihn aussehen ließ, als hätte er zwei zusammengewachsene Nasen im Gesicht. Er selbst fand das zwischenzeitlich erheiternd, erzählte seinen Patienten aber häufig davon, wie schwer er früher an der Doppelnasen-Optik zu tragen gehabt hatte.

»Wie lange sind Sie jetzt bei uns, Isabel?«, begrüßte Herr Theo sie mit einem Lächeln, um dann geschäftig Unterlagen auf seinem aufgeräumten Schreibtisch hin und her zu schieben. Das machte er immer zu Beginn ihrer gemeinsamen Zeit.

»Fünf Wochen.« Isabel räusperte sich leise. Sie mochte es, dem Therapeuten zuzusehen, sein Auftreten zu studieren, ohne ihrerseits seine Blicke fürchten zu müssen. Auf seinem Schreibtisch standen Bilderrahmen, von den Patienten abgewandt, die vermutlich Aufnahmen seiner Familie zeigten. Möglicherweise auch Fotografien von Mineralgestein oder leeres Weiß; es ließ sich schwer einschätzen.

»Es geht Ihnen besser, aus eigener Sicht? Sie machen Fortschritte?«

Isabel nickte.

Herr Theo sah sie nach wie vor nicht an. Also formulierte sie mühsam eine Antwort. »Ich schätze, ich begreife langsam: Man muss im Morast nicht stecken bleiben, sondern kann darin waten.«

»Und Sie sehen Ihren Lebensweg voller Morast?«

»Schon.«

»Gut. Das unterschreibe ich Ihnen so. Ich empfinde die Situation ähnlich, Isabel. Morast hin oder her, entscheidend ist das Waten. Sie machen gute Fortschritte. Auch in der Gruppentherapie.«

»Ich mag die Rollenspiele.«

»Weil sie Sie auf etwas vorbereiten, dem Sie zuvor nicht gewachsen waren. Auf alltägliche Situationen des realen Lebens. Lassen Sie sich von der nun folgenden Geschichte – und ich betone, es ist genau das: eine Geschichte – nicht aus der Bahn werfen, wenn wir uns heute an eine besondere Form der Aufarbeitung machen.«

»Okay«, sagte Isabel und wünschte fast, er hätte sie doch einmal kurz angesehen – nur, um sie vielleicht abschätzen zu lassen, was sie erwartete.

»Das Mädchen hieß Julia, der Junge Richard. Wenn sie ihre beiden Initialen betrachteten, dachten sie an Romeo und Julia, als ahnten sie bereits, wie tragisch ihre Geschichte enden würde.« Herr Theo blickte Isabel jetzt direkt an. »Weder Julia noch Richard kannten ihre leiblichen Eltern, sie kannten auch einander nicht, als sie von der Familie Apfel adoptiert und vor dem Gesetz Geschwister wurden. Einig waren sie sich bald darin, die Adoptiveltern nicht zu lieben – dafür einander umso mehr. Sie verließen das Haus der Adoptivfamilie, sobald sie das durften, und heirateten wenige Wochen nach Julias achtzehntem Geburtstag.«

»Das sind die Namen meiner Eltern.« Isabel war weiß im Gesicht. »Sprechen Sie von meinen Eltern?«

»Sie schaffen das.« Herr Theo legte eine Hand auf ihre, ehe er weitererzählte. »Julia und Richard verlebten glückliche Jahre ...«

»Das wissen Sie alles nicht! Ob sie glücklich waren, ob sie beim Anblick ihrer Initialen an Romeo und Julia dachten ...« Sie spürte einen Druck hinter der Stirn, der sich wie eine Flutwelle in ihrem Hirn ausbreitete, bis sie meinte, ihr Kopf müsse platzen und ihr Mund vor Anspannung zerspringen.

»Deshalb nenne ich es eine Geschichte. Weil ich es nicht weiß – und Sie es genauso wenig wissen. Das ist Teil des Problems, Isabel.« Die warme Hand des Therapeuten lag weiter auf Isabels Hand. »Jahre später, am 9. Juni 1991, prallte ein ICE zwischen Hannover und Düsseldorf gegen eine Rangiermaschine. Bei dem Unglück kamen fünf Menschen ums Leben. Unter ihnen Richard und Julia Apfel. Die vierjährige Tochter des Paares, Isabel Alessia Apfel, überlebte das Unglück, eingeklemmt hinter einem Sitz, an dem Kaugummi klebte. Da Richard und Julia jeden Kontakt zu den Adoptiveltern abgebrochen hatten, gab es keine Familie, die sich der Kleinen annahm. Das Mädchen wanderte durch verschiedene Pflegefamilien, bis eines schönen Tages – da war es zehn Jahre alt – ein älteres Paar ins Leben des Waisenkinds schneite. Elisa und Quirin Radspieler waren entschlossen, Isabel zu adoptieren, und boxten diesen Entschluss vor den Instanzen des zuständigen Jugendamts durch. Am Tag ihres elften Geburtstags wurde aus Isabel Apfel Isabel Radspieler. Sie packte kurz danach ihre Koffer und nahm auch die Traurigkeit mit, die sie schon ihr Leben lang begleitete.«

Der neuerlichen Druckwelle hielt Isabel nicht mehr stand. »Glückwunsch«, schniefte sie. »Wenn Sie mich zum Heulen bringen wollten, ist Ihnen das gelungen. Schnappen Sie sich immer die Akten Ihrer Patienten, um daraus Märchen zu spinnen? Es gab übrigens noch eine Stoffschildkröte, die das Unglück mit mir überlebt hat.«

»Ich bin sicher, das Stofftier haben Sie noch.«

»Meine Mutter hat mich da zur Welt gebracht, wissen Sie, in Bamberg. Deshalb bin ich zum Studium dahin. Ich hoffte, ihnen dadurch näher zu sein.«

Herr Theo nickte. »Mit vier Jahren waren Sie zu jung, um sich mehr als ein flüchtiges Erinnerungsbild Ihrer Eltern zu bewahren. Wenn überhaupt«, sagte Herr Theo sanft. »Für mich klingt es so, als hätten Ihre Eltern einander geliebt. Als hätten sie auch ihre gemeinsame Tochter über alles geliebt. Das müssen Sie nicht glauben, Isabel. Aber Sie können es.«

*

Am Dreikönigsfest stand wegen des Feiertags keine Therapiesitzung oder sonstige Heilbehandlung an. Isabel verstand nicht genau, wie Herr Theo es gemacht hatte. Seine erfundene Geschichte, zusammengeflickt aus den Angaben in ihrer Patientenakte, hatte etwas in ihrem Inneren schmelzen lassen. Sie fühlte sich endlich gut und gefestigt genug, um sich Elisas Kassetten zu widmen. Sie steckten in ihrer Reisetasche, ebenso der Brief und der Kassettenrekorder, den Tom für sie gekauft hatte.

Isabels Zimmerfenster ging hinaus auf den weitläufigen Park des Klinikums. Zu Weihnachten war es draußen grün und viel zu warm für die Jahreszeit gewesen, doch inzwischen hielt Väterchen Frost die Landschaft fest im Griff. Wiesen, Wege und Beete waren schneebedeckt. Schnee rieselte auch von den Bäumen, wann immer der Wind hineinfuhr. Überall dort, wo ein Sonnenstrahl auf unberührte Schneeflächen traf, glitzerte und funkelte das winterliche Weiß. Es war märchenhaft.

Isabel drapierte und fotografierte das Äffchen als Karate-Kämpfer. Anschließend setzte sie sich ans Fenster, schob die Kassette mit der Ziffer eins in den Rekorder und betete inbrünstig, dem gewachsen zu sein, worum Elisa sie gebeten hatte. Dann ließ sie das Band laufen.

Erst war da nur Rauschen. Dann ein Räuspern. Elisas Räuspern.

10

Söhne

ELISA – August 1949 und 1950

»Erzähl noch mal, wie du zur Welt gekommen bist«, bettelte die Kleine.

Elisa nickte. Sie schlug ihrer jüngeren Schwester selten etwas aus, solange es nichts Gefährliches war. Ablenkung konnten sie im Moment alle gut gebrauchen. Es war heiß, die Sonne brannte vom Augusthimmel, und die Kleider klebten jedermann am Leib, der nur wenige Schritte hinaus ins Freie trat.

Die beiden Forggenmüller-Mädchen saßen mit den Nachbarsjungen am Teich vor der Mühle. Der Schatten des Kastanienbaums lag über dem Ufer und verschaffte den Kindern ein wenig Linderung. Elisa blickte zum Haus, sah schnell wieder weg. Es hatte in den Morgenstunden begonnen. Sie mochte nicht daran denken, was sich drinnen abspielte. Oben im Schlafzimmer.

»Elisa«, quengelte Sybille. »Erzählst du jetzt?«

»Ja doch. Ich bin am 1. September 1939 zur Welt gekommen, gewissermaßen in jenen Minuten, in denen der Krieg begann. So sagt Vater das. Die Hebamme gab mir einen kräftigen Klaps auf den Po, und ich begann zu brüllen, während Hitler über das Radio verkündete: Seit 5.45 Uhr wird jetzt zurückgeschossen.«

»Und deine Namen?« Elisas kleine Schwester wusste genau, wie sie die Geschichte hören wollte.

»Elisa Barbara Maria Forggenmüller.« Quirin verschränkte die Arme hinter dem Kopf. »So viele Namen wie ein Königskind.«

»Bloß, weil ihr weniger habt«, triumphierte Sybille.

»Wollt ihr ehrlich heute davon anfangen?« Quirin zupfte Sybille an der Nase und sah Elisa an.

»Lass sie halt«, meinte Michael. Er gab sich mit seinen zwölf Jahren gerne abgeklärt. Immerhin war er in der Viererbande der Älteste und meist auch der Wortführer. »Ändern wird's ja doch nichts.«

Elisa warf einen weiteren besorgten Blick in Richtung Mühle. »Meine Namen würfelten die Eltern aus denen der Frauen in der Familie zusammen, denn sie hatten ganz sicher mit der Geburt eines Jungen gerechnet. Mutter sagt, ihr Bauch war so groß und rund wie das Fass hinter dem Haus, und sonst setzte sie nirgends Speck an.«

»So dass sie niemals auf ein Mädchen gekommen wäre«, rief Sybille eifrig.

»Genau. Einen Jungen hätten sie Xaver genannt.« Den Satz sprach Elisa sehr leise.

»Und dann kam ich.« Der Altersunterschied zwischen den Schwestern war nicht groß, doch Sybille hatte im Moment noch wenig Sinn für das, was ihre ältere Schwester belastete.

»Schon ein knappes Jahr darauf lagst du in der Wiege«, nickte Elisa.

»Wieder ein Mädchen«, ließ sich Michael spöttisch vernehmen. Er hockte am Ufer, die Ellbogen auf die Oberschenkel gestützt, das Kinn auf den Handtellern. Seine Beine baumelten im Wasser.

»Kann nicht jeder so ein Prachtjunge sein.« Elisa bewegte sich flink und schubste ihn in den Teich, ehe er es recht begriff. »Lass die Frotzelei.«

Michael prustete und hob die Hände zum Zeichen der

Niederlage. »Ich halte den Mund«, versprach er und blieb ein Weilchen im Wasser, wo es angenehmer war als in der Gluthitze.

Sonst störten Neckereien Elisa nicht. Sie war von den Nachbarsjungen, beide nicht auf den Mund gefallen, allerhand gewohnt. Vor allem von Michael. Bloß heute schien ihr das grundverkehrt. »Nach dem Krieg, als Vater zurückkam, wurde Mutter gleich wieder schwanger.«

»Sie kriegte unseren ersten Bruder.« Sybille machte Anstalten, vor Freude in die Hände zu klatschen, weil sie sich so gut mit der Familiengeschichte auskannte. Im letzten Moment besann sie sich. »Der leider tot war, als er zur Welt kam«, murmelte die Jüngste im Bunde.

»Genau wie unser zweiter Bruder, der nur ganz kurz lebte. Er hieß auch Xaver.« Elisa dachte an den weich schwabbelnden Bauch ihrer Mutter, wenn sie kürzlich geboren hatte oder das neue Leben in ihr noch zu klein war, um ihre müde Bauchdecke zu straffen. »Und unser dritter Bruder, der gar nicht erst geatmet hat.« Barbara Forggenmüller lag oben im Haus zum sechsten Mal in den Wehen, und irgendwie spürte Elisa, dass es wieder nicht gutgehen würde. Ihr graute vor dem leeren Ausdruck in den Augen der Mutter, falls sie erneut ein Kind verlor.

»Unser Vater sagt, das geht schnell bei eurer Mutter, das mit dem Kinderempfangen«, berichtete Quirin. »Bloß heil und gesund zur Welt bringen kann sie nur Mädchen.«

»Das soll dein Vater den Hasen füttern«, raunzte Elisa und hob den Kopf in Richtung Mühle. Sie fühlte das Entsetzliche dicht bevorstehen, so deutlich, als hätte man ihr eine Warnung zugerufen.

»Was ist los, Elisa?«, fragte Sybille.

Da trat der Vater aus dem Haus. Er sah nicht zu den Kindern hin, sondern marschierte zielstrebig in Richtung

Schuppen, holte eine Schaufel heraus. Täuschte sie sich, oder zuckten seine Schultern?

Heftiges Zittern überkam Elisa, als sie ihn in Richtung Obstgarten gehen sah, wo ihre drei toten Brüder begraben lagen. Vater hatte dort einen Stein aufgestellt, auf dem *XAVER* zu lesen stand. Mehr nicht. Viel zu wenig, um das Ausmaß des Leids zu erahnen, das sich dahinter verbarg.

»Es tut mir leid«, sagten Quirin und Michael wie aus einem Mund.

Sybille klammerte sich an Elisa. Erst jetzt begriff die Kleinste es auch. »Ist es tot?« Sie fing an zu weinen.

Elisa nickte. Vater, die Schaufel und der Obstgarten konnten nur eines bedeuten. Obwohl sie auf Geräusche aus dem Haus gelauscht hatte, war es dieses Mal gespenstisch ruhig geblieben. Mutter hatte nicht ein Mal geschrien.

Nachdem der Vater den vierten Xaver begraben hatte, wandelte die Mutter wie ein Geist durch das Haus. Elisa war dankbar, dass sie überhaupt noch lebte, denn sie hatte sich schon das Schlimmste ausgemalt.

Barbara Forggenmüller vernachlässigte in der Zeit danach nie ihre Pflichten, aber da war ein stummer Schrei in ihren Augen, der ihre ältere Tochter dazu brachte, ihr für mehrere Tage nicht von der Seite zu weichen. Dennoch hatte Elisa das Gefühl, dass es nicht genug war. Dass *sie* nicht genug war, weil die Eltern sich einen Sohn wünschten, wenigstens einen, der den Familiennamen fortführen und die Mühle später einmal übernehmen konnte. Manchmal hasste sie ihre toten Brüder regelrecht, was sie nie wagte, dem Pfarrer in der Kirche zu beichten. Zu frevelhaft erschienen ihr diese Gedanken.

Zu Beginn des neuen Jahres war Barbara Forggenmüller über den Verlust hinweg. Elisa sah mit Erleichterung, wie ihre Mutter wieder lebhafter wurde. Ab April gab es keine Lebensmittelmarken mehr, und im Juli sprang der Elefant Tuffi aus einer Schwebebahn in Wuppertal. Weil Tuffi sich dabei kaum verletzte, stellten Elisa und Sybille sich vor dem Einschlafen kichernd vor, wie lustig der springende Elefant ausgesehen haben musste.

An einem Nachmittag im August 1950 kam Elisa mit nassen Haaren und heißen Wangen durstig ins Haus gerannt. Es herrschte eine ähnliche Hitze wie im vergangenen Jahr, und die Kinder plantschten draußen im Teich. Quirin protestierte lauthals, weil Michael ihn tauchte und er es nicht schaffte, den Spieß umzudrehen. Elisa fragte sich grinsend, wann Quirin endlich stark genug sein würde, es seinem Bruder heimzuzahlen. Sie mochte die Fopperei zwischen den Radspieler-Brüdern. Die beiden waren eng verbunden und einander nie ernstlich böse. Der Durst trieb Elisa schon halb in die Küche, als sie von drinnen die Stimme des Forggenwirts hörte.

»Die Bayerische Wasserkraftwerke AG steht für alles Böse in unserem Leben. Der Bau des Staudamms wird uns vernichten. Wir müssen die BAWAG aufhalten. Die Schutzgemeinschaft muss es tun.«

»Die haben schon angefangen, Gunther. Was, glaubst du wohl, wird uns die Schutzgemeinschaft gegen eine übermächtige Firma helfen, die obendrein in staatlichem Interesse baut. Stromgewinnung und Hochwasserschutz – wen juckt es da, wenn ein paar Häuser und Bauernhöfe geflutet werden. Die BAWAG hängt wie ein Damoklesschwert über uns, das sieht doch ein Blinder.«

»Mich juckt es!«, rief Barbara Forggenmüller. »Ich sage, wir werden nicht gehen. Hol der Teufel die BAWAG. Wenn der Stausee kommt, harren wir aus bis zum bitteren Ende.«

»Eine Frau, ein Wort«, lachte der Forggenwirt. Elisa war

erstarrt, ganz auf das Gespräch konzentriert. Weshalb lachte er so seltsam? Gunther Radspieler war seit dem Krieg und dem Tod seiner Frau häufig in der Mühle zu Gast und meistens noch stiller als früher. Der Vater von Michael und Quirin spielte in Elisas Kosmos lediglich als Freund der Eltern eine Rolle. Sie hielt ihn weder für einen netten noch für einen bösen Mann. Eher für einen einsamen. Davon, was er seinen Söhnen antat, sollte sie erst Jahrzehnte später erfahren.

»Wenn sie uns weghaben wollen, müssen sie uns fortschleifen«, bekräftigte ihr Vater.

Da sah Elisa den Zeitpunkt gekommen, sich ins Gespräch zu mischen. Sie stieß die angelehnte Küchentür auf und machte sich bemerkbar. Auf dem Tisch stand ein gefüllter Krug, doch ihren Durst hatte sie völlig vergessen. »Ich weiß, wo man die besten Steine findet, um sie auf dem Wasser hüpfen zu lassen. Und wo die saftigsten Kräuter für das Vieh wachsen«, erklärte sie inbrünstig. »Wir dürfen hier nicht weggehen! Niemals!« Sie war knapp elf Jahre alt und unfähig, sich die Flutung des Tals auch nur ansatzweise vorzustellen. Das alles erschien ihr nicht weniger abstrus als eine Landung auf dem Mond. Man konnte doch Forggen nicht einfach im Wasser versinken lassen.

»Wer redet denn von Weggehen, Mädchen«, beschwichtigte der Vater und tätschelte ihre Hand.

»Die BAWAG schon. Die Staudamm-Baustelle erst recht.«

»Gunther …«, bat Barbara Forggenmüller. »Die Kinder müssen sich damit nicht belasten. Komm her, Lämmchen.« Sie schloss ihre Tochter in die Arme. Elisa sog die Nähe und den Geruch ihrer Mutter ein und dachte an den Lieblingsplatz ihrer Eltern; oben bei dem Bänkchen neben dem Kirschbaum. Dort trafen sie sich an lauen Sommerabenden manchmal und lachten miteinander, was sie sonst nie taten. Als erinnerten sie sich eines großen Spaßes, von dem die Kinder nichts wussten.

Barbara Forggenmüller war nach dem Krieg, der Versorgungsnot zum Trotz, zunehmend füllig geworden. Elisa mochte das an ihr, diese neue Weichheit. Doch eben diese Körperfülle war es auch, die sie erst in jenem Moment, fest an ihre Mutter gedrückt, begreifen ließ, dass die Forggenwirtin längst wieder schwanger war.

11

Hurry up

ISABEL – Januar 2016

Isabel dachte viel über Tante Elisa nach und darüber, wie entsetzlich es für die ganze Familie gewesen sein musste, die Söhne und Brüder zu verlieren. Zu allem Überfluss dann noch die Sorge wegen des im Bau befindlichen Staudamms – wie hatten sie das bloß ertragen?

Ehe sie aus der Klinik entlassen wurde, ließ Herr Theo Isabel an zehn aufeinanderfolgenden Tagen mit dem Bus in die nächstgelegene Stadt fahren. Beim ersten Mal begleitete er sie, die nächsten Male brachte er sie nur noch bis zum Tor, wo er sie zu verabredeter Zeit auch wieder erwartete.

Isabel durchlitt Qualen. Bei der Fahrt im Bus befürchtete sie, ihr Sitznachbar könnte jeden Moment aufstehen, weil er ihren Angstschweiß roch und sich ekelte. Am Busbahnhof war sie sicher – spürte es förmlich –, dass alle Blicke irritiert und kopfschüttelnd auf ihr ruhten. Als sie dringend zur Toilette musste, wagte sie nicht, in ein Café zu gehen. Sie zögerte es so lange hinaus, bis sie einige Tropfen Urin verlor und sich schließlich hinter einem Busch erleichterte. An diesem Tag nahm Herr Theo am Tor des Klinikums ein Häufchen Elend in Empfang.

Andere Male ging es besser. Isabel erntete die ersten Früchte ihrer Therapie, als sie ein Tattoo-Studio betrat und beim Klang der Türglocke nur ein klein wenig zusammenfuhr. Sie ließ sich an der Innenseite ihres linken Handgelenks die Initialen R & J stechen, eingerahmt von einem herzförmigen

Apfel. Als der Tag mit dem Tattoo zur Neige ging, fotografierte sie das Stoffäffchen mit einem Superheldencape, gebastelt aus der Serviette vom Abendessen, und schickte es Tom. Nach seiner obligatorischen Aufforderung, das Äffchen heil zurückzubringen, fühlte sie sich stark genug, sich ein weiteres Stück von Elisas Geschichte anzuhören.

ELISA – Juli 1945

Es regnete in Fäden vom Himmel. Elisa klebte mit Nase und Mund am Fenster, was lustige Flecken auf der Scheibe hinterließ. Ihr Magen knurrte vernehmlich. Die Mutter hatte zu Mittag Löwenzahnsalat aufgetischt, den sie gerne mochte, der aber nicht satt machte. Weniger behagten ihr die Brennnesseln anstelle von Spinat und die Kartoffelschalen. Kürzlich hatten sie das Mehl mit gemahlener Baumrinde gestreckt. Zwar war Elisa das Naserümpfen längst vergangen, doch Baumrindenmehl wollte sie nie wieder essen. Sie malte eine Sonne in die Flecken auf der Scheibe.

»Mutti?« Normalerweise folgte Mutters Schelte auf den Fuß. »Sybille ist auf der Ofenbank eingeschlafen. Horch mal, sie schnarcht.«

Barbara Forggenmüller reagierte nicht.

»Mutti? Hörst du mich nicht?«

»Hm?« Elisas Mutter drehte sich um. »Ich habe heute Nachricht bekommen, dass mein dritter Bruder im letzten Kriegsmonat gestorben ist. Dein Onkel Peter.«

»Ist er begraben?«

»Ich weiß es nicht, Lämmchen.«

»Vaters Bruder ist auch tot«, erinnerte sich Elisa, die mit ihren bald sechs Jahren das Gedächtnis eines Elefanten hatte. Da war dieses Gespräch zwischen Mutter und Magdalena über die Granate gewesen. Eine Unterredung, nicht für die Ohren der Kinder bestimmt, doch Elisa wusste ohnehin nicht so genau, was eine Granate war. Aber dass Vaters Bruder wegen der Granate tot war, das hatte sie schon begriffen.

»Wir sind jetzt ganz allein, Elisa«, sagte die Mutter. »Deine Großeltern leben nicht mehr, deine Onkel auch nicht. Es gibt nur noch uns vier.« Barbara Forggenmüller blickte zu dem leeren Stuhl, auf dem der Vater immer gesessen hatte.

Da begriff Elisa, so jung sie war, was sie sagen musste. »Er kommt wieder nach Hause, Mutti.«

»Weck deine Schwester, sie schläft sonst abends nicht ein. Ihr könnt zum Spielen hinüber zu Radspielers gehen. Den Buben wird fad sein bei dem Regenwetter.«

Die leere Gaststube war ein paradiesischer Spielplatz. In dieser Hinsicht brachten der Krieg und seine Nachwehen den Kindern Vorteile – an regnerischen Tagen wie diesem hatten sie viel Platz zum Toben im verlassenen Wirtshaus.

»Unter den Tischen wohnt ein Bär, den müsst ihr fangen.« Michael krümmte die Hände zu Klauen. Keine Frage, wer den Bären spielte.

»Und hinter der Bar einsperren«, steuerte Elisa bei. »Bis wir ihn gezähmt haben.«

Sybille hüpfte wie ein Gummiball um Michael herum.

»Willst du den Bären reizen?« Quirin zog einen imaginären Gegenstand hervor. »Ich trage das Gewehr.«

Die Kinder rechneten nicht mit Gästen. Das Wirtshaus *Zum Radspieler* hatte 1941 geschlossen, als der Forggenwirt zum Ostfeldzug eingerückt war. Es kam ja keiner mehr, sagte die Wirtin manchmal seufzend. Die Kinder konnten sich ohnehin nicht daran erinnern, dass es jemals anders gewesen war. Ihnen war das feine Bimmeln der Türglocke gänzlich unvertraut.

Daher standen ihnen die Münder offen, als an jenem Tag

drei Männer hereinspaziert kamen und sich schüttelten wie nasse Hunde. Silbrige Regentropfen flogen ihnen um die Köpfe.

»Hello«, sagten sie kehlig, und die Kinder streckten die Köpfe unter dem Tisch hervor, wo sie sich eilends verkrochen hatten. Bislang waren keine Alliierten in Forggen gewesen, und die Neugier trieb sie aus ihrem Versteck.

»Guten Tag.« Michael wagte sich hervor.

»Wir müssen eure Mutter holen«, wisperte Elisa aufgeregt, und ein wohliger Schauer rann ihr über den Rücken. Die Fremden waren noch jung, sicher jünger als ihr Vater oder der Forggenwirt. Das vermittelte ihr ein Gefühl der Sicherheit.

»For you.« Einer der Männer tätschelte Michael den Kopf und drückte ihm etwas in die Hand. Etwas, das in bedrucktes Papier eingeschlagen war. Elisa lief das Wasser im Mund zusammen. Wenn sie richtiglag, war das Schokolade. »Where is the owner?« Suchend sahen die Fremden sich um. »Where. Is. The. Owner?«, wiederholten sie langsamer.

Die Kinder verstanden nicht. Elisa beschloss, ebenfalls unter dem Tisch hervorzukriechen und Magdalena Radspieler suchen zu gehen. Sie würde ihr gleich sagen, dass sie keine Angst zu haben brauchte, weil die Amerikaner nett waren.

»Hello!« Die drei Männer begannen laut zu rufen. »Heelloo!«

Elisa brauchte ihren Plan nicht mehr in die Tat umzusetzen. Quirins und Michaels Mutter kam aus dem Obergeschoss herunter. Mitten auf der Treppe blieb sie für einen Moment regelrecht entgeistert stehen, starrte hinunter auf Michael mit dem Geschenk in der Hand, auf die drei Amerikaner und die drei Kinder unter dem Tisch. Sie trug ein altes Kleid mit einer fleckigen Schürze darüber, was dem Gesamtbild kaum einen Abbruch tat. Magdalena Radspieler war eine auffallend schöne Frau mit welligem Haar, dem Gesicht einer wertvollen Puppe und einer Taille, die der Wirt mit den Händen umspannen konnte. Elisa wusste das und hätte nicht sagen können, weshalb sie ihr am liebsten mit dreckverschmierten Händen übers Gesicht gefahren wäre. Sie spürte, wie sich bei den Fremden etwas veränderte.

Einer der Männer schnalzte mit der Zunge. An seinem Kinn sprossen Pickel. Die beiden anderen fingen zögerlich an zu grinsen und nickten einander zu und grinsten breiter. Der Pickelige sagte etwas zu Magdalena, das Elisa nicht verstand. Er ging hin, nahm sie beim Arm und zeigte nach oben.

Die Wirtin schüttelte heftig den Kopf.

»No?« Einer der drei Amerikaner, dem am Hinterkopf ein viereckiger Fleck Haar ausrasiert war, zog lässig seine Pistole. Elisa konnte, wo die Haare fehlten, eine Narbe erkennen. Der Mann fackelte nicht lange und richtete seine Waffe auf die Kinder unter dem Tisch.

Michael und Sybille kreischten auf. Quirin gaffte die Pistole an wie ein Kaninchen den Fuchs. Elisa fing leise an zu weinen. Sie wagte kein lautes Schluchzen, aber sie stellte sich erschüttert vor, wie die Kugel in ihren Körper schlug oder in Sybilles oder Quirins oder Michaels, und meinte, das Herz müsse ihr aussetzen.

Der Pickelige lächelte Magdalena süffisant an und zog fragend eine Augenbraue hoch.

»Hurry up«, bellte der dritte Mann, und die Wirtin stolperte in Richtung Treppe. Ehe die Pistole zum Einsatz kam, hatte sie hoffnungsvoll zur Tür geschielt. Das tat sie jetzt nicht mehr.

Der Amerikaner steckte seine Waffe ein und machte Anstalten, mit den anderen nach oben zu gehen. Unterdessen drängte der Pickelige Magdalena ungeduldig vor sich her.

»Mama!« Quirin und Michael riefen nach ihrer Mutter

und liefen den Alliierten zur Treppe nach. Am Treppenaufgang fingen sie sich jeder eine Ohrfeige ein.

»Bleibt unten.« Elisa war später nicht sicher, ob Magdalena das wirklich gesagt oder ob sie sich die Worte eingebildet hatte.

Nicht lange, und oben fing es an zu poltern.

»Was machen die mit ihr?«, wimmerte Sybille.

Elisa konnte ihrer Schwester nicht antworten. Zweimal hörten die Kinder einen erstickten Schrei und das protestierende Quietschen eines Bettgestells. Michael und Quirin drängte es mit solcher Macht zur Mutter, dass sie bebten wie die Erde unter den Schritten eines Riesen.

In Quirins Augen platzten rot die Äderchen, so sehr spannte er sich an. Elisa konnte ihm nicht helfen. Sie nahm seine Hand und hielt sie fest. Keiner hier in Forggen konnte Magdalena Radspieler in diesen Minuten helfen, das verstanden die Kinder, auch ohne das Geschehen richtig zu begreifen.

Die Wirtin überlebte die Heimkehr ihres Mannes um einige Monate. Dann ging sie ins Wasser. Vielleicht war sie schwanger von einem der Amerikaner. Hatte Angst, als Flitscherl aus der Dorfgemeinschaft ausgeschlossen zu werden. Elisa hörte die Leute flüstern und hätte ihnen allen am liebsten ins Gesicht geschlagen.

*

ISABEL – Januar 2016

»Ich stelle fest, wie schwierig es ist, dir die Ereignisse von damals zu schildern, obwohl ich es getreulich versuchen will«, sagte Tante Elisas geliebte Stimme auf Tonband. »Doch meine Gedanken hüpfen von hier nach dort und wieder zurück, während Bilder vor meinen Augen lebendig werden, so lebendig, dass ich meine,

sie mit den Händen greifen zu können, während sie zugleich eine Unendlichkeit zurückliegen.

Für heute bin ich müde, kleine Raupe, und meine Geschichte steht noch am Anfang. Weshalb ich glaube, dass meine Lieben umgebracht wurden und wer damals verdächtigt wurde, das wirst du ein andermal erfahren und begreifen.

Isabel atmete. Das war fürs Erste das Einzige, was sie tun konnte, um ihr rasendes Herz zu beruhigen. Sie kannte die Fakten über den Zweiten Weltkrieg, wie man sie im Geschichtsunterricht lernt, in Dokumentationen sieht und in Zeitungsartikeln liest. Sie wusste, wann der Krieg begonnen und wann er geendet hatte. Auch, wie schlecht die Versorgungslage der Bevölkerung in den Jahren danach gewesen war. Doch bislang hatte sie ganz naiv geglaubt, dass die Menschen in Bayern es mit ihren Besatzern noch recht gut getroffen hatten. Zumindest hatte sie solche Gräueltaten, wie Tante Elisa sie eben auf Kassette erzählt hatte, eher mit den übrigen Besatzungszonen in Verbindung gebracht.

Sie schnaubte, weil sie nicht weinen wollte. Mehr als das war der Krieg für die Menschen ihrer Generation doch im Grunde nicht: ein Haufen entsetzlicher Geschichten, die man sich nicht vorstellen mochte – von denen man aber wusste, dass sie sich irgendwann einmal tatsächlich ereignet hatten.

Isabel griff nach ihrem Handy und drückte den Google-Button auf dem Display. Sie fand einige Berichte neueren Datums, die die Entstehung des Forggensees und auch die Zwangsumsiedlung Forggens und in Teilen Deutenhausens thematisierten. Toms Großvater wurde erwähnt, der sich vor der Aufstauung heldenhaft an die Türschwelle seines Gasthauses gekettet hatte. Nicht nur dafür, auch für sein großes soziales Engagement und die tragende Rolle seiner Maad

Nagel Recycling GmbH als Arbeitgeber in der Region war Gunther Radspieler mehrfach ausgezeichnet worden. Querverweise führten zu Michael Radspieler, dem erfolgreichen Sohn des Forggenwirts. Wenn man sich die Familie Radspieler ansah, überlegte Isabel, fiel Tom völlig aus dem Raster. Über das Verschwinden der Forggenmüllers gab es im Netz rein gar nichts zu lesen. Die Zeitungsartikel, die damals gewiss geschrieben worden waren, schlummerten vermutlich in irgendeinem Archiv – und damit waren sie für Isabel vorerst außer Reichweite.

Sie fand noch eine Reportage über Vergewaltigungen in der amerikanischen Besatzungszone, offenbar bis heute ein Tabuthema. Die betroffenen Frauen schwiegen sich seit Jahrzehnten darüber aus, sofern sie – anders als Magdalena Radspieler – die Gewalt und den Schrecken überlebt hatten.

12

Ein Eimer zum Schöpfen

ISABEL – Februar 2016

Herr Theo kam, um sich zu verabschieden. Er trug Isabels Reisetasche bis vor die verspiegelte Glastür, wo Tom und Onkel Quirin warteten.

»Sie sind jetzt viel stärker und in sich gefestigt, Isabel. Das ist gut, das war das Ziel unserer gemeinsamen Arbeit in den letzten Wochen.« Der Therapeut drückte ihre Hand. Nicht zu fest und nicht zu lasch. Genau richtig. »Bitte vergessen Sie dennoch nicht: Es wird ein Kampf bleiben. Mindestens die nächsten Wochen und Monate. Eine solche Krankheit schüttelt man nicht binnen kürzester Zeit ab.«

»Ich verstehe.«

»Das heißt nicht, Sie dürften nicht stolz auf Ihre Leistung sein. Sehr stolz sogar.«

»Wird sie wieder normal leben können, Herr Doktor?« Man hörte Quirin an, die Frage im Geist schon viele Male vorformuliert zu haben.

»Die Erfolgsquote ist insgesamt gut. Der Therapieumfang bei sozialer Angst liegt im Durchschnitt bei fünfundzwanzig Stunden. Ihre Tochter hat die Krankheit hier bei uns von zwei Seiten beleuchtet – sowohl tiefenpsychologisch als auch verhaltenstherapeutisch. Und das in weit mehr als fünfundzwanzig Stunden.« Herr Theo nickte. »Will sagen: Es sieht sehr gut aus.« Damit entließ er Isabel in die Arme der beiden Männer.

Es war Anfang Februar, und es regnete seit Tagen. Der geschmolzene Schnee verwandelte die Welt in einen Moloch aus Schlamm, Matsch und traurigen braunen Rinnsalen. Tom und Quirin hielten jeder einen Schirm in der Hand. Zwei farbige Inseln in der tristen Landschaft aus Regenfäden.

»Geht es dir gut, mein Mädchen?« Quirin hatte stark abgenommen. Isabel spürte seine Knochen beim Umarmen. Selbst der Gürtel hielt die Hose nicht mehr richtig. Es sah aus, als trüge er den Baggy-Style der Neunziger.

»Mir geht es viel besser.« Seit Isabel ihm ihre Krankheit gebeichtet hatte, las sie keinen beständigen Groll mehr in seinem müden Gesicht.

»Isabel.« Tom drückte sie an sich; presste seine kalte Nase an ihre Wange.

»Warte.« Sie öffnete den Reißverschluss ihrer dunkelbraunen Softshelljacke und holte das Äffchen heraus. Es hielt einen Koffer aus Pappe in den Händen, darauf stand: Time to go home.

»Heimweh-Äffchen?«, fragte Tom leise.

»Lass uns fahren«, nickte Isabel und hakte sich auf dem Weg zum Parkplatz bei Quirin unter, der ein wenig schwankte; wie ein dünner Maibaum bei zu starkem Wind. Der Onkel bestand denn auch darauf, für die lange Heimfahrt den Rücksitz zu nehmen. Tom lud Isabels Tasche in den Kofferraum.

»Du hättest die weite Fahrt nicht machen müssen.« Isabel steckte die Reisedecke um ihren Onkel fest und war froh, als er es zuließ.

»Danke, Liebes.« Quirin vermittelte – auf die traurige, erschöpfte Art, die ihm seit Elisas Tod zu eigen war – den Anschein, als genösse er Isabels Fürsorge. »Weißt du, der Mann hat recht. Du solltest stolz auf dich sein. Ich für meinen Teil bin es; und deine Tante wäre es ebenfalls.«

»Die sich sehr bewegt fühlt«, flüsterte Isabel ihrem Onkel ins Ohr, während Tom schweigend auf dem Fahrersitz Platz nahm.

Als sie nach knapp vier Stunden Fahrt die bayerische Grenze hinter sich ließen, dämmerte es. Auf den Feldern links und rechts der Straße hockten Raben im schwindenden Tageslicht, wie Figuren auf einem Schachbrett. Flog einer auf, folgten die anderen nach, dicht über dem Boden mit den Flügeln schlagend, um sich anderswo neu zu formieren. Isabel dachte unwillkürlich an die mystische Rolle der Raben als Unheilsbringer.

»Schlaf ein wenig«, schlug Tom vor. »Wir sind noch wenigstens anderthalb Stunden unterwegs.«

»Ich versuche es.« Nachdem Quirin kurz hinter Hildesheim leise röchelnd zu schnarchen begonnen hatte, wäre das die Gelegenheit für Tom und Isabel gewesen, in Ruhe miteinander zu sprechen. In den Wochen der Therapie hatte sie sich das Wiedersehen mit ihm manches Mal ausgemalt. Doch in keiner ihrer Phantasien waren ihre Gespräche so oberflächlich und weit hinter ihren Erwartungen zurückgeblieben. »Sagst du mir vorher, was mit dir los ist?«

»Wie meinst du das?« Tom nahm den Blick nicht eine Sekunde von der Straße.

»Ich war zwei Monate lang in Therapie, und du fragst mich bloß, ob alles gut gelaufen ist?«

»Immerhin war ich es, der dich erst zu dieser Therapie überredet hat – und ich sitze seit aller Herrgottsfrühe hinter dem Lenkrad, Isabel, um dich abzuholen. Was erwartest du denn eigentlich noch?«

Ja, was erwartete sie noch? Isabel drehte den Kopf weg und blickte aus dem Fenster, obwohl Tom sie gar nicht ansah. Im Scheinwerferlicht wirkten die Grasbüschel am Wegrand wie kugelrunde Schafe auf einem Landschaftsporträt der schottischen Highlands. »Ich weiß es nicht.«

»Dachte ich mir.«

»Tom ... Weshalb bist du wütend auf mich?«

Er knurrte wie ein Hund, der den sich nähernden Kontrahenten schon aus der Ferne warnt, dass es für einen von beiden nicht gut ausgehen wird.

»Komm schon, Tom, weshalb?«

»Weshalb hast du mir nicht erzählt, wofür du den Kassettenspieler brauchst?« Er bremste abrupt wegen eines Lkws, und sie wurden nach vorne in die Gurte gedrückt.

»Woher weißt du ...? Das geht dich überhaupt nichts an, Tom!«

»Streitet ihr beiden?«, ließ sich Quirin müde vom Rücksitz vernehmen.

»Wir diskutieren bloß, Onkel. Schlaf weiter.« Isabel beugte sich dicht zu Tom. »Wehe, du verrätst ihm ein einziges Wort.«

»Ach. Vielleicht solltest du so einen Brief dann weiter unten in der Reisetasche verstauen und den Reißverschluss anständig schließen. Sonst verrätst du dich nämlich selbst.« Sein Gesicht wurde rot bis zum Hals, das war selbst im Schein der spärlichen Fahrzeugbeleuchtung zu sehen.

»Tom ...« Sie berührte ihn nicht, aber seine Anspannung war dennoch greifbar.

»Weißt du was.« Er sprach so leise, sie verstand ihn kaum. »Fick dich doch, Isi.«

*

Isabel hatte mit Herrn Theo vereinbart, jeden Tag nach draußen zu gehen. Eine Woche lang fuhr sie mit dem Bus nach Füssen, wanderte durch die Altstadt und streifte durch die frei zugänglichen Areale des Hohen Schlosses. Zwar war sie schon kurz nach Verlassen des Hauses schweißgebadet, fühlte die Blicke der Passanten näher kommen und wachsen wie in einem alten Film, bei dem die harmlosen Besucher eines Einkaufszentrums sich als menschenfressende Zombies entpuppen. Trotzdem genoss sie die wiederentdeckte Freiheit, die ihre Ausflüge zugleich auch bedeuteten – und genauso den leisen und sehr besonderen Stolz darüber, dass sie es schaffte, so hart es auch war.

Für die Jahreszeit war es viel zu warm. Kein Schnee, dafür immer wieder Regen und nur wenige Menschen auf der Straße. Isabel sah pickende Tauben auf historischem Kopfsteinpflaster, Ladenbesitzer im warmen Schein ihrer Schaufenster; rote Ampeln, hinter denen sich sonst bei schönem Wetter Fußgänger scharten, wie Weintrauben an einer Rebe. Bei Regen hingegen verschwammen die Farben der Ampelmännchen, und kaum einer überquerte die Straße. Für Isabel war das nicht wichtig, denn anders als in ihrer schäbigen Bamberger Wohnung sah sie das Leben nun nicht nur von ihrem Fenster aus. Jetzt war sie mittendrin.

Am achten Tag stürzte sie sich in einem Anflug von todesmutiger Euphorie in den Besucherstrom rund um die Königsschlösser. Natürlich herrschte im Februar kein Hochbetrieb, doch der Trubel reichte ihr, um hinterher zwei Tage lang nicht mehr aus dem Haus zu gehen – dem Versprechen an Herrn Theo und den gut gemeinten Einwänden ihres Onkels zum Trotz.

Am elften Tag nach ihrer Entlassung aus der Klinik trat Isabel zögerlich wieder vor die Tür und lenkte ihre Schritte in Richtung See. Es war feige, der Konfrontation mit anderen Menschen aus dem Weg zu gehen – und ganz klar nicht das, was ihr Therapeut ihr aufgetragen hatte –, dennoch war ihr das für den Moment gleichgültig. Immerhin, sagte sie sich, hatte sie der Idee widerstanden, ihren Tee vor dem Spaziergang mit Onkel Quirins Cognac anzureichern.

Isabel sog die Luft ein. Sie schmeckte salzig und bittergrün wie Meerestang. Immer, wenn der See abgelassen war, fühlte sie sich im Seebett außerhalb von Zeit und Raum. Wie lange war es her, dass sie hier draußen gewesen war? Hatte sie den See überhaupt schon jemals auf diese Weise erlebt? Als Erwachsene, ohne Tom an ihrer Seite? Sie konnte sich an keinen einzigen Besuch bei Onkel und Tante erinnern, bei dem sie im Seebett spazieren gegangen war.

Mit den kniehohen quietschgelben Gummistiefeln ihres Onkels – die sich prächtig für einen Ausflug ins Wattenmeer der Nordsee geeignet hätten und die ihr ein ganzes Stück zu groß waren – stapfte Isabel durch den abgestauten See wie ein Storch durch piksendes Schilfrohr; sie trug die Gummistiefel aus gutem Grund. Überall dort, wo der Seegrund nicht kiesig war, steckte man schnell knöcheltief im Matsch. Ein Stück entfernt sah sie prompt eine Familie mit zwei kleinen Kindern, die jungen Braunbären glichen, so sehr waren sie von oben bis unten voller Schlamm. Das Seebett war ein Eldorado für Kinder, ein weiter Abenteuerspielplatz auf rissigem Boden. »Hallo!«, riefen die Matschmonster ihr zu, ehe sie einen ausgelassenen Fechtkampf mit abgebrochenen Rohrkolben begannen. Nicht lange, und die Kolben platzten auf, woraufhin Flugsamen wie dichter Schnee auf die Kinder herabrieselten.

Mit brennendem Gesicht hob Isabel die Hand und grüßte zurück. Die Rohrkolben erinnerten sie an Tom. Anfangs, ehe sie sich beide zu erwachsen vorgekommen waren, hatten sie mit allem gespielt, was der See hergab.

Seit dem Tag ihrer Entlassung hatte sie nicht wieder mit ihm gesprochen. Der Streit schmerzte und machte sie wütend zugleich. Wie kam er dazu, sich über Tante Elisas Hinterlassenschaft zu echauffieren? Wie, vor allem, kam er dazu, so etwas Gemeines zu ihr zu sagen?

Elisas Geschichte ließ Isabel keine Ruhe mehr. Sie dachte ständig daran, trug sie im Hinterkopf mit sich herum und wartete nur auf den Moment, in dem sie sich seelisch stark genug fühlen würde, die nächste Kassette einzulegen. In den vergangenen Nächten war Magdalena Radspieler mehrfach durch ihre Träume gegeistert; die Wirtin, der die Amerikaner Gewalt angetan hatten; die Frau, die Toms Großmutter gewesen war.

Tom hatte sicher das Recht, etwas darüber zu erfahren. Immerhin betraf Elisas Hinterlassenschaft ihn und seinen Vater, verband das Blut die beiden Männer mit den Menschen, die mithilfe der Kassetten noch einmal lebendig wurden. Anders als sie selbst. Sie hätte es Tom wahrscheinlich ohnehin bald erzählt.

Isabel wandte sich in Richtung des einstigen Dorfes. Bald konnte sie die Grundmauern der Häuser erkennen, Reste hölzerner Türschwellen und das Tonnengewölbe der Forggenmühle. Zwar hatten die Zieheltern Isabel nie an diesen Ort begleitet, doch Tom wusste von seinem Vater manches über die Ruinen Forggens und hatte es Isabel weitererzählt. Dank ihm konnte sie die Grundmauern zuordnen, die vom Wirtshaus *Zum Radspieler* zeugten, in dem Michael und Quirin aufgewachsen waren – und auch das Tonnengewölbe, das zur Mühle gehört hatte.

Isabel hockte sich auf einen einzelnen Steinquader, früher sicher Teil einer Mauer, und blickte hin zu dem, was von Mühle und Wirtshaus geblieben war. Drei Spatzen hüpften über das steinige Seebett, wichen den Schlammlöchern aus und tschilpten dabei unentwegt.

»Was tut ihr denn hier?«, fragte sie leise. »Hier gibt's doch weit und breit keinen Baum oder Strauch.« Die Vögel kamen beim Klang der menschlichen Stimme ein Stück näher heran, flogen nahezu gleichzeitig auf und landeten auf einer Anhöhe, dann stiegen sie wieder in den Himmel. Isabel hob die Hand und winkte ihnen nach, ehe sie sich erneut der Betrachtung Forggens zuwandte.

Auf dem Rückweg fand Isabel Treibholz in Form einer Schlange. Oder eines Fragezeichens. Rostige Nägel staken darin, und sie fragte sich, wozu das Holz einst gehört hatte. Während ein Vogelschwarm über ihren Kopf hinwegzog und sich drüben bei Schwangau auf einer Hochspannungsleitung niederließ, plante sie ihren nächsten Schritt. Sie würde Tom anrufen und sich mit ihm versöhnen. Wie auch immer er dazu gekommen war, in den Brief hineinzulesen – was er ja ganz offensichtlich getan hatte –, das war eigentlich nicht so wichtig. Er war ihr Freund. Ohne ihn hätte sie die Therapie nicht gemacht und wäre noch immer ein Wrack. Gut, eine glänzende Hochseejacht war sie jetzt auch nicht, aber doch wenigstens ein Ruderboot – mit einem Eimer zum Schöpfen, falls Wasser einlief.

Womöglich würde Tom ihr sogar helfen, mehr über das Verschwinden von Elisas Familie herauszufinden.

Das Laufen tat gut. Der Wind nahm zu und fuhr ihr grob unter die Jacke. Nieselregen fiel vom Himmel, und sie legte den Kopf in den Nacken, um ihn zu begrüßen.

»Entschuldigung!«

Isabel schrak zusammen wie der Kasperle im Puppentheater, wenn er vom Krokodil überrascht wird. Sie hatte sich allein in der einsamen Weite des Seebetts gewähnt. Stattdessen war ihr jemand auf den Fersen.

Nicht auf den Fersen, ermahnte sie sich zur Ruhe. Bloß ein Spaziergänger – ein Mann, das erkannte sie an Körperbau und Stimme –, ebenfalls aus Richtung des ehemaligen Forggen kommend, der etwas von ihr wollte. Sie bemühte sich fieberhaft um ein geistiges Bild von Herrn Theo, während Hysterie sie zu übermannen drohte. Was würde der Therapeut ihr raten? Stehen bleiben und auf den Fremden warten?

»Hallo Sie! Hallooo!«

Nein, sie konnte das nicht. Isabel nahm die Beine in die Hand und biss sich im Weglaufen auf die Zunge. Der Regen nahm zu, wurde von feinem Niesel zu schweren, satten Tropfen, die ihr kalt in den Kragen klatschten. Sie sah das Schlammloch in ihrer Panik nicht kommen, zog den Fuß hastig heraus – und ließ den quietschgelben Gummistiefel stecken.

»Warten Sie doch!« Der Rufer gab nicht auf. Seine Schritte patschten beim Näherkommen hart auf den Boden. Sie konnte sie hören; konnte ihn hören. Den unbekannten Verfolger.

Er musste sie für verrückt halten, weil sie vor ihm weglief. Für ein dummes Weibsstück, in dessen strumpfsockigen, rechten Fuß sich spitze Kieselsteine bohrten.

»Warten Sie«, keuchte der Mann, jetzt nur wenige Schritte hinter ihr. »Ich habe Ihren Gummistiefel.«

Isabel blieb stehen. Schweiß klebte ihr auf der Haut.

»Was war denn das gerade?« Es war nicht klar, wem sein Murmeln galt – sich selbst oder ihr. Er kam um sie herum und stellte sich vor sie hin. »Verzeihung. Ich wollte Sie nicht erschrecken.« Zwischen Daumen und Zeigefinger baumelte ihr verdreckter Gummistiefel.

»Schon in Ordnung.« Isabel sah den Mann flüchtig an. Grüne Augen und ein Wer-weiß-wie-viele-Tage-Bart, rostrot, wie sie ihn sich bei einem Klabautermann in jungen Jahren vorstellte. »War nicht Ihre Schuld.«

»Ich wollte Sie bloß nach dem Weg fragen. Nach der Richtung, meine ich.«

»Wo wollen Sie denn hin?« Isabel dachte an ihr Tattoo.

Den herzförmigen Apfel und die beiden Buchstaben. Plötzlich war es nicht mehr so schlimm, mit dem Mann zu sprechen.

»Waltenhofen. Mein Wagen steht dort auf dem Parkplatz, dem am See.«

»Gibt nur den einen.«

»Wusste ich doch, Sie kennen sich aus. Wenigstens habe ich das gehofft ... Ich wohne zurzeit auf dem Campingplatz bei Roßhaupten.«

»Um diese Jahreszeit?«

»Na ja, ist nicht so überlaufen – und ich habe einen Wohnwagen gemietet, also ein Dach über dem Kopf. Ich bin Dominik.«

»Bekomme ich den wieder?«

»Wenn Sie mir Ihren Namen verraten.« Er lächelte vorsichtig.

»Isabel.« Isabel streckte die Hand nach dem Stiefel aus. »Isabel Radspieler.«

»Freut mich.« Dominik sah zu, wie sie mit klatschnasser Socke in den Stiefel stieg. »Ist irgendwie witzig. Meine Freunde nennen mich ›Ente‹, das ist mein Spitzname, wie ein gelbes Badeentchen. Gelb, verstehen Sie? Wie Ihre Gummistiefel.«

»Ja.« Zum ersten Mal seit langer Zeit sah Isabel, wie Verlegenheit jemand anderem als ihr selbst die Röte ins Gesicht trieb. Das machte ihr Dominik augenblicklich sympathischer. »Ist wirklich witzig. Sie können mich begleiten, wenn Sie möchten. Wir haben den gleichen Weg.«

13

Träumender Tanz

ISABEL – Februar 2016

Zu Hause staubte Onkel Quirin die Nudeln im Hausflur ab. Isabel sah ihn das zum dritten Mal tun, seit sie aus der Klinik entlassen worden war. Fremden mochten die Regalbretter voller Nudeln befremdlich anmuten – für Isabel war der Anblick altgewohnt.

»Onkel?«

»Hm?«

»Gibt es eigentlich etwas, ich meine, irgendetwas aus eurer Vergangenheit – deiner und Tante Elisas –, von dem du mich wissen lassen möchtest? Etwas, das zu erzählen euch immer schwergefallen ist?«

»Nein.« Quirins Staubwedel verharrte für Momente über der Packung mit den sardischen Hartweizengriesnudeln in Form kleiner Schnecken, ehe er weiter zu den Farfalloni und den Muschelnudeln schwenkte. »Gibt es nicht. Wie kommst du darauf?«

»Ich habe nicht mehr mit ihr gesprochen«, sagte sie leise. »Es ist meine Schuld, dass ich dich fragen muss.«

Oben in ihrem Zimmer legte Isabel ein Taschentuch auf den Schreibtisch, der sie stoisch durch die schweren Jahre krankhafter Schüchternheit begleitet hatte. Hier, im Haus der Radspielers, wirkte das massive Möbel nicht länger fehl am Platz.

Sie fühlte so etwas wie Stolz auf den kleinen Flirt, der sich auf dem Heimweg zwischen ihr und Dominik entsponnen hatte. Er war Reisejournalist und sammelte Stoff über die Gegend um die Königsschlösser. Ausflugsziele für Groß und Klein, empfehlenswerte Restaurants für jeden Geldbeutel, kulturelle Highlights und spannende Quartiere für Frühling, Sommer, Herbst und Winter. Auf dem Taschentuch stand Dominiks Mobilnummer. Für andere mochte dergleichen alltäglich sein. Nicht für Isabel.

Für sie war es, als hätte sie die Hand nach dem Mond ausgestreckt und ihn mit den Fingerspitzen berührt.

Sie griff nach ihrem Handy und tippte eine Nachricht an Tom.

Können wir reden?

Die Sendebestätigung verriet ihr: Er hatte die Nachricht erhalten. Mit klopfendem Herzen ging sie unter die Dusche. Das Handy blinkte, als sie sich gerade die Haare föhnte.

Ich weiß es nicht.

Das war nicht die erhoffte Antwort. Isabel brauchte mehrere Anläufe, um die richtigen Worte zu finden. Sie wollte ihn nicht wieder verlieren. Letztlich schrieb sie bloß:

Bitte, Tom.

Er antwortete fünfzig Sekunden später.

In Ordnung. Kannst du zu mir kommen?

Sie lieh sich Onkel Quirins Wagen und gab ihm, der noch immer seine längst staubfreien Nudeln abstaubte, einen

Kuss auf die Wange. »Fahr vorsichtig, Mädchen!«, rief der Onkel ihr nach. Draußen begann es zu dunkeln.

Auch das – die Fahrt nach Füssen, die Suche nach einem Parkplatz, das Einparken und Aussteigen unter den Blicken Fremder – wäre vor Herrn Theo und dem Marguard-Klinikum schlicht unmöglich gewesen.

*

In Toms Vorgarten trugen einige Sträucher noch ihren Winterschutz. Mit der weißen Vliesabdeckung sahen sie aus wie Kinder, die mit den Bettlaken aus Mutters Wäscheschrank Gespenster spielen. Das reduzierte Abendlicht tat ein Übriges, als nähme es freiwillig alle Farbe zurück, um die Formen und Umrisse der Umgebung klarer und größer hervortreten zu lassen. Gleich hinter dem Gartenzaun türmten sich abgeschnittene Blütenzweige. Ein kleiner Scheiterhaufen, um dem Winter den Kehraus zu bereiten. Isabel bückte sich nach einer vertrockneten Blüte und zerbröselte sie zwischen den Fingern. Aus irgendeinem Grund dachte sie dabei an die aggressiv aufspringenden Kapseln des Springkrauts, die man zur Blütezeit im Spätsommer und Herbst bloß leicht zu berühren braucht. Explodierendes Springkraut. Noch so eine Sache, die Tom und sie gleichermaßen gemocht hatten.

Es dauerte eine Weile, bis er die Tür öffnete. Er trug ausgefranste Jeans und eine marineblaue Sweatjacke. Seine Füße waren nackt, die aschblonden Haare feucht. Um seinen Hals hing ein Handtuch.

»Du warst aber schnell hier.« Nicht der Hauch eines Lächelns.

»Darf ich reinkommen?«

»Bitte.« Tom trat zur Seite und ging voran in die Küche. Unterm Gehen rubbelte er sich die Haare trocken, bis sie ihm zauselig vom Kopf abstanden. Im Hintergrund lief Musik, *I Am A Rock* von Simon & Garfunkel. »Magst du was trinken?«

Isabel lehnte ab. Obwohl sie schon einmal hier gewesen war, beeindruckte sie die minimalistische Einrichtung des Stadtmauerhauses aufs Neue. Die alten Möbel glänzten dort, wo Lampenschein hinfiel, satt wie Speck. Auf dem Fenstersims stand ein Wasserglas mit Stecklingen.

Tom nahm sich eine Dose mit unleserlichem Aufdruck und setzte sich ihr gegenüber an den Küchentisch. »Also.« Simon & Garfunkel gingen zu *Sound of Silence* über. »Ich hätte das nicht sagen sollen. Das mit dem Ficken.« Er rührte mit dem kleinen Finger Kreise auf der Tischplatte, als stünde dort ein Suppenteller in Puppenküchengröße. »Ich weiß selbst nicht, wo das herkam.«

»Ich kann es verwinden.« Isabels Füße zappelten unter dem Tisch. »Was ich dir sagen wollte, ist: Du hast Elisas Brief angesehen, und ich bin dir deshalb nicht mehr böse. Hier.« Sie zog den Brief hervor. »Lies ihn ganz.«

»Er ist aus deiner Tasche gefallen. Es war nur, weil ich ihre Handschrift erkannt habe und ... Ich lese sonst keine fremde Post. Ehrlich nicht.«

»Ich bin auch keine Heilige, Tom. Lies ihn.« Sie sah ihn an, während seine Augen über die Zeilen wanderten.

»Das geht nahe«, sagte er hinterher und schluckte. »Sie hat dich sehr geliebt.«

»Dich auch. Uns beide.«

»Du sollst nicht glauben, es würde mich nicht kümmern, wie es dir geht. Während du in der Klinik warst, musste ich ständig an dich denken.«

»Das weiß ich doch. Ich hatte mir unser Wiedersehen bloß anders vorgestellt.« Isabel zwang ihre Füße zum Stillhalten, dafür ihren Mund zum Reden. Sie berichtete Tom von Elisas Geschichte auf den Kassetten, jenen, die sie schon angehört hatte.

»Scheiße«, stöhnte er und zerquetschte die Dose in seinen Händen. Gelboranger Saft schwappte über. »Ich hatte keine Ahnung, was die Amerikaner meiner Großmutter angetan haben. Ich wusste auch nichts von Elisas toten Brüdern.«

»He.« Isabel beugte sich über den Tisch zu ihm. »Nicht weinen.« Voller Zuneigung tat sie etwas, was sie nie wieder hatte tun wollen. Sie küsste ihn auf die Lippen. Sein Mund war warm und fest wie in ihrer Erinnerung. Er schmeckte nach Brause.

»Nicht. Ich ... Isabel, ich will das nicht.« Tom wich so hastig zurück, als hätte sie ihn gebissen statt geküsst. Schnell stand er auf, um sich die klebrigen Hände zu waschen.

Isabel sank ernüchtert zurück auf ihren Stuhl und wartete auf das unausweichliche Fallen der Schranke zwischen sich und ihm. Sie war keine forsche Verführerin, sondern einfach nur dumm. Weder konnte sie die Zurückweisung von Fremden ertragen, noch, tausendmal schlimmer, die von Tom. Es schmerzte kaum weniger als damals ihre Trennung bei der Bank.

»Isabel.«

»Moment.« Sie hob die Hand, ein aus dem Nichts gewachsenes Stoppschild, und horchte in sich hinein. Nach dem, was eben zwischen ihnen vorgefallen war, sollte der soziophobische Teil in ihr längst Amok laufen. Stattdessen fand sie: nichts. Zwar war sie wütend, enttäuscht und vor allem peinlich berührt. Ansonsten blieb sie dieselbe, die sie in Toms Gegenwart immer war. Eine Isabel Radspieler, die mit ihm so tun konnte, als gäbe es die Angststörung nicht.

»Entschuldige. Das war blöd von mir«, sagte sie leise.

»Ich will dein Freund sein«, beteuerte Tom. »Das will ich

mehr als alles andere. Aber lass uns einander wieder besser kennenlernen, ehe wir *darüber* nachdenken …«

»Das verstehe ich.«

»Du hast keine Ahnung, wo ich arbeite, oder? Solche Dinge sollten wir voneinander wissen, Isi.«

»He, Tom.« Erstaunlicherweise bewahrte Isabel die Ruhe. »Mir sollte es unangenehm sein. Mir *ist* es unangenehm. Bitte hör du auf, dich zu schämen, und verrate mir lieber, was du so machst. Wo du arbeitest, zum Beispiel. Tut mir leid, dass ich dich bisher nicht nach diesen Dingen gefragt habe.«

»Wirklich schändlich von dir.« Tom lächelte, und seine verkrampften Schultern wurden weicher. »Ich arbeite als Landschaftsgärtner für die Stadt Füssen.«

»Das erklärt die phantastischen Gärtchen ums Haus. Dabei hätte ich dich früher eher als schneidigen Geschäftsmann gesehen. Du warst so wagemutig und risikofreudig, hattest immer viel weniger Angst als ich.« Isabel dachte an zwei rostige Metallstangen im Schilf, und ihre Füße zappelten wieder. Der Landschaftsgärtner gefiel ihr besser als die Vorstellung vom Geschäftsmann im Anzug.

»Ganz ehrlich, Isi? Manchmal fühle ich mich bloß wie eine große Witzfigur.« Dieses Mal war Tom es, der die Distanz zwischen ihnen überwand, von jetzt auf gleich, und dabei murmelte: »Ich bin nicht gut im Warten. Und meinen Job kennst du nun.« Er küsste sie, die Hände auf die Tischplatte gestützt, und seine Augen suchten ihre. »Kommst du mit nach oben?«

»So schnell?«

»So schnell.«

Die Decke in Toms Schlafzimmer war niedrig. Es fehlte sicher nicht mehr als eine Handbreit, um ihn oben anstoßen zu lassen. Er trat die Tür mit dem Fuß ins Schloss, bückte sich unter einem dicken Querbalken durch und zog Isabel in Richtung Matratze, die auf einem Bettgestell aus dicken Holzbalken lag. Zwischen den Kissen saß Heimweh-Äffchen.

Sie stolperte über ihre Füße, weil sie nicht wagte, ihr Gewicht ganz seinen Armen anzuvertrauen; biss sich auf die Lippe und schmeckte Blut.

Er hielt sie fest. Küsste das Blut weg und sagte kein Wort.

Isabel entspannte sich, dachte aber dennoch über die hässlichen Abdrücke des Slips auf ihrer Haut nach, als er sie auszog. Über den Geruch ihrer Achseln und wann sie zuletzt geduscht hatte.

Doch das Denken wurde weniger. Bis sie sich ihm ganz hingab – diesem Gefühl, das ihr früher einmal vertraut gewesen war.

Sie grub ihre Finger in seine Schultern, hielt sich an ihm fest wie am einzigen Seil über kilometerweitem Abgrund; saugte ihren Mund an seinen Hals und schmeckte Salz und Tom und das außergewöhnliche Gefühl, mitten durch die Zeit zu fallen.

Später. Toms Kopf lag auf ihrem Bauch.

»Sag mal, weinst du?« Er linste nach ihrem Gesicht.

»Schon gut. Ich hör gleich auf zu heulen.« Isabel schniefte. »Es ist bloß: Seit unserer Trennung hast du dich wie ein Teufelchen in die Rundung meiner Ohrmuschel gefläzt und mir bei jeder Berührung und jedem Kuss dein Gesicht vor Augen geschoben. Das klingt jämmerlich, ich weiß.«

»Ich habe auch oft an dich gedacht.« Tom angelte im Nachttisch nach einem Taschentuch. »Hier.«

»Danke.« Sie setzte sich auf und schnäuzte sich kräftig. »Ich bin ziemlich verkorkst. Aber das weißt du ja nicht erst seit gestern.«

»Du willst das machen, oder?«, fragte Tom unvermittelt. »Das Verschwinden der Forggenmüllers aufklären?«

»Für Elisa.« Isabel nickte. »Seit ich angefangen habe, ihre Kassetten zu hören, lässt es mich nicht mehr los.«

»Kann ich verstehen.«

»Was weißt du eigentlich darüber? Erzählst du es mir?«

»Natürlich. Es ist nicht viel. Wenn mein Großvater über Forggen spricht, dann geht es immer nur um sein heldenhaftes Anketten vor der Flutung.«

»Und dein Vater?«

»Er glaubt, sie sind ertrunken. Dass sie aus irgendeinem Grund nachts noch draußen waren und im Finstern vom Wasser überrascht wurden.«

»Man hätte die Leichen gefunden«, wandte Isabel ein.

»Er glaubt das trotzdem.«

»Würdest du mir helfen, Tom? Was die Tante auf den Kassetten erzählt, ist ja genauso die Geschichte deiner Familie.«

»Ja.« Er überlegte nicht lange. »Ich helfe dir, Isi. Unter einer Bedingung.«

»Welche?« Isabel setzte sich im Bett auf.

»Du bleibst heute Nacht hier bei mir.« Er lachte, ein dunkles Schurkenlachen, und drückte sie zurück auf die Laken.

»Tom? Wenn wir mit Onkel Quirin nicht über die Kassetten sprechen können, dann möglicherweise mit deinem Vater. Vielleicht weiß er etwas, das uns weiterbringt.«

»Lässt sich machen.« Tom nahm ihr Ohrläppchen zwischen die Zähne. »Und jetzt schweig still, Weib.«

Isabel rief den Onkel an, entschuldigte sich für die späte Stunde und blieb über Nacht. Natürlich verstand Quirin, was gespielt wurde, da machte sie sich keine Illusionen. Sie hörte die Missbilligung in seiner Stimme, auch wenn er kein Wort darüber verlor. Dem Onkel wäre sicher lieber gewesen, Tom und sie nur als Freunde zu sehen. Das war ungefährlicher für die beteiligten Herzen – und aus seiner Sicht irgendwie verständlich.

Sie schliefen eng aneinandergeschmiegt. Wenn einer sich drehte, drehte der andere sich mit, ein träumender Tanz nächtlicher Verbundenheit. So nahe sie sich früher gewesen waren, hatten sie damals doch nie die Möglichkeit gehabt, die Nächte miteinander zu verbringen. Wenigstens nicht als Liebende. Am Morgen kehrten die Farben in die Welt vor dem Stadtmauerhaus zurück, die Gerüche und die Geräusche. Die schützende Käseglocke der Nacht zerbarst und ließ Stimmen, Motorengeräusche und Fahrradgeklingel durch die Risse und Sprünge dringen. Tom war als Erster aus dem Bett, noch vor dem Schrillen des Weckers. Er fragte nicht, ob sie mit ihm unter die Dusche kommen wollte. Also wartete Isabel, vermisste seine Wärme und duschte nach ihm.

Während er Kaffee kochte, saß sie am Küchentisch und schrieb verträumt auf den Rand der Morgenzeitung: *Dieses Du, leise und verschämt, als wären wir gerade erst dazu übergegangen. Du neben mir. Der Druck deiner Hand auf meiner Haut; meine Lippen, die auf deine drücken, zu fest und eifrig, zu heftig begehrend. Unsere Körper, ungeschickt und tapsig folgen sie der Erinnerung einer Melodie, deren Tanzschritte lange vergessen sind.*

»Was schreibst du da?«

»Nichts.« Isabel bedeckte die Zeilen mit der Hand.

»Okaay«, sagte er langgezogen, und ihr fiel wieder ein, wie gerne er Wörter in die Länge zog. »Was möchtest du frühstücken?«

»Bloß einen Kaffee. Du brauchst die Augenbrauen nicht so zu heben.«

»Okaay«, sagte er wieder. »Was hältst du davon, mich heute zur Arbeit zu begleiten? Sehen, was ich so mache. Anschließend besuchen wir meinen Vater, schätze ich.«

»Danke.« Isabel stand auf und legte die Arme um ihn. Weil sie verlegen war – weil die ungewohnte Situation, die fremde Küche und die fremden Kaffeebecher auf dem Sideboard sie verlegen machten –, küsste sie ihn bloß auf die Wange.

14

Morli

ISABEL – Februar 2016

Der Kindergarten *Spatzennest*, dessen Außenanlagen Tom an diesem Tag auf Vordermann bringen sollte, war ein altes Gebäude aus den Sechzigern, die Fassade allerdings leuchtete in frischen Farben. Man hatte die Hauswände in rote, gelbe, hellgrüne und orange Quadrate unterteilt, die Isabel schon beim Hinsehen gute Laune machten. Vielleicht hatte ihr überschäumender Frohsinn aber auch einfach mit Tom zu tun.

In den Gruppenräumen brannte Licht, dabei stand die Sonne schon am Himmel und lieferte sich ein Duell mit den sie umkreisenden Wolken. Umso fröhlicher wirkten die bunten Basteleien der Kinder an den Fenstern. Isabel sah grasgrüne Frösche aus Filz mit gelb, rot und blau karierten Halstüchern, breite Cowboyhüte auf den Köpfen.

»Mein alter Arbeitstransporter war schrottreif. Der neue wurde zwar vor einem knappen halben Jahr bewilligt, aber die können sich bei der Stadtverwaltung nicht für ein Modell entscheiden. Also nutze ich meinen Privatwagen und verrechne die Kilometer und die Reinigungskosten.« Tom grinste. »Mir macht das wenig aus. Mit meinem alten Vehikel hätten wir für dein Bamberger Zeug allerdings keinen Umzugstransporter leihen müssen.«

»Tom?«

»Ja? Ich rede zu viel, oder? Ich hatte eine ganze Zeit keine Beziehung mehr, und irgendwie bin ich nervös …«

»Haben wir denn eine? Eine Beziehung.«

»Ich würde sagen: ja.« Tom stellte sich Isabel gegenüber und nahm sie bei den Händen. »Ich bin ebenfalls nicht einfach, weißt du. Doch mächtig dankbar, dich wieder in meinem Leben zu haben.« Zum ersten Mal, seit sie einander vergangene Nacht in den Armen gelegen hatten, küssten sie sich richtig. »Außerdem: Hätten wir keine Beziehung, würde ich dich dann wohl mit zur Arbeit bringen?« Tom lachte, und sein Atem kitzelte ihren Hals.

Auf dem Gehsteig kam eine Passantin vorüber, deren Lippen zu einem harten Strich zusammenschnellten, als sie ihren innigen Kuss wahrnahm. Isabel entging das nicht. Zwar kannte sie weder die Frau noch deren Namen, es war nur eine zufällige Begegnung, doch die Missbilligung strömte aus ihr heraus, heftete sich an den Schwung ihrer Schritte. Die Fremde trug eine Jogginghose; ihr Gesicht war alltäglich. Nichts an ihrer Erscheinung war interessant genug, um einschüchternd zu wirken. Dennoch kämpfte Isabel gegen den Drang, sich der namenlosen Frau zu Füßen zu werfen, bloß um den Hauch einer wohlmeinenden Berührung an der Schulter zu erfahren und von ihr gemocht zu werden. *Erheben Sie sich, Rittersfrau Radspieler: Nicht die ganze Welt hasst sie.*

»He du? Wo bist du hin mit deinen Gedanken?«

»Ich habe noch einen langen Weg vor mir«, sagte Isabel, ohne darauf einzugehen. »Legen wir los?«

Im Vorhof des *Spatzennests* sollte Tom ein Rondell vom Herbstlaub befreien.

»Da spitzt ja schon was aus der Erde.« Isabel erstaunte sich selbst mit der Freude, die sie über die Entdeckung empfand.

»Krokusse und Schneeglöckchen«, bestätigte Tom zufrieden. »Nicht mehr lange, und ich kann Narzissen und Bellis setzen. Das sind die, die wie größere Gänseblümchen in Weiß, Rosa und Rot aussehen.«

»Ich weiß. Tante Elisas sonntägliche Gartenbegehungen, erinnerst du dich? Ich bringe Grundkenntnisse mit, Herr Lehrer.«

»Würdest du mir dann bitte den Sack Dekormulch aus dem Kofferraum holen?« Er lächelte. »Damit setzen wir farbliche Akzente, bis der Frühling richtig in Fahrt kommt.«

Während Tom arbeitete, konnte Isabel durch die erleuchteten Fenster den spielenden Kindern zusehen. Hunderte Bauklötze stapelten sich in einer Ecke, umringt von einer tüftelnden Schar junger Ingenieure und Ingenieurinnen; ein Mädchen mit geblümtem Stirnband führte einen Jungen im Bob-der-Baumeister-Pullover an einem roten Strick und rief ihm zwischendurch etwas zu. »Hüa, Pferdchen!«, vermutete Isabel, obgleich sie durch die Scheiben nichts hören konnte. An einer Schnur hingen Postkarten quer durch den Raum, mit bunten Wäscheklammern befestigt. Am Tisch zeichnete ein kleines, blasses Kind zusammen mit der Erzieherin. Das Mädchen trug pinke Leggins und glitzernde Klammern im Haar. Als es fertig war, kam es ans Fenster und drückte sein Bild gegen die Scheibe. Isabel erkannte einen Schmetterling. Tom bemerkte das Kind ebenfalls, und ihre Blicke trafen sich über der Idee von etwas, das irgendwann möglich sein könnte.

Gegen Mittag packte Tom die Arbeitsutensilien zusammen und rief seinen Vater an. Sein Gesichtsausdruck veränderte sich, während er ins Handy sprach.

»Hat er Nein gesagt?«, mutmaßte Isabel.

»Er war nicht begeistert. Ich soll heute Abend zu ihm kommen, erst einmal allein. Ist das für dich in Ordnung?«

»Ich habe wohl keine Wahl.« Isabel schämte sich für ihre

Erleichterung, Michael Radspieler noch nicht gleich gegenübertreten zu müssen, aber andererseits – war dieses Gefühl nicht zu erwarten gewesen? Herr Theo hatte sie gewarnt, es würde ein Kampf werden und ihre soziale Ängstlichkeit nicht von einem Tag auf den anderen verschwinden. Es half, sich vor Augen zu halten, wie weit sie inzwischen gekommen war. Sie saß nicht länger in ihrer elenden Bamberger Wohnung fest und zermarterte sich das Hirn über Ängste, die wie ein Zirkel auf dem Papier kreisten. Stattdessen hatte sie die vergangene Nacht in den Armen eines Mannes gelegen; in Toms Armen.

»Ich schlage vor, du hörst derweil die nächsten Kassetten. Wir sollten wissen, was Elisa noch zu sagen hat. Das ist wahrscheinlich sogar das Wichtigste.«

»Einverstanden.« Isabel brannte darauf. So entsetzlich die Erzählungen bislang an vielen Stellen gewesen waren, brachten sie ihr die junge Elisa doch auf eine ganz besondere Weise näher. Trotzdem sträubte sich ein Teil von ihr dagegen; der Teil von ihr, der wusste: Wenn erst die letzte Aufnahme abgespielt war, würde sie ihr Leben lang kein weiteres Wort mehr von Elisa hören. Sie empfand schmerzlich die Tragik, der Tante nie mehr eine Frage zu ihrer Vergangenheit stellen, sie nie ihre Anteilnahme spüren lassen zu können.

Isabel starrte auf den gelben Dekormulch, ohne ihn für den Augenblick wahrzunehmen. Was es ihr auch abverlangen würde – sie schwor sich, das Schicksal der verschwundenen Forggenmüllers aufzuklären und Tante Elisa nicht wieder zu enttäuschen.

»Für mich wird es dann ohnehin Zeit, Tom. Ich sollte nach Onkel Quirin sehen. Bringst du mich zum Auto?«

»Natürlich.«

Auf dem Weg zum Stadtmauerhaus, wo Onkel Quirins Wagen seit dem Vorabend parkte, hielten sie an einem Elektrogeschäft. Tom sprang hinein und besorgte die Kopfhörer, um die Isabel ihn gebeten hatte. Diese nichtige Erledigung hätte er, was sie ihm allerdings nicht sagte, besser ihr überlassen sollen – sie war diejenige, die dergleichen üben musste.

Natürlich. Das hätte sie tun müssen.

Eigentlich tun müssen. Doch so war es einfacher, und sie lebte mit dem Stich eines schlechten Gewissens.

»Ich rufe dich heute Abend an, wenn ich mit Papa gesprochen habe.« Tom streichelte mit dem Zeigefinger ihren Handrücken.

»Bis dahin habe ich die nächste Kassette gehört.« Isabel winkte mit der Tüte aus dem Elektroladen. »Viel Glück mit deinem Vater.« Unmöglich konnte sie in Onkel Quirins Haus den Player abspielen. Nicht ohne Kopfhörer. Gott sei Dank war ihr das rechtzeitig eingefallen. Quirin sollte vorläufig nichts von den Kassetten erfahren – da musste sie den Rat Elisas beherzigen. Außerdem hätte der Onkel gewiss den Schreck seines Lebens bekommen, wenn er Elisas Tonbandstimme plötzlich aus dem Zimmer der Adoptivtochter gehört hätte.

Isabel betrachtete nachdenklich das Haus, ehe sie die Tür aufschloss. Elisa und Quirin hatten das zweistöckige Gebäude mit den grünen Fensterläden und den vergrauten Holzschindeln auf der Wetterseite zu ihrem Elternhaus gemacht. Sie liebte das Klappern der Kellerschachtabdeckungen rund ums Haus, wenn man darüber ging; genauso den verrosteten Schlüsselbund, den Tante Elisa auf dem Trödel gekauft und an einem Nagel neben dem Küchenfenster aufgehängt hatte. Am Kellerabgang waren mit wasserfestem Filzstift Mutter, Vater und Kind an die Hauswand gezeichnet. Isabel erinnerte sich wie gestern an ihr Kunstwerk, das einer Liebeserklärung gleichgekommen war. Das Hausdach ragte schützend darüber, daher hatten Wind, Wetter und Zeit es nie ganz abgewaschen; auch Elisa und Quirin nicht. Sie lächelte, als sie die Haustür erst fest heranziehen musste, ehe sich der Schlüssel im Schloss drehen ließ. Selbst daran hatte sich nichts geändert.

Auf dem Treppenabsatz im Flur stand ihr Onkel, so steif, als hätte er sich schon vor einer Ewigkeit dort postiert, um schließlich und endlich zu Stein zu erstarren.

»Onkel Quirin! Geht es dir nicht gut?« Isabel eilte zu ihm hin und berührte seine Hand. Sie war viel zu kalt für ein lebendiges Wesen. Die langen Falten am Hals des Onkels bewegten sich, erwachten wie Fuchur in der Unendlichen Geschichte.

»Tom ist mein Neffe. Ein guter Junge, selbst wenn ich nie verstanden habe, wie er sich damals mir nichts, dir nichts von dir lossagen konnte. Ihr wart alles füreinander. Andererseits, diese Liebesbeziehung zwischen euch ... Du glaubst nicht, Isabel, wie dankbar wir Tom nach deiner Adoption waren, denn erst über ihn haben wir einen Zugang zu dir gefunden, wurdest du nicht nur auf dem Papier unser Kind.«

»Ich weiß, ihr habt Tom sehr gern.« Isabel sprach im Plural, ohne es zu merken.

»Ihr solltet es dabei belassen. Bei einer Freundschaft.« Quirins Blick schweifte von der Adoptivtochter zu den Nudeln an der Wand und wieder zurück.

»Das hast du schon einmal gesagt. Dass das mit Tom und mir nicht auf Dauer gutgehen würde. Damals hab ich dir insgeheim recht gegeben.« Sie wusste zu gut, wie wenig Anrecht auf Glück sie sich selbst zugestanden hatte. Bereits als kleines Kind hatte sie das so empfunden, hatte immer auf die nächste dunkle Wolke gewartet.

»Heute nicht mehr?«

»Weißt du noch«, entgegnete Isabel statt einer Antwort,

»früher, wenn Besuch angekündigt war, hat Tante Elisa im Haus eine hektische Aktivität entfaltet, die ihr sonst fremd war. Jeder Türstock musste von Staub befreit, jeder hinterste Winkel gesaugt, jeder Staubfetzen von den Regalen gefegt sein, ehe die Gäste eintreten konnten. Dabei war es bei uns nie dreckig oder unaufgeräumt. Nur eben nicht so steril, wie Tante Elisa es vor der Ankunft von Besuchern für notwendig erachtete. Ob sie sich hinter dem perfekten Haushalt versteckt hat? Um möglichst wenig von sich preisgeben zu müssen?«

»Worauf willst du hinaus, Isabel?« Quirins Mundwinkel verzogen sich vor Anspannung, seine Lider sahen aus wie in Dreiecksformen gegossen. Dieser Erinnerungsfetzen aus der Vergangenheit setzte ihm zu.

»Ich meine, ist der Mensch nicht letztlich immer die Summe des Bildes, das er von sich haben möchte, und seiner Fähigkeit, es vor sich selbst, vor allem aber im Umgang mit anderen umzusetzen?«

»Du solltest über ein Philosophie-Studium nachdenken, Mädchen«, brummte der Onkel. »Und keine Beziehung mit Tom anfangen. Du bist noch lange nicht wieder gesund – und ich habe deiner Tante versprochen, dir zu helfen.«

»Ich hab dich lieb, Onkel Quirin.« Isabel umarmte den alten Mann. Er sah nicht nur dünn aus, sondern fühlte sich auch knöchern an. Für einen Augenblick ließ sie ihre Wange an seiner ruhen, die stoppelig war, weich wie gut gefettetes Leder, doch ohne jede Geschmeidigkeit.

Oben in ihrem Zimmer dachte Isabel darüber nach, dass Tante Elisa ihre tragische Geschichte immer verschwiegen hatte, selbst vor ihr. Und der Onkel, der Teil dieser Tragik war, hielt es genauso.

Entschlossen stöpselte sie die Kopfhörer an und legte die dritte Kassette in den Rekorder.

Sie waren früh dran in diesem Jahr. Elisa legte den Moosweg für den Osterhasen mit gewohnter Hingabe, auch wenn sie mit ihren bald zwölf Jahren nicht mehr recht an ihn glaubte. Sybille war gleichfalls begeistert bei der Sache, doch die Jungen schluderten bei der Arbeit und fluchten jedes Mal, wenn ihnen das Moos ausging und sie neues holen mussten.

»Wir haben eine wichtige Aufgabe«, betonte Sybille immer wieder. »Der Osterhase muss unsere Häuser doch finden.«

»Wir brauchen eine ganze Woche, um den Weg vom Wald bis zu unseren Haustüren zu legen«, schimpfte Quirin.

»Ich sage, die ganze Sache mit dem Moosweg hat sich damals eure Mutter ausgedacht«, schlug Michael in dieselbe Kerbe. »Es ist bloß eine Heidenarbeit …«

»Krieg dich wieder ein, Michael.« Elisa sah den Freund kühl an. »Musst ja nicht mitmachen. Du auch nicht, Quirin.«

»Jetzt sei nicht gleich schnappig.«

»Wenn unser Vater dem Osterhasen pfeift, hört man ihn bis hoch oben in den Türmen der Königsschlösser.«

»Bestimmt.« Michael zog an einem von Sybilles Zöpfen. Sie bestand darauf, immer drei zu tragen – einen links, einen rechts, einen am Hinterkopf.

»Horcht«, rief Quirin plötzlich.

»Was denn?«

»Was hast du?«

»Ihr müsst schon leise sein.«

Dann hörten alle das Geräusch hinter der Holzbeig im Obstgarten. »Das ist ja unsere Morli.« Sybille fiel neben der dreifarbigen Glückskatze auf die Knie. »O nein«, flüsterte sie. »Was machst du denn für Sachen?« Neben der Katze lagen sechs entzückende Kätzchen. Zwei waren schwarz, mit weißen Schwanzspitzen, die vier anderen waren Glückskatzen wie Morli.

»Ihr wisst, was wir zu tun haben?«, sprach Elisa mit Grabesstimme. »Mutter über den Wurf informieren, damit sie den Anfängen wehren kann.«

»Das tun wir doch nicht wirklich, Elisa? Das bringe ich nicht übers Herz!«, rief Sybille.

»Zu uns schaffen können wir sie jedenfalls nicht«, meinte Michael. »Vater verfährt mit jungen Kätzchen nicht anders als eure Mutter.« Das bedeutete, die Tiere zu ersäufen, sie mit einem Stein zu erschlagen oder in einem Sack von der nächsten Brücke zu werfen.

»Ich kenne keinen Erwachsenen, der sie nicht töten würde.« Quirin hockte inzwischen neben Sybille und streichelte die Kätzchen. »Die Katzen nehmen sonst überhand.«

Morli miaute.

»Das war ein Hilferuf«, erklärte Sybille.

Elisa presste den Handballen gegen die Stirn und dachte angestrengt nach. Es gab drei Hauskatzen in der Mühle, die Mäuse fingen und im Gegenzug gefüttert wurden. Mehr duldete Barbara Forggenmüller nicht. Sybille weinte jedes Mal, wenn eine von ihnen trächtig wurde. Obwohl das ständig geschah, kamen Kater wegen ihres Markierverhaltens nicht in Frage. »Wir sagen kein Wort und halten die Kätzchen geheim«, entschied sie schließlich.

In den folgenden Tagen beobachteten die Kinder verzückt, wie die Jungen sich entwickelten. Weil sie den Moosweg legten, fiel ihr Herumlungern beim Brennholzstapel nicht auf. Nach einigen Tagen öffneten die Kätzchen die Augen und fingen an, die Welt rund um die Holzbeig zu erkunden. Sybille gab ihnen Namen.

»Du weißt doch, welches Schicksal ihnen blüht, wenn man sie entdeckt«, machte Elisa den hilflosen Versuch, ihre kleine Schwester auf kommendes Unheil vorzubereiten. Je lebhafter die Kleinen wurden, umso größer wurde die Sorge. Es war unwahrscheinlich, geradezu unmöglich, dass man sie nicht früher oder später entdeckte.

»Wir haben einen Plan«, verkündeten Quirin und Michael eine Woche nach dem Kätzchenfund stolz, und die Mädchen fielen ihnen vor Begeisterung um den Hals.

Sie trafen sich alle vier schon im Morgengrauen, um Morli und ihre Jungen aus dem Dorf zu schaffen. Sybille hielt Morli im Arm, die anderen trugen jeder zwei der Kätzchen.

»Wir suchen euch ein schönes Plätzchen im Wald«, sagte Sybille ins Ohr der Glückskatze, die sich bereitwillig tragen ließ und zwischendurch schnurrte.

Sie fanden einen passenden Platz unter der Wurzel eines umgestürzten Baums.

»Hier ist es goldrichtig.« Michael breitete das Stroh aus, das er beim Richtner-Stadel in seine Taschen gestopft hatte. »Wir besuchen euch bald.«

»Pass gut auf deine Kinder auf, dass der Fuchs sie nicht holt«, sagte Elisa zur Katze.

Alle vier Kinder winkten zum Abschied so eifrig, als verstünde Morli genau, was da vor sich ging. Dass sie das nicht tat, erwies sich noch am selben Abend. Da waren die Katzen wieder da, zurück hinter der Holzbeig, vorwurfsvoll miauend.

»Schöner Mist.« Quirin schimpfte, während Elisa mit schreckgeweiteten Augen ihren Vater herankommen sah.

Der Forggenmüller brauchte nur einen Blick auf die Kätzchen zu werfen, und die Situation war ihm klar. »Das wird der Mutter nicht gefallen.«

»Bitte, Vati, verrate uns nicht.« Sybille schlang die Arme um ihren Vater. »Schau, wie niedlich sie sind. Sie tun doch niemandem etwas. Sag nichts der Mutter, ja?«

Ernst Forggenmüller beugte sich hinunter und nahm eines der schwarzen Kätzchen – Sybille nannte es Pipsl – auf den Arm. Er kraulte es hinter den Ohren, und Pipsl schnurrte. Dann setzte er das Kätzchen zurück, sah die Kinder reihum an und legte verschwörerisch einen Finger an die Lippen. Derselbe Mann, der im Krieg andere Menschen getötet hatte, um zu überleben.

»Im Ernst?« Michael sah dem Forggenmüller verdutzt nach. »Er wird uns nicht verraten?«

»Er tut ihnen nie etwas.« Elisa war ihrem Vater unendlich dankbar. »Ich glaube, er könnte es selbst unter Zwang nicht.«

»Deshalb übernimmt Mutti das ja.« Unter dem Kinn verknotete Sybille zwei ihrer Zöpfe. »Sie lässt uns nie an einen Wurf heran, damit wir uns gar nicht erst in die Jungen verlieben.«

»Und sie nimmt sie der Kätzin noch am selben Tag fort«, ergänzte Elisa.

Die Freude der Kinder währte nicht lange. Zwei Tage später kam Barbara Forggenmüller ihnen auf die Schliche. Ihr Gesicht wurde ganz hart. Sie schimpfte nicht, sagte keinen Ton und griff sich das erste Kätzchen.

»Nein, Mutti!«, kreischten die Mädchen, während das Kätzchen mit aller Kraft zappelte, die sein kleiner Körper hergab. »Tu ihm nichts! Wir machen auch ein ganzes Jahr lang die Wäsche und passen auf, dass die Kätzchen nicht ins Haus …«

Die Forggenmüllerin drehte dem Kätzchen den Hals um. Es knackte ein bisschen, wie wenn man im Wald auf einen sehr dünnen Ast tritt. Die anderen folgten nach, Pipsl zuletzt.

»Nicht auch noch Pipsl!« Elisa schrie wie am Spieß. Sybille schrie wie am Spieß. Der Vater, von dem Drama angelockt, sah seine Frau lediglich an und schüttelte den Kopf. Da fing sie an zu weinen.

Er legte den Arm um sie und führte sie weg.

Michael und Quirin kamen kurz darauf vorbei und fanden die aufgelösten Mädchen. Sie schafften eilends eine der Holzkisten herbei, in denen die Radspielers Ware angeliefert bekamen. Elisa legte die toten Kätzchen hinein, weil ihre Schwester unablässig weinte und sich nicht traute, sie anzufassen. Sie selbst weinte auch, die ganze Zeit, während die Jungen das Loch gruben, weit fort von Morli und der Mühle.

»Möget ihr in Frieden ruhen.« Michael nahm seine Kappe vom Kopf.

Die Kinder bekreuzigten sich und streuten Wildkrokusse über das Grab.

Am Abend kam die Mutter ins Zimmer und gab Elisa, die den Kopf wegdrehte, einen verrutschten Gutenachtkuss auf die Schläfe. Sie schlief nie ohne einen Kuss ihrer Mutter ein.

Im Türrahmen blieb Barbara Forggenmüller stehen. Ein schmaler Lichtstreifen fiel von der Tür in Richtung Bett. »Es tut mir leid.«

Elisa machte die Augen zu. Sie wollte ihre Mutter nicht ansehen.

Später in der Nacht, als sie sich schlaflos wälzte, begriff sie erst, wie nahe die Holzbeig der Stelle war, an der Mutters tote Söhne begraben lagen – erst vor drei Monaten hatten sie den fünften Xaver beerdigt –, und wie sehr diese anderen Kinder, waren es auch nur Katzenkinder, sie verletzt haben mussten.

15

Sigurd

ISABEL – Februar 2016

Isabel hatte sich während Elisas gesamter Erzählung nicht bewegt. Jetzt waren ihre Füße eingeschlafen und ihre Gelenke steif.

Was war das für eine Frau, die jungen Kätzchen den Hals umdrehte? Vor den Augen der Töchter? War es wirklich die Trauer um ihre Söhne gewesen, die Barbara Forggenmüller dazu gebracht hatte?

Isabel streckte und dehnte sich. Das Blut floss zurück in ihre Füße und ließ sie kribbeln. Dann stöpselte sie sich die Kopfhörer wieder in die Ohren, um sich den Rest der Kassette anzuhören.

Das Bänkchen auf dem Hügel, neben dem Kirschbaum, war der Lieblingsplatz meiner Eltern. Von dort oben konnten sie unsere Mühle sehen und den Obstgarten, in dem sie meine Brüder begraben haben. Als ich klein war, nutzten sie jede freie Minute, um bei dem Bänkchen und für sich zu sein. Meine Schwester und ich ließen sie in Ruhe, wir riefen, fragten und störten nicht, als hätten wir das Wissen um diese geheiligte Zweisamkeit schon mit der Muttermilch aufgesogen. Mit den Jahren gingen Mutter und Vater seltener hinauf. Ich weiß nicht, wurde ihnen der Blick auf den Obstgarten zu bitter, oder hatten sie einander weniger zu sagen?

Es gibt einige Dinge im Leben, kleine Raupe, an denen ich nie gezweifelt habe. An meiner Liebe zu Quirin. An unserer Liebe zu dir. An der unverbrüchlichen Liebe, die meine Eltern verband. Der Krieg konnte meinen Vater zu einem anderen Menschen machen, die toten Söhne meine Mutter fast zerstören – aber aneinander hielten sie fest. Manches Mal, lange nach ihrem Verschwinden, habe ich mich gefragt, wer von beiden eigentlich der Stärkere war.

Ich glaube, meine Mutter.

Barbara Forggenmüller war eine liebe Frau, streng, aber gutherzig. Ich hätte sie nie im Leben gegen eine andere Mutter tauschen mögen. Sie war nicht perfekt, das sicher nicht. Doch sie war tapfer und mutig, wahrscheinlich mehr als die meisten Menschen. Sie hätte zu jeder Zeit alles getan, um ihre Töchter zu beschützen. Einfach alles.

Falls meine Liebsten in jener Sturmnacht gestorben sind, dann hoffe ich bei Gott, dass meine Eltern beisammen waren, meine kleine Schwester fest in ihrer Mitte.

Isabel weinte.

Einige Wochen nach der Sturmnacht rechnete man nicht mehr mit der Rückkehr meiner Familie. Unser Haus wurde leergeräumt. Ich war zu dem Zeitpunkt bereits staatlicher Obhut unterstellt und durfte nicht noch einmal zurück nach Hause. Für den Anfang wurde unser Hab und Gut eingelagert, später versteigert. Was man mir zur Erinnerung ließ, war das Fotoalbum meiner Mutter. Auf einigen Fotografien sind wir Kinder zu sehen. Wenn du hoch auf den Boden steigst, findest du das Album ganz unten in der großen Truhe, deren Beschlag kaputt ist. Es ist eingewickelt in die Näharbeiten aus meiner Lehrzeit. Die einzigen Bilder, Isabel, die meines Wissens von meiner Familie existieren.

Als der Onkel ins Bett gegangen war, angelte Isabel mit dem Hakenstock nach der Dachbodenluke und klappte die fahrbare Treppe aus. Oben auf dem Dachboden musste sie nicht lange suchen. Das Album war dort, wo die Tante es beschrieben hatte. Isabel kämmte Spinnweben, die wie lange Vorhangfransen im Raum hingen, mit den Händen zur Seite. Die Luft hier oben schien den Staub geschluckt zu haben, so stickig war es. Sie setzte sich in Elisas alten Schaukelstuhl mit der kaputten Armlehne, das muffige Polster von Mäusen zernagt. Andächtig schlug sie das Album auf und blätterte die vergilbten Seiten mit vor Ehrfurcht zittrigen Fingern um. Was sie da in Händen hielt, war das Zeugnis vergangener Existenzen. Wie viele dieser Menschen mochten heute noch am Leben sein?

Die wenigen Fotografien waren verblichen, einige obendrein unscharf. Zwei Bilder zeigten die Forggenmüller-Mädchen zusammen mit den Radspieler-Jungen. Einmal im strengen Sonntagsgewand und mit todernsten Mienen, einmal lachend vor einer wuchtigen Kirchweihschaukel. Die Häuser im Hintergrund waren mit Tüchern und Zweigen geschmückt.

Die Gesichter der vier Freunde waren Isabel fremd und vertraut, beides zugleich. Onkel und Tante erkannte sie in den glatten Zügen wieder, wenn sie sich die Jahrzehnte wegdachte. Michael Radspieler hingegen hätte ein nie gesehener Fremder sein können, und Sybille, das verschwundene Mädchen, war es wirklich – eine Fremde für Isabel.

Es schmerzte, sie anzusehen.

Tom rief an diesem Abend nicht mehr an.

*

Fast hatte er sich sicher gewähnt. Er, der Schatten. Besonders, nachdem Elisa krank und ihr Tod absehbar geworden war. Welche Erleichterung nach den vielen Jahren.

Doch jetzt war das Mädchen zurück. Kein Mädchen mehr, nein, eine Frau inzwischen, und sie spukte noch immer durch Toms Herz und Gedanken. Der Schatten schnaubte durch die Nase. Er durfte nicht zulassen, dass sie den Jungen vereinnahmte. Dass sie an Dingen rührte, die im Dunkel begraben lagen und dort bleiben mussten.

Was war zu tun? Er war schon zwei Mal eingeschritten. Wie weit würde er dieses Mal gehen müssen?

*

Schon gleich nach dem Aufwachen war Isabel besorgt. Nicht wie vereinbart anzurufen, das passte nicht zu Tom – nicht zu dem Mann, den sie gerade von neuem kennenlernte. Er meldete sich gegen Mittag.

»Es tut mir leid, Isi.« Seine Entschuldigung klang ebenso aufrichtig wie bedauernd. »Ich habe gestern lange mit meinem Vater geredet. Er ist bereit, sich mit dir zu unterhalten. Soll ich dich heute Nachmittag abholen?«

»In Ordnung.« Als Isabel sich verabschiedete, zitterte sie.

*

Schweigend fuhren sie zu der Wohnung mit den unechten Pflanzen auf der Dachterrasse, die sie zuletzt mit siebzehn Jahren betreten hatte. Es war erschreckend, wie genau ihr alles noch vor Augen stand – als hätte sie dic ganzen Jahre über eine detaillierte Fotografie mit sich herumgetragen.

Michael Radspieler trug ein taubenblaues Freizeithemd über grauer, tadellos gebügelter Stoffhose. Dazu ockerbraune Lederschuhe. Er schien Isabel im vergangenen Jahrzehnt stark gealtert, aber die letzte Begegnung mit Radspieler lag auch ewig zurück. Noch immer war der Mann – trotz seines Schlaganfalls und vorgerückten Alters von neunundsiebzig Jahren – ein höchst aktives Mitglied der Gesellschaft.

»Isabel.« Er gab ihr lächelnd die Hand. »Freut mich, Sie wiederzusehen.« Er duzte sie nicht mehr. Sein Kopf war kahl, die Kopfhaut glänzte wie frisch abgehangener Speck. Auch etwas, was ihn von seinem Bruder mit den Künstlerlocken unterschied. Sein Gebaren wirkte immer noch steif. »Ich höre, Sie wollen sich als junge Jane Marple versuchen? Kommen Sie, nehmen Sie Platz.« Er lotste sie auf die Ledercouch im Wohnzimmer.

»Sozusagen.«

»Ganz ehrlich? Ohne Ihnen den Wind aus den Segeln nehmen zu wollen: Sie werden keinen Erfolg haben.«

»Das warten wir ab«, warf Tom ein.

»Nun, die Tatsache, dass die Polizei den Fall nie gelöst hat, sagt doch schon eine Menge. Und die waren damals wirklich gründlich. Haben Sie einen neuen Ermittlungsansatz, oder weshalb glauben Sie, Licht ins Dunkel bringen zu können?«

Isabel schnürte es den Hals zu. Sie konnte nicht antworten.

Tom legte ihr die Hand auf den Rücken. »Schon gut«, sagte er leise. »Du schaffst das.«

»Ich möchte es einfach gerne versuchen.« Endlich, mit äußerster Mühe, kam ihr der Satz über die klappernden Zähne. Ihr war heiß und kalt zugleich. Was gelegentlich als Begleiterscheinung weltumstürzender Liebe auf den ersten Blick geschildert wird, war in Isabels Fall nichts weiter als purer Instinkt. Sie fürchtete sich. Nicht nur Radspielers Blick, nein, die Blicke der ganzen Welt schienen sich auf ihr zu fokussieren. Sie empfand ihn als ebenso höflich und einschüchternd wie bei ihrem letzten Zusammentreffen; den Herrn Michael Radspieler, Landrat a.D., ersten Vorsitzenden des Vereins *Abenteuer Wald. Natur im Ostallgäu fühlen.riechen.erleben,* Vorstandsmitglied im Gewerbeverband Füssen, passiver Geschäftsführer der Maad Nagel Recycling GmbH, der Firma seines Vaters, und ehemaliges Mitglied des Ausschusses für Ernährung und Landwirtschaft im Deutschen Bundestag. Als hätte sie damals auf Pause gedrückt und jetzt, viele Jahre später, wieder auf Play.

»Ihnen geht es nicht gut, oder? Kommen Sie, junge Frau, atmen Sie erst einmal tief durch. Sie sehen fürchterlich aus. Als müssten Sie gleich gegen eine Armee feuerspeiender Drachen antreten. Aber glauben Sie mir: *Ich* bin nicht Ihr Feind.«

»Wer ist es dann?«, wisperte Isabel. »Was können Sie mir über das Verschwinden der Familie Forggenmüller sagen?«

»So gut wie nichts, fürchte ich. Und das, was ich weiß, wird Ihnen nicht gefallen.«

»Papa!«

»Ich gebe euch einen Moment und mache uns Kaffee. So viel Zeit muss sein.« Michael Radspieler wandte sich an seinen Sohn. »Besser, deine Freundin sammelt sich. Ich möchte nicht, dass sie umkippt, wenn ich es ihr erzähle.«

Für Isabel dauerte es eine ganze Ewigkeit und noch eine halbe hinterher, bis Radspieler drei winzige, walnussfarbene Espressotassen von Rosenthal auf dem gläsernen Couchtisch abstellte.

»Ich verstehe, dass Sie Antworten suchen. Sie sind Elisas Adoptivtochter, und das Verschwinden ihrer Familie war eine schreckliche Geschichte.«

»Dann helfen Sie mir bitte.«

Tom drückte Isabels Hand.

»Als ich ein Junge war«, Radspieler lehnte sich zurück, »gab es für mich zwei Dinge, die nicht verhandelbar waren. Mein Wunsch, Forggen möge nie, niemals, im Wasser versinken. Und meine Gefühle für Sybille Forggenmüller.«

»Für Elisas kleine Schwester?«

»Ja. Wir waren ein Vierergespann. Die Mädchen vom Forggenmüller und die Radspieler-Jungen. Eine eingeschworene Bande. Ich kann nicht sagen, wie es kam, aber uns allen war schon recht früh klar, dass Elisa und mein Bruder zusammengehörten. Ja, da leuchten Ihre Augen.« Michael Radspieler lächelte versonnen und nippte an seinem Espresso. Zum ersten Mal wirkte er sympathisch. »Sybille und ich begriffen erst eine Weile später, was wir füreinander empfanden. Leider waren unsere Geschwister davon nicht begeistert.«

»Weshalb nicht?«

»Ich war der Älteste, sie die Jüngste. Erst dreizehn Jahre alt, als wir uns zum ersten Mal küssten. Da war ich schon sechzehn. Aber ich habe sie ehrlich geliebt.«

»Da muss es Ihnen doch auch eine Herzensangelegenheit sein, ihr Verschwinden aufzudecken.«

»In der Tat, das war es lange Zeit. Doch unter uns, Isabel, sehen Sie mich an. Ich bin ein alter Mann, und all meine guten Verbindungen haben in vielen langen Jahren nicht bewirken können, dass die Wahrheit ans Licht kommt. Ganz abgesehen von den gründlichen polizeilichen Ermittlungen.«

»Was hat die Polizei damals unternommen?«

»Nun, sie hat das Umfeld der Forggenmüllers durchleuchtet. Nach einem Grund gesucht, weshalb eine Familie über Nacht verschwinden konnte. Elisa erzählte der Polizei von Sybille und mir, was die Ermittlungen in eine falsche Richtung lenkte.«

»Wie meinen Sie das?«

»Vielleicht hätte sich die Wahrheit irgendwie rekonstruieren lassen, wenn sich die Beamten nicht so ausgiebig mit mir befasst hätten.«

»Sie haben doch eben die gründliche Polizeiarbeit gelobt. Sind Sie immer noch wütend? Für mich klingt das so.«

»Wo denken Sie hin.« Radspieler lachte. »Ich habe schon vor Jahrzehnten mit der Sache abgeschlossen. Sybilles Bild trage ich bei mir, hier drin.« Er tippte sich an die Stirn. »Das muss genügen.«

»Waren Sie verdächtig, Herr Radspieler?« Isabel starrte ihn an, als könne er jeden Moment ein mit Blut geschriebenes Geständnis vorlegen.

»Nein. Die haben sich zwar ernsthaft und lange mit mir beschäftigt, aber dann war selbst den Schnarchnasen bei der Polizei klar, dass ich damit nichts zu tun hatte. Wahrscheinlich sind sie ertrunken.«

»Und Sie selbst haben auch nicht den Hauch eines anderen Verdachts?«

»Keinen, den ich gerne äußern möchte.«

»Sag es ihr, Papa«, drängte Tom.

»Mein kleiner Bruder hatte am Nachmittag des 1. Juli 1954 einen heftigen Streit mit Sybille, wegen ... Ach, es war eigentlich nichts. Hat sich hochgeschaukelt, und ich musste schlichten. Dennoch hatte ich Quirin vorher kaum je so wütend erlebt.«

»Was wollen Sie damit sagen?«

»In der Nacht des großen Sturms lag ich im Bett und las einen Sigurd-Comic. Ich kann Ihnen bis heute erzählen, was drinstand, so sehr hat sich diese Nacht in mein Gedächtnis gebrannt.« Michael Radspieler trank seinen Espresso aus und legte dann die Hände im Schoß übereinander. »Quirins Bett an der Wand gegenüber blieb leer. Die ganze Nacht lang. Ich hörte den Regen peitschen und den Wind brausen, aber er kam nicht nach Hause.«

16

Am Führstrick

ISABEL – März 2016

Es hatte wieder zu regnen begonnen, gerade als Isabel aus Michael Radspielers Haus und vor seinen Anschuldigungen gegen ihren Onkel geflohen war. Seitdem (war das vor drei oder schon vier Tagen gewesen?) sah sie dem Regen zu, wie er die Wassertonne in Tante Elisas Garten überlaufen ließ.

»Ich habe dir Brote geschmiert«, sagte Quirin vor der Tür. »Ich stelle sie dir hin.«

Isabel sagte nichts.

»Die Therapeutin aus Steingaden hat angerufen. Du hast deinen ersten Termin versäumt. Würdest du sie bitte zurückrufen?«

Kein Wort von Isabel.

»Ich kann dir nicht helfen, wenn du nicht mit mir sprichst.« Es klang so, als sänke er mit seinem ganzen Gewicht erschöpft gegen die Tür.

Als nichts mehr nützte, tat Quirin Radspieler das, was schon einmal geholfen hatte. Isabel hörte ihn im Flur die Wählscheibe drehen. Er rief seinen Neffen an.

Tom sah aus wie einer, der im Zweikampf mit einem Wasserschlauch den Kürzeren gezogen hat. Mit einem Haarnetz aus glitzernden Wassertropfen stand er bei Isabel im Zimmer und schaffte es, gelassen und herausfordernd zugleich auszusehen. »Muss ich erst *Alane* auflegen und tanzen – oder können wir gleich reden?«

Isabel starrte ihn an. Sah den Jungen von damals vor sich. Er erwiderte ihren Blick ungerührt.

»Reden wir«, sagte sie endlich. Sie hatte ihn sofort hereingelassen. Es war keine Frage.

»Gut.« Tom küsste sie leicht auf die Lippen, mehr ein flüchtiges Streifen mit dem Mund. Isabel meinte, noch immer Alkohol im eigenen Atem zu schmecken, dabei hatte sie nach dem Besuch bei Radspieler nur einen Cognac getrunken und dann aufgehört. »Du siehst scheiße aus, Isi. Ich habe angenommen, du müsstest das Gespräch mit meinem Vater verdauen und würdest deshalb nicht auf meine SMS antworten. Ich wusste ja nicht, dass du in deinem Zimmer verhungern und Onkel Quirin damit halb um den Verstand bringen wolltest.«

Isabel griff nach der leeren Vase auf dem Fensterbrett, weil sie das Bedürfnis hatte, etwas zwischen den Händen zu halten. »Da hättest du besser mal früher nach mir gesehen.« Wo kam der bissige Tonfall her? Das Bedürfnis, die Vase nach ihm zu werfen? »Der Onkel hat dich angerufen, damit du wieder den Seelsorger spielen kannst?«

»Jetzt hör mir mal zu.« Tom setzte sich auf den Holzboden und zog Isabel zu sich herunter. »Komm schon.« Ihr Arm streifte seine Wange; der kurze Bart kratzte auf ihrer Haut.

»Ich bin ganz Ohr.« Ihre Wut war verpufft. Stattdessen machte seine Nähe sie kribbelig. Wie Kinder beim Kästchenhüpfen sprangen ihre Gefühle hin und her. Die alten Bodendielen ihres Zimmers fühlten sich warm an, als verliefe eine Heizung darunter – besonders im Kontrast zur nasskalten Welt vor dem Fenster.

»Ich habe seit unserem Gespräch mit meinem Vater darüber nachgedacht, ob es richtig ist, dir das zu sagen.«

»Was zu sagen?«

»Ich finde, du solltest damit aufhören, in Elisas Vergangenheit zu stöbern; für sie nach einer Lösung des alten Rätsels zu suchen. Es wühlt dich wahnsinnig auf, und das kann nicht gut sein. Was im Moment einzig und allein zählt, ist deine Therapie. Du weißt, du müsstest sie längst ambulant fortsetzen. Das wird dich Kraft kosten, viel Kraft, und ich will dir beistehen. Konzentriere dich auf das Gesundwerden. Tante Elisa ist tot, Isabel. Es kümmert sie nicht mehr, ob und wann du dich mit ihrer Familiengeschichte befasst.«

»Das meinst du nicht im Ernst.« Das Kribbeln verschwand. Plötzlich war sie zu müde, um sich aufzuregen; zu müde, um Tom anzufahren, wie sie es gerade noch gewollt hätte. »Es ist doch auch die Geschichte deiner Familie. Es betrifft dich.«

»Was das Verschwinden der Forggenmüllers angeht, kannst du im Grunde ja doch nichts tun, was die Polizei nicht längst getan hat.« Er zuckte mit den Schultern. »Konzentriere dich auf die Therapie – und dann, an zweiter Stelle, konzentriere dich auf mich.« Er schob sich dicht an Isabel heran, umfing sie mit seinem Körper wie das Netz eines Fischers. Seine Hand schlüpfte unter ihr Shirt, verweilte fragend auf ihrer Taille.

Das Kribbeln kehrte zurück.

»Und jetzt, Isi, weil wir keine elf mehr sind und ich seit unserer gemeinsamen Nacht an nichts anderes denken kann«, er räusperte sich, »muss ich dich küssen.«

Das tat er. Tom küsste Isabel. Kein flüchtiges Streifen der Lippen, sondern ein langer, begieriger Kuss. Seine Hände wanderten entlang ihres Körpers, wühlten in ihrem Haar; streichelten federleicht Po und Schenkel. Sie revanchierte sich, indem sie ihre Finger und Lippen auf Wanderschaft schickte, bis er sie mit einem heiseren Stöhnen noch fester an sich zog.

Das Reißen der Kondomverpackung ernüchterte Isabel

kurzzeitig, und sie fragte sich, ob es Usus war für einen erwachsenen Single-Mann, Kondome mit sich herumzutragen. Dann war Toms Mund wieder auf ihrem, und sie vergaß alles andere. Die Dielen ächzten unter ihrem Gewicht, bis sie erschöpft stilllagen. Ganz dicht beieinander. Haut an Haut. Isabel küsste Toms Schulter und schmeckte Salz auf der Zunge.

Später brachte er sie dazu, wieder mit dem Onkel zu sprechen; etwas zu essen; einen neuen Termin mit der Therapeutin zu vereinbaren. »Wir kriegen das hin, Isi. Du wirst sehen.«

Als er gegangen war, angelte Isabel unter dem Bett nach dem Kassettenrekorder und den Kopfhörern. Anschließend holte sie Elisas Kassetten aus dem stillgelegten Kamin, in dem sie die wertvollen Tonspulen jetzt wieder aufbewahrte. Sie würde sich anhören, was ihre Tante zu erzählen hatte, Toms Einwänden zum Trotz – nur sollte er nichts mehr davon erfahren.

ELISA – Oktober 1952

»Das glaube ich jetzt nicht.« Elisa entschlüpfte ein Lachen. Seit Michael in den Stimmbruch gekommen war, hatte er sich verändert. Er sah die Mädchen anders an und machte bei den Kinderspielen nicht mehr mit. Kein Kästchenhüpfen und kein Seilspringen mehr. Schon gar keine Wege für den Osterhasen. Jetzt aber hockte er auf der Kirchweihschaukel – einem geschälten Baumstamm, der quer in der Tenne vom Gruber hing und dort am Scheunenbalken befestigt war – und amüsierte sich königlich.

»Wir machen mit beim Schaukeln, sobald ein Platz frei wird.« Sybille tauchte neben der großen Schwester auf. »Weshalb kicherst du so?«

»Michael ist das größte Kind von allen.«

»Ja, und er wartet auf mich. Siehst du? Lass uns mitmachen.« Sie winkte zu Michael hinauf. Der lächelte breit.

Elisa war nicht sicher, ob sein Strahlen wirklich Sybille oder doch vielmehr dem schönen Herbsttag mit dem blauen Himmel, den bunten Bändern und dem Geruch von Leckereien galt.

»Ach, wenn ich bloß an ihn denke, wird mir ganz warm ums Herz«, seufzte die kleine Schwester.

»So ein Schmarrn. Ihr seid ja beide noch Kinder, auch wenn Michael gern erwachsen tut in letzter Zeit.«

»Du bist genauso eins«, schnappte Sybille. »Nicht einmal ein ganzes Jahr älter als ich. Trotzdem behauptest du andauernd, dass du und Quirin füreinander bestimmt seid.«

»Das ist so.«

»Dumme Kuh.«

»Andauernd stimmt außerdem gar nicht. Ich habe es höchstens ein- oder zweimal gesagt.«

»Dumme Kuh«, wiederholte Sybille herausfordernd. »Ich weiß, wie du nachts im Bett liegst und Quirins Namen flüsterst.«

»Du schnarchst doch immer schon vor mir. Außerdem steht dein Bett viel zu weit von meinem weg, um mich flüstern zu hören.«

»Aber recht habe ich trotzdem. Gib es zu. Du schmachtest ihn an.«

»Und wenn? Ich denke jedenfalls nicht die ganze Zeit ans Küssen.«

»Schön blöd«, kicherte Sybille frech.

»Hör auf. Du bist ein Baby und ganz sicher nicht alt genug, um in Michael verliebt zu sein.«

»Bin ich aber.«

»Wenn du meinst.«

»Und er in mich. Vielleicht küsst er mich heute noch.«

»Wenn ich dich in dem Alter beim Posieren mit einem Jungen erwische, kannst du was erleben«, zischte Elisa und ahmte unbewusst den Tonfall ihrer Mutter nach, wenn die eine Standpauke hielt. »Ich ziehe dir das Fell über die Ohren.«

»Du bist nicht Mutti.«

»Der werde ich es aber sagen. Und Vater. Dem Forggenwirt und überhaupt jedem.«

»Dumme Kuh«, schimpfte Sybille zum dritten Mal und streckte der älteren Schwester die Zunge heraus.

Ehe Elisa sie noch weiter schelten konnte, suchte die jüngere Forggenmüller-Tochter das Weite, schloss sich den Kindern auf der Schaukel an und schlüpfte auf einen frei werdenden Platz neben Michael. Wie die Hühner auf der Stange hockten sie da oben und schienen den Spaß ihres Lebens zu haben. Sybille rief etwas, und Michael lachte laut.

Quirin war mit dem letzten Rest einer Kirchweihnudel auf dem Weg zur Schaukel. Zuckerreste klebten um seinen Mundwinkel. Elisas Gesichtsausdruck ließ ihn innehalten. »Was ist los?«

»Findest du mich hübsch, Quirin?«

»Du siehst sehr …«, er suchte nach dem passenden Wort, »… nett aus in deinem Festtagskleid«, schloss er erleichtert. »Willst du?« Er hielt ihr das übrige Stück Kirchweihnudel hin.

»Findest du das Kleid hübsch, oder mich?«

»Dich natürlich. Was ist denn in dich gefahren?«

»Möchtest du mich küssen?«

»Spinnst du? Doch nicht hier, vor allen Leuten.«

»Heimlich, meine ich.«

»Irgendwann möchte ich das.« Plötzlich sah er ausgesprochen ernst aus. »Du bist erst dreizehn Jahre alt, Elisa, noch ein Kind.«

»Und du nicht?«

»Doch, schon. Ich hab dich gern, das weißt du. Werde ich immer. Sei nicht ungeduldig.«

»Es ist ja nur, weil …« Elisa kam sich reichlich dumm vor, aber sie hatte wegen Sybilles kindischer Schwärmerei ein hässliches Gefühl im Bauch. »Es stimmt, was sie sagt. Michael hat wirklich nur Augen für sie.«

*

Oktober 1953

Auf dem Kirchweihfest im Jahr darauf tanzte Sybille Forggenmüller mit roten Wangen in ihrer Festtagstracht. Das lange Haar hatte die Mutter ihr zu einem Knoten am Hinterkopf aufgesteckt. Die ungewohnte Frisur ließ sie deutlich älter wirken. Elisa fand ihre Schwester wunderschön – was anscheinend auch die jungen Burschen so empfanden, die sie zur Musik der Blaskapelle unermüdlich im Kreis drehten.

»Es ist gut, wenn sie sich von Michael ablenkt.«

»Weshalb?« Quirin stand neben ihr. Er war im vergangenen Jahr gewachsen. Seine Haare auch. Braune Locken kringelten sich um seine Ohren.

»Er tut ihr nicht gut. Die beiden küssen sich heimlich.«

»Das ist harmlos.« Die Musik spielte, dennoch beugte Quirin sich zu ihr, damit niemand die Unterhaltung mithören konnte.

»Findest du? Ich habe den Eindruck, er tut ihr nicht gut.«

»Wir reden von meinem Bruder, Elisa. Du kennst ihn dein ganzes Leben. Wie kannst du so etwas sagen?«

»Er hat sich verändert.«

»Ja«, gestand Quirin ein. »Aber das heißt nichts. Er ist der Älteste von uns. Wahrscheinlich wird Michael einfach erwachsen.« Er entzog sich dem Gespräch und ging eine Kirchweihnudel holen.

Das Wetter war nicht so schön wie im letzten Jahr, zwischendurch regnete es leicht, doch die Leute ließen sich den Spaß nicht verderben. Besonders nicht die Forggener, von denen einige vielleicht zum letzten Mal die Schwangauer Kirchweih feierten. Im kommenden Jahr drohte die Aufstauung des Sees.

Quirin und Elisa teilten sich die Kirchweihnudel, und als sie den klebrigen Zuckerrand um seinen Mund sah, hätte sie ihn sehr gerne geküsst.

»Was denkst du, werden wir die Kirchweih hier noch einmal erleben?«

»Bestimmt.« Er nickte bekräftigend.

»Das glaubst du wirklich? Obwohl die Schutzgemeinschaft vergangenes Jahr aufgegeben und sich mit der BAWAG geeinigt hat? Meine Mutter sagt, viele Forggener und Deutenhausener hätten die Verträge inzwischen unterschrieben.«

»Mein Vater nicht. Deine Eltern auch nicht.«

»Sie werden die Aufstauung nicht verhindern können. Der Staudamm ist unser Feind, Quirin. Er ist Goliath – und wir sind geringer als David.«

»Manchmal redest du wie eine Erwachsene.« Er wirkte betroffen. »Wir müssen ja nicht weit fortgehen. Die BAWAG sucht Grund und Boden in der Umgebung für alle, die zwangsumgesiedelt werden.«

»Meinst du denn, die Leute möchten wirklich in der Gegend bleiben, um Tag für Tag auf den See zu starren, wo sie einmal gelebt haben?«

»Ich würde das wollen, glaube ich. Den vertrauten Blick auf die Berge behalten und auf die Königsschlösser …«

»Früher habe ich mir nicht vorstellen können, dass das Wasser kommt. Ich wusste zwar von der BAWAG und dem Damm und dem allem, aber wirklich begreifen konnte ich es nicht.« Elisas Füße waren kalt. Sie konnte ihre Zehen in den Lederschuhen, die ihr schon ein wenig zu klein waren, schlecht bewegen. »Doch mittlerweile ist mir klar, wie bald schon alles am Grund des Forggensees ruhen wird.« Sie spuckte das Wort *Forggensee* verächtlich aus. »Die Häuser und Höfe und Ställe, die Föhren und Weiden, Straßen, Rastplätze und Fischteiche. Nichts wird Bestand haben.«

»Der Bund Naturschutz ist immer noch auf unserer Seite. Unsere Auen zählen zu den lieblichsten und artenreichsten im Land, das hat der Vorsitzende selbst gesagt.«

»Bist du nicht eigentlich viel zu klug, um dir in der Sache etwas vorzumachen?«

»Kannst *du* bitte damit aufhören?«

»Weißt du noch, was die Sandgruberin uns immer nachgerufen hat?«

»Ihr elenden Ratzen.« Quirins Mundwinkel hoben sich. »Und dann ist sie uns mit dem Nudelwalg drohend hinterher, weil wir beim Spielen wieder versehentlich die Sandruber'sche Holzbeig umgeworfen hatten.«

»Ihr missratenen Mistgören«, ergänzte Elisa. »Das hat sie auch gern gebrüllt, wenn sie uns nicht gekriegt hat.«

»Wäre mal wieder an der Zeit.«

»Siehst du, und die Holzbeig der Sandgrubers wird genauso im Wasser versinken.«

»Sag mal, musst du uns das Fest verderben?« Quirin starrte sie zornig an. »Dafür kannst du dir jemand anderen suchen.«

Ihr tat es leid, als er davonstapfte. Warum gelang es ihr bloß nicht, sich so zu amüsieren wie die anderen? Sie hätte gerne noch mit Quirin getanzt. Sybille war da vernünftiger. Sie war froh und lustig, solange es ging. Wo war ihre Schwester überhaupt? Elisa sah wieder zur Tanzfläche, wo mit einem Mal Unruhe aufkam. Ein junger Bursche stieß einen anderen grob zu Boden und zog dessen Tanzpartnerin vom Tanzboden.

War das Michael?

Wahrhaftig. Quirins älterer Bruder packte Sybille im Weggehen am Bund ihrer Dirndlschürze – als zöge er eine Kuh am Führstrick. Er wirkte fahrig und aufbrausend. Hatte er getrunken?

Elisa rief den Namen ihrer Schwester, doch ihr Rufen ging in der Musik unter. Sie blickte sich nach ihren Eltern um. Nirgends zu sehen. Auch Quirin nicht oder der Forggenwirt. Vermutlich war es ja ohnehin besser, wenn die Erwachsenen nichts von der Sache mitbekamen. Aber Michaels grobes Benehmen machte ihr Angst. Was hatte er mit Sybille vor?

Sie verließen das Fest und verschwanden hinter einer Scheune. Elisa folgte den beiden. Es war dämmrig, schon fast dunkel.

»Du kleine Hure!«, hörte sie Michael schimpfen und schlich sich nahe genug heran, um notfalls eingreifen zu können. An der hinteren Scheunenwand lehnten Wagenräder. Auch ein Leiterwagen stand dort. Früher, dachte Elisa flüchtig, hätten wir uns zu den Rädern ein Spiel ausgedacht. Michaels Verhalten schockierte sie. Wo war der Junge, den sie kannte?

Sie überlegte, sich bemerkbar zu machen, aber das hätte die Schwester ihr womöglich übelgenommen und sie in ihrem Stolz gekränkt. Also harrte sie aus, lauschte Michaels Schimpftirade und hoffte, er möge bald zum Ende kommen.

»Du schaust außer mir keinen mehr an«, kommandierte Michael in scharfem Tonfall. »Hast du mich verstanden?« Er drückte Sybille den Finger an die Schläfe wie den Lauf einer Pistole.

»Ja doch.« Es war zu dunkel, um die Tränen zu erkennen. Elisa wusste dennoch, dass ihre Schwester weinte.

»Hurry up«, bellte Michael und gab ihr einen Schubs zurück in Richtung Fest.

Von diesem Tag an sah Elisa Michael Radspieler nie wieder auf dieselbe Weise wie früher.

17

Nicht ein Gran

ISABEL – März 2016

Die Aufzeichnung riss ab. Isabel sah ihre todkranke Tante vor sich, wie sie um ihre kleine Schwester weinte, während die Kassette ins Leere lief.

Erst einige Minuten später war Elisa wieder zu hören.

Ob ich der Polizei von Sybille und Michael erzählt habe? Nicht gleich zu Anfang, aber sehr bald, als klar wurde, dass meine Familie nicht nur verschwunden war, sondern auch blieb. Damit habe ich Michael für die Polizei in den Rang des Hauptverdächtigen erhoben. Eine Tat aus Leidenschaft oder Eifersucht? Das schien einleuchtend. Es wurde bis nach Füssen hinein gemunkelt und gerätselt, ob meine Schwester schwanger von Michael gewesen war und er sie deshalb – zusammen mit den aufgebrachten Eltern – beseitigt hatte. Oder hatten die Forggenmüllers die Gunst der Stunde genutzt, um bei Nacht und Nebel zu verschwinden und so eine Schwangerschaft ihrer unverheirateten Tochter geheim zu halten? Aber was war dann mit mir, der anderen Tochter – war ich einfach zurückgelassen worden? Das konnte sich niemand, der unsere Familie gekannt hatte, vorstellen.

Sybille habe ich immer als einen Teil meiner selbst empfunden, der eigenständig herumlief. Ich liebte sie abgöttisch. Wir teilten das Zimmer, den Schrank, die einzige Puppe und schliefen, bis wir zur Schule kamen, in einem Bett. Während wir anderen Kinder waghalsig kletterten, von Scheunendächern sprangen oder in der Illasschlucht schwammen, sah meine Schwester nur zu. Ich sorgte dafür, dass sie sich nicht beteiligte; ich beschützte sie. Anfangs verbot ich ihr, wofür sie mir zu klein erschien - alles eigentlich, was Spaß machte -, später hatte sie selbst zu viel Angst. Ich begriff wohl, welch kostbares Gut wir Kinder meinen Eltern waren. Vielleicht galt meine übermäßige Sorge um die kleine Schwester in Wahrheit meiner Mutter, die es nicht ertragen hätte, noch ein Kind zu begraben. Oder ahnte mein Herz schon, was mein Kopf nicht wissen konnte: Dass ich sie alle verlieren würde?

Als Sybille sich mir auf dem Kirchweihfest wegen Michael entgegensetzte, auf eine Weise entgegensetzte, die ihr sonst nie in den Sinn gekommen wäre, verstand ich vielleicht zum ersten Mal, wie viel er ihr bedeutete. Ich für meinen Teil war mir immer sicher, dass die Leute mit ihrer Tratscherei damals danebenlagen. Das kannst du streichen, kleine Raupe: Michael hat meine Schwester nicht geschwängert. Sonst hätte ich davon gewusst. Sie hätte es mir gesagt.

Wenn er aber meiner Familie etwas angetan haben sollte - aus einem anderen Grund, den ich nicht kenne -, dann hat er kein Mitleid verdient, verstehst du? Nicht ein Gran.

ELISA – Dezember 1953

»Du nimmst mich nicht ernst.«

»Du machst dir Sorgen um deine Schwester. Das verstehe ich. Ich bin ja kein Hackklotz.« Quirin zog die Nase hoch und lehnte die Schaufel gegen das Weiß, das sich wie Bergketten links und rechts des Weges erhob. »So viel Schnee«, maulte er. »Höher als wir. Und ich muss alleine schaufeln.«

»Ich helfe dir. Wir haben eine breitere Schaufel, damit geht es schneller.« Elisas Nase war rot und häutete sich. Ihr Schnupfen war am Abklingen, und sie genoss es, wie leicht ihre Glieder wieder waren. Aber jetzt lag ihre kleine Schwester übel erkältet daheim im Bett. Genau wie Michael, der sich laut Quirin mit seinen Comics unter zwei Federdecken vergraben hatte. Sie sah hoch zum Fenster über der Wirtsstube. Michael, das Rätsel. »Aber lass uns erst reden.« Auffordernd blickte sie ihn an. »Also?«

»Also was?«

»Was sollen wir machen, Quirin? Wegen der beiden? Wir müssen doch etwas unternehmen.«

»Du hast es nicht in der Hand, wenn du Sybille nicht bei euren Eltern verpetzen willst.«

»Das will ich natürlich nicht«, schnaubte Elisa gereizt. »Aber vielleicht muss ich es bald. Michael verlangt Dinge von ihr, *Liebesbeweise*, wusstest du das?«

»Was denn für Liebesbeweise?«

»Ihm Würste aus der Speisekammer zu stehlen …«

»Verfressen war er schon immer.«

»Das ist nicht lustig. Kürzlich sollte sie ihn einen ganzen Tag lang nur mit *Meister* anreden. Und ich habe gesehen, wie er sie gegen die Wand drückte und ihr die Bluse aus dem Rock riss, als unsere Eltern und euer Vater nebenan waren. Ich will nicht, dass dein Bruder sie überhaupt auf diese Weise anfasst, verstehst du?«

»Kann es sein, dass dir die Sache besonders gegen den Strich geht, weil Sybille nicht länger die Kleine und Behütete ist?«

»Ich habe eben den Eindruck, sie spielt ein gefährliches Spiel. Sie ist so jung. Deshalb mache ich mir Sorgen. Du hast doch auch schon mitbekommen, wie er sie mit gehässigen Worten piesackt, bis sie zu weinen anfängt.«

»Michael macht anscheinend eine schwierige Zeit durch. Ich rede mit ihm, in Ordnung?«

Elisa nickte.

*

Isabel lauschte der Stimme der Tante mit geschlossenen Augen. Sie konnte den jungen Quirin und die junge Elisa vor sich sehen, eingerahmt vom Schnee. Um ein Haar hätte sie die Hand nach ihnen ausgestreckt.

Ich erkannte damals alle beide nicht mehr wieder – und ich glaube, meine Schwester hätte fast alles für Michael getan.

Was, wenn meine Eltern etwas von der Tändelei ihrer jüngeren Tochter mitbekommen hätten? Wäre mein Vater auf ihn losgegangen? Hätte er sein Gewehr geholt, um dem Nachbarsjungen etwas anzutun? Das habe ich mich später oft gefragt, Isabel. Ob die Sache zwischen Sybille und Michael in der Sturmnacht eskaliert ist.

Erst vor wenigen Tagen hatte Michael Radspieler versucht, seinem Bruder Quirin den Schwarzen Peter in die Schuhe zu schieben. Dabei war er selbst der Hauptverdächtige im Fall Forggenmüller gewesen, wie Isabel jetzt wusste. Sie hatte ihn danach gefragt – und er hatte ihr ins Gesicht gelogen. So, wie Elisa seine Veränderung beschrieben hatte, fand sie den polizeilichen Verdacht durchaus naheliegend. *Hurry up.*

Ihr wurde ganz heiß vor Wut. Mein Gott, wenn sie Tom etwas davon sagte … Der arme Tom. Was würde dieses Wissen mit ihm anstellen? Das Verhältnis zwischen Vater und Sohn war nicht eng. Trotzdem war Tom nach Michaels Schlaganfall wieder in dessen Nähe gezogen, um ihn zu unterstützen. Sie mochten einander nicht unbedingt nahestehen, aber Tom liebte seinen Vater, das stand für Isabel außer Frage.

Sie beschloss, ihm nichts zu sagen. Er wusste ohnehin nichts davon, dass sie sich weiter mit Elisas Kassetten und den Forggenmüllers auseinandersetzte. War es da nicht unnötig grausam, ihn von den polizeilichen Verdächtigungen gegen seinen Vater in Kenntnis zu setzen? Ihn wissen zu lassen, dass Michael Radspieler nicht nur gründlich durchleuchtet worden, sondern im Zuge dessen auch zum Hauptverdächtigen geworden war?

In dieser Nacht träumte Isabel von einem Mädchen, gehetzt von einem Wolf; grau, mit Blutflecken auf dem zottigen Fell. Als die Zähne des geifernden Raubtiers schon an die Kehle des Opfers fuhren, erkannte Isabel die drei Zöpfe. Links. Rechts. Hinten.

Sybille Radspieler.

Beim Aufwachen klebte das Nachthemd an ihrem verschwitzten Körper. Sie stand auf und zog sich um, ehe sie erschöpft zurück ins Bett kletterte. Gänsehaut kroch über ihren Körper, und sie grub die Zehen fröstelnd in die feuchtwarme Decke. War Elisas kleine Schwester tatsächlich Auslöser für das Verschwinden der Forggenmüllers gewesen? Isabel warf den Kopf von links nach rechts, knödelte zunehmend frustriert das Kissen, weil der Schlaf nicht wiederkommen wollte.

*

Isabel tauchte immer tiefer in Elisas Welt. Es war, als hätte die Tante sich wahrhaftig vorgenommen gehabt, ihre gesamte Kindheit auf Band zu sprechen. Da waren Erinnerungen an Weihnachtsfeste mit neuen Kleidern für die Mädchen, an denen die Mutter wochenlang bei Kerzenlicht genäht hatte; an den Schrank im Kinderzimmer – ein deckenhohes Ungetüm aus Barbara Forggenmüllers Aussteuer –, der im Winter immer offen stand, weil sich das Holz fürchterlich verzog und sie ihn sonst im Sommer nicht hätten schließen können. Unzählige Gedächtnisperlen von den Eltern und der Schwester, von den Nachbarsbuben Michael und Quirin, von Magdalena Radspieler und deren Mann Gunther, der nach ihrem Tod bei Forggenmüllers vor der Einsamkeit geflohen war. Wertvolle Mosaikstücke, die Isabel anrührten und dafür sorgten, dass sie sich der Tante auf einer ganz neuen Ebene nahe fühlte.

Doch leider brachte keine der Kassetten sie hinsichtlich des Verschwindens der Familie weiter. Isabel ließ den Rekorder laufen, so oft sie konnte, doch eines war abzusehen: Es würde noch eine halbe Ewigkeit dauern, alle Bänder anzuhören und das Material zu sichten.

Außerdem traf sie sich regelmäßig mit Tom und ging alle zwei Wochen zur Therapie. Dr. Dorothea Biebel gefiel ihr. Nicht zuletzt, weil die Therapeutin schielte, was einen normalen Blickkontakt nahezu unmöglich machte. Wie Herr Theo im Marguard-Klinikum ließ auch Dr. Biebels Schielen ihr den Raum, sich unbeobachtet zu fühlen.

Die Therapeutin zeigte Isabel Methoden zur Angstbewältigung auf - sowohl neue Methoden als auch solche, die ihr bereits aus der Klinik bekannt waren - und ermunterte ihre Patientin, alle auszuprobieren und die hilfreichen für sich zu übernehmen. Entspannungstechniken, Selbstsicherheitstraining und Konfrontationstherapie waren ihr bald so vertraut wie das ABC.

Nachdem Isabel eine Kassette gehört hatte, auf der ihre Tante sehr viel von Sybille sprach, träumte sie erneut von Elisas kleiner Schwester. Dieses Mal wurde das Mädchen nicht von einem Wolf gejagt. Stattdessen hielt Sybille Radspieler das Gewehr ihres Vaters in den Händen und zielte damit auf ihre Eltern, die Michael bedrohten. Alle drei Zöpfe wippten, als sie schoss.

Am Morgen nach dem Traum beobachtete Isabel aus dem Fenster ihres Zimmers einen Vogelschwarm, der aussah wie unzählige Tintenspritzer, die sich von einem Blatt Papier erhoben. Sie rieb sich die Augen, in denen noch Schlaf hing. Der Seegrund schien von dort, wo sie die Ruinen des Dorfes wusste, nach ihr zu rufen.

Sie setzte sich an den geliebten Schreibtisch, zog ein Blatt Papier hervor und schrieb darauf:

Michael Radspieler
Quirin Radspieler
Sybille Forggenmüller
Gunther Radspieler
Barbara Forggenmüller
Ernst Forggenmüller

Die Namen derjenigen, die in jener verhängnisvollen Nacht in Forggen gewesen waren. Zwei davon unterstrich sie dick.

Michael. Quirin.

Die Namen der Verdächtigen.

Sie fragte sich, was sie zu den einzelnen Namen auf der Liste noch von ihrer Tante erfahren würde. Letztlich hatte Elisa das Rätsel nie gelöst. Das bereitete Isabel Magengrimmen. Selbst wenn sie alle Bänder gehört und wieder und wieder angehört haben würde – reichte das, um auf einen Hinweis zu stoßen, der zur Wahrheit führte? Etwas, das Elisa übersehen hatte? Sie konnte sich das nur schwer vorstellen, daher brütete sie im März viele Tage über einer Idee, wie sich noch eine andere Perspektive in Elisas Geschichte einbringen ließe.

Mit frischem Lebensmut, den Isabel Herrn Theo ebenso verdankte wie Dr. Biebel, Tom und Onkel Quirin, füllte sie im Internet ein Formular aus und sandte es an die Anzeigenabteilung der örtlichen Tageszeitung.

Zeitzeugen gesucht!
Wer stammt aus Forggen und/oder erinnert sich
an die Zeit vor, während und nach der Aufstauung 1954?
Rückmeldungen dringend erbeten.

18

Taschenbrief

ISABEL – April 2016

»Heute ist hier in Füssen Marktsonntag.« Tom küsste Isabels Scheitel. Viel mehr sah er nicht von ihr. Sie hatte sich in die Bettdecken gewühlt wie eine Bartagame in den Sand. Ein kleines Stück vom Heimweh-Äffchen lugte unter ihrem Kopf hervor. »Lass uns in der Stadt bummeln gehen.«

»Hmhm.«

»Ich übersetze mal gewagt und mutmaße: Du hältst das für eine gute Idee.«

»Hmhm.« Der Deckenberg bewegte sich. Isabel linste nach Tom. Seine Haare standen in alle Richtungen. »Aber lass uns bitte zuerst einen Kaffee trinken.«

»Lass uns gleich in einem Café frühstücken«, schlug er vor. »Ich habe einen Bärenhunger – und du kannst üben.«

»Muss ich?«

»Musst du.« Er zerzauste ihr Haar. »Magst du eigentlich noch immer heiße Schokolade mit Sahne?«

»Schurke!« Isabel sprang aus dem Bett, tauchte unter dem niedrigen Querbalken durch und fragte sich für einen Augenblick, wie sie sich so schnell wieder in Tom hatte verlieben können. So unglaublich verlieben.

Sie frühstückten in einem Café, dessen Räumlichkeiten im Parterre einer schönen, alten Stadtvilla lagen. Beide wählten das Frühstück nach Art des Hauses, und Isabel übernahm schwitzend – aber erfolgreich – die Bestellung. Weil ihnen die Tauben gefielen, die vor dem Fenster auf dem

Gehsteig pickten, tranken sie noch einen zweiten Kaffee und aßen dazu das erste Eis des Jahres. Isabel knabberte ganz langsam die Waffel, die obenauf im Eis steckte, entfernte andächtig das Dekoschirmchen und dann, erst dann, kostete sie den ersten Löffel.

»Du bist noch immer süchtig nach Eis«, stellte Tom schmunzelnd fest. »Ich habe dich einen Eisbecher noch nie auf andere Weise essen sehen.«

»Die Vorfreude macht es.« Sie rutschte näher zu ihm; mochte es, ihren Kopf an seine Schulter zu legen, und war nachgerade verrückt nach seinem Geruch, undefinierbar herrlich und Gefühle in ihr auslösend, für die sie keine Worte fand. In ihrer Handtasche steckte ein Kuvert. Absender war die Zeitung, bei der Isabel ihre Annonce geschaltet hatte. Auch wenn sie Tom nichts davon sagen konnte, reichte allein das Wissen um den Brief aus, sie froh zu machen. Gestern hatte er im Postkasten gelegen; ein Briefumschlag, angefüllt mit Hoffnung. Seitdem trug sie ihn mit sich herum. Wie ein verheißungsvolles Versprechen.

Mit kalten Bäuchen entschlüpften Isabel und Tom der wohligen Wärme des Cafés und schlenderten über den Markt. Vor dem Käsewagen wartete, dem penetranten Schweißfußgeruch trotzend, eine lange Schlange. Daneben bot ein Fierant flatternde Kleider feil, dem wiederum ein Stand mit Kochtöpfen und Pfannen folgte.

»Stell mir eine Aufgabe«, sagte Isabel unvermittelt und hängte sich bei Tom ein. »Dr. Biebel meint, ich müsse üben, üben, üben.«

»In Ordnung.« Es war nicht das erste Mal, dass sie ihn darum bat. »Lass mich überlegen ... Da ist er wieder.« Er wies sie nebenbei auf einen Mann mit winzigem Regenschirm auf dem Kopf hin, der ihnen bereits zum dritten Mal über den Weg lief. Sein Stand lag am Ende der Marktbudengasse.

»Nein! Du schickst mich doch nicht los, einen Schirm in Gnomengröße zu kaufen, dessen Sinn mir ewig rätselhaft bleiben wird?«

»Ehrlich gesagt kann ich mir das hübsch vorstellen ...« Er boxte sie leicht in die Seite. »Quatsch, Isi. Was ist das Nächste, das du für dich selbst kaufen musst? Nicht Lebensmittel oder Klopapier, sondern wirklich etwas für dich selbst.«

»Wimperntusche. Meine ist so alt, die bröselt schon.«

»Hm. Wenn deine Wimperntusche so alt ist, kennst du dich vermutlich nicht so richtig aus, was es derzeit an guter Mascara auf dem Markt gibt?«

»Pfff«, machte Isabel und sah Tom wachsam an. »Was führst du im Schilde?«

»Meine Aufgabe – und ich habe mich beim Ausdenken wirklich bemüht – lautet: Gehe in die nächste Drogerie und frage dort die Frau mit den schönsten Wimpern, welche Tusche sie benutzt.«

»Fiesling«, murrte Isabel und fixierte den Drogeriemarkt, der nur wenige Schritte entfernt lag.

»Ich bin gut, oder?« Tom lächelte breit. »Du schaffst das, Isi. Ich warte hier auf dich.«

»Rühr dich nicht vom Fleck.« Im Weggehen sah Isabel sich mehrmals nach ihm um, als könne er sich mir nichts, dir nichts in Luft auflösen.

Mit seiner hellen Neonbeleuchtung hatte der Drogeriemarkt etwas von weihnachtlichem Überoptimismus, sogar jetzt im April. Für Isabel war die breite, mit Deodorant-Werbung beklebte Doppeltür wie der Eingang zum Haus des Wahnsinns auf dem Rummelplatz. Sie verlangsamte ihre Schritte, je näher sie kam.

Halb in der Tür stand ein Mann. Breitschultrig, etwa fünfzig Jahre alt, lediglich mit einem Muskelshirt bekleidet.

Er verschränkte die bulligen Arme, auf die Hornissen tätowiert waren. Wollte er ihr etwa den Weg verstellen? Taxierte er sie mit den wasserblauen Augen, um sie zu durchschauen? Den unsicheren Gang, die in den Jackenärmeln verkrampften Hände? Isabel schwitzte. Wenn sie an ihm vorbei wollte, blieb ihr keine Wahl. Sie näherte sich weiter an. Er trat keinen Schritt zur Seite, daher konnte sie sehen, dass sein Bart kreisrunde Flecken hatte, was aussah wie der Pilzausschlag eines Meerschweinchens. Dann war sie vorüber, und der Mann starrte noch immer geradeaus. Wahrscheinlich hatte er sie nicht einmal bemerkt.

Isabel suchte die Kosmetikartikel. Eine Angestellte räumte Kartons mit Puderdosen von einem blauen Hubwagen. Kundin war weit und breit keine zu sehen – wenigstens nicht in der richtigen Regalreihe, die sie um keinen Preis wieder verlassen wollte, ehe sie nicht getan hatte, wozu sie hergekommen war.

»Entschuldigung.« Mit heißem Gesicht trat Isabel zu der Verkäuferin.

»Kann ich Ihnen helfen?« Die Frau war jung und auffallend dünn. Ein langer Zopf fiel ihr über den Rücken. Sie lächelte freundlich.

»Ich habe mich gefragt ... Sie haben so schöne Wimpern, und da habe ich mich gefragt, welche Tusche Sie wohl benutzen?«

»Gar keine. Zumindest nicht bei der Arbeit.« Die Frau fuhr sich durchs Haar. »Soll ich Ihnen eine Mascara empfehlen? Diese hier nehme ich seit Jahren. Verklebt die Wimpern nicht und zaubert obendrein einen schönen Schwung, ohne Wimpernzange.«

»Vielen Dank.« Isabel griff sich das angepriesene Produkt, bezahlte, von ihrem Erfolg beflügelt, an der Kasse und war auf halbem Weg zur Tür, als eine Hand sie an der Schulter berührte. Sofort dachte sie an den Kaufhausdetektiv, dem sie wegen ihres unsicheren Auftretens ins Auge gefallen war. Es war ohnehin ein Wunder, dass man sie nie zuvor aufgehalten hatte. Sie sah sich schon in die Büroräume zitiert werden und ...

»Isabel, nicht wahr? Irgendwie hatte ich gehofft, Sie würden sich mal bei mir melden.« Grüne Augen lächelten sie über einem rostroten Klabautermann-Bart an.

»Dominik.« Isabel hatte das Taschentuch mit seiner Telefonnummer vor Augen. »Sie sind noch in der Gegend?«

»Sieht so aus. Die Recherche für den Reiseführer zieht sich – was, unter uns gesagt, ungemein Spaß macht. Außerdem gewöhne ich mich an das Leben im Wohnwagen. Hat was. Langsam kann ich verstehen, was die Amerikaner an ihren Trailerparks finden.«

»Ich glaube, die meisten wohnen da nicht ganz freiwillig«, sagte Isabel verlegen.

»Natürlich. Wie wäre es, wollen wir zusammen einen Kaffee trinken? Ich nehme an, Sie brennen darauf, das Für und Wider von Wohnwagen zu vertiefen.«

»Eigentlich ...«

»Eigentlich ist sie schon in Begleitung.« Isabel fühlte Toms Präsenz, ehe er neben ihr auftauchte. »Ich bin Tom. Isabels Lebensgefährte.«

»Oh.« Dominik schüttelte Tom die Hand. Seine Ohrläppchen zeigten eine zarte Röte. »Sie ist vergeben. Das wusste ich nicht.«

»Es ist noch recht frisch«, murmelte Isabel und war froh, als Dominik sich eilends verabschiedete. »Lebensgefährte, ja?«

Tom grinste bloß.

Sie boxte ihn in die Seite.

Tom erwies sich als eifersüchtig genug, sie für einen langen Sonntagnachmittag im Bett festzuhalten. Das wenigstens gab er zu Protokoll. »Sicher ist sicher. Ehe dich auf der Straße wieder fremde Männer anquatschen.«

»Das war streng genommen kein fremder ...« Weiter kam sie nicht. Er verschloss ihr den Mund mit einem Kuss, und anschließend gelang ihm das Kunststück, sie für eine Weile weder an die Begegnung mit Dominik noch an den geheimen Brief in ihrer Handtasche denken zu lassen.

»Wie sieht sie aus, deine Exfrau?« Isabel wollte den intimen Zauber, der an diesem Sonntagnachmittag wie ein Baldachin über ihnen hing, keineswegs zerstören. Es interessierte sie einfach brennend – und der richtige Moment, Tom nach ihr zu fragen, schien nie zu kommen.

»Was?«

»Die Frau, mit der du verheiratet warst: Wie sieht sie aus?«

»Du willst nicht wissen, ob sie intelligent oder witzig ist? Vielleicht auch ihren Namen oder ob ich sie gut leiden konnte? Dich kümmert bloß ihr Aussehen?«

»Das alles«, nickte Isabel eifrig. »Alles, was du da sagst. Aber irgendwo musste ich anfangen.«

»In Ordnung.« Tom seufzte ergeben. »Damit habe ich früher oder später gerechnet. Eher früher, daher ... Meine geschiedene Frau heißt Meike. Ihre Haare sind braun, ihre Augen auch. Sie ist klug und attraktiv – und wir waren nur gefühlte fünf Minuten verheiratet.«

Isabel sah ihn schweigend an.

»Weshalb sagst du nichts dazu?«

»Ich denke nach.«

»Darüber, ob ich dich beschrieben habe? Das war die Krux bei der Sache: Ich habe Meike geheiratet, weil sie mich an dich erinnerte; weil ich eigentlich bei dir sein wollte.«

»Du hattest dich von mir getrennt.« Isabel sprach ganz leise, als ließe sich so das Hochkochen alter Emotionen verhindern.

»Was ein Fehler war. Ich will nicht streiten, Isi. Lass mich dich nur festhalten, ja?«

Gegen Abend entwand Isabel sich Toms Armen, um nach Hause zu fahren. Sie küssten einander, als gäbe es für Monate oder Jahre kein Wiedersehen.

»Ich bin so gerne in dich verliebt, Isabel.« Sie standen eng umschlungen auf dem Gehsteig vor dem Haus, während in der Stadt die letzten Marktbuden schlossen und der Wind den Duft gebrannter Mandeln an ihnen vorbeischob wie ein Vater seine säumenden Kinder. Ihre Wange lag an seiner Brust, sein Kinn auf ihrem Kopf.

»Und ich in dich. Aber ich will Onkel Quirin nicht ärgern, indem ich ständig bei dir übernachte.« Außerdem drängte der Brief in ihrer Handtasche. Aber das musste sie ihm verheimlichen.

»Hallo! Ich bin wieder da!«, rief Isabel beim Heimkommen. Wie damals, als für sie noch feste Ausgangszeiten gegolten hatten und im Wohnzimmer Adoptiveltern saßen, die auf ihre sichere Rückkehr warteten.

Jetzt gab es kein *»Um zehn Uhr bist du zurück«* mehr. Das Wohnzimmer war verwaist. Onkel Quirin hatte sich in sein Schlafzimmer zurückgezogen, unter der Tür schimmerte Licht. Isabel nahm nicht an, dass er um diese Uhrzeit schon im Bett lag. Vielleicht wollte er sein Missfallen demonstrieren, weil sie wieder bei Tom gewesen war. Sie machte ausreichend Lärm, damit er sie hörte, aber er kam nicht herunter. Seine Wortlosigkeit versetzte ihr einen Stich. Sie ging in ihr Zimmer und zog die Tür hinter sich zu.

Im Licht der Schreibtischlampe holte sie den Brief aus ihrer Handtasche und entfaltete ihn andächtig. Sie strich mit den Händen über das Papier, ehe sie die Zeilen zum dritten oder vierten Mal las.

Guten Tag,
ich habe in den Jahren ab 1950 in der Praxis des damaligen Allgemeinarztes in Rieden gearbeitet. Gebürtig stamme ich aus Forggen. Zu unseren Patienten in der Arztpraxis zählten, soweit ich das noch sagen kann, die meisten Bewohner aus Forggen. Ich weiß natürlich nicht, um was genau es Ihnen geht. Falls ich Ihnen aber mit meinem Wissen weiterhelfen kann, rufen Sie mich gerne an.
Höflichst
Maximiliane Kohlmeier (geborene Hieß)

Die steile Handschrift sah streng aus. Isabel stellte sich eine hochgewachsene Frau mit Adlernase und grauem Dutt vor. Obschon ihr der Gedanke, sich mit der unbekannten Frau Kohlmeier zu unterhalten, die vertraute Angst einflößte, war der Brief doch genau das, was sie sich erhofft hatte. Gleich morgen früh wollte sie die angegebene Telefonnummer anrufen.

Sie war müde, aber zu aufgekratzt, um sich schon schlafen zu legen. Daher notierte sie auf einem Block, was ihr durch den Kopf ging. Was sie, in groben Zügen, über die Leute wusste, die während des Sturms in Forggen gewesen waren – den Menschen, von denen einer womöglich zum mehrfachen Mörder geworden war.

Michael Radspieler – war heimlich mit Tante Elisas Schwester liiert. War nicht gut zu Sybille / hat eine dunkle Seite. Woher rührt diese? (Trauma wegen der Mutter?? Quirin nicht, obwohl er dasselbe erlebt hat?) In der Sturmnacht angeblich allein in seinem Zimmer. Hauptverdächtiger der Polizei. Er und Onkel Quirin sprechen nicht miteinander. Welches Motiv sollte er gehabt haben, wo er Sybille (so sagt er es, so schildert es auch Tante Elisa) anscheinend aufrichtig gerngehabt hat? Wieso war er dennoch gemein zu ihr?

Quirin Radspieler – Elisa hat ihn geliebt. Ich liebe ihn. Wo war er während der Sturmnacht? Michael ließ ihn mir verdächtig erscheinen. Um von der eigenen damaligen Rolle als Hauptverdächtiger abzulenken?

Sybille Forggenmüller – Tante Elisas überbehütete kleine Schwester. War die Liebelei mit Michael ihre Art, gegen die Familie zu rebellieren? Hat sie ihn aufrichtig geliebt? Weshalb ließ sie sich von ihm so schlecht behandeln???

Gunther Radspieler – der Forggenwirt, Vater von Michael und Quirin. Seine Frau wurde von amerikanischen Besatzern vergewaltigt und hat sich später umgebracht. Er war allein für die beiden Söhne verantwortlich. Was war (ist!) er für ein Mensch und wo war er in der Sturmnacht? Heute uralt, aber vielleicht dennoch fit genug, um einmal mit ihm zu sprechen?

Barbara Forggenmüller – eine Frau, die viel durchmachen musste, sehr hart sein konnte und ihre Kinder über alles geliebt hat?!!

Ernst Forggenmüller – der Krieg hat ihn verändert. Er hat für seine Töchter nach dem Osterhasen gepfiffen und ihnen die Kätzchen gelassen. Wer war er?

19

Fürsorge

ELISA – Januar 1955

»Lassen Sie mich ihn sehen.«

»Es tut mir leid.« Die Dame von der Fürsorge legte eine Hand auf die magere Schulter ihres Gegenübers. »Es tut mir wirklich leid«, wiederholte sie. »Ich weiß, du empfindest das im Moment als schrecklich ungerecht …«

»Mir bricht das Herz.« Sie sagte es ohne Pathos, so schnörkellos aufrichtig, dass die Frau von der Fürsorge Elisa für einen Moment tatsächlich wahrzunehmen schien. Nicht als eine von vielen Waisen, die staatlicher Obhut unterstellt waren; nicht als Nummer auf einer Liste, die es abzuarbeiten galt.

»In wenigen Jahren bist du volljährig. Und du hast schon heute ein Ziel, auf das du hinarbeiten kannst.«

»Glauben Sie, es gibt eine Möglichkeit?«

»Für das, was du dir wünschst? Ich will dich nicht anlügen: Im Grunde nicht. Aber versuch es dennoch, Elisa. Die Menschen haben für ihre Träume schon manches Unmögliche möglich gemacht.«

»Bleibt der Staat mein Vormund, bis ich volljährig bin?«

»So ist es.« Die Dame nickte, war wieder ganz bei der Nummer auf ihrer Liste. »Herr Gunther Radspieler«, las sie den Namen vom Papier, »ein enger Freund deiner Familie, nicht wahr, hatte ja nach dem ungewissen Verbleib deiner Eltern vorübergehend die Fürsorge für dich übernommen.«

»Hat er es entschieden?« Elisas Hand schnellte vor und packte die Frau beim Arm. »Sagen Sie es mir: War er das?«

20

Maximiliane Edith und die Jungen

ISABEL – April 2016

Maximiliane Kohlmeier wohnte in Lechbruck, Hauptstraße 49. Das waren von Schwangau bloß knapp zwanzig Kilometer Entfernung, daher lud sie Isabel am Telefon ein, sie zu besuchen. »Es lässt sich von Angesicht zu Angesicht ja besser reden, finden Sie nicht?« Frau Kohlmeier hatte eine hohe Stimme, die überhaupt nicht zu der Vorstellung von Adlernase und strengem Dutt passte.

Isabel bat ihren Onkel um seinen Wagen. Lieber hätte sie es nicht getan, aber eine Busfahrt über zwanzig Kilometer traute sie sich nicht zu. Nicht ohne Tom an ihrer Seite.

»Soll ich dir das Auto besser gleich überschreiben?« Quirin zeigte sich wenig begeistert über die neuerliche Inbeschlagnahme. »Für die Fahrten zu Dr. Biebel, da sage ich nichts – da bringe ich dich auch persönlich hin, wenn es sein muss – aber ...«

»Ich möchte ein wenig unter die Leute. Doktor Biebel betont immer, wie wichtig es für mich ist, das zu üben – das Unter-Menschen-Sein. Ich fahre nicht zu Tom, falls dir das Sorgen ...«

»Papperlapapp«, winkte der Onkel ab, doch wirkte er gleich milder gestimmt. »Mach du fürs Erste nur deine Übungen – und wenn es dir besser geht, sprechen wir in Ruhe über deine Zukunft.«

»In Ordnung.« Isabel gefiel es nicht, vom Onkel abhängig zu sein. Nicht mehr, da sie langsam lernte, wieder am Leben teilzunehmen und eigene Wege zu gehen. Es machte ihr etwas aus, kein eigenes Auto zu haben. Nicht mobil zu sein. Und es machte ihr sogar sehr viel aus, dass Quirin nach ihrem Klinikaufenthalt angefangen hatte, sie finanziell zu unterstützen. Am allermeisten störte es sie, sein Geld nicht ablehnen zu können. Noch nicht. Abgesehen davon, dass eigentlich sie für ihn da sein sollte.

Lechbruck war eine kleine Gemeinde mit gut zweieinhalbtausend Einwohnern, daher hoffte Isabel, Frau Kohlmeiers Haus würde ohne Navigationssystem zu finden sein. Ein solches besaß Onkel Quirins jahrzehntealter Ford Orion nämlich nicht.

Sie folgte der Hauptstraße durch den Ort. Es gab einen Friseursalon, vis à vis ein Café. Neben dem Haarstudio entdeckte sie die Hausnummer 49 an einem Bauernhof, ein Misthaufen türmte sich zur Straße hin auf. Der Geruch nach Vieh und Gülle hing zwischen den Häusern, vermengte sich mit dem strengen Wasserstoffduft der Blondierungen, der aus den gekippten Fenstern des Friseursalons schwappte. Sie dachte, wie wenig sich das Landleben oft mit den Errungenschaften der Moderne vereinbaren ließ – und wie gut es letztlich doch passte. Über ihr mäanderten Wolken, dünne Rinnsale, die es zum Mutterschiff, einer großen Kumuluswolke, hinzog.

Isabel stellte den Wagen auf dem nächsten Parkplatz ab. Über einige Büsche hinweg sah sie auf rauschendes Wasser. Dort, wo Felsen wie die Rücken schiefergrauer Nilpferde aus dem Fluss ragten, schäumte Gischt. Dennoch kam der Lech nicht als die Naturgewalt daher, die er früher wohl gewesen war.

Zu Fuß, den Schlüsselbund um den Zeigefinger rotierend, wanderte Isabel den Bürgersteig entlang, zurück in Richtung

Bauernhaus. Auf der Straße – der einzigen Hauptverkehrsstraße durch Lechbruck – rauschten Sportwagen vorbei; gelbe und rote Busse passierten in alltäglicher Hektik; Kleinwagen hatten es mal eilig, mal nicht. Dazwischen brummten Traktoren, die ungerührt davon kündeten, dass Zeit auf dem Land ein Gut war, welches bei Verkehrsteilnehmern schlicht vorausgesetzt wurde. Isabel sah einen schwarzen BMW, der Fahrer ein sportlicher Typ mit blau verspiegelter Brille, der auf Höhe des Misthaufens rasant überholte und dabei fast eine Frau vom Rad geholt hätte. Er jedenfalls hatte das mit der Zeit nicht begriffen.

Das Stalltor des Bauernhofs war mit runden, farbigen Plaketten übersät, die von der Milchleistung der Kühe kündeten. Dagegen war die hölzerne Haustür so unauffällig, dass man sie leicht hätte übersehen können. Isabel drückte auf einen altmodischen Klingelknopf, was einen schrillen Ton nach sich zog. Es dauerte eine Weile, bis rhythmisches Klopfen zu hören war und Maximiliane Kohlmeier erschien. Sie war winzig und trug Hörgeräte. Die roten Krücken, auf die sie sich stützte, schienen im Vergleich zu dem zarten Persönchen für Riesen gemacht.

»Frau Kohlmeier? Grüß Gott, ich bin Isabel Radspieler. Wir hatten telefoniert ...«

»Fräulein ... Radspieler«, sagte die alte Frau. Ihr Gesicht war so sehr angefüllt mit Falten, Isabel war sich über ihr Stirnrunzeln nicht sicher. »Ich hatte Sie am Telefon wohl nicht recht verstanden, ich dachte Kahlbiehler ... Da kannte ich den Klaus und den Werner, auch den Aloysius und die Klara ...« Der alten Frau schien die Situation unbehaglich – als wäre ihr der Besuch nicht angenehm. Die Gedankenfalle in Isabels Kopf schnappte zu und zwang sie, panisch über den Sitz ihres Haars (zu einem schlichten Zopf gebunden), das Aussehen ihrer Kleidung (Jeans, Bluse und beigefarbener Mantel) nachzusinnen und darüber, ob sie aufrecht stand und einen vertrauenerweckenden Eindruck machte. Die Zunge lag ihr schwer in der Mundhöhle, als hätte man sie eben noch mit Betäubungsspritzen traktiert.

»Ich bin nicht sicher, ob es recht von mir war, auf Ihre Annonce zu antworten.« Frau Kohlmeier wiegte den Kopf, während es Isabel alle Willenskraft abverlangte, vor ihr zu stehen. Stillzuhalten. Nicht wegzulaufen. »Aber zunächst einmal, verraten Sie mir: Aus welchem Zweig der Familie Radspieler stammen Sie denn, Sie armes Lämmchen? Sind Sie die Enkelin von einem der Wirtssöhne?«

»Ich bin die Adoptivtochter von Quirin Radspieler. Dem jüngeren Wirtssohn.«

»So. Da ist er wohl verschieden, und Sie wollen sich jetzt eine Vorstellung davon machen, wie sein Leben damals war?« Frau Kohlmeier mochte winzig sein – dennoch füllte sie den Türrahmen mit ihrer Persönlichkeit. Bislang machte sie keine Anstalten, ihren Gast hereinzubitten. Isabel dachte, die alte Frau würde auch Satan höchstselbst nicht über die Schwelle lassen, solange es ihr nicht in den Kram passte.

»Nein, nein. Meinem Adoptivvater geht es gut. Aber meine Adoptivmutter ... sie ist vor kurzem gestorben. Sie hieß Elisa, Elisa Radspieler. Früher Forggenmüller. Vielleicht haben Sie ja einen von beiden ...«

»Gekannt?« Frau Kohlmeiers Mund öffnete und schloss sich wie ein Fischmaul. »Das kann man sagen. Kommen Sie schon rein, meine Liebe, wo Sie nun einmal hier sind. Nicht, dass ich Sie angeschrieben hätte, wenn ich gewusst hätte, aus welchem Stall Sie kommen ... oder vielleicht doch. Die Neugierde war schon immer meine Schwäche, da kann ich Abbitte tun, wie ich will. Mein Mann hat immer prophezeit, meine Schnüffelnase würde mich noch mal in ernsthafte Schwierigkeiten bringen. Aber dann hat er das Zeitliche gesegnet, und geblieben ist mir meine Neugierde. Na los, herein mit Ihnen, Sie müssen nicht schüchtern sein. Ich hoffe, die Elisa hatte ein gutes Leben, nach Forggen. Und der Quirin auch.«

»Das glaube ich schon. Ich war sehr froh über Ihren Brief, Frau Kohlmeier. Er war die erste Rückmeldung auf meine Annonce.«

»Viele von denen, die nach der Flutung in der Gegend geblieben sind, leben gar nicht mehr.« Maximiliane Kohlmeier führte Isabel durch einen dunklen Flur, von dem hinten eine Tür in den Stall abging. Die Fläche davor war mit Zeitungspapier ausgelegt. An den Wänden hingen drei Geweihe, außerdem gab es drei schmucklose Holztruhen.

Die Stube war gemütlicher. Ein glasierter Kachelofen strahlte Wärme ab. Auf der Ofenbank schliefen drei getigerte Katzen – als wäre die drei in diesem Haus eine magische Zahl –, einer fehlte der halbe Schwanz. Die Essecke unter dem Herrgottswinkel war mit verblichenem Blümchenstoff gepolstert. Ein Wohnraum, wie man ihn in einem Werbekatalog für alte Bauernhäuser erwarten würde.

»Meine Tochter hat hier eingeheiratet.« Frau Kohlmeier lehnte eine ihrer Krücken gegen den Esstisch und ließ sich mit leisem Seufzen auf einen Stuhl sinken. Erst dann löste sie ihren Klammergriff von der zweiten Krücke. »Geht nicht mehr ohne. Sehen Sie mir nach, wenn ich Ihnen für den Moment nichts anbiete.«

»Selbstverständlich.« Isabel stand noch. Sie traute sich nicht zu fragen, ob sie der alten Frau etwas bringen konnte.

»Na los.« Frau Kohlmeier machte eine Bewegung, als wollte sie eine Katze ins Körbchen scheuchen. »Setzen Sie sich schon hin. Die Übergebliebene ist also zurückgekommen und hat den Jungen vom Forggenwirt geheiratet?«

»Die Übergebliebene? Sprechen Sie von meiner Adoptivmutter?« Isabels Neugierde gewann vorläufig die Oberhand über ihre Angst.

»So haben die Leute die Elisa Forggenmüller genannt, nachdem die übrige Familie spurlos verschwunden war. Vater, Mutter und Schwester wie vom Erdboden verschluckt, das hat natürlich Gerede gegeben. Dazu der schlimme Verdacht gegen den Wirtssohn … Sie merken ja, ich erinnere mich nach all der Zeit noch immer daran.«

»Ich würde gerne alles hören, was Sie mir über die Forggenmüllers und die Radspielers erzählen können.«

»Da werden wir ein Weilchen sitzen.« Die alte Frau blinzelte zu den Katzen hinüber, als warte sie auf deren Stellungnahme. »Früher rief man mich Edith. Das ist mein zweiter Name. Ich heiße Maximiliane Edith Kohlmeier. Erst als ich geheiratet habe, wurde aus Edith Maximiliane. Mein Horst fand den Namen passender für eine Frau Doktor.«

»Sie waren mit dem Arzt verheiratet, dessen Praxis Sie in Ihrem Brief erwähnt haben?«

»Dreiundzwanzig Jahre.« Edith Maximilianes Gesicht wurde eine Winzigkeit länger, die Falten eine Spur zerfurchter. Isabel brauchte nicht zu fragen, ob sie ihren Mann geliebt hatte. »Wenn ich geahnt hätte, dass ihn seine Leidenschaft für die Sportfliegerei noch mal ins Grab bringen würde, keinen Meter hätte ich ihn vom Boden aufsteigen lassen.«

»Tut mir leid.«

»Dabei war es herrlich mit ihm, hoch in den Lüften.« Frau Kohlmeier schien Isabels Mitgefühlsbekundung gar nicht zu hören. »Was sage ich – es war unbeschreiblich. Ich habe ihn noch ermuntert, als er die ersten Flugstunden nahm. Er sah so fesch aus in seiner neuen Fliegerjacke. Die hatte ich für ihn schneidern lassen, sie passte genau zu seinen Haaren und …«

Isabel lauschte Maximiliane Ediths Ausführungen zu Doktor Horst Kohlmeier und der gemeinsamen Tochter – oder, wie die alte Frau sie wissen ließ, zu ihrer *lieben Möwe* und dem *lieben Möwenkind*. Es dauerte bestimmt eine halbe Stunde, eventuell auch eine ganze, bis Frau Kohlmeier aus ihrer vollkommenen Versunkenheit auftauchte und ihren Gast wieder bewusst wahrnahm. Allerdings war Isabel sich später nicht sicher, ob ihre Gastgeberin sich wirklich so gern in Erinnerungen verlor oder ob schlicht ihre eigene Geduld auf dem Prüfstand gestanden hatte.

»Ich weiß noch, wie die Frau vom Wirt ausgesehen hat, die Magdalena Radspieler«, kam Maximiliane schließlich auf Forggen zu sprechen. »Sie war die schönste Frau im Dorf. Das war sie wirklich. Den Forggenwirt hingegen habe ich nicht mehr genau vor Augen, auch die Forggenmüllers nicht, höchstens noch die Elisa. Aber das auch nur, als stünde sie in weiter Ferne.«

»Was ist mit den Wirtssöhnen?« Die Aufzählung beinhaltete sie nicht, was Isabel auffiel. »Mit Michael und Quirin?«

»Die schon. Mein Horst und ich, wir haben uns nicht oft gestritten. Aber wenn es um die Wirtssöhne ging, ja, da haben wir uns einige Male gewaltig in die Wolle gekriegt.« Frau Kohlmeier wurde unterbrochen, als die zuvor erwähnte Tochter aus dem Stall ins Haus kam, ein bedrucktes Kopftuch um die angegrauten Haare geschlungen. Sie begrüßte Isabel freundlich, wenn auch mit einer gewissen Skepsis im Blick, stellte frische Kuhmilch vor die beiden Frauen hin und verabschiedete sich wieder.

»Die Illasschlucht galt vor der Aufstauung des Forggensees als die schönste im Alpenvorland und war eigentlich vom Ausbau ausgenommen, wussten Sie das? Dennoch ist sie mit der Flutung des Forggensees verloren gegangen, ein weiteres Opfer zum Wohle der Stromgewinnung. Und das entgegen eines Beschlusses des bayerischen Ministerrats, mag man das glauben?«

Isabel sagte nichts. Die Frage war offensichtlich rhetorisch.

»Mein Mann engagierte sich im Bund Naturschutz. Es war eine ganz große Sauerei damals, das hat er immer gesagt.«

»Weshalb haben Sie sich wegen der Wirtssöhne gestritten?«, versuchte Isabel ihre Gastgeberin wieder auf das vorherige Thema zu lenken.

»Was?« Maximiliane fixierte sie mit wässrigen Augen. »O ja, die beiden Jungen. Sie waren bei Horst in Behandlung, immer wieder, nachdem ihre Mutter sich umgebracht hatte. Sie taten mir leid. Nach meiner Hochzeit, als ich es herausgefunden hatte – was nicht schwer war, ich war ja bei so gut wie allen Behandlungen dabei –, dachte ich immer, man müsste da etwas unternehmen.«

»Sie sprechen von einer psychologischen Behandlung? Um den Verlust der Mutter zu verarbeiten?«

»Nein, meine Liebe, nicht davon.« Die alte Frau lachte meckernd. »Glauben Sie mir, die Leute erleben schlimme Dinge, damals wie heute. Ich meine, dergleichen muss jeder selbst mit sich und dem Herrgott ausmachen. Sie wissen von nichts, oder? Ihr Adoptivvater hat Ihnen nie etwas gesagt?«

»Wovon reden Sie?«

»Von dem, was der Vater seinen Jungen angetan hat.«

21

Der Kleinere

ISABEL – April und Mai 2016

Die alte Frau plapperte um den heißen Brei herum, und Isabel fühlte ihr Nervenkostüm immer dünner werden. Sie konnte sich an keine Situation erinnern, in der sie anderen gegenüber ausfallend geworden wäre – Tom ausgenommen –, dafür war sie zu schnell bereit, mögliche Fehler bei sich selbst zu verorten. Maximiliane Kohlmeier allerdings, die sie mit einer Seelenruhe auf die Folter spannte …

»Was war mit den Wirtssöhnen?« Isabel legte ihre Hand für einen Moment auf die der alten Frau. Eine flüchtige Berührung, wie bei einer Kellnerin und dem zahlenden Gast; ein Streifen des Arms, ein leichtes Klopfen auf die Schulter. Hier in der Stube des Bauernhauses hatte die Geste nichts Lockeres, Unverbindliches. Sie entsprang reiner Verzweiflung.

»Was habe ich da angefangen«, seufzte die alte Frau Kohlmeier und rang die Hände. »Na schön. Ich wollte den Jungen helfen, mich ans Amt wenden, bloß, damit die Bescheid wissen … aber mein Horst, der hielt auf die ärztliche Schweigepflicht. Selbst dann, als später bloß noch der Kleinere alles abkriegte.«

*

Gegenüber dem Bauernhof, im Café *Sahnestück*, saß ein Mann; vor sich eine leere Kaffeetasse, an deren Rändern eingetrockneter Schaum klebte. Seine Füße spielten mit den

Tischbeinen, was den Tisch zum Wackeln brachte und die braune Lache rund um die leere Tasse erklärte. In den Händen hielt der Mann eine Zeitung, nicht mehr druckfrisch. Eine Anzeige war dick umkreist, mit blauem Kugelschreiber und, noch zusätzlich, mit rotem Textmarker. Als drüben beim Bauernhaus die Tür aufgetan wurde und eine alte Frau auf Krücken eine junge Frau verabschiedete, spannte er sich an.

*

Auf dem Weg zum Auto waren Isabels Sinne wie von dünner Zwiebelhaut umschlossen. Sie nahm den Verkehr auf der Straße kaum wahr, das Rauschen des Lechs oder die Gerüche in der Luft.

Es schmerzte.

Es war ihrem Onkel widerfahren. Nicht ihr.

Dennoch fühlte sie sich bloßgestellt. Zutiefst verletzt.

Ihr Hirn schaltete auf Fernsteuerung und lenkte den Wagen nach Hause. Im Flur stand Quirin bei seinen Nudeln. Er sparte sich die Mühe, so zu tun, als habe er nicht auf sie gewartet.

»Geht es dir gut?«

»Bestens.« Isabel schaffte es kaum, den Onkel anzusehen. Wenn er im Sommer beim Baden niemals sein Hemd ausgezogen hatte, niemals halbnackt durchs Haus gelaufen war – was hatte der Stoff da noch verborgen? Weshalb war ihr nie in den Sinn gekommen, sein Verhalten in Frage zu stellen? Einfach einmal nachzufragen? Weil sie, seit die Radspielers sie adoptiert hatten, immer zu sehr mit sich selbst beschäftigt gewesen war?

»Isabel.« Die Besorgnis in Quirins Stimme pikste in die Zwiebelhaut. »Was hast du denn? Ist etwas passiert? Hattest du einen Unfall?«

»Nicht jetzt.« Sie rannte, zwei Stufen auf einmal nehmend, hoch in ihr Zimmer und schloss die Tür ab. Es kümmerte sie für den Moment nicht, dass sie das Gebaren eines pubertierenden Teenagers an den Tag legte. Sie riss die Kassetten und den Rekorder aus dem Geheimfach im Kamin, stöpselte die Kopfhörer an und begann systematisch die ersten Sätze derjenigen Bänder anzuhören, die sie noch nicht kannte. Manchmal verriet Tante Elisa schon am Anfang etwas darüber, um wen oder was es auf der jeweiligen Kassette gehen würde.

Tatsächlich, was in Anbetracht der schieren Menge an Kassetten als kleines Wunder zu werten war, wurde Isabel fündig. Während Quirin im Abstand von wenigen Minuten an die Tür klopfte und ihr Handy von eingehenden SMS vibrierte (vermutlich Tom), spulte Isabel zurück zum Anfang, drehte die Lautstärke des Rekorders hoch und versank in die Welt des alten Forggen.

»So blind kann doch kein Mensch sein. Das sagen die Leute gerne, wenn etwas ans Tageslicht kommt, das man längst hätte bemerken müssen. Eine Schwangerschaft im neunten Monat; eine heimliche Liebe, die nicht sein darf; die Magersucht der Tochter; ein Vater, der seine Kinder misshandelt. Was ich dir heute erzähle, kleine Raupe, das sind Dinge aus Quirins Kindheit und Jugend, die dein Onkel lange allein mit sich herumgetragen hat. Es dauerte Jahre, viele Jahre, bis er sich mir anvertraute – und meines Wissens blieb ich der einzige Mensch, mit dem er jemals über seinen Vater sprach.«

QUIRIN – Oktober 1953

Er hätte sie gerne geküsst. Ehrlich.

Quirins Vater schloss die Tür zum Wirtshaus auf. Es gab einen zweiten Eingang für die Familie, doch den benutzten sie selten. Wenigstens nicht der Forggenwirt, der dem Gang durch die Gaststube immer den Vorzug gab.

»Das letzte Kirchweihfest, das haben viele Forggener gesagt.« Gunther Radspieler schenkte sich ein Bier ein und setzte sich an die Theke. Die Söhne blieben stehen. »Habt ihr gehört, wie sie uns bemitleiden, die Schwangauer und die Waltenhofener? O je, o weh, ach, wie sehr fühlen wir mit euch. Von wegen!« Er trank vom Bier, weißer Schaum stand ihm an der Oberlippe. »Angegafft haben sie uns wie das Vieh in Hellabrunn.«

»Man konnte sehen, was sie sich die ganze Zeit dachten: Gott sei Dank trifft es nicht uns.« Michael pflichtete dem Vater willfährig bei.

Quirin seufzte. Musste das jetzt sein? Wo er gerade so schön an Elisa gedacht hatte.

»Was ist los, Quirin?«

»Weshalb müssen alle immerzu dieses eine Gesprächsthema haben?« Michael, der neben Quirin stand, boxte dem kleinen Bruder in den Rücken. Der fuhr trotzdem fort. »Vorhin auf dem Fest hat Elisa unbedingt davon anfangen wollen, und nun ihr beiden auch noch. Was bezweckt ihr damit? Dass man die Sache wieder und wieder auf den Tisch bringt, macht es nicht besser. Wir können so oder so bloß abwarten und das Beste hoffen.«

»So, meinst du.« Gunther Radspielers Augen veränderten sich, wurden glasig, als blicke er in weite Ferne. »Geh ins Bett, Michael.«

»Gute Idee. Ich gehe auch ins Bett.«

»Du bleibst.«

Quirin zuckte mit den Schultern und sah dem davoneilenden Rücken seines großen Bruders nach. Ihn überkam eine erbärmliche Angst. In den ersten Jahren nach dem Tod der Mutter hatte es beide Jungen noch zu gleichen Teilen getroffen. Eben denjenigen, der gerade greifbar gewesen war.

»Neuerdings ein loses Mundwerk, was?«

»Man darf wohl seine Meinung sagen.«

»Sicher.« Der Forggenwirt trank den Rest vom Bier in einem Zug und schob sich vom Hocker. Er war groß und massig, dabei keineswegs dick.

Quirin stand vor seinem Vater; einen Kopf kleiner, ein Junge von fünfzehn Jahren, dessen Stimme manchmal noch quietschte wie das ungeölte Scharnier an der Schaukel hinter dem Haus.

Es war eine gewaltige Anstrengung, vor aller Welt zu verbergen, was der Vater ihnen antat. Welche Schande die Familie verheimlichte.

Gunther Radspieler holte aus und rammte dem Sohn die Faust in den Magen. Mehrfach. Der Atem blieb Quirin im Hals stecken. Er krümmte sich, bekam keine Luft. Seine Lunge fiel förmlich in Angststarre, und er war überzeugt, sie würde ihm den Dienst quittieren.

Als er wieder einen klaren Gedanken fassen konnte, kniete er auf dem kalten Wirtshausboden, die Hände als Stütze vor dem Körper.

Der Vater schenkte sich ein zweites Bier ein. »Nimm einen Schluck.«

Japsend kam Quirin auf die Beine und trank.

»Jetzt geh hinauf. Leg dich hin. Kann sein, dir wird schwindlig. Muss nicht sein, dass du dir auch noch den Kopf anschlägst.«

Er hatte Glück. Der Vater ließ es dabei bewenden.

Quirin hatte es zur Meisterschaft darin gebracht, seine Verletzungen zu erklären. Blaue Flecken fielen ohnehin kaum ins Gewicht – die Felsen in der Illasschlucht, an denen man sich beim Schwimmen stieß; die Fechtkämpfe beim Eisstockschießen im Winter. Wobei er in den kalten Monaten selten in die Verlegenheit kam, dass überhaupt jemand die schillernden Verfärbungen auf seiner Haut bemerkte. Schon kniffliger war das hässliche Muster eines Kronkorkens auf der Haut. Eines Musters, das sich entzündete, weil der Vater ihn zwang, mit dem Nagel unter die Krusten zu fahren und sie wieder abzureißen. Quirin machte sich den Stacheldraht um die Viehweiden zunutze, an dem er des Öfteren hängen blieb. Den Schürhaken, der eben noch im Feuer hing, um sich gleich darauf dicht über dem Geschlecht ins Fleisch zu brennen, wo die ersten Schamhaare zu sprießen begannen, brauchte er nicht zu erklären.

Es geschah nicht jeden Tag, auch nicht jede Woche. Er lebte damit.

Oben, im Schlafzimmer der Jungen, war Michael noch wach.

»Geht es?«

Quirin nickte, legte sich ins Bett und drehte den Kopf zur Wand.

Der Forggenwirt war nicht nur schlecht zu seinen Söhnen, das machte es für deinen Onkel besonders schwer. Ich habe ihn als einen von Natur aus ruhigen Mann erlebt, der die Fertigkeit, mit seinen Gästen einen unverbindlichen Plausch zu halten, nie richtig erlernte. Zu Magdalenas Lebzeiten stand sie als Gastgeberin im Vordergrund, was ihm nur recht gewesen sein kann. Er verschanzte sich lieber hinter der Theke und unterhielt sich mit meinem Vater über Dinge, die wir Kinder nicht verstanden. Ich erinnere mich an das Bild der diskutierenden Männer, jeder ein Bierglas in den Händen, das gelegentlich – bei ausholenden Gesten – überzuschwappen drohte. Später, als es immer häufiger um die Flutung Forggens ging, wurde aus dem Bier auch gerne einmal Weinbrand.

Ich hielt den Wirt damals – wie vermutlich die meisten – für ein wenig sonderbar (wer war das dieser Tage nicht?). Ein

Mann, verändert durch den Krieg, durch das Leiden und den Tod seiner Frau. Meist freundlich zu seinen Söhnen, legte er gelegentlich regelrecht liebevolle Fürsorge an den Tag – das berichtete mir dein Onkel mit einem Leuchten in den Augen. Ein Leuchten, das mich mehr als alles schmerzte.

Selbst wenn Quirin in späteren Jahren keinen Kontakt mehr zu seinem Vater wollte, liebt er ihn auf gewisse Weise, das glaube ich, bis auf den heutigen Tag. Es ist nicht deine Aufgabe, die beiden Männer auszusöhnen, kleine Raupe. Denk das nicht. Was der Forggenwirt auch durchgemacht haben mag, es rechtfertigt nicht – niemals – die Gewalt gegen unschuldige Kinder.

Isabel hörte, wie sich die Stimme der Tante im letzten Satz höher und höher schraubte. Sie konnte Elisas von einem Mundwinkel zum anderen pendelnde Zunge vor sich sehen. Konnte spüren, wie sehr Quirins Pein zugleich ihre eigene gewesen war.

Dein Onkel glaubt, der Wirt tat seinen Söhnen an, was er eigentlich den Vergewaltigern seiner Frau antun wollte.

Ich bin keine Psychologin. Möglicherweise ist daran etwas Wahres.

Allerdings: Es gibt andere Wahrheiten über Quirins Familie, die ich ihm gegenüber nie ausgesprochen habe. Ich fürchtete, sie könnten ihn zerstören.

Rauschen.

Isabel wartete. Manchmal schwieg Elisas Stimme auf Band, wohl um Gedanken zu sammeln und Gefühle zu ordnen. Oder sie war zu dem Zeitpunkt durch die Krankheit einfach schon zu geschwächt gewesen.

Nichts weiter, nur monotones Rauschen.

Sie legte die Kassette mit der Folgenummer ein, hörte die Tante von der BAWAG erzählen, doch Elisa Radspieler verlor kein Wort mehr über den Forggenwirt.

*

»Es ist augenfällig, wie viel besser es Ihnen geht. Wenn es Ihnen recht ist, lassen wir die zweiwöchentlichen Sitzungen wegfallen, sehen uns in zwei Monaten noch einmal wieder und prüfen dann, wo Sie stehen. Frau Radspieler? Sie sind heute gar nicht bei der Sache.« Doktor Biebel rügte die Patientin mit einem nachsichtigen Lächeln.

»Bin ich nicht.« Isabel gestand das ohne Erröten ein – sie war mit den Gedanken in Forggen gewesen. Die Misshandlung der Wirtssöhne als Realität zu begreifen fiel ihr schwer; auch, sich Onkel Quirin und Michael Radspieler als hilflose Kinder vorzustellen. »Entschuldigung.« Tatsächlich hatte Doktor Biebel recht, was ihr Befinden anging. Es war Anfang Mai; der Frühling bepinselte die graue Welt mit ersten Farben, und sie fühlte einen Tatendrang, von dessen Existenz in ihrem Empfindungsspektrum sie lange nichts gewusst hatte. Vorfreude durchströmte sie bei der Überlegung, sich an die Wiederaufbereitung ihres Internetauftritts zu setzen, eventuell sogar erste Kundenaufträge anzunehmen. Vorfreude auch auf das nächste, übernächste und überübernächste Wiedersehen mit Tom, den sie zwar nicht täglich traf, doch mit wachsender Häufigkeit. Der Radius ihrer Welt nahm zu. Tack. Tack. Tack. Wie kleine Stromschläge.

Es war ein Montagmorgen, an dem Isabel Tom schon bei der Arbeit wusste – ein Wochenende, angefüllt mit satter, lachender Zufriedenheit lag hinter ihnen –, als ihr Handy piepste.

Ich will dich das schon seit Tagen fragen: Mein Großvater feiert seinen 96. Geburtstag.

Das ist nicht die Frage, oder?

Heute Abend. Kommst du mit?

Wenn wir Onkel Quirin nichts davon sagen.

Wenn du Tante Elisas Kassetten aus dem Spiel lässt? Er spricht nicht gerne über früher.

Einverstanden.

*

Isabel fühlte sich elend. Es war nicht allzu lange her, da hatten tote Fliegen ihre Fensterbretter übersät. Damals wäre sie einem Mann wie dem Forggenwirt niemals nahegekommen. Niemals. Nicht in hundert Jahren.

Inzwischen war das anders. *Sie* war eine andere und beschritt den langen Weg zur Genesung. Was unter anderem daran deutlich wurde, dass die Neugier auf den Mann, von dem ihr die Tante auf Band Entsetzliches erzählt hatte, überwog. Gunther Radspieler war ein Greis. Jetzt tat er keiner Fliege mehr etwas zuleide. Sie wollte ihn treffen, ehe sie Tom sagte, was dieser seinen Söhnen angetan hatte; was sein Großvater seinem Vater angetan hatte und weshalb Michael Radspieler vermutlich war, wie er war.

Isabel dachte an Elisas Beerdigung. Dort hatte sie den Forggenwirt zum ersten Mal gesehen – wenigstens nahm sie das an, denn an frühere Begegnungen in der Kindheit konnte sie sich nicht erinnern. Vermutlich hatte es keine gegeben, denn Quirin hatte bei ihrer Adoption schon keinen Kontakt mehr zu seinem Vater gehabt und zu seinem Bruder nur noch Toms wegen. Sie beschwor das Bild des faltigen alten Mannes im Rollstuhl, der ihr zuvor schon aus der Zeitung bekannt gewesen war. Die Regionalmedien berichteten gerne über ihre lokale Berühmtheit. Mit ihm gesprochen hatte sie noch nie. Das würde sich heute ändern.

Sie kam sich ein wenig lächerlich vor, als der Kleiderhaufen auf ihrem Bett anwuchs und sich nichts fand, was ihrem Gefühl für den Anlass entsprach. Schick, nicht sehr offenherzig, mit kühler Note. Am Ende schlüpfte sie in ein graues, knielanges Wollkleid und dunkelgrüne Stiefeletten.

Das Seniorenheim trat auf wie ein Hotel – ein elegantes Hotel mit Luxuscharakter und einem *Superior* hinter den fünf Sternen.

»Mein Vater schafft es wieder mal nicht rechtzeitig.« Toms Unwille war spürbar. »Hängt in einer Firmensitzung fest, der er als passiver Geschäftsführer noch nicht einmal beiwohnen müsste. Er kann einfach nicht von der Firma lassen. Großvaters Unternehmen hätte mich ebenfalls längst geschluckt, wenn es nach Papa ginge.« Er hielt Isabel die Tür zur marmornen Eingangshalle auf. »Deshalb habe ich nicht studiert, weißt du. Um bloß für die Firma nicht von Nutzen zu sein. Landschaftsgärtner werden eher selten Geschäftsführer erfolgreicher Unternehmen.«

An den Wänden der Halle hingen zarte Landschaftsaquarelle in wuchtigen Barockrahmen. Über dem Empfang stand in hohen Lettern: *Lobe den Herrn, meine Seele, und vergiss nicht, was ER dir Gutes getan.*

»Du wolltest schon als Junge lieber auf eigenen Beinen stehen. Sei stolz darauf, nicht auf das Vermögen deiner Familie angewiesen zu sein.«

»Selbst wenn in der Gegend jedes Kind das Maad-Nagel-Logo kennt?«

»Wie war das noch? Drei Blätter – lila, blassgrün und türkis – in einen Kreis gewunden?«

»Braun, gelb und blau«, korrigierte Tom automatisch, hielt dann inne und nickte. »Holen wir meinen Opa eben alleine ab.« Lächelnd blieb er stehen, um Isabel auf die Wange zu küssen. Sein Daumen streichelte die Tätowierung an der Innenseite ihres linken Handgelenks. »Isi?«

»Ja?«

»Du siehst hübsch aus. Er wird dich lieben.«

»Danke.« Was Tom anging, wusste Isabel manche Dinge intuitiv. Gerade hatte er etwas anderes sagen wollen, das stand für sie außer Frage. »Dir liegt viel an deinem Großvater.«

»Er hat mir das Pfeifen beigebracht, wie man Flöten aus Schilfrohr schnitzt und wie man sich Zahlen im Kopf am besten merken kann. Das Morsealphabet. Wie man einen Karpfen fängt. Und warum man manchmal in ein Kissen schlagen muss, damit es einem besser geht. Was hast du?«

»Nichts. Wohin gehen wir essen?«

»Ins *Alte Boot*, schon mal gehört? Das ist ein Restaurant gleich beim Füssener Festspielhaus. Gutbürgerliche Küche auf gehobenem Niveau«, grinste Tom. »Mein Opa hält wenig von Pizza, Gyros und gebratenem Reis.«

Das piekfeine Seniorenstift und das von Tom geschilderte *gehobene* Restaurant bestätigten Isabel, weshalb Michael Radspieler maßgeschneiderte Anzüge trug: Sein Vater, der alte Forggenwirt – derselbe Mann, der seine beiden Söhne misshandelt hatte –, war ein Mann mit Geld. Ein Mann, der Wert darauf legte, das auch zu zeigen. Nur gut, wie wenig Tom mit der Art seiner Familie gemein hatte.

Je weiter sie in die noble Lebenswelt des exklusiven Alterns vordrangen, desto unwohler fühlte Isabel sich. Gelegentlich schwappte ihr der unverkennbare Geruch alter Menschen in die Nase, was selbst die dezent an den Decken montierten Lufterfrischer nicht gänzlich verhindern konnten.

»Ich gehe wieder«, sagte sie abrupt.

»Nein.« Tom umklammerte ihre Hand. »Bleib. Es ist mir ... wirklich wichtig.«

»Ich weiß nicht.« Widerstrebend begleitete Isabel ihn zum Aufzug, halb auf dem Sprung, um mehr Abstand zwischen sich und Gunther Radspieler samt seinen entsetzlichen Geheimnissen zu bringen.

Tom drückte den Knopf für die dritte Etage, eskortierte sie in den Aufzug und anschließend bis vor eine schwere Holztür. Davon gab es mehrere auf dem Flur, sie sahen aus wie Haustüren im Haus. Rankenmuster mit Blattgold überzogen das Türblatt, auf einem gravierten Schild stand *G. Radspieler*. »Er wird sich freuen. Und er wird dich mögen.« Tom klang wie sein achtzehnjähriges Ich. Mit den Fingerknöcheln klopfte er gegen die Tür.

Einmal lang.

Dreimal lang.

Zweimal lang.

Es blieb still. Tom drückte die Klinke.

»Guten Tag!« Eine Frau näherte sich im Stechschritt aus Richtung der Aufzüge. Auf halbem Weg erhellte ein angeknipstes Lächeln ihr Gesicht. Ein Namensschild mit Goldrahmen wies sie als Roswitha Baierle vom Pflegeservice aus. Ihre Uniform, Bleistiftrock inklusive, ließ eher an eine Flugbegleiterin denken.

»Die werden fürs Dauerlächeln bezahlt«, raunte Tom. »Großvater amüsiert sich darüber.«

»Sieht so aus«, entgegnete Isabel flüsternd. »Wahrscheinlich gibt es für böse Blicke Gehaltsabzüge.« Seltsamerweise belustigte sie das falsche Lächeln der Frau. Nur kurz streifte sie die Frage, was die Fremde über sie denken mochte.

»Herr Radspieler, grüß Sie Gott. Sie wollen sicher Ihren Großvater besuchen, nicht wahr?«

»Er hat Geburtstag«, nickte Tom.

»Sechsundneunzig Jahre, ein wahrhaft gesegnetes Alter – und das bei solch ausgezeichnetem Gesundheitszustand. Wie schön, Sie heute in Begleitung zu sehen. Ich bin Frau Baierle.« Sie reichte Isabel die manikürte Hand. »Herr Radspieler zählt zu meinen Lieblingen, wenn ich das sagen darf. Ich helfe ihm bei allem, was man in seinem Alter nicht mehr so gut schafft.«

»Isabel Radspieler, sehr erfreut«, murmelte Isabel.

»Noch eine Enkelin?« Frau Baierle klatschte in die Hände, als wolle sie eine lahme Faschingstruppe zum Tanz animieren.

»Meine Freundin«, sagte Tom.

»Wie schön.« Der Enthusiasmus der Pflegekraft war deutlich gedämpft. »Ihr Großvater nimmt am Soiree-Gespräch im Gelben Salon teil. Darf ich Sie beide hinbegleiten?«

»Danke, ich kenne den Weg.« Tom bot Isabel den Arm. Ein Galan, der die Dame seines Herzens zum Ballsaal führt. Nur das an- und abschwellende Licht der Notrufknöpfe zwischen elegant hingewürfelten Chaiselongues und nostalgischen Kerzenhaltern rief ins Gedächtnis, wo man sich befand.

»Next Destination: Gelber Salon.«

»Wo ist der livrierte Diener, der uns ankündigt?« Sie standen vor einer zweiflügligen Tür. Nichts anderes hatte Isabel erwartet. Wahrscheinlich spann sich über dem Salon eine kuppelförmige Decke, verziert mit Malereien alter Meister.

»Du nimmst es mit Sarkasmus«, nickte Tom. »Ich fühle mich hier auch nicht unbedingt wohl, aber Großvater fühlt sich hier wohl. Das zählt für mich.«

»Weshalb ist er da drin? Weiß er nicht, dass wir ihn zum Essen abholen?«

»Hat es vielleicht vergessen.« Er zog die Möglichkeit nicht ernstlich in Erwägung, das konnte Isabel ihm ansehen.

»Ist er dement? Entschuldige, ich hätte das vorher fragen sollen, weil in Anbetracht seines Alters ...«

»Er ist bei klarem Verstand.« Tom klopfte.

Einmal lang.

Dreimal lang.

Zweimal lang.

Eine dunkle Stimme forderte Augenblicke später zum Eintreten auf. Isabel hätte lieber vor der Tür gewartet, aber Tom legte ihr den Arm um die Hüfte und schob sie in den Gelben Salon.

Drinnen sah es aus wie in einem vornehmen Gentlemen-Club des neunzehnten Jahrhunderts. Um ein Haar hätte Isabel aufgelacht. Sie fand die übertriebene Zurschaustellung elitärer Kultiviertheit lächerlich. Außerdem hatte sie Angst – und die Angst verstärkte ihre Empfindungen. Es waren uralte, reiche Leute in wuchtigen Ohrenbackensesseln, die im Halbkreis am offenen Kamin saßen, dennoch konnte sie, einmal angefangen, nicht wieder aufhören zu zittern. Sie erkannte Gunther Radspieler auf Anhieb. Er war der Onkel Quirin des hohen Alters. Die verbliebenen Haare auf dem Kopf lockten sich, als verwiesen sie ambitioniert auf künstlerische Freiheit.

»Willkommen.« Radspieler streckte die Hände aus. Seine Stimme war wie Samt. Weder verwaschen noch bemüht oder angestrengt.

Tom ging zu ihm und küsste den alten Mann auf die Wange. »Großvater. Herzlichen Glückwunsch zum Geburtstag.«

»Danke, mein Junge. Hast du mir die Dame als Geschenk mitgebracht? Da habt ihr wohl die Torte vergessen, aus der sie hüpfen kann.«

»Das ist eher Brauch bei Junggesellenabschieden. Du trägst dich doch nicht mit Heiratsgedanken, Opa?« Tom legte seine Hand auf Radspielers Schulter, der Greis legte seine darauf. Beide Männer grinsten wie Schulbuben.

Gegen ihren Willen wurde Isabel das Herz warm. Plötzlich wusste sie, dass sie Tom nicht würde sagen können, was sie über den alten Mann wusste. »Ich gratuliere Ihnen zum Geburtstag, Herr Radspieler. Mein Name ist Isabel Radspieler, und ich bin ...«

»... Quirins Adoptivkind. Hätte nicht gedacht, dass Sie sich bei meiner Geburtstagsfeier blicken lassen würden, wo mein jüngerer Sohn ihr seit Jahrzehnten fernbleibt. Kommen Sie her zu mir.«

22

Der Forggenwirt

ISABEL – Mai 2016

Gunther Radspielers Hand war kühl und trocken, seine Augen rosaviolett untermalt; der Nasenrücken so lang, als hätten sich beide Nasenlöcher schon vor langer Zeit für den Rückzug entschieden. Dunkelbraune Altersflecken sprenkelten Wangen und Schläfen. Er war glattrasiert. Ob Frau Baierle vom Servicepersonal das für ihn übernahm? Die Ohren waren groß, die Haut schlaff und teigig, der Mund zu einem umgedrehten Hufeisen gebogen. Er mochte fit für sein Alter sein – wie das blühende Leben sah er nicht aus.

»Setzen Sie sich, wenn Sie mich in Ruhe fertig studiert haben.« Radspieler sprach mit einem Lächeln, das deutlich machte: Er hatte nichts dagegen, von ihr angestarrt zu werden. Weil er verstand, dass man nicht alle Tage auf den Vater des eigenen Adoptivvaters trifft. Vielleicht auch, weil ihm die Ähnlichkeit mit seinem jüngeren Sohn bewusst war. Ganz bestimmt aber wegen der ausgesprochenen, nahezu greifbaren Liebenswürdigkeit, die ihm eigen war. Eine Liebenswürdigkeit, über die Tante Elisa kein Wort verloren hatte. Vielmehr hatte sie angedeutet, der Forggenwirt könne nicht recht mit Menschen umgehen. Isabel war schockiert über sich selbst, da sie feststellen musste: Sie mochte den Alten auf Anhieb.

Neben Radspieler nahmen drei weitere Männer und zwei Frauen, allesamt im Greisenalter, am Soiree-Gespräch teil.

»Setzt euch zu uns«, forderte Toms Großvater seine Besucher auf.

Die beiden Frauen verabschiedeten sich, gestützt auf Rollatoren; Stühle wurden gerückt; Isabel und Tom links und rechts des Geburtstagskindes platziert. »Seid so gut, Kinder, stellt euch meinen Freunden selbst vor, damit der Höflichkeit Genüge getan ist.«

»Ich bin Tom Radspieler, der Enkelsohn des alten Knaben hier – Sie haben mich vermutlich schon öfter über die Gänge laufen sehen. Allerdings frage ich mich, Opa, weshalb du nicht in Anzug und Krawatte für deine Geburtstagsfeier bereitstehst?«

»Ihr wollt mit mir ausgehen?«, schmunzelte Radspieler. »Im Alter vergisst man so einiges ... Die Soiree-Gespräche sind mir lieb, darauf möchte ich ungern verzichten. Wo habt ihr den Tisch reserviert? Und fehlt nicht noch einer?«

»Im *Alten Boot.* Wir waren da schon zu deinem letzten Geburtstag, erinnerst du dich?«

»Selbstverständlich.« Der alte Herr schlug sich die Hand vor die Brust. »Ich bin nicht senil, Tom. Jedenfalls nicht sehr. Würden Sie meinen Freunden ebenfalls ein paar Worte sagen, junge Frau?«

Bildete Isabel es sich ein – oder blitzten Radspielers Augen listig?

»Ich bin ...« Die Worte stolperten über sich selbst, ehe sie ihren Mund ganz verlassen hatten. Als hätte sie das Sprechen nie gelernt. Der mit Stickereien abgesetzte Stoff von Radspielers Ohrenbackensessel verschwamm ihr vor den Augen, als wolle ihm jeden Augenblick ein magisches 3D-Bild entwachsen – eines, wie die mit Stereogrammen gefüllten Bücher es in den 1990er-Jahren versprochen hatten.

»Wir müssen los, Großvater«, sprang Tom ein. »Papa trifft uns im Restaurant.«

»Natürlich. Wollen wir meinen Junior mal nicht warten lassen. Schlimm genug, dass dein Vater in dieser Hinsicht weniger Hemmungen hat, mein Junge.« Bereitwillig stemmte der alte Forggenwirt sich aus dem Sessel. Sekunden später, so machte es den Anschein, war Frau Baierle mit einem Rollstuhl zur Stelle. Tom stützte den Greis beim Wechsel vom Sessel zum Stuhl. »Nicht, dass ich nicht wenigstens so gut springen könnte wie eine zähe alte Gämse – ich schone meine Beine nur gern.« Radspieler blinzelte Isabel voller Altherren-Charme zu.

»Papa hatte noch eine Besprechung«, erläuterte Tom. »Du kennst ihn ja, er geht in der Firma und in seinen Ehrenämtern auf.«

Isabel wunderte sich, ihn für seinen Vater in die Bresche springen zu sehen. Michael Radspieler war in ihren Augen kein Mann, den man zu verteidigen brauchte.

Das Restaurant lag auf Stelzen über dem Wasser. Ausgemusterte Ruderbote hingen unterhalb der Decke. *FV Füssen 173* stand auf einem, *LALELU* und *Karlssonjacht* auf einem zweiten und dritten. Die drei Herren bestellten das Tagesmenü, kross gebratenen Zander mit Kichererbsen und Thymiansauce, der Zander frisch aus dem See, der erste Fang des Jahres. Die Schonzeit für viele Raubfische war gestern zu Ende gegangen. Isabel entschied sich für Huhn à la Marengo.

Der Sommelier des *Alten Boots*, der den Gästen gerne von der exquisiten Karte empfohlen hätte, erwies sich als überflüssig. Lemberger Corvus trocken. Da waren Gunther (der das Heim nicht ohne umgebundene Krawatte verlassen hatte) und Michael Radspieler sich einig.

Isabel stellte fest, wie unerwartet leicht es war, mit den Männern am Tisch zu sitzen. Michael überreichte seinem Vater einen gerahmten Zeitungsartikel.

»Sie haben deinen Geburtstag zum Anlass genommen, mal wieder über dich zu berichten. *Forggens Kämpfer für das*

Recht – er harrte aus bis zur letzten Minute. Urgestein Gunther Radspieler, Gründer der Maad Nagel Recycling GmbH, wird sechsundneunzig. In den Händen seiner Firma liegt ein Großteil der landkreisweiten Abfallentsorgung, sein Sohn Michael ist ehemaliges Bundestagsmitglied und Landrat a.D. …«

»Blabla.« Der alte Mann schnaubte belustigt.

»Lesen Sie hier das Porträt eines regionalen Idols: des Förderers und Forderers Gunther Radspieler.«

»Derselbe Stuss wie immer.«

»Wie du meinst.« Michael packte das Geschenk weg, und das Gespräch plätscherte ohne Höhen und Tiefen weiter, Isabel brauchte sich nicht zu beteiligen. So blieb ihr Muße, darüber nachzusinnen, welche verhängnisvollen Geschehnisse diese drei Menschen mit Elisas Familie verbanden. Oder gab es keine verhängnisvollen Geschehnisse, und Radspielers waren den Forggenmüllers einfach nur enge Freunde gewesen? Nicht mehr, nicht weniger?

»Isabel?« Tom berührte ihren Arm. »Großvater hat dich gefragt, wie dir die Seniorenresidenz gefällt?«

Isabel krächzte. Egal, ob sie Radspieler ehrlich antworten wollte oder nicht: Im Kopf noch nicht ganz ausformuliert, gingen ihr die Worte wieder einmal verloren. Ihr Gesicht pochte heiß. Die Verlegenheit ließ ihr den Schweiß ausbrechen, gerade als sie geglaubt hatte, den Abend womöglich doch unbeschadet zu überstehen.

»Ich ziehe die Frage zurück, junge Frau. Hochwertig ausgestattete Wohnapartments, dazu individuelle Betreuung mit Wäsche- und Bügelservice – wie könnte Ihnen so etwas nicht gefallen.« Gunther Radspieler ließ sein Besteck auf den Teller klirren. Der Zander war kaum angerührt. »Luxussilos zum Sterben, Isabel. Berücksichtigt man dazu meinen blendenden Gesundheitszustand, den das *Servicepersonal* nicht müde wird zu rühmen – den Verfallszustand meiner Herzkranzgefäße etwa, das Zittern meiner Glieder, wenn ich mich nicht höllisch konzentriere ...«

»Opa.«

»Was denn? Soll ich nicht erwähnen, dass mein Schließmuskel nicht mehr mitmacht und ich seit Jahren Windeln trage wie ein Säugling?«

»Ist schon gut.« Isabel fand ihre Sprache wieder. Der Mann, der Onkel Quirin gequält hatte – und auch seinen Sohn Michael, der hier mit ihnen am Tisch saß –, offenbarte eine neue Facette seiner Persönlichkeit. Sie durfte jetzt nicht versagen. Die Soziophobie durfte ihr keinen Strich durch die Rechnung machen. Sie dachte an ihre geliebten Zieheltern. »Ehrlich gesagt, ich denke, Sie hätten es schlechter treffen können, Herr Radspieler.«

Der Greis begann zu lachen. Sein umgedrehter Hufeisenmund wackelte, als würde eine Bahn darüberfahren. »Da haben Sie recht. Sechsundneunzig Jahre bei bester Pflege, dazu zwei Söhne und einen Enkel – von denen lediglich einer mich nicht liebt –, ich hätte es wahrhaft schlechter treffen können. Was ist mit Ihnen, Isabel Radspieler?«

»Was meinen Sie?«

»Wie ist es um Ihren Zustand bestellt?« Radspielers trübe Augen ließen Isabel nicht los. »Ich meine: Sind Sie sehr verliebt in meinen Enkel?«

»Sehr.« Isabel spürte Toms Lächeln. »Darf ich Sie auch etwas fragen, Herr Radspieler?«

»Nur zu.«

»Tun Sie mir den Gefallen und erzählen mir von Forggen? Elisa hat nie darüber gesprochen.«

»Es war der schönste Fleck Erde, den man sich vorstellen kann.« Seine Antwort kam prompt. Ein Kanonenschuss, als hätte die Lunte längst gebrannt. »Dieser Satz ist mir noch nie über die Lippen gekommen. Womöglich musste ich erst sechsundneunzig Jahre alt werden, um es aussprechen zu können.« Eine Träne, schmal und fein und glänzend, rollte dem Greis aus dem Augenwinkel.

Isabel hatte mit vielem gerechnet, sich im Vorfeld ausgemalt, ob und was der alte Mann auf ihre Frage nach Forggen antworten könnte. Das hatte sie im Leben nicht erwartet.

»Isabel.« Tom lächelte nicht mehr. »Was tust du?«

»Tut mir leid. Ich hatte Ihrem Enkel versprochen, Sie nicht mit der Vergangenheit zu belästigen. Es ist nur so: Die Familie meiner Tante - Ihr Nachbar und guter Freund samt Frau und Tochter - ist 1954 über Nacht spurlos verschwunden. Nach allem, was ich bisher erfahren habe, bin ich überzeugt, dass jemand aus der Familie Radspieler etwas darüber wissen muss.«

»Also, Sie lassen ja wirklich nicht locker!« Toms Vater sprang auf. »Ich hab Ihnen bereits gesagt, an wen Sie sich wenden müssen.«

»An Quirin? Er ist ebenfalls ein Radspieler, oder nicht?« Isabel blieb jetzt völlig ruhig. Es war unheimlich. Sie erkannte sich nicht wieder.

»Nur weil mein Bruder Sie adoptiert hat, gehören Sie noch lange nicht dazu. Sie sind weder eine Radspieler noch eine Forggenmüller.« Michael Radspieler war rot im Gesicht. Er hielt die Hände auf dem Rücken zusammen und bewahrte mühsam die Selbstbeherrschung. »Sie haben kein Recht, solche Fragen zu stellen. Sie, Isabel, sind bloß irgendwer. Das alles geht Sie nicht das Geringste an.«

»Setz dich, Michael.« Die Greisenstimme brachte Toms Vater dazu, auf der Stelle zurück auf den Stuhl zu sinken.

Der Kellner, der sich dem Tisch bereits alarmiert genähert hatte, schlug einen Haken und trug anderswo Teller ab.

»Wir sollten gehen.« Tom sah niemanden an.

»Ich sollte gehen«, korrigierte Isabel.

»Moment noch. Geben Sie mir die Hand.« Gunther Radspieler wartete geduldig, bis sie ihre Hand in seine legte. Nach einer gefühlten Ewigkeit. »Es ist besser, wenn man etwas hat, woran man sich festhalten kann. Sie haben recht: Ernst Forggenmüller war auf dieser Welt mein bester Freund. Meinen Sie nicht, ich hätte damals selbst Nachforschungen angestellt? Mir meine Gedanken zum Verschwinden dieser Familie gemacht, die mir fast so nahestand wie die eigene?«

»Was wissen Sie?« Isabel flüsterte. Sie konnte nicht anders, als dem Alten an den Lippen zu hängen.

»Papa!«

»Sei still«, gebot der Forggenwirt seinem Sohn. »Elisa und ihre Schwester Sybille waren nicht die einzigen Kinder der Forggenmüllers. Ernst und Barbara hatten Söhne, sicher eine Handvoll, wenn nicht gar mehr, die allesamt nicht lebensfähig waren. Ich weiß, wie sehr Barbara darunter litt – und Ernst mit ihr. Es hat die beiden schier um den Verstand gebracht, so viele Babys beerdigen zu müssen.«

»Ich weiß von den Söhnen«, hauchte Isabel.

»Als damals feststand, dass die Flutung kommen würde – dass uns auch die Schutzgemeinschaft nicht vor dem Schicksal der Heimatvertreibung bewahren würde –, fing es an.«

»Was fing an?« Tom hatte die Vereinbarung, an diesem Abend nicht über die Vergangenheit zu sprechen, anscheinend vergessen. Seine Stimme hörte sich dünn an; wie abgeschnürt.

»Ernst hat mir gegenüber Andeutungen gemacht. Er beharrte darauf, sich niemals aus Forggen vertreiben zu lassen. Niemals von dort fortzugehen, komme, was wolle.«

Isabel spürte den Druck der Greisenhand. Was auch immer es war: Es kam jetzt.

»Er sagte, seine Familie würde sich lieber umbringen, als das Dorf zu verlassen. Ich nahm ihn nicht ernst. Nicht in der Hinsicht. Wir alle in Forggen redeten damals törichte Dinge, geboren aus purer Verzweiflung. Im Nachhinein habe ich natürlich begriffen, wie schlimm es um seinen Verstand bestellt gewesen sein muss. Der Verlust der Söhne, der drohende Verlust der Heimat – das war zu viel für meinen besten Freund. Ich werfe mir vor, das nicht erkannt zu haben. Von einem bin ich dennoch überzeugt: Ernst Forggenmüller, seine Frau und seine Tochter sind bei einem erweiterten Suizid ums Leben gekommen. Selbst wenn man die Leichen nie gefunden hat.«

»Das kann nicht sein. Elisa hätte davon gewusst.«

»Vom ruinösen Geisteszustand ihres Vaters? Glauben Sie das wirklich? Elisa war ein junges Mädchen, bedroht von der Flutung und bis über beide Ohren verliebt in Quirin. Sie war zu unerfahren, um dergleichen erkennen zu können.«

»Die Familien merken nie etwas.« Michaels Ton war ruhiger, richtiggehend versöhnlich. »Bis es zu spät ist. Ich hatte im Bundestag mit einem solchen Fall zu tun. Der Bruder eines Abgeordneten erschlug seine Frau, warf die Kinder aus dem Fenster und vergiftete sich anschließend in der Garage; ließ den Motor laufen.«

»Weshalb hätte Ernst Forggenmüller seine Tochter Elisa vom Suizid ausnehmen sollen?« Isabel sah die Szene mit den jungen Kätzchen vor sich, so deutlich, als wäre sie dabei gewesen. Barbara Forggenmüller hatte dem ganzen Wurf vor den Augen ihrer kreischenden Töchter das Genick gebrochen. Wie weit wäre sie – und mit ihr der Forggenmüller – darüber hinaus noch gegangen?

»Ich weiß es nicht. Elisa behauptete immer, sie hätte in der Nacht des Verschwindens ihrer Familie bei einer Freundin übernachtet. Aber man hat nie eine Freundin gefunden, die das bestätigen konnte.«

»Wir gehen.« Als sie nicht sofort aufstand, packte Tom

Isabel beim Arm. »Das alles ist nichts, womit du dich befassen müsstest.«

»Was soll das, Tom? Du brauchst mich nicht zu entmündigen, bloß, weil ich unter einer Angststörung leide.«

»Offensichtlich bist du selbst ja nicht willens, auf dich aufzupassen«, schnappte er.

»Ich hätte das schon vor langer Zeit der Polizei sagen müssen.« Gunther Radspieler stieß die Luft aus und wartete mit dem neuerlichen Luftholen so lange, bis Isabel fürchten musste, er wolle gar nicht mehr weiteratmen. »Aber ich habe es nie fertiggebracht, meinen guten Freund als Mörder von Frau und Tochter anzuprangern.«

Ohne sich von Vater und Großvater zu verabschieden, zog Tom Isabel aus dem Restaurant.

»Lass mich los.« Sie fühlte den Boden unter ihren Füßen beben, doch das mochte Einbildung sein; oder mit den Stelzen zusammenhängen, auf denen das *Alte Boot* stand.

Tom gehorchte. Er ließ sie los und fuhr sie nach Hause.

Die ganze Zeit sprach er kein Wort, obwohl sie mehrere Anläufe unternahm. Kein Vorwurf kam ihm über die Lippen, kein Kommentar zu der ungeheuerlichen Behauptung seines Großvaters. Von Isabel verabschiedete er sich nicht.

23

Faktor X

ISABEL – Mai 2016

Das Adrenalin tobte durch Isabels Körper. Sie hatte den Radspielers die Stirn geboten. Der Mut, aus einem unentdeckten Winkel des Hirns oder Herzens ans Tageslicht getreten, setzte Endorphine in ihr frei, Glücksgefühle, die der Situation diametral zuwiderliefen.

Danach kam der Absturz.

Sie hatte die Abmachung mit Tom verletzt, nicht über Forggen zu sprechen. Schlimmer noch: Sie hatte obendrein herausgefunden, dass Ernst Forggenmüller womöglich seine Familie ausgelöscht hatte – und das war keine Entdeckung, die ihrer Tante Seelenfrieden geschenkt hätte.

Es war kein schönes Unterfangen, die blutenden Wunden zu lecken. *Sie, Isabel, sind bloß irgendwer.* Michael Radspielers Stimmte dröhnte in ihrem Kopf. Isabel brauchte zwei ganze Wochen im Haus, zumeist hinter verschlossener Zimmertür, um ihre Gedanken zu fangen und sich selbst wiederzufinden. Sie schrieb Tom in dieser Zeit mehrere SMS (auf die er nicht antwortete) und versuchte, ihren Onkel zu beruhigen, ohne ihn etwas von den Dingen wissen zu lassen, die in ihr gärten. Quirin seinerseits, der von einem Streit zwischen Neffe und Adoptivtochter ausging, behandelte sie wie ein rohes Ei.

Als sie die Zurückgezogenheit ihres Jugendzimmers endlich verließ, saß der Onkel im gelben Glühbirnenlicht am Küchentisch. Es war erst früher Nachmittag. Quirin wirkte allerdings nicht so, als ob ihn die Tageszeit, die Stromrechnung oder überhaupt etwas scherte. Längst war der Staub aus der Küche verschwunden, waren Elisas Kräutertöpfchen neu bepflanzt. Sie hatten die Ausgangssituation wiederhergestellt, dennoch war nichts wie vorher.

»Onkel? Fehlt dir etwas?«

»Das möchte ich dich fragen.« Er seufzte, schnippte mit dem Finger gegen sein Handgelenk, seufzte wieder. Dann hob er den Blick zur Adoptivtochter. »Ihr Fehlen ist die erste Empfindung, wenn ich einen Raum betrete. Egal welchen. Das Haus scheint ihr nachzuweinen. Geht es dir manchmal auch so?«

»Ich vermisse, wie sie mich umarmt hat, von oben bis unten voller Blumenerde.« Isabel zog einen Stuhl heran und setzte sich neben ihren Adoptivvater. Es war unheimlich, wie sie jetzt, wo sie Gunther Radspieler kennengelernt hatte, den anderen Mann in ihrem Onkel sehen konnte. Wie gerne hätte sie ihn nach seinem Vater oder der Sturmnacht gefragt. Doch selbst wenn die Tante ihr nicht zum Schweigen geraten hätte, bis sie näher an des Rätsels Lösung war – Isabel hätte gar nicht gewusst, wo und wie sie anfangen sollte.

»Fahr zu Tom. Ihr solltet euren Streit beilegen.« Quirin strich ihr übers Haar, was er lange nicht getan hatte. »Die Autoschlüssel hängen am Haken. Falls du danach noch etwas anderes zu erledigen hast oder einfach nur rauswillst, dich irgendwo in die Natur setzen magst ...«

»Es stört dich nicht mehr, wenn Tom und ich zusammen sind?« Natürlich, der Onkel ging immer noch von einem Streit zwischen ihnen aus. Er wusste nichts von Gunther Radspieler und seinem Geburtstagsessen.

»Es hat mich nie gestört, dass ihr zusammen seid. Mich stört, wie sehr Tom dich damals verletzt hat, kleine Raupe. Ich möchte das kein weiteres Mal erleben müssen.«

Als sie ihren alten Kosenamen aus dem Mund des Onkels

hörte, zog sich alles in Isabel zusammen. Sie verlor die Beherrschung, und sie brach haltlos in Tränen aus.

Quirin nahm sie in die Arme. »Ich mache mir Vorwürfe, weil ich nicht erkannt habe, wie schlecht es dir über Jahre hinweg ging. Ich nahm einfach an, du wärst ... zufrieden. Auf eine stille Art.«

»Das solltest du ja auch denken. Ich habe meine Besuche zu Hause regelrecht inszeniert, damit ihr euch nicht sorgt.«

»Dennoch, Elisa hat es gewusst. Nicht von Anfang an, aber nach jedem deiner Besuche war sie ein Stück nachdenklicher. Sie spürte einfach, dass etwas mit dir nicht in Ordnung war. Ich hingegen ... ich war so blind. Es tut mir leid.«

»Mir tut es leid.« Isabel bekam vom heftigen Weinen fast keine Luft mehr. »Ihr habt mich gebraucht – und ich war nicht da.«

»Wir verzeihen einander.« Quirin legte ihr den Finger unters Kinn und hob es an. »Ich will nur das Beste für dich. Immer.«

Isabels Schluchzen ging in Schluckauf über. »Ich hab dich lieb, Onkel Quirin.«

*

Er war nicht gläubig. Wenigstens nicht richtig. Ein Mann der Tat, keiner des Gebets – doch in dem Fall betete er, sie möge aufhören. Rechtzeitig aufhören.

Ehe getan werden musste, was keinem gefiele.

Weshalb überhaupt diese Suche? Was hatte Elisa vor ihrem Tod zu dieser Farce bewogen? Wo die Kleine ihre wahre Rolle darin noch nicht einmal kannte.

Ja, er würde es hassen, Isabel, die sich gerade erst zurück ins Leben kämpfte, wehzutun. Aber er würde nicht zögern, sie zum Schweigen zu bringen.

*

Isabel fuhr nicht zu Tom. Stattdessen steuerte sie den Wagen eine Weile ziellos durch die Gegend und hielt sich nahe dem Forggensee, wo immer die Straßenführung es erlaubte. Sie sah Angler auf olivgrünen Klappstühlen am Ufer sitzen, alle angetan mit olivgrünen Gummistiefeln und olivgrünen Parkas. Der geheime Dresscode der Fischerei? Als sie eine Anglerin im schwarzen Outdoor-Overall entdeckte, ein mohnrotes Tüchlein um den Hals, hätte sie beinahe geklatscht.

Schließlich, weil die Tanknadel bedenklich weit unten stand, hielt Isabel an einer unbemannten Tankstelle. Sie bezahlte mit ihrer EC-Karte, nicht ohne sich schmerzlich der Tatsache bewusst zu sein, dass es Onkel Quirins Geld war, das sie liquide hielt. Ehe sie weiterfuhr, schrieb sie Tom eine SMS.

Wir müssen über Tante Elisa sprechen. Komm heute Abend gegen sechs Uhr zu unserer Bank. BITTE.

*

»Du bist gekommen.«

»Ich kann dir nicht für immer und ewig ausweichen.« Tom sah in seinem olivgrünen Sakko über Hemd und Pullover ungewohnt steif aus; und, schlimmer, er erinnerte Isabel zum ersten Mal an seinen Vater, was ihr nicht gefiel. Schulterzuckend setzte er sich auf die Bank – auf ihre Bank, die seit ihrem letzten Hiersein durch eine neue ersetzt worden war. Kein faseriges Holz mehr, prädestiniert für haarfeine Spreißel, nach denen später im Licht der Leselampe zu fahnden war. Edelstahl jetzt, grau beschichtet. Isabel hätte der Holzbank immer den Vorzug gegeben.

»Tom?«

»Was soll ich sagen?« Ernste und traurige Augen über ernstem und traurigem Mund. »Ich habe darüber nachgedacht, es auf sich beruhen zu lassen. Vielleicht wäre es besser gewesen, wenn sich unsere Wege nicht wieder gekreuzt hätten.«

»Du willst uns auf sich beruhen lassen? Ernsthaft?« Sie wusste, er war sauer. Aber das konnte er nicht ernst meinen. »Bloß, weil ich deinem Großvater womöglich ein wenig zu nahe getreten bin? Dein Vater ist auch nicht gerade freundlich mit mir umgesprungen.« Was wog denn schon ein vergleichbar geringer Fauxpas gegen die Liebe, die sie füreinander empfanden? Oder war es keine Liebe, nur Verliebtheit? Wie ließ sich ein Gefühl klassifizieren, das sich schon wegen ihrer gemeinsamen Vergangenheit niemals mit dem anderer Paare vergleichen lassen würde, die sich erst kennengelernt hatten?

»Du bringst mein Leben durcheinander. Mehr, als du denkst. Ich hatte mich hier eingerichtet, mich damit arrangiert, wieder in der Heimat zu leben. Alles auf null, sozusagen.«

»Das klingt sehr negativ.«

»Wenn mein Vater den Schlaganfall nicht gehabt hätte, wäre ich nicht zurückgekommen. Obwohl er mich in Wahrheit gar nicht brauchte. Wie dämlich ist das denn?«

»Wie meinst du das, er brauchte dich nicht?«

»Er hat einen Pfleger engagiert und einen Therapeuten und die Nachwehen des Schlaganfalls in vorbildlich kurzer Zeit überwunden. Für mich gab es nicht mehr zu tun, als gelegentlich bei ihm zu sitzen.« Tom machte eine Bewegung mit der Hand, als befördere er Dreck in eine Tonne. »Inzwischen habe ich mich mit der Situation ausgesöhnt. Aber du ... du bist Faktor X.«

Eine Schar Enten watschelte heran. Stockenten, die meisten, außerdem einige schwarze Enten, die aussahen wie in Pech getaucht.

»Wie meinst du das jetzt?«

»Was ist mit Tante Elisa?« Toms Blick war unergründlich. »Weshalb hast du geschrieben, wir müssten über sie sprechen?«

»Tu mir den Gefallen, lass uns am See entlanggehen. Ich kann mich so nicht mit dir unterhalten. Die Bank ist nicht mehr unsere ... Sag, sollen wir einander gleich ohrfeigen oder später?«

»Isabel.«

Sie marschierte los. Verließ den geteerten Rundweg um den See und kletterte die Böschung hinab an den Kiesstrand. Schwemmholzäste lagen hier angespült wie Seetang am Meeresufer. Ein Busch, frisches Grün an den Zweigen, hing halb ins Wasser. Darunter schlief eine Ente, den Kopf im Federkleid vergraben. Isabel horchte auf Toms Schritte.

Er kam ihr nach.

Sie hielt den Blick auf den See gerichtet. Das Abendlicht brach sich schimmernd in den Wellen. Eine Aussicht, geschaffen, das Tempo aus der Zeit zu nehmen. Wer sich selbst entschleunigen wollte, der brauchte nur hierherzukommen. »Wir haben wieder Vollstau, hast du es bemerkt? Seit dem 1. Mai kamen jeden Tag ein bis zwei Meter dazu, jetzt stehen wir wieder bei 780 Metern über Normalnull.«

»Hast du beim Wasserwirtschaftsamt angerufen, oder woher weißt du so genau Bescheid?«

»Klar. Du kennst meine Vorliebe für Telefonate mit Fremden.« Isabel blitzte Tom an. »Man kann den Pegelstand tagesaktuell online abrufen.«

»Sorry.« Er hob abwehrend beide Hände. »Eigentlich kümmert mich der Scheißpegel einen Dreck.«

»Wie sollen wir über die Tante sprechen, wenn wir nicht einmal normal über Belangloses reden können?«

»Sag es mir. Hast du etwas Neues herausgefunden?«

»Falls dein Großvater richtigliegt mit dem, was er gesagt hat, wenn es eine Familientragödie war ... Ich habe Tante Elisa ihre Eltern beschreiben hören.« Ein Zittern überschwappte Isabel, wie die Kielwellen der Dampfer, wenn die Forggenseeschifffahrt im Juni aufgenommen wurde.

»He.« Tom streichelte ihren Rücken. »So schlimm?«

»So ungeheuerlich. Ich fühle mich als Sünderin, es überhaupt auszusprechen. Andererseits: Tante Elisas Familie *ist* 1954 verschwunden. Irgendetwas *ist* ihnen widerfahren. Etwas Schlimmes.«

»Das glaubst du.«

»Sie sind doch nicht einfach fort und haben anderswo ein neues Leben begonnen, Tom. Nicht ohne Elisa. Das ergibt keinen Sinn.«

»Was ergibt denn Sinn?«

»Ich kann mir nicht vorstellen, dass Ernst Forggenmüller den verzweifelten Mut gehabt hätte, seiner Familie und anschließend sich selbst etwas anzutun. Wenn die Forggenmüllers wirklich bei einem erweiterten Suizid ums Leben gekommen sind – dann hat es die Mutter getan oder beide zusammen. Das glaube ich.«

»Bleibt sich das nicht gleich?«

»Tom!« Isabel musste sich beherrschen, um nicht nach ihm zu treten.

»Sie sind alle tot, Isi. Elisas Eltern, ihre Schwester – und sie selbst auch. Es gibt keinen mehr, den es kümmern muss, wie sie damals ums Leben gekommen sind. Es zu wissen würde nichts ändern.«

»Kannst du nicht verstehen, dass ich es für Tante Elisa tun will? Weil sie mich darum gebeten hat und es ihr auf irgendeine Art und Weise vielleicht Frieden schenken kann?«

»Es schenkt einer Toten keinen Frieden, wenn du dich an ihr Grab stellst und von deiner Detektivarbeit erzählst.«

»Du willst es nicht verstehen.«

»Weißt du, was ich glaube? Du drückst dich davor, dich so mit deiner Krankheit zu befassen, wie du es könntest, mit aller Intensität. Anstelle der Gegenwart beschäftigst du dich lieber mit der Vergangenheit. Liegt es daran, dass du keine leiblichen Verwandten hast? Keine Erinnerung mehr an deine Eltern? Ist es das? Willst du Elisas Familie zu deiner machen, damit du überhaupt eine hast?«

»Das ist Schwachsinn.«

»Das ist feige. *Du* bist feige, Isi. An dem Tag, als du mich zur Arbeit begleitet hast, zu diesem Kindergarten – da habe ich mich gefragt, ob wir beide ... ob wir eines Tages Kinder miteinander haben würden. Ich habe mir das gewünscht, insgeheim. Mir ein Leben mit dir aufzubauen.«

»Jetzt wünschst du dir das nicht mehr?«

»Ich bin nicht sicher.«

»Tom.« Sie hasste das Flehen in ihrer Stimme.

»Ich denke, wir kriegen es nicht hin.«

*

Onkel Quirins Haus lag am See. Wie der Friedhof, auf dem Elisa begraben lag. Gleich daneben. Obwohl Isabel die Gräber vom Haus aus sehen konnte, Tag für Tag, war sie nach der Beerdigung nicht wieder hingegangen. Sie hatte nicht das Bedürfnis verspürt, vor einem Flecken schwarzer Erde zu trauern. An diesem 16. Mai, dem Tag, an dem sie Tom zum zweiten Mal verlor, änderte sich das.

Sie hatten sich am Kiesstrand getrennt – unterhalb der Bank, die nicht mehr ihre war –, von den Enten in der unverdrossenen Hoffnung umschnattert, es möge noch etwas Futter abfallen.

Inzwischen wurde es dunkel, die Nacht erwachte zum Leben; schwarzer Nebel auf einer Bühne. Erster Akt: Aufgelöste Frau auf nächtlichem Gottesacker. Isabel verzog bitter den Mund. Sie dachte immerzu derlei Unfug und betete inbrünstig, in anderen Köpfen mögen ähnlich surreale Gedanken spuken. Wenigstens manchmal. Damit sie nicht die einzige Verrückte auf der Welt war.

Vor manchen Gräbern brannten Kerzen, ummantelt von rotem Plastik. Sie hasste das alles. Sie hasste es, Tante Elisa tot in einem Grab zu wissen; sie hasste Tom, weil er nicht verstand, dass sie das Schicksal der Forggenmüllers aufklären musste. Und noch mehr hasste sie ihn, weil er nicht länger mit ihr zusammen sein mochte oder konnte. Sie hasste sich selbst, weil sie schwach war und dumm und jeder den Trottel sehen musste, der in ihrem Kopf hauste.

»Der See ist wieder vollgelaufen, Tante Elisa. Dein Forggen liegt unter Wasser. Tom findet, ich müsse aufhören, deine Vergangenheit zu ergründen und die der Menschen, die zu deinem Leben gehört haben.« Isabel kniete sich neben den Marmorstein ins nachtfeuchte Gras. Nässe drang durch den Stoff ihrer Jeans, die Knie würden Grasflecken haben – und es gab niemanden mehr, der sie souverän wieder herausbekommen würde wie früher Tante Elisa. »Und ich habe keinen sonst, den ich um Rat fragen könnte. Onkel Quirin ist mein letzter Mensch auf der Welt, und an ihn soll ich mich nicht wenden, weil du es so wolltest. Ich bin ganz allein. Das weiß ich seit langem – aber plötzlich tut es so verdammt weh, Tante Elisa.« Eine Weile weinte Isabel still vor sich hin. Bis sie sich die Tränen beschämt vom heißen Gesicht wischte.

»Tut mir leid.« Da besuchte sie zum ersten Mal das Grab der geliebten Tante und wälzte sich in Selbstmitleid. »Du darfst dir keine Sorgen machen. Es sieht wahrscheinlich nicht danach aus, aber mir geht es besser. Ich habe eine Therapie gemacht und wohne bei Onkel Quirin, wie du es dir gewünscht hast.« Trotz der Dunkelheit konnte Isabel die Blumen vor dem Stein erkennen. Auch wenn sie selbst nicht herkam – ihr Adoptivvater tat es. Jeden einzelnen Tag. »Wahrscheinlich ist deine Familie in der Sturmnacht gestorben. Das weißt du. Gunther Radspieler glaubt, es gab eine schreckliche Familientragödie. Dass dein Vater durchgedreht ist, weil er erst seine Söhne und dann auch noch seine Heimat verlieren musste. Kannst du damit deinen Frieden finden?«

Sie wusste, das reichte nicht. Weder für Tante Elisa noch für sie selbst. Denn letztlich fehlte die Gewissheit. Ein erweiterter Suizid – und auf eine schrecklichere Art von seinen Liebsten verlassen zu werden konnte Isabel sich nicht vorstellen – hätte Tote bedeutet, Gräber, an denen Elisa hätte trauern können; hätte einen Schlusspunkt bedeutet für das Mädchen, das seine Familie verloren hatte, vielleicht irgendwann Seelenfrieden für die *Übergebliebene*.

Doch Tote hatte man nie gefunden.

ZWEITER TEIL

24

Ein Leben auf Kassetten

ISABEL – Oktober 2016

Am Nachmittag zwinkerte die Sonne zwischen herbstgrauen Wolken hervor, und Isabel begann in ihrer gefütterten Jacke zu schwitzen. Es war Oktober, der Tag nach der Umstellung auf die Winterzeit, und das Wasser im See endlich zurückgegangen. Die Ruinen Forggens waren wieder begehbar. Isabel saß zwischen den Überresten des Dorfes, dachte nach und genoss es, Zeit mit sich selbst zu verbringen.

Nach der Trennung von Tom waren ihr wenige Tage geblieben, um mit rot verquollenen Augen und vor Kummer aufgedunsenem Herzen unter der Bettdecke zu verschwinden. Quirin hatte sich große Mühe mit ihr gegeben und jeden Ansatz besserwisserischen Tonfalls in den hintersten Schrankwinkel gepackt. Kein »*Ich habe es dir ja gesagt*«. Stattdessen Hühnersuppe und das Vorlesen leichter Zeitungslektüre an ihrem Bett. Schneller als gedacht, schon am Abend des dritten oder vierten Tages, fing Isabel an sich aufzurappeln und Pläne zu schmieden. Berufliche Pläne (die sie gegenüber dem Onkel ansprach) und solche, die Tante Elisas Vergangenheit betrafen (und die sie unerwähnt ließ). Sie erinnerte sich gut an Quirins glänzende Augen, die sie der Freude über ihren Enthusiasmus zugeschrieben hatte. Die Erkenntnis, dass er hoch fieberte, war beinahe zu spät gekommen. Nahezu zeitgleich mit ihrem Begreifen hatten seine Lippen und Fingernägel sich bläulich verfärbt, hatte Schüttelfrost eingesetzt und der Onkel keine Luft mehr bekommen.

112. Isabel wählte den Notruf, um anschließend zwischen dem Onkel (der auf dem Stuhl neben ihrem Bett hing wie ein sandgefüllter Knautschball, der Form der Stuhllehne angepasst) und der Haustür hin- und herzurennen. Draußen stieg Nebel, Konkubinator des nachtfeuchten Frühlingswetters, auf, und umzog Straßenlaternen und Autoscheinwerfer mit trüben Lichtkränzen. Es dauerte zwölf Minuten, bis der Rettungswagen eintraf. Zwölf Minuten, während derer Isabel sich vom Atmen des Onkels immer aufs Neue überzeugen musste. Zwölf Minuten, bis das Blaulicht des Krankenwagens über Tante Elisas Garten und die Friedhofsmauer glitt, ausholend und wiederholt, als hätte es jedes Recht, sich Onkel Quirin zu holen. Als gälte es lediglich, den alten Mann zum Sterben ins Krankenhaus zu bringen.

Isabel schaufelte mit den Händen Steine zur Seite (Seesteine, kleine und größere, schiefergraue und beige, schwarze und ockerfarbene; jeder in seiner Einzigartigkeit einer Sammlung wert) und wühlte mit den Händen im Sand darunter, bis Schmutz sich unter ihren Fingernägeln sammelte, schwarze Halbmonde, wie früher bei Tante Elisa. Sie erinnerte sich an die Heidenangst, die sich in ihren Magen gebissen und sie im Krankenwagen kaum hatte atmen lassen, während ihre Finger Quirins Hand umklammerten. Seine rechte Hand, ihr von den Sanitätern überlassen, die sich unterdessen mit Schläuchen und Geräten an seinem Gesicht und seiner Brust zu schaffen machten. Dann war Isabel energisch in das Wartezimmer der Notaufnahme geschoben worden. Eine ausufernde Ewigkeit lang, während der ihr niemand etwas sagen mochte oder konnte.

Andere Patienten waren gekommen und gegangen; geblieben und wiedergekommen. Zum ersten Mal seit Jahren hatte Isabel ihnen nicht ein Fünkchen Aufmerksamkeit geschenkt, waren die Gedanken und Meinungen dieser Fremden ihr vollkommen gleichgültig gewesen. Bis der Mann sie angesprochen hatte.

»Aller guten Dinge sind drei, unsere Begegnungen schicksalhaft, quasi der Holzhammer vom lieben Gott – etwas in die Richtung würde ich jetzt sagen, wenn ich nicht wüsste, dass Sie vergeben sind.«

»Dominik?«

»Hallo. Freut mich, Isabel Radspieler.« Die grünen Augen des Journalisten lächelten über dem rostroten Klabautermann-Bart. »Auch wenn die Begleitumstände weniger schön sind.« Er zeigte seine linke Hand. Daumen und Zeigefinger waren dick bandagiert. »Kleine Meinungsverschiedenheit mit der Brotmaschine im Wohnwagen. Und Sie?«

»Mein Onkel ist krank. Ich weiß noch nicht genau, was ...« In dem Moment näherte sich ein weiß bekittelter Mann. »Entschuldigung, Dominik, ich muss gehen.«

»Gute Besserung für Ihren Onkel.« Er winkte ihr nach. »Vielleicht rufen Sie mich irgendwann an, einfach so. Meine Nummer haben Sie ja.«

Bis heute konnte Isabel nicht sagen, ob es wirklich Stunden gedauert hatte bis zur Diagnose: akute Lungenentzündung, ausgelöst durch Gingivitis. Chronische Zahnfleischentzündung als Beinahe-Killer. Später gab Quirin freimütig zu, seine Mundhygiene nach Elisas Tod übel vernachlässigt zu haben. *Was scheren mich Mundspülungen und Zahnseide, wo meine Frau nicht mehr da ist, mich auf den gepflegten Mund zu küssen?* Isabel durfte am Bett des Onkels sitzen, der immerzu hustete. Sein Auswurf war gelb wie Senf und sie beinahe sicher, er würde sterben, was sie nicht ertragen hätte. Dennoch blieb sie bei ihm, wie sie immer bei ihm bleiben würde, bis zum letzten Tag. Nie wieder wollte sie einen geliebten Menschen so im Stich lassen wie Tante Elisa.

Isabel nahm eine Gestalt wahr, die sich den Ruinen

Forggens näherte. Sie stand auf, hob die Hände über den Kopf und winkte.

»Hallo!« Der Mann beschleunigte seine Schritte.

»Du bist überpünktlich.«

»Immer, wenn es um dich geht.« Dominik küsste Isabel auf die Wange. »Wie geht's deinem Onkel?«

»Gut genug, dass er Zeit für sich einfordert. Er zwingt mich praktisch dazu, ihn allein zu lassen.«

»Darüber bin ich froh. Für ihn – und für uns.«

»Ich habe dich aus einem bestimmten Grund hergebeten, Dominik.« Isabel hatte lange darüber nachgedacht. Die vergangenen Monate waren schwer gewesen. Zu Onkel Quirins Lungenentzündung war eine Blutvergiftung gekommen, an der er tatsächlich um ein Haar gestorben wäre. Gut möglich, dass er hatte sterben wollen. Deshalb war Isabel ihm kaum von der Seite gewichen, nicht nach seiner Entlassung aus dem Krankenhaus, und auch nicht, als ihn anschließend Depressionen ereilt hatten. Von der Kranken zur Pflegerin. Sie hatte die Herausforderung angenommen. Monatelang waren Elisas Kassetten unberührt geblieben, verdrängt von etwas, das wichtiger war: Quirins Überleben.

»Isabel?«

»Du bist doch Journalist. Wenn ich dir von einer Sache erzähle, bei der es – möglicherweise – um Mord geht, würdest du mir helfen, sie aufzuklären?«

Dominiks Augen weiteten sich. Er setzte zum Sprechen an, schloss den Mund wieder; wechselte von einem Fuß zum anderen.

»Es handelt sich um die Familie meiner Tante. Sie ist 1954 verschwunden. Ich will herausfinden, was mit ihr geschehen ist.«

»In Ordnung.« Er räusperte sich. »Das klingt rätselhaft und unheimlich. Ich bin nur ein kleiner Reisejournalist, aber ich habe gelernt, wie man recherchiert. Erzähl mir mehr.«

Isabel nahm Dominik bei der Hand und wanderte mit ihm durch das Forggen ihrer Phantasie. Ein Forggen, wie es Tante Elisa in ihren Erzählungen für sie malte. »Als meine Adoptivmutter starb, hinterließ sie mir in einem Versteck eine Unmenge Kassetten ...«

*

ELISA – November 1997

Mit nackten Händen schüttelte Elisa ihre Rosenstöcke, um sie von der Last des Schnees zu befreien. Längst waren ihre Finger rot und fast taub vor Kälte. Erst, als rotes Blut in das Weiß zu ihren Füßen tropfte, merkte sie, dass sie sich an den Dornen die Hand aufgerissen hatte.

»Hallo.« Quirin kam mit Handschuhen aus dem Haus. »Ich habe die Formulare beim Jugendamt eingereicht.« Er küsste seine Frau. »Hier, zieh die an. Sonst fallen dir noch die Finger … Du blutest ja!«

»Nicht schlimm.« Sie saugte an der kleinen Wunde.

»Geht es dir nicht gut?«

»Ich denke nach.« Elisa ging neben ihren winterkahlen Rosen in die Hocke. Als sie sprach, sah sie Quirin nicht an. »Jugend ist ein Attribut, das viele erst dann zu schätzen wissen, wenn es nicht mehr auf sie zutrifft. Heutzutage werden die Leute immer älter, die Lebenserwartung steigt kontinuierlich. Es gibt Spezialisten für Gerontologie, die alle der Überzeugung sind: der Mensch braucht eine Aufgabe, etwas, woran er sich festbeißen kann. Dann lebt er länger.«

»Das Kind ist zehn Jahre alt, Elisa. Ich weiß, wir sind nicht mehr die Jüngsten, aber wir holen uns ja kein Wickelbaby ins Haus. Machst du dir deswegen Sorgen? Wegen unseres Alters?«

»Nein. Es geht nicht um die Adoption. Nicht nur. Ich will in die Zukunft blicken, für dich und für die Kleine. Deshalb habe ich beantragt, sie für tot erklären zu lassen.«

»Mach dir um Himmels willen keine Vorwürfe.« Quirin zog sie hoch und nahm sie in die Arme. »Du hast so lange damit gewartet, dabei hättest du deine Eltern bereits zehn Jahre nach ihrem Verschwinden für tot erklären lassen können, deine Schwester zehn Jahre nach der Vollendung ihres fünfundzwanzigsten Lebensjahrs. Vor einer Ewigkeit.«

»Offiziell heißt es, die Personenfahndung wird nach dreißig Jahren eingestellt.« Elisa schmiegte ihre Wange an seine dicke Winterjacke und schlang die Arme um ihn. Ihre Verletzung hinterließ eine feine Blutspur auf Quirins Ärmel. »In Wahrheit wurden die Ermittlungsakten zum Fall meiner Familie schon nach wenigen Jahren ad acta gelegt. Dennoch wollte ich sie nie für tot erklären lassen. Ich habe gewartet und gewartet. Immer mit dem Gedanken im Hinterkopf, einer von ihnen könnte an jedem Tag jeden Jahres plötzlich hinter der nächsten Straßenbiegung auftauchen.«

»Du durftest sie nie beerdigen, mein Schatz. Da ist es kein Wunder, dass du so lange an ein Wiedersehen geglaubt hast.«

»Die Sterbeurkunden sind gekommen. Für alle drei. Sie liegen drinnen auf der Anrichte. Es ist dreiundvierzig Jahre her, aber es fühlt sich nicht an wie der Abschluss, den ich mir erhofft habe.«

»He.« Quirin nahm ihr Gesicht zwischen die Hände.

»Nein.« Sie schüttelte den Kopf. »Es fühlt sich einfach nur verkehrt an!«

*

»Es stimmt alles, was deine Tante dir über die Todeserklärungen für ihre Familie erzählt hat.« Dominik saß auf dem

Sofa in Quirins Haus. Demselben Sofa, auf dem Isabel und Elisa so gerne *Der mit dem Wolf tanzt* gesehen hatten. Es war ein altes, unmodernes Sofa, der Überzug durchgewetzt und verblichen. Isabel hätte es nicht durch eine neue Couch ersetzen wollen. Quirin war mit Tom, der sich einmal in der Woche um ihn kümmerte, unten am See. »Hier, das ist die relevante Passage aus dem Verschollenheitsgesetz von 1939.«

§ 3

(1) Die Todeserklärung ist zulässig, wenn seit dem Ende des Jahres, in dem der Verschollene nach den vorhandenen Nachrichten noch gelebt hat, zehn Jahre oder, wenn der Verschollene zur Zeit der Todeserklärung das achtzigste Lebensjahr vollendet hätte, fünf Jahre verstrichen sind.
(2) Vor dem Ende des Jahres, in dem der Verschollene das fünfundzwanzigste Lebensjahr vollendet hätte, darf er nach Absatz 1 nicht für tot erklärt werden.

»Danke.« Isabel überflog den Gesetzestext. »Aber daran, dass meine Tante korrekt vorgegangen ist, bestand für mich ohnehin kein Zweifel. Ich habe übrigens schon mehrfach im Internet nach alten Zeitungsberichten gefahndet. Es gibt von 1954/1955 leider kaum digitalisierte Artikel, die online zur Verfügung stünden. Weshalb lachst du?«

»Sorry, Isabel, aber nach dergleichen online zu suchen ist Unfug. Da musst du schon die Archive in den Bibliotheken großer Städte durchforsten.«

»Ich kann Onkel Quirin schlecht allein lassen«, wich sie aus.

»Dein Ex kommt doch jede Woche bei euch vorbei. Ich weiß schon, dein Onkel hat dich als Pflegekraft eingestellt, aber ...«

»Moment«, unterbrach Isabel. »Wieso Pflegekraft?«

»Na ja, du arbeitest nicht und kümmerst dich nur um den alten Mann, daher nahm ich an ...«, Dominik errötete, was seinen rostroten Bart geradezu leuchten ließ, »... er würde dich dafür bezahlen. Von irgendetwas musst du ja leben. Außer, du bist schon reich.«

»Bin ich nicht.« Die Wendung des Gesprächs war Isabel unangenehm. »Wo würdest du hinfahren? Zu welchem Archiv, meine ich?«

»München oder Augsburg vielleicht. Die archivieren dort Tageszeitungen, soweit ich weiß. Wenn du dich noch gedulden kannst, bis ich meinen Reiseführer zu Ende gebracht habe, fahren wir gemeinsam.«

»Mal sehen.« Es kam für Isabel nicht in Frage, sich noch Wochen oder Monate zu gedulden. Andererseits traute sie sich eine große Stadt mit vielen Menschen noch nicht zu, so dass ihr praktisch die Hände gebunden waren. »Fällt dir nicht irgendetwas anderes ein? Irgendein Ansatzpunkt, den ich übersehen habe? Es muss doch etwas geben, um die Wahrheit ans Licht zu bringen. Es mag ja ewig her sein, aber die Forggenmüllers können sich damals nicht in Luft aufgelöst haben. Nicht ohne Spuren.«

»Vielleicht solltest du größer denken.« Dominiks Blick ging in die Ferne.

»Wie meinst du das?«

Er lehnte sich zurück, seine Arme hingen wie Faultiere über dem Rückenteil des Sofas. »Du solltest sogar unbedingt größer denken, wenn ich es recht überlege. Die Forggener wurden damals zur Umsiedlung gezwungen. Du musst dir vorstellen, da kam einer in ihre Häuser spaziert, um ihnen zu sagen: Passen Sie auf, verehrte Dame, verehrter Herr, liebe Kinder; einmal die Ohren gespitzt und gut zugehört; zu dem und dem Zeitpunkt wird das ganze Forggen unter Wasser stehen, all das hier – alles, was Sie sich in Jahren und Jahrzehnten aufgebaut haben; das Erbe Ihrer Väter und Großväter; die Heimat, die Sie lieben – wird nicht länger existieren.«

Isabel gefiel weder die Ironie, mit der Dominik über Forggen redete, noch die Nonchalance, mit der er auf dem Sofa lümmelte. Andererseits hatte er ihre Geschichte aufgesogen wie ein Schwamm und sich seither gründlich mit der Thematik befasst. Überdies bemühte er sich ernsthaft um sie (nie im Leben hatte ihr ein Mann so viele Blumen geschenkt wie Dominik), seit sie ihn nach Onkel Quirins Krankenhausentlassung zum ersten Mal angerufen hatte.

»Weshalb siehst du mich jetzt an wie eine Amöbe, die den Blick durchs Mikroskop nicht wert ist? Du hast mich um Hilfe gebeten. Ich habe nur getan, was ich am besten kann: recherchieren.«

»Entschuldige. Mir geht das näher, als es sollte.«

»Zumal die Familie deiner Tante nicht einmal deine wirkliche Familie ist, oder?«

Isabel nickte.

»Pass auf, wir machen es so. Du kuschelst dich zu mir auf die Couch, und ich halte dich im Arm, während ich erzähle. Bestimmt fällt dir das Zuhören dann leichter.«

»In Ordnung.« Sie setzte sich neben Dominik und legte den Kopf an seine Schulter. Er zog sie enger zu sich heran, bis sie halb auf seinem Schoß saß, was schön gewesen wäre, wenn ... ja, wenn nicht Phantasie-Tom als Ritter mit Schild und Rüstung sich dazwischengedrängt hätte, um Isabel bei jedem Kontakt mit Dominik auf die Finger zu schlagen; mit dem Heft eines lächerlichen Plastikschwerts. Er und Quirin konnten jeden Moment zur Tür hereinkommen. Die Vorstellung war ihr entsetzlich unangenehm.

»Worauf ich eigentlich hinauswill, Isabel, ist Folgendes: Zum Zeitpunkt des Probestaus waren die meisten Forggener längst ausgezogen, das Gros der Häuser stand leer. Nur Radspielers und Forggenmüllers weigerten sich beharrlich, Forggen mit Sack und Pack zu verlassen.«

»So genau weiß ich es nicht. Ich höre Tante Elisas Kassetten, sooft ich kann, aber sie ist mit ihrer Erzählung noch nicht an dem Punkt angelangt. Das heißt, eigentlich springt sie ständig in der Zeit hin und her. Sie hat es wohl so aufgenommen, wie ihr die Erinnerungen in den Sinn kamen.«

»Das lässt sich alles im Internet und in der Handvoll Bücher nachlesen, die die Entstehung des Forggensees thematisieren. *Das* ist tatsächlich etwas, das man via Internet herausfinden kann.«

»Ich habe es kapiert.« Isabel zog einen Flunsch. »Du bist gründlich«, gestand sie ihm zu.

»Ich mache nur meinen Job.« Dominik lächelte. »Die Bayerische Wasserkraftwerke AG hat den Bewohnern damals Höfe und Grund in der Nähe des Sees besorgt. Auch anderswo für diejenigen, die nicht in der Gegend bleiben wollten. Es wurden hohe Abfindungen gezahlt und darüber hinaus weiteres Entgegenkommen von Seiten der BAWAG ausgehandelt – Geld für den Bau einer neuen Schule in Schwangau, außerdem Zuschüsse für eine Kläranlage und die Verbesserung der Wasserversorgung. Als man sich 1952 im Schwangauer Vertrag einigte, machte die Schutzgemeinschaft keinen schlechten Deal. Wenn ich sage, du solltest größer denken, meine ich damit die Macht und den Einfluss der Bayerischen Wasserkraftwerke AG. Eine Firma wie die BAWAG, die ein Riesenprojekt von solch enormer Bedeutung schultert und erfolgreich abwickelt – für den Bau des Damms wurden siebenhunderttausend Kubik Steine verbaut, wusstest du das? –, die lässt sich nicht von einem Müller oder einem Wirt in die Parade fahren, verstehst du? Ich denke, da solltest du ansetzen. Möglicherweise hatten die bei der BAWAG einfach keine Lust mehr, sich von der Familie deiner Tante auf der Nase herumtanzen zu lassen.«

»Du glaubst also nicht, dass die Radspielers in irgendeiner Form mit dem Verschwinden zu tun hatten?«

»Die beiden Familien waren eng befreundet, wie du sagst. Da sehe ich kein Motiv. Menschen bringen ihre Feinde um, nicht ihre Freunde. Das war schon 1954 so.«

Isabel erschrak, als sie den Schlüssel in der Haustür hörte. Dominik war es gelungen, sie mit seinen Ausführungen zu fesseln. Bislang hatte sie tatsächlich keinen Gedanken an die Firma verschwendet, die das Großprojekt Forggensee gestemmt hatte.

»Ihr habt es ja lang ausgehalten.« Sie stand schnell auf, als Onkel Quirin und Tom hereinkamen. Beide mit von der Kälte geröteten Gesichtern.

»Wir haben eine Runde ums Dorf gemacht und dann auf dem Grab der Tante eine Kerze angezündet.« Während Tom sprach, ließ er Dominik nicht aus den Augen. »Du hast Besuch?«

»Dominik kennst du ja schon.«

»Der Mann aus dem Drogeriemarkt«, lächelte Dominik und schüttelte Tom die Hand. »Freut mich, Sie wiederzusehen. Ich verstehe nicht, warum, bin aber doppelt froh, dass Sie sie haben gehen lassen.«

Tom stand stocksteif wie einer, den man von den Fußknöcheln bis zum Hals an einen Marterpfahl gefesselt hat. Seine Hände waren bloße Fäuste. Isabel hoffte, den anderen möge das nicht auffallen.

»Ich habe den Jungen zum Abendessen eingeladen. Das ist doch recht, Isabel, wo er sich mit mir durch Wind und Wetter gekämpft hat.«

»Du wirst hier immer ein Zuhause haben, Tom, das weißt du. Von einem simplen Abendessen ganz zu schweigen.« Es fiel ihr schwer, sich von Tom abzuwenden, aber sie spürte Dominiks Missfallen im Rücken und drehte sich zu ihm um. »Bleibst du auch zum Essen?«

»Bin ich denn eingeladen?«

»Unbedingt.«

»Dann gerne.« Dominik küsste sie fest auf den Mund.

25

Machiavelli

ISABEL – Oktober 2016

Isabel schnitt Brot, richtete Wurst und Käse an, stellte Butter auf den Tisch und ein Schälchen mit Essiggurken, während die Männer sich im Wohnzimmer leise unterhielten. Sie hörte vor allem Dominik reden, dem sie eingeschärft hatte, niemandem ein Wort von den Forggen-Recherchen zu verraten. Toms Entgegnungen blieben sparsam, Onkel Quirin sagte so gut wie nichts – was ein Fortschritt war zur Hochphase seiner Depression, als er tatsächlich überhaupt keinen Ton mehr gesagt hatte.

Sie war froh, als sie die drei zu Tisch bitten konnte. Dominik wusste zwar vom Aus ihrer Beziehung mit Tom, doch die Gründe kannte er genauso wenig wie die lange Vorgeschichte, die Isabel seit ihrer Kindheit mit ihm verband.

Tom aß ein halbes Butterbrot, verschlang es vielmehr, während der kleine Finger der linken Hand Kreise auf das Tischtuch zeichnete. Anschließend hatte er es eilig, sich zu verabschieden. »Bis nächste Woche.« Er gab Dominik die Hand, umarmte erst Onkel Quirin, dann Isabel. Seit der Onkel nach Hause entlassen worden war, kam er jede Woche einmal vorbei. Dass der Onkel langsam neuen Lebensmut schöpfte, war ihr gemeinsames Verdienst, davon war Isabel überzeugt. Weil er sie beide liebte.

»Er staubt seine Nudeln wieder ab«, flüsterte sie Tom ins Ohr, als er im Flur die Jacke anzog.

»Das ist ein gutes Zeichen, Isi.« Er berührte für einen Moment ihre Wange und war dankenswerterweise fort, ehe sie Gefahr laufen konnte, sich ihm in die Arme zu werfen. *Er* hatte mit *ihr* Schluss gemacht, das war eine Tatsache, die sie sich immer neu vergegenwärtigen musste.

»Ich gehe ins Bett.«

»Ist gut. Schlaf schön, Onkel.« Isabel hatte nicht bemerkt, wie Quirin ihnen nachgekommen war. Er musste die Verabschiedung mitangesehen haben. Auch ihren sehnsuchtsvollen Blick?

»Lass deinen Freund ruhig hier übernachten. Ich weiß, du hättest inzwischen vermutlich eine eigene Wohnung, wenn du dich nicht um mich kümmern müsstest. Ich bin stolz auf dich, mein Mädchen, wie du dich deinen Problemen gestellt hast. Da solltest du dir keine Gedanken darüber machen, was dein alter Onkel über Herrenbesuch denkt.«

Isabel hielt einen Augenblick inne, horchte in sich hinein, ehe sie sich wieder zu Dominik an den Abendbrottisch setzte. »Bleibst du über Nacht?«

»Wenn das heißt, ich darf endlich dein Zimmer sehen?«

»Mein Jugendzimmer«, betonte Isabel. Es war ihr unangenehm, als erwachsene Frau ihren Freund dorthin zu bringen. Andererseits war es noch sehr viel unangenehmer gewesen, Tom Zugang zu ihrer verwahrlosten Wohnung in Bamberg zu gewähren. So gesehen schien Dominik in ihrem Kinderzimmer ein Klacks.

Wieder Tom, schon wieder in ihren Gedanken. Sie biss sich auf die Zunge. Tom war nicht hier. Dominik schon.

»Kleiner als mein Wohnwagen wird's kaum sein«, meinte Dominik trocken. »Alles in Ordnung? Weil du das Gesicht so verziehst?«

»Hab mir bloß auf die Zunge gebissen«, nuschelte Isabel und ging mit ihm nach oben. In ihrem Zimmer drehte sie das Radio an. Leise, um den Onkel nicht zu stören. Glasperlenspiel sangen vom *Geilen Leben*, danach Namika vom *Lieblingsmensch*. An wen die Sängerin beim Schreiben des Songtextes gedacht habe, erzählte der Radiomoderator während der letzten Takte, wolle die Sängerin nicht preisgeben. Das konnte Isabel gut nachvollziehen.

»Ich fühle mich wie ein Teenager.« Dominik grinste verlegen.

»Das liegt am Zimmer. Komm, wir setzen uns aufs Bett und reden noch ein wenig.« Hitze flammte ihre Wangen entlang. »Das klang jetzt irgendwie dämlich, oder?«

»Schon gut. Worüber willst du reden? Über Forggen?«

Das hätte Isabel zu gerne getan, allerdings schien die Vergangenheit ihrer Tante ein schlechtes Vorspiel für eine wie auch immer geartete Liebesnacht. Vor allem für die erste gemeinsame Liebesnacht; zumal Dominik nichts von ihrer sozialen Angst wusste.

Wollte sie das überhaupt? Sie mochte ihn, keine Frage. Mochte das weiche Grün seiner Augen, das, fiel die Sonne darauf, selbst das rostrote Leuchten des Bartes noch in den Schatten stellte. Er war der erste Mensch, mit dem sie sich nach ihrer Therapie angefreundet hatte. Ihr erster sozialer Erfolg sozusagen, ein Freund im Feindesland. Sie mochte sein Aussehen auch deshalb, weil es ihre Phantasie manchmal erlaubte, mit einem rotbärtigen Mann und zwei rothaarigen Kindern einen langen Urlaub in Irland zu verbringen. Das war allein schon deshalb idiotisch, weil sie nicht die geringste Ahnung hatte, ob unter Dominiks Vorfahren Iren zu finden waren. Spinnereien, allesamt, die sie durch die Stunden trugen, in denen Tom ihr besonders fehlte.

»Lass uns heute nicht mehr über Forggen reden.« Isabel beugte sich zu Dominik. »Sonst jederzeit. Aber heute nicht mehr.«

»Was möchtest du denn stattdessen tun?« Sein Kuss war angenehm warm und weich, die Frage von Verlegenheit gefärbt. »Wir könnten einfach zusammen einschlafen. Ich würde dich gern die ganze Nacht im Arm halten.«

»Wir könnten jetzt auch Geschichten über unsere Lieblingsspiele als Kinder austauschen. Was wir am liebsten gegessen haben. Wie gut wir im Rechnen und Schreiben waren. Oder einfach: überhaupt nicht reden.« Isabel fühlte nach den forschen Worten die Angst nach ihr greifen. Schnell legte sie beide Hände auf Dominiks Hüften, baute so eine Barriere gegen die Furcht; sie zog sein T-Shirt aus dem Hosenbund, bis ihre Finger warme Haut berührten. Dabei dachte sie an die Kondome – eine Zehnerpackung in allen Elementarfarben, von Tom in ihrem Nachttisch deponiert – und war wütend und erregt, beides zugleich.

Dominik küsste ihren Hals. »Nicht reden ist gut.« Er half ihr aus den Kleidern, zog sich selbst aus, bis sie beide nackt waren und einander berührten wie interessierte Schüler, die auskosten wollen, was sie vor sich haben. Isabel strich über scharf gezeichnete Oberarmmuskeln und goldene Härchen auf der Brust. Er war trainiert, gut trainiert.

»Gott, ich hätte nicht erwartet, so sehr mit dir schlafen zu wollen.« Er seufzte verlangend; fuhr mit dem Daumen über ihre Lippe, aufreizend langsam, und Isabel vergaß Tom.

Wenigstens für eine Weile.

Später wachte sie auf. Ihr war heiß. Dominik erwies sich als Heizofen in ihrem Bett. Vorsichtig stand sie auf und war ein klein wenig stolz, wie gut sie anscheinend ja doch über Tom hinwegkam. Seit der Trennung waren erst fünf Monate vergangen, und schon lag ein anderer Mann in ihrem Bett; ein attraktiver Mann, den sie wirklich gerne mochte.

Trotzdem fand sie nicht gleich den Weg zurück in seine Arme. Mit der Tagesdecke machte sie es sich auf dem Schreibtischstuhl bequem, zog die Beine an und stöpselte ihre Kopfhörer ein. Sie brauchte ihre Dosis Elisa.

ELISA – Februar 1951

Der BAWAG-Direktor lockerte seine Krawatte und knöpfte die Hemdsärmel auf, als wolle er sich mit Elisas Familie solidarisieren. Er trug feinen Zwirn und vorgefertigte Verträge in seiner dunklen Ledertasche, die alle in Forggen, Deutenhausen und Umgebung noch das Fürchten lehren sollten.

Elisa drückte sich mit ihrer Schwester und den Katzen auf der Ofenbank herum. Die Eltern hatten die Mädchen nicht aus dem Zimmer geschickt – vielleicht hatten sie es vergessen –, daher verhielten sie sich möglichst unauffällig, um nicht doch noch zum Gehen aufgefordert zu werden. Elisa glaubte, dem Direktor anzusehen, was er dachte: arme, ungebildete Landeier. Er kam mit einer Selbstverständlichkeit in die Dorfstuben, als hätten die Forggener ihn darum gebeten.

»Sie müssen das als Chance sehen, Herr Forggenmüller«, sprach der Direktor. »Wir sorgen dafür, dass Ihnen aus der ganzen Sache finanzieller Zugewinn erwächst. Sie werden besser dastehen als zuvor.«

»Will er was trinken?« Der Vater sah die Mutter an.

Die stellte kommentarlos einen Krug Wasser vor den Direktor. Elisa vertiefte sich derweil in die Betrachtung seines Gesichts, als fände sich darin ein Rätsel zum Lösen. Die Nase war dick und verjüngte sich erst zur Stirn hin. Dem Bart merkte man die Mühe an, mit der er gepflegt wurde. Gezwirbelt und geölt oberhalb der Lippen, gekämmt unterhalb. Sie stellte sich vor, dass der Direktor extra einen persönlichen Barttrimmer beschäftigte – einen kleinen, feisten Mann –, der jeden Abend die ungleichen Längen mit einer feinen Schere zu beseitigen hatte.

»Ich mag ihn nicht«, wisperte Sybille.

Elisa legte einen Finger an die Lippen, während die Mutter ungebeten einen Stuhl heranzog und sich zu den Männern an den Tisch setzte. Daran, wie harsch die Stuhlbeine über den Boden scharrten, konnten die Kinder erkennen, wie zornig sie war. Sie hielt wenig von solcher Anbiederei.

»Wissen Sie, Herr Forggenmüller, ich meine es ja nur gut. Unterschreiben werden Sie früher oder später sowieso, andernfalls kommt die Zwangsenteignung – und dann haben Sie obendrauf noch die Gerichtskosten zu tragen.«

»Wo sind Sie denn zur Welt gekommen, Herr Direktor?«, fragte da die Mutter aus heiterem Himmel. »In München, ja, wenn ich es richtig heraushöre?« Ihr Ton war zuckersüß. Elisa hatte ihre Mutter einmal auf diese Weise rufen hören, da hatte sie mit ihrer Schwester die frisch eingeweckten Marmeladengläser ausgeschleckt.

»Das ist richtig, Verehrteste.« Er nickte anerkennend. »Sie haben da ein feines Gehör, wo …«

»Sicher erinnern Sie sich an das Haus Ihrer Geburt«, unterbrach die Mutter. »An die Kindermädchen, die Sie mit weichen Armen umschlungen und sonntags den Eltern zum Essen vorgeführt haben.«

»Meine Mutter hielt nichts davon, ihre Sprösslinge fremderziehen zu lassen. Sie hat sich gekümmert, bis wir aus den Windeln heraus waren.«

»Da hatten Sie Glück.« Elisas Mutter nickte zufrieden, als hätte er genau das gesagt, was sie hören wollte. »Sagen Sie, lebt Ihre Frau Mama noch im Haus Ihrer Kindheit?«

»So ist es. Bei schlechter Gesundheit, leider. Wenn Sie nichts dagegen haben, Frau Forggenmüller, würde ich gerne mit Ihrem Mann weiter über …«

»Und wenn man sie rausschmeißen ließe, Ihre Mutter?« Sybille hatte die Angewohnheit, den Menschen, je nach Situation, bestimmte Tiere zuzuordnen. Elisa eine Amsel, Michael ein Dachs, Quirin ein Enterich … In jenem Augenblick, dachte Elisa, war ihre Mutter eine Wölfin. »Was hielten Sie davon, Herr Direktor, setzte man Ihr altes Mütterlein vor die Tür, um es fortan an einem Ort hausen zu lassen, den es nicht kennt und nicht liebt? Sie würde binnen Jahresfrist krepieren, Ihre liebe Frau Mama, am Verlust der Heimat – und wären die Wände auch mit Gold beschmiert.«

»Barbara«, mahnte der Vater leise. »Halt dich im Zaum.«

»Tun Sie mir den Gefallen, Herr Forggenmüller, lassen Sie uns diese Unterredung unter vier Augen fortsetzen. Ich habe Verständnis für das emotionale Gemüt der Frauen, aber bei einer so wichtigen Verhandlung hat derart ungestümes Gefühl nichts zu suchen.«

»Ich soll gehen?« Die Mutter stand auf, langsam und beherrscht. Elisa und ihre Schwester konnten ihre Anspannung fühlen, als wäre es die eigene. Sie nahm den unberührten Wasserkrug und goss ihn dem Herrn Direktor geradewegs über den Kopf, dass der gezwirbelte Bart sich entrollte und wie die traurigen Schalen einer Kartoffel herabhing, die man vergessen hatte, den Hühnern hinzuwerfen. »*Sie* sollten gehen.«

Das tat er.

Wenigstens beim ersten Mal.

Isabel kroch zurück ins Bett. Dominik schlief und drehte sich leise schmatzend zur anderen Seite. Sie legte einen Arm um ihn und seine Wärme. Die eben gehörte Schilderung der Tante bestätigte, wovon sie längst überzeugt war. Barbara Forggenmüller war eine starke Frau gewesen, das Rückgrat der Familie. Sie schlief ein über dem Gedanken, selbst gerne so stark sein zu wollen.

In den frühen Morgenstunden – es war draußen noch

dunkel, der nahezu allgegenwärtige Herbstnebel schwebte in Fetzen über dem See – weckte sie Dominik.

»Hallo, Schöne.« Er hatte eine angenehme Morgenstimme, leicht belegt und dunkel. Eine Stimme, die Isabel veranlasste, sich enger an ihn zu drücken.

»Mir geht da etwas im Kopf herum.« Die eigene Stimme empfand sie als krächzend und wenig sexy. Von der rauchigen Stimme einer Pianobar-Sängerin konnte sie nur träumen. »Wie hast du das gestern gemeint: Du hättest nicht erwartet, so unbedingt mit mir schlafen zu wollen?«

»Uns Zeit lassen«, nuschelte er in seinen Bart. Wenigstens meinte Isabel, das zu verstehen.

»Wie bitte?«

Dominik setzte sich halb im Bett auf und strich sich eine rote Strähne aus der Stirn. »Ich wollte uns Zeit lassen.«

»Wir treffen uns seit Monaten. Nicht oft, wegen meines Onkels, aber dennoch: seit Monaten.« Da war eine Härte in seinen Schultern, die sie nicht verstand.

»Was willst du denn hören, Isabel? Dass ich ein wenig prüde bin, weil ich dich nicht sofort wie eine läufige Hündin besprungen habe?«

»Hallo?« Sie starrte ihn an, das Gesicht schlagartig signalfeldrot. »Wie redest du denn mit mir?«

»Sorry. Ich wollte nicht grob werden.« Er küsste ihre nackte Schulter. »Ich bin ein Morgenmuffel erster Güte. Vermutlich hätte ich dich vorwarnen sollen. Es war schön mit dir heute Nacht, und ich habe mir das seit langem gewünscht. Sonst hätte ich mich kaum so ins Zeug gelegt für dich. Seit du mich nach unserer Begegnung im Krankenhaus angerufen hast, bin ich Stammkunde im Blumenladen.«

»Du brauchst mir nicht ständig Blumen zu kaufen. Tante Elisa hätte das gefallen, eine solche Blumenpracht im Haus, aber für mich muss das nicht sein.«

»Muss es wohl. Und was meine Gefühle für dich angeht: Ich würde dir nicht helfen, die Vergangenheit deiner Tante aufzurollen, wenn ich dich nicht wirklich mögen würde. Ich bin schließlich kein Familientherapeut.«

»Mich interessiert trotzdem, weshalb du eben so genervt reagiert hast. Bist du eifersüchtig wegen Tom? Weil er Onkel Quirin regelmäßig besuchen kommt und ich ihn dann zwangsläufig sehe?« Isabel riet ins Blaue.

»Ja.« Dominik nickte. »Erwischt. So ist es. Tut mir leid.«

»Schon in Ordnung.« Sie drückte seinen Oberkörper zurück aufs Bett und küsste ihn grimmig, ehe sie nach der Schublade im Nachttisch griff.

Er mochte seine Gründe haben, ihr nicht die Wahrheit zu sagen – wie sie selbst Gründe hatte, Teile ihrer eigenen Geschichte vor ihm zurückzuhalten –, aber zumindest in Sachen Tom war er ein schlechter Lügner. Ein eifersüchtiger Mann sah anders aus.

*

»Ich möchte hören, dass ich mich irre. Ich habe unrecht. Sag mir das.« Der Mann war aufgewühlt. Schmerz schepperte blechern durch seine Stimme. Das Echo leerer Dosen, die jemand in einer schmutzigen Unterführung zertrat.

»Es gab und gibt Klügere als mich.« Eine Hand durchschnitt scharf die Luft, setzte einen Schlusspunkt. »Lass mich dir daher mit den Worten Machiavellis antworten – und weiter werde ich mich dazu mit keiner Silbe äußern: Die Menschen sind so einfältig und hängen so sehr vom Eindrucke des Augenblicks ab, dass einer, der sie täuschen will, stets jemanden findet, der sich täuschen lässt.«

»Nicht, wer zuerst die Waffen ergreift, ist Anstifter des Unheils, sondern wer dazu nötigt«, kam grimmig die Entgegnung.

26

Coca-Cola

ISABEL – November 2016

Am 2. November fand eine Großnichte den Leichnam der alten Berta Scharnitzer neben dem Bett im Schlafzimmer. Die Frau war seit wenigstens zwei Tagen tot.

»Sie ist nicht mehr mit dem Rad vorbeigekommen. Wieso ist uns das nicht aufgefallen?« Quirin ruckelte mit Daumen und Zeigefinger am Bügel seiner Brille – eine von vielen Brillen seit Isabels Jugendzeit, doch noch immer rot. Der einzige Farbklecks an seiner Erscheinung. Onkel und Nichte kamen gerade von der Beerdigung. »Sie fuhr sonst bei Wind und Wetter mit dem Rad. Es hätte uns auffallen müssen. Weshalb ist es uns nicht aufgefallen?«

»Ich weiß nicht, Onkel.« Isabel war unsicher. Was sollte sie ihm sagen? Es stimmte schon, das Fehlen von Frau Scharnitzer und ihrem gleichmäßig summenden E-Bike hätte ihnen auffallen müssen. Allerdings nahm Quirin nach wie vor Medikamente, um die depressive Phase endgültig hinter sich zu bringen – und Isabel wollte nicht, dass er sich in Selbstvorwürfen erging. Berta Scharnitzers frisches Grab, auf dem sich, war die Arbeit der Totengräber erst getan, Blumengestecke und Kränze türmen würden, lag nur zwei Reihen vom Familiengrab der Radspielers entfernt. Was sicher nicht hilfreich war für den Onkel. Obendrein war Herbst, wieder Herbst. Der Tod der Tante im letzten, Berta Scharnitzers in diesem – und wer starb im nächsten Herbst? Isabel ermahnte ihre Gedanken zur Ruhe.

»Deine Tante war mit Berta befreundet. Mir kommt es vor, als entglitte sie mir mit diesem Tod noch ein Stück weiter. Wie ein Fisch, den ich anfangs unter den Kiemen greife, bis er mir durch die Hände flutscht und ich versuche, den letzten Fitzel Schwanzflosse nicht loszulassen.«

»Das darfst du nicht denken. Tante Elisa wird immer deine Frau bleiben; das Mädchen, das du schon als Junge geliebt hast.« In ihrem Bestreben, dem Onkel seinen Kummer leichter zu machen, achtete Isabel nicht so wie sonst auf ihre Worte.

»Von Kindesbeinen an, das kann man sagen.« Quirin strich die müden Locken nach hinten aus der Stirn. Seine dichten Augenbrauen sahen aus wie die Stacheln eingeschneiter Igel. Bei Isabels Worten hob er sie – bewusst oder unbewusst? – an. »Deine Tante hat dir aus ihrer Kindheit erzählt? Das wusste ich nicht.«

»Ein klein wenig. Nur in Andeutungen«, blieb Isabel vage und suchte nach einer glaubhaften Ausflucht. Was gar nicht nötig war, denn der Onkel wechselte selbst das Thema.

»Wusstest du, dass Tote eine Gänsehaut bekommen können?«

»Nein, Onkel Quirin.«

»Dass die Verwesung sich um Wochen verzögert, wenn vor dem Tod des Patienten Antibiotika verabreicht wurden? Das haben sie mir im Rahmen der Vorbereitung gesagt – der Vorbereitung auf den Abschied von meiner Frau. Damit deine Tante zu Hause sterben konnte.« Fahrig schob Quirin seine Brille höher auf die Nase. »Sie wollten mir den Tod greifbarer machen. Weniger angsteinflößend. Weil er nichts anderes ist als das finale Versagen des Körpers. Man kann ihn medizinisch genauso gut in Worte fassen wie eine Grippe. Oder eine Lungenentzündung. Der Patient zeigt Anzeichen vom Sterben ...«

»Onkel …«

Quirin wischte das Wort fort; ein nass ausgewrungener Schwamm, der die Tafelkreide nach der Schulstunde beseitigt. »Sie wäre ohne ein Wort der Klage ins Krankenhaus gegangen, kannst du dir das vorstellen? Nur, um mich vor ihrem Sterben zu bewahren.«

»Onkel Quirin«, nahm Isabel einen neuen Anlauf. »Wollen wir uns ins Wohnzimmer setzen?« Es war unheimlich, wie er redete. Als könne er jeden Moment zusammenbrechen. Aus irgendeinem Grund stand ihr das Bild seines pastellgrünen Vesparollers vor Augen, den er niemals ohne Lederkappe – ein Retro-Imitat mit Nackenschutz und Kinnriemen – gefahren hatte. Wenigstens, bis zwei verhängnisvolle Ereignisse fast zeitgleich eingetreten waren: Die Polizei legte bei einer Verkehrskontrolle ihr striktes Veto gegen die unorthodoxe Helmvariante ein – was Quirin womöglich ignoriert hätte, wenn nicht die Vespa selbst ihm obendrein irreversibel unter dem Hintern weggerostet wäre.

Isabel nahm den Adoptivvater sacht beim Arm. So wie jetzt kannte sie ihn erst seit Ausbruch der Depression. Verwirrte Phasen wechselten ab mit sonderbarer Klarheit. Manchmal wähnte sie ihn geistig abwesend. Dann sah er aus, als wäre er hundert Jahre alt – so alt wie sein Vater, der Forggenwirt, es beinahe war. Ein anderes Mal wirkte er kühl und distanziert, selbst ihr gegenüber, so dass Isabel das Eis in seinen Augen schimmern sah. Seine Veränderung, die fraglos seiner Erkrankung zuzuschreiben war, machte ihr eine Heidenangst. »Wir könnten einen Film sehen, was meinst du?«

»Ich lege mich einfach für ein Weilchen auf die Couch«, murmelte Quirin, rollte sich auf die Seite und versteckte das Gesicht in der verblichenen Polsterung.

Isabel breitete eine Decke über ihn. Streichelte mit der

Kuppe des Zeigefingers seine Schläfe, wo drahtiges Grauhaar sich lockte. »Versuch zu schlafen«, sagte sie zärtlich.

»Der ihr das nie antun wollte«, flüsterte der Onkel.

Falls sie ihn richtig verstand.

*

ELISA – Februar 1946

Die Kinder starrten an die Wand hinter dem Tresen. Dort hing die Karte des Gasthauses, von der alle warmen Mahlzeiten gestrichen waren. Magdalena Radspieler war vor sechs Wochen ins Wasser gegangen, nachdem sie mit dem Pickel ein Loch ins Eis geschlagen hatte. Seitdem stellte Elisa sich vor, wie die Forggenwirtin durch das schmale Loch ins eisige Wasser gleitet und von unten gegen die Eisdecke hämmert, weil sie es sich anders überlegt hat, aber das Loch im Eis nicht mehr wiederfindet. Und wie der tote Leib dann bald darauf von unten gegen die Eisdecke drückt, so dass man beim Schlittschuhfahren einen Schatten unter dem Eis wahrnehmen kann, der einen still begleitet.

»Kann sein, sie kommt als Geist wieder«, piepste die fünfjährige Sybille.

»Sei still.«

»Wieso denn? Kann doch sein.«

Elisa zog ihre Schwester am Zopf, dem am Hinterkopf.

»Aua!«, protestierte Sybille und schwieg beleidigt.

»Sie hat uns allein gelassen.« Der siebenjährige Quirin hatte schwarze Flecken unter den Augen, wie einer, der sich mit einem Stück Kohle bemalt hat. Michael sah nicht minder erbärmlich aus. »Weshalb sollte sie sich als Gespenst die Mühe machen, zu uns zu kommen?«

»Um auf euch aufzupassen.« Elisa konnte nur ahnen, welch schreckliche Bilder ihre Freunde nächtens heimsuchten. Sie kam selbst mit dem Freitod der Forggenwirtin kaum zurande. Um wie viel schlimmer musste Magdalenas Tod für ihre beiden Söhne sein. Die Mutter zu verlieren, diese warme, weiche Zuflucht, war in der Vorstellung des Mädchens gleichbedeutend mit dem Verlust allen Glücks.

»Pah«, schnaubte Michael. »Wenn ihr was an uns gelegen hätte, wäre sie gar nicht ins Wasser gegangen.«

»Und wenn hundert Alliierte gekommen wären«, ergänzte sein Bruder. »Unser Vater hofft, sie finden ihre Leiche irgendwo angespült, wenn der Schnee taut. Ich nicht. Von mir aus kann sie den Lech entlang bis in die Donau treiben.«

Elisa fand keine Worte des Trostes. Und die Jungen zu berühren wagte sie nicht, so zerbrechlich und vom Schmerz geschunden wirkten alle beide. Also stierte sie die Karte an, von der jetzt die Speisen gestrichen waren, und wünschte sich, erwachsen zu sein. Dann hätte sie gewusst, was zu tun war. Wie man Quirins und Michaels Kummer lindern konnte. Neben die Karte hatte der Forggenwirt ein Plakat von Coca-Cola gepinnt. Elisa gefiel es. Die abgebildete Frau lachte fröhlich, ein wenig schelmisch sogar, und wurde ihrerseits von einem schönen Mann mit markanter Nase angestrahlt. Das Coca-Cola-Logo prangte groß auf dem Plakat. Unter dem verliebten Paar stand in Schnörkelschrift ein Wort, das sie nicht gleich lesen konnte, weil sie H und K immer verwechselte. Elisa dachte an die Kreidetafel in ihrem Schulranzen. *Höstlick* schrieb sie in Gedanken darauf, dann dämmerte es ihr: *Köstlich*.

»Jetzt ist es wieder wie immer.« Die kleine Sybille legte ihre Stirn ans kalte Holz des Tresens wie an die Stirn eines alten Freundes.

»Weil keiner mehr da ist?« Elisa machte es genauso.

Es war für alle vier Kinder regelrecht ein Schock gewesen, als die Radspielers ihr Gasthaus im letzten Oktober wiedereröffnet hatten. Zum ersten Mal seit der Schließung im Krieg 1941 waren Gäste gekommen, hatten sie sich die Wirtsstube nicht mehr bloß mit dem Staub auf den Tischen, den Spinnweben in den Ecken und den Wollmäusen hinter den Türen teilen müssen.

Seit Gunther Radspieler das Heft unversehens allein in der Hand hielt, verschwanden die Gäste wieder. Familien kamen gar keine mehr, und Reisende drehten auf der Schwelle um, als könne man der Gaststube auf den ersten Blick ansehen, was ihr fehlte. Wie Hunde, die verdorbenes Korn riechen, lange ehe der Mensch den Schaden an der Ernte begreift.

Februar 1954

Längst gab es beim Radspieler nur noch die Trinker. Alte und junge Säufer, hässliche und schöne. Alle lustig und traurig. Wenn der Wirt gute Laune hatte, durften sich die Brüder Radspieler manchmal zu ihnen gesellen und erfuhren so manches.

»Michael saß in der Säuferkneipe mit einem, der hieß Norbert. Norman? Oder Berti? Ich bin nicht mehr sicher, aber du glaubst nicht, was …«

»He«, bremste Elisa ihre kleine Schwester. »Du bist ja ganz aus dem Häuschen. Beruhige dich mal, und dann erzählst du mir, was in der Säuferkneipe war.« Die Begrifflichkeit für die väterliche Gaststätte hatten die Radspieler-Jungen fest unter den Kindern etabliert, da war Michael noch keine zehn Jahre alt gewesen.

»Jetzt lass mich halt einfach erzählen.« Sybille setzte sich im Bett auf und wickelte sich bis zum Hals in eine der Decken. Sie teilten sich das Bett, Elisas Bett, um nachts nicht so sehr zu frieren. Es war erbärmlich kalt im Zimmer, und die Schranktüren standen offen; wie schwarze Arme, die ins Totenreich lockten. Zum ersten Mal seit langer Zeit dachte Elisa an Magdalena Radspieler unter dem Eis. Man hatte ihre Leiche gefunden, da war sie bloß noch anhand eines Armkettchens zu erkennen gewesen.

»Schon traurig, oder, das mit der Säuferkneipe? Wenn man so darüber nachdenkt. Jetzt hat das Wirtshaus endgültig geschlossen. Für immer und ewig.«

»Immerhin gab es zum Jahreswechsel ein rauschendes Fest.«

»Das hat dir ja nur so gut gefallen, weil dein Michael dich ständig im Kreis gedreht hat.«

»Im Ernst, ich würde mein Wirtshaus auch nicht geöffnet lassen, wenn ich wüsste, dass die BAWAG alles fluten wird.«

»Früher kamen die Gäste auch nicht gerade in Scharen, aber vor dem Krieg, als Magdalena noch da war, hockten die Bauern und Handwerker nach Feierabend schon mal bis in die Nacht. Und sonntags kamen fein ausstaffierte Ausflügler aus Füssen. Magdalenas Sonntagsbraten …«

»… war gefragt, ich weiß schon. Und die Gästezimmer ordentlich vermietet. Aber damit war es ja schon so gut wie vorbei, als wir beide zur Welt kamen. Das wissen wir nur aus Erzählungen, und da gibt es wirklich Traurigeres, Elisa. Zum Beispiel, dass du mir gar nicht zuhören willst.«

»Quirin sagt, er kann sich kaum noch an das Gesicht seiner Mutter erinnern«, flüsterte Elisa. »Wie die drei Besatzer ausgesehen haben, das weiß er aufs Haar, aber Magdalena …«

»Hör auf.« Der Mond hing über Forggen, und sein Schein fiel ins Zimmer der Schwestern. Sybille blitzte die Ältere an.

»In Ordnung. Du hast mein Ohr. Aber lass mich vorher prophezeien: Auf die eine oder andere Weise geht es sicher wieder um dich und Michael.«

»Pff.« Sybille verzog das Gesicht.

»Mir schwant nichts Gutes, kleine Schwester. Komm

schon, überzeug mich vom Gegenteil und rede es dir von der Seele.« Elisa hockte sich ebenfalls auf und schlang sich ihre Decke fest um den Körper.

»Dieser Norbert – oder Norman, oder wie auch immer – hat Michael von einem empfängnisverhütenden Mittel erzählt. Du wirst es nicht glauben, Elisa, man muss tatsächlich einfach Spülungen mit Coca-Cola machen. Nach jedem *Zusammensein* verwendest du das Getränk *da unten* als Spülung, um eine unerwünschte Schwangerschaft zu verhindern.«

»Aha.« Elisa tat gelangweilt. »Wenn das alles ist, Sybillchen, dann braucht es uns beide ja nicht zu interessieren. Wir werden die Coca-Cola bloß trinken, das ist dir doch klar, oder?«

»Michael hat für mich eine Flasche aus dem Wirtshaus gestohlen.«

Michael und Sybille trafen sich in den Heuschobern, die versprengt auf den Feldern um Forggen standen, um miteinander zu poussieren. Quirin hielt es für weise, ihrem Beispiel zu folgen, denn es gab nicht viele Orte, an denen man für sich bleiben konnte, ungesehen und ungehört, wollte man sich um diese Jahreszeit nicht empfindlich verkühlen.

»Ich habe meinem Bruder gesagt, der Mangold-Stadl ist heute unser Terrain.«

»Damit uns nicht ein zufälliger Wind die beiden durch die Scheunentür treibt?« Elisa lächelte gequält.

»Mach dir keine Sorgen. Michael hat mir geschworen, sie küssen sich bloß, und er krault ihr den Kopf.«

»Aber die Geschichte mit der Coca-Cola …«

»Sybille neckt dich gern, weil sie weiß, wie du dich aufregst. Wahrscheinlich haben wir sie viel zu lange bevormundet. Sie ist ja nur ein Jahr jünger als du.«

»Eben, sie wird vierzehn, da kann sie doch nicht …«

»Und du bist mit deinen fast fünfzehn eine alte Frau? Komm her zu mir.« Quirin schob sie mit Nachdruck ins Heu. »Da ist es wärmer. Oder wird es hoffentlich sein, sobald mich deine Küsse wärmen.«

»Küsse, ja?« Elisa musste lachen. Der Geruch von Heu stimmte sie immer fröhlich. Sie hätte ihn sich gern in einer Glasphiole um den Hals gehängt und den Duft von Zeit zu Zeit entkorkt.

»Ich habe meine Arbeiten zu Hause heute besonders sorgfältig erledigt, damit bloß keiner auf die Idee kommt, nach mir zu suchen.« Quirin griff in seine Hosentasche und präsentierte einen kleinen Winterapfel. »Für dich.«

»Ich habe auch etwas für dich.« Sie überreichte ihm feierlich eine Haarlocke, die sie daheim abgeschnitten und mit Garn umwickelt hatte. »Damit du immer einen Teil von mir bei dir hast. Egal, was kommt.«

»Du machst dir wieder Sorgen wegen der Aufstauung?«

»Wir haben nie viel mit den anderen Kindern in Forggen am Hut gehabt. Es ist merkwürdig, aber ihr Fehlen fällt mir mehr auf als ihre Gegenwart in den ganzen Jahren zuvor. Sie sind mir viel bewusster, jetzt, wo sie weg sind.«

»Du meinst, da ist kaum mehr jemand, den man grüßen, necken oder zu gewagten Mutproben aufstacheln kann?«

»Du merkst es auch.«

»Ja. Die Stille senkt sich schon über Forggen, wo das Wasser noch gar nicht da ist.«

»Meine Eltern sagen, viele Familien verlassen das sinkende Schiff, um das Unvermeidbare nicht länger hinauszuzögern. Sie haben ihre Verträge mit der BAWAG abgeschlossen.«

»Manche zu besseren, andere zu schlechteren Konditionen, wie man munkelt. Sie gehen, um anderswo neu anzufangen.«

»Wir nicht.«

»Wir nicht.« Quirin küsste Elisas Haarlocke und schob sie in seine Tasche.

Sie hatte nicht geplant, ihm an diesem Nachmittag im Heu ihre Jungfräulichkeit zu schenken, doch genau das tat sie. Weil sie sich an ihm festhalten wollte wie er an ihr; weil alle beide fest daran glaubten, füreinander bestimmt zu sein. Auch wenn Elisa den Teufel tun würde, Sybille davon zu erzählen, bereute sie es nie.

Fortan nahmen die Coca-Cola-Restbestände im geschlossenen Wirtshaus beständig ab. Es grenzte an ein Wunder, dass der Wirt es nicht bemerkte. Wenigstens stellte er nie jemanden dafür zur Rede.

Das Schlimme ist, kleine Raupe, dass mein ureigenes Verhängnis nahte, während ich noch nicht einmal die Richtung kannte, aus der es mich ereilen würde.

*

»Isaaabel!« Quirin rief nicht, er brüllte.

Isabel ließ die Kassette, die sie eben hatte umdrehen wollen, fallen, sprang die Treppe hinunter, mehrere Stufen auf einmal nehmend, und stürmte ins Wohnzimmer, wo sie den Onkel vorhin schlafend auf der Couch zurückgelassen hatte.

Jetzt war er wach und saß aufrecht. Die Decke lag am Boden. Seine Locken waren an der rechten Kopfseite plattgedrückt, links standen sie ihm zu Berge.

»Um Himmels willen, Onkel Quirin, was ist denn passiert?«

»Ich habe geträumt.« Sein Blick war nicht klar. »Wir sind essen gegangen, weil wir zu früh da waren und zwei Stunden warten mussten, ehe wir dich sehen durften. Elisa wurde schier wahnsinnig. Sie hat es nicht ausgehalten, jede weitere Minute war ihr zu viel.«

»Das hast du geträumt? Dass ihr mich sehen wolltet?«

»Das war kein Traum.« Quirin schüttelte konsterniert den Kopf. »Wir sind zu diesem Haus gefahren, der Garten ein buntes Durcheinander an Spielsachen. Du warst nicht das einzige Pflegekind der Familie, aber du warst die Einzige, die abseits im Schatten der Büsche hockte. Elisa ging zu dir, bedrängte dich freudig und überschwänglich, während ich dich einfach nur ansah. Braunes Haar umrahmte ein kleines Gesicht, das vom Tiefbraun der Augen dominiert wurde.« Wiederum schüttelte Quirin den Kopf. »Verzeih mir, Isabel, was ich sage. Aber es ist die Wahrheit. Ich erinnere mich wie gestern an die schwere Dunkelheit, die dich umgab. Ich halte nichts von Auren und Lichtern und dergleichen, aber dein Pechschwarz konnte ich förmlich sehen.« Er schlug die Augen nieder. »Elisa liebte dich schon, ehe sie dich überhaupt kannte. Ich hingegen wollte dich nicht haben.«

27

Zeit für Wahrheiten

ISABEL – November 2016

»Was ist? Staunst du mal wieder über die exklusive Ausstattung mit Gasherd, Kaffeemaschine und garantiert kaum durchgelegenem Doppelbett?« Dominik ließ sich mit Schwung auf das eben gerühmte Bett fallen.

»Ich mag deinen winzigen Mietwohnwagen, das weißt du doch.« Isabel drehte sich einmal im Kreis. Dafür reichte der Platz. Sie war schon einige Male hier gewesen und wusste, dass Funktionalität klar über Ambiente und Stil stand. Auf der Anrichte stapelten sich Flyer neben Reisebroschüren und Gästekarten, auf einigen war Schloss Neuschwanstein abgebildet. »Ich hätte dich das längst fragen sollen«, platzte sie heraus. »Woher kommst du eigentlich? Ich weiß, woran du arbeitest und wo du im Moment lebst, doch darüber hinaus …«

»… bin ich ein Phantom.« Dominik griff ihre Hand und zog sie auf das Bett. »Ein Phantom, das, zu deiner Information, in Stuttgart geboren und aufgewachsen ist – und dich heiß begehrt.« Er fuhr mit den Lippen an ihrem Schlüsselbein entlang.

»Warte.« Sie schnüffelte an der gestreiften Seersucker-Bettwäsche. »Die riecht so neu, als hätte sie die Fabrik noch gar nicht verlassen.«

»Juckt mich nicht.« Dominik umfing sie mit den Armen für einen langen Kuss. »Bleibst du heute Nacht bei mir?«

»Ich muss heim zum Onkel«, bedauerte Isabel. »Tom ist

bei ihm, und ich will hören, wie es gelaufen ist. Was die beiden zusammen unternommen haben und …«

»Der wöchentliche Tom-Tag. Verstehe schon«, erklärte Dominik. »Ehrlich. Es ist toll, wie ihr zwei euch als Team um euren Onkel kümmert.«

»Du siehst aus«, sie rückte skeptisch ein Stück ab, »als wäre dir eben gerade ein riesiger Stein vom Herzen gefallen.«

»Vielleicht sollte ich dich dann besser ans Bett fesseln und die ganze Nacht lang verdorbene Dinge mit dir treiben, um dich vom Gegenteil zu überzeugen.« Er knurrte gefährlich.

»Hm.« Sie war noch nicht dahintergekommen, weshalb er sie nach ihrer ersten gemeinsamen Nacht angeschwindelt und Eifersucht auf Tom vorgetäuscht hatte. Glaubte er, weil er mit ihr zusammen war, gegenüber ihrem Ex so empfinden zu müssen? »Interessanter Einfall.«

»Wenn ich dir sage, dass ich dir außerdem reichlich Informationen über die Bayerische Wasserkraftwerke AG besorgt habe, bist du dann restlos von meiner Zuneigung überzeugt?«

»Hast du? Ehrlich?«

»Massenhaft«, triumphierte Dominik. »Auf dich wartet eine dicke Mappe.«

»Und steht etwas Relevantes darin? Hatte die BAWAG mit dem Verschwinden der Forggenmüllers zu tun?«

»Wie man es nimmt. Die Firma ist nicht gerade zimperlich vorgegangen, was die Durchsetzung ihrer Pläne anbelangte. Allerdings war sie durchaus um Ausgleich bemüht und hat hohe Geldsummen in den Kauf von Land und Höfen für die Heimatvertriebenen gesteckt. Es ist nicht direkt ein Schwarzweißbild, das sich hier zeichnen lässt.«

»Aber nach Korruption und Gewalt sieht es nicht aus?«

»Nicht eindeutig schwarz oder weiß, wie gesagt.«

»Was ist mit dem Direktor selbst? Vielleicht hat er ohne Wissen der Firma gehandelt, um ...«

»Du meinst, er könnte die Forggenmüllers auf eigene Faust umgebracht haben, um der BAWAG quasi einen Dienst zu erweisen?«

»Das gibt keinen Sinn. Ein Münchner Anzugträger, der sich bei stürmischem Wetter in ein kleines Dorf aufmacht, um dort eigenhändig eine ganze Familie zu ermorden ...«

»Ich habe schon Seltsameres gehört. Allerdings starb der Direktor noch vor der Sturmnacht an Herzversagen. In den Armen eines anderen Mannes, wenn man den Gerüchten von damals Glauben schenken will.«

»Das bedeutet, die BAWAG ist eine Sackgasse.«

»Es gab intern sicher noch andere mit Einfluss und Macht. Ich würde die Idee nicht ganz verwerfen.«

»Ich bleibe dabei: die BAWAG *ist* eine Sackgasse.«

»Das sagt dir dein Gefühl?« Dominik rieb sich über den roten Bart, als könne der die Lösung herbeizaubern. Wie Aladins Wunderlampe. »Ich werde weiter in diese Richtung recherchieren. Sicher ist sicher.«

»Das brauchst du nicht. Lass es bleiben, und wir konzentrieren uns auf die Radspielers.«

»Dann schlage ich vor, du gibst mir die Kassetten deiner Tante, damit ich sie mir anhören kann. Du kennst noch längst nicht alle Aufnahmen ...«

»Zum einen sind es viel zu viele. Du bräuchtest Wochen. Außerdem sind die Kassetten das Letzte, was mir von Tante Elisa bleibt. Es ist das, was ich noch von ihr habe. Ich würde sie nie in andere Hände geben.«

»He, reg dich nicht auf. Das verstehe ich gut. Ich meine nur: Wir wären schneller durch, wenn ich auch einen Teil der Kassetten anhören könnte. Falls uns irgendetwas auf den

Bändern zur Lösung des Rätsels verhelfen kann, sollten wir das wissen.«

»Die Sache interessiert dich.« Isabel beäugte Dominik mit zusammengekniffenen Augen. »Du hast Blut geleckt.«

»Ich bin Journalist.« Er streckte die geöffneten Hände weit von sich. »Schuldig im Sinne der Anklage.«

»Nein. Meine Tante würde nicht wollen, dass jemand anderes die Aufnahmen anhört. Ich will es auch nicht.«

Die von niedrigen immergrünen Hecken gesäumten Wege des Campingplatzes wurden alle paar Meter von Lampen erhellt, die aussahen, als seien sie frühen Londoner Gaslaternen nachempfunden. Isabel stellte sich einen flinken, drahtigen Mann vor, eine Leiter unter dem Arm, wie er sich eilte, die Gaslaternen zu entfachen. Eine nach der anderen. Die Lampen mochten an einem bayerischen See seltsam anmuten – zu ihrer nachdenklichen Stimmung passten sie schon.

Dominik hatte sie mit einem Kuss verabschiedet, allerdings nicht angeboten, sie zum Parkplatz zu begleiten. Es machte ihr nichts aus, allein über den Platz zu wandern. Isabel mochte die Dunkelheit. Wenn Farben und Details in Unschärfe verschwammen, war es leichter, mit der Welt auszukommen. Leichter als im gnadenlosen Morgenlicht, das Gräben in Gesichtern offenbarte, von denen man sonst nicht einmal ahnte. Vielleicht hatte Onkel Quirin das gemeint, als er vor einigen Tagen von ihrer finsteren Aura gesprochen hatte.

Sie kümmerte sich um ihn, genau wie zuvor. Gar keine Frage. Natürlich, manchmal war er verwirrt; war es ganz sicher gewesen, als er das zu ihr gesagt hatte. Dass er sie nicht gewollt habe. Ein Wissen, das nicht gegen die ungeweinten Tränen half, die hinter ihren Lidern brannten. Es verletzte ungemein, so etwas von einem geliebten Menschen gesagt zu bekommen.

Isabel zwickte sich kräftig in die linke Augenbraue, dorthin, wo das Piercing säße, hätte sie eines gehabt. Der kurze Schmerz verwies die Tränen in ihre Schranken. Zeit, dass sie zum Onkel nach Hause kam. Sie wollte auch Tom nicht warten lassen. Während sie ihre Schritte beschleunigte, taumelten im Dämmerlicht Herbstblätter wie angeschlagene Boxer durch den Wind. Das Handy in ihrer Tasche vibrierte und zeigte den Eingang zweier Nachrichten. Der Text war zu lang für eine einzelne SMS.

Frau Scharnitzers Schwester ist zu Besuch beim Onkel. Sie hat heute angefangen, das Haus drüben leerzuräumen. Die beiden wollen sich einen Film ansehen. Ich bin heimgefahren. Kannst du zu mir ins Stadtmauerhaus kommen? Es ist Zeit für einige Wahrheiten.

*

»Welche Wahrheiten?« Isabel hielt sich nicht mit Vorreden auf. Zwar gab es mittlerweile einen anderen Mann in ihrem Leben, dennoch fiel es ihr schwer, wieder im Stadtmauerhaus zu sein. Wenn sie ehrlich zu sich war – was sie in dieser Sache ganz klar nicht sein wollte –, empfand sie beim Zusammensein mit Dominik nicht annähernd, was sie beim bloßen Gedanken an Tom empfand.

»Komm erst mal rein.« Tom komplimentierte sie in die Küche, indem er ihr die Hand auf den Rücken legte und sie mit sanftem Nachdruck vorwärtsschob. Drinnen nahm er ihr die Jacke ab und streifte mit seinen Lippen ihren Hals. Isabel schauderte bei der Berührung, so groß war der Genuss.

»Was machst du? Ich habe einen Freund, Tom.«

»Diesen Journalisten?« Er fuhr sich über den Mund.

»Dominik, ja.«

»Und den liebst du? So schnell?«

»Ich habe kein Wort von Liebe gesagt.«

»Was weißt du denn über den Mann? Mir scheint er ein merkwürdiger Vogel zu sein. Diese zufälligen Begegnungen, die er dir als schicksalhaft verkauft – und das bei dir, wo du ohnehin zu wenig Fragen stellst.«

»Wie meinst du das?«

»Ich bitte dich, Isabel. Als wir beide zusammen waren, hast du das Thema, wie ich in den vergangenen elf Jahren gelebt habe, kaum gestreift.«

»Das ist nicht wahr.«

»Vielleicht hat es dich in meinem Fall auch einfach nicht interessiert.« Der Vorwurf war mit Bitternis durchtränkt.

»Es liegt an dem, wie meine letzten Jahre ausgesehen haben, Tom. Besser gesagt, wie dumm ich sie vergeudet habe. Ich hatte so gut wie kein Leben, von dem ich dir hätte berichten können. Also habe ich dich nicht nach deinem gefragt. Ich wollte nicht hören, was ich verpasst habe.«

»Tut mir leid. Ich wollte dich nicht so angehen.«

»Schon gut.« Erst jetzt nahm Isabel wahr, wie verändert die Küche aussah. Staubig, wo die Flächen sonst geglänzt hatten; nachlässig geputzt, wo früher kein Dreck zu finden gewesen war.

»Ich kann dein Stirnrunzeln sehen. Du wunderst dich?« Tom stellte zwei Dosen mit Orangenbrause auf den Tisch und setzte sich hin. »Ich hatte eine Putzfrau. Einmal wöchentlich, bei Bedarf häufiger. Das war angenehm einfach. Sie kam, machte sauber und ging wieder. Weniger angenehm war die Tatsache, dass mein Vater die Putzfrau bezahlte.«

»Was er inzwischen nicht mehr tut?« Isabel klebte ein Frosch im Hals. Es war weniger das, was Tom sagte, als vielmehr, wie er sie ansah. Ihre Finger umklammerten den Stuhl, suchten Halt vor dem, was kommen würde. Sie witterte Weltumwälzendes; Kontinenteverschiebendes; ihr Frühwarnsystem schlug in alle Richtungen aus.

»Isi, es gibt etwas, das du wissen musst ...«

»Nicht. Warte.« Der Zeitpunkt war gekommen, es ihm zu sagen. Sie spürte es ganz plötzlich. So sehr sie ihn schützen wollte vor dem, was diese Wahrheit ihm antun mochte, so sehr hatte er doch ein Recht darauf. Ob richtig oder falsch, dies war der Moment, ihre Karten vor ihm auf den Tisch zu legen. »Lass mich zuerst.«

»Einverstanden.« Er wirkte erleichtert wegen des Aufschubs.

»Ich habe nie aufgehört, mir die Bänder anzuhören und nach Elisas Familie zu forschen.«

»Das war mir nach Großvaters Geburtstagsessen auch klar.« Tom nickte grimmig. »Du hast also etwas herausgefunden, richtig?«

»Richtig.« Isabel holte Luft, öffnete den Mund. Es war, als stände sie neben sich, und doch war es ihre Stimme, die Tom diese Last aufbürdete. »Dein Vater war nicht bloß einer, den die Polizei routinemäßig überprüft hat. Er war der Hauptverdächtige. Damals für die Polizei – und heute für mich.«

Tom schwieg.

»Sag etwas, bitte.«

Er schwieg.

»Tom?«

Schwieg weiter.

»Es tut mir leid. Das ist ein Schock, ich verstehe das.«

Seine Faust donnerte gegen die Küchenwand, dass Isabel erschrocken zurückfuhr und beinahe samt Stuhl umgekippt wäre. »Verflucht, Isabel, das weiß ich längst.« Es platzte aus ihm wie das Fleisch aus einer reifen Frucht, deren schwere

Süße die Schale sprengt. »Das weiß ich längst«, wiederholte er, fuhr sich mit den Händen über das Gesicht und betrachtete die Abschürfungen an seiner Hand. Feine Blutstropfen quollen hervor. »Ich habe dich angelogen, als wir uns 2004 getrennt haben. Aufhören dich zu lieben, von heute auf morgen, das hätte ich niemals gekonnt. Weshalb hast du mir das bloß geglaubt, Isi, wo du alles warst für mich?«

»Sieh mich an, Tom.« Sie griff nach ihm, packte seinen Arm und hielt ihn fest; bohrte ihre Nägel in seine Haut, bis seine Lippen vor Anspannung weiß wurden. »Ich. Will. Das. Nicht. Hören.«

»Ich hätte dich nie verlassen, hätte dir das nie angetan, wenn ich eine Wahl gehabt hätte. Ich hätte dich niemals verlassen«, beteuerte er stoisch, als würde sie ihm bereitwilliger zuhören, wenn er es nur oft genug sagte, »hätte dich nie verlassen, wenn ich eine Wahl gehabt hätte.«

»Es gibt immer eine Wahl«, zischte Isabel.

»Wirf mir eine abgedroschene Phrase vor die Füße! Und wenn schon. Es ist die Wahrheit, Isabel. Ich habe dich immer geliebt, seit du in das Fell deines Teddys gerotzt hast.«

Sie seufzte schwer. Es klang entsetzlich. Wie das Röcheln einer Sterbenden, die begreift, dass die Rettung schon zum Greifen nahe gewesen war.

»Was hättest du getan, wenn du dich zwischen mir und deinen Zieheltern hättest entscheiden müssen? Wenn unsere Beziehung Tante Elisas und Onkel Quirins Wohl geschadet hätte? Ich habe mich wegen meines Vaters von dir getrennt. Und wegen Forggen.«

Isabel lockerte den Griff ihrer Hände. Die Nägel hatten rote Bögen auf Toms Haut gemalt. Sie suchte seinen Blick. »Erzähl mir, was damals vorgefallen ist.«

MICHAEL – Juli 1954

Auf Sybilles Gesicht stand unbeschreibliche Wut. Der Streit war in einem Maß eskaliert, das ihn entsetzte. Natürlich, es ging um ihre geliebte Schwester, ihr großes Idol. Er wusste ja selbst nicht, was für alle richtig oder falsch war, aber er neigte dazu, den gangbaren Weg zu bevorzugen – und der führte sicher nicht zu den Eltern der beiden Mädchen.

»Du dummes Rindvieh«, brüllte Sybille, und es war klar, dass sie einen kräftigeren Kraftausdruck bevorzugt hätte, wenn ihr vor lauter Wut einer eingefallen wäre. Stattdessen ging sie mit bloßen Fäusten auf ihn los. Er versuchte, ihre Attacke abzuwehren, sie zu packen und festzuhalten. Sie tobte, dass ihre drei Zöpfe wie Peitschen auf ihn niederfuhren.

»Beruhige dich, Sybille.«

Er wollte ihr nicht wehtun.

Wollte er nie.

Dann war es Morgen, und der Sturm, der die Nacht über getobt hatte, flaute ab. Sybille lag da, nicht mehr wütend und zornig wie am Vorabend. Sondern leblos in der Küche der Müllerei. Das Unwetter hatte den Pegel binnen Stunden steigen lassen. Das Wasser stand in der Küche, und er war nicht sicher, ob die Tote noch am Boden lag oder schon darin schwamm. Sogar ihre Zöpfe sahen aus wie tot, und er weinte, wie er nie zuvor im Leben geweint hatte.

»Mein Gott!« Erst seine Mutter, jetzt Sybille. Die zweite geliebte Frau, die er im Wasser verlor.

Michael mochte nicht denken. Die Tragödie raubte ihm schier die Sinne. Sybilles Zöpfe trieben im Wasser. Er berührte einen von ihnen, stellte sich vor, sie würde gleich aufstehen und über ihre patschnassen Kleider lachen, bis ein Geräusch ihn in die grauenvolle Gegenwart riss. Da stand er auf.

Es gab drei Tote, um die er sich kümmern musste.

28

Handgefertigt

ISABEL – November 2016

Isabel war auf dem Küchenstuhl zusammengesunken.

»Mein Vater wollte zur Polizei gehen, sobald er begriffen hatte, dass Sybille nicht wieder aufstehen würde. Doch die Forggenmüllerin kam herein und geriet beim Anblick der toten Tochter völlig außer sich. Er wusste sich nicht anders zu helfen, als die Tobende in den Gewölbekeller der Mühle zu sperren. Dann versteckte er sich hinter der Tür, um auch den Müller zu überwältigen, den die Schreie seiner Frau alarmiert hatten. Isi?« Tom streckte seine Hand aus, um Isabel an der Schulter zu berühren.

»Fass mich nicht an.«

»Mein Vater hat sie nicht absichtlich getötet. Der Streit ist handgreiflich geworden, Sybille ist gestürzt. Es war ein Unglück und dann das Hochwasser ...«

»Du hast es die ganze Zeit über gewusst.«

»Ich durfte nichts sagen. Versteh bitte.«

»Barbara und Ernst Forggenmüller sind elend ertrunken, während sie in einem feuchten Keller um ihre Tochter trauerten.« Isabel schlang die Arme um sich selbst. »Dein Vater ist ein elendes Schwein. Als wir im Februar bei ihm waren, wollte er seinen Bruder verdächtig erscheinen lassen, um sich selbst aus dem Schussfeuer zu nehmen. Nicht Quirin hat mit Sybille gestritten.«

»Ja.«

»Und du hast das zugelassen.«

»Was hätte ich tun sollen? Du wolltest unbedingt hinter das Geheimnis jener Nacht kommen. Ich musste meinen Vater schützen.«

»Dein Vater hat sich immer einen Dreck um dich geschert.«

»Er ist mein Vater.«

»Ein Vater, der seinen Sohn zwingt, alles aufzugeben, was er liebt, der ist kein Vater.«

»Ich hab die Wahrheit an dem Tag erfahren, als wir beide mit ihm auf der Dachterrasse waren.« Als stiller Strom rannen Tränen über Toms Gesicht. »Mit diesem Wissen konnte ich dir nicht mehr in die Augen sehen – sonst hätte ich meinen Vater verraten und dir alles gesagt. Ich wusste das. Also musste ich fort. Papa organisierte alles. Und ich ging.«

»Elisa hat dich geliebt, Tom. Wenigstens für sie hättest du die Wahrheit sagen müssen. Sie hat ein Leben lang gelitten. Du hättest ihr Frieden schenken können.«

»Wo willst du hin?«

»Ich gehe.« Sie war blass. Nicht blass wie eine, der man Schreckliches berichtet hat. Was Isabel zusetzte, war die Gewissheit darüber, was Sybille, Ernst und Barbara Forggenmüller widerfahren war. Dass sie jene Nacht im Juli 1954 nicht überlebt hatten.

»Bleib noch. Lass uns reden.«

Sie schlüpfte in ihre Jacke. Tom legte seine Hand an den Griff der Haustür.

»Bitte, bleib da. Lass uns jetzt nicht so auseinandergehen.«

»Begreifst du eigentlich nicht, was geschehen ist? Du hast mich belogen, den Onkel und die Tante. Drei der Menschen, die dich auf der Welt am meisten lieben.«

»Er ist mein Vater, Isabel!« Er schrie fast.

»Das wird in Zukunft immer zwischen uns stehen, Tom.«

Eine Träne verfing sich in Isabels Mundwinkel und rann die Unterlippe zur Mitte hin entlang, ehe sie zu Boden tropfte.

Tom beugte sich vor und küsste sie fort.

»Nicht. Lass das.«

Er drückte seinen Mund auf ihren, und sie kam seiner verzweifelten Aufforderung entgegen, einen Augenblick lang, bis sie sich löste. »Immer.«

Isabel bewegte sich mechanisch. Sie kannte jetzt die Wahrheit. Wusste, was mit den Forggenmüllers geschehen war; wusste, dass Elisas Familie die Sturmnacht nicht überlebt hatte. Wusste auch: Tom hatte sie damals verlassen, um seinen Vater zu schützen.

Es waren die Antworten, auf die sie hingefiebert hatte. Nur der innere Frieden stellte sich nicht ein.

Sie parkte den Wagen vor Onkel Quirins Haus. Im Wohnzimmer brannte Licht. Sie sah den Flimmerschein des Fernsehers und oberhalb des Fensterbretts zwei weißhaarige Köpfe. Der Onkel und seine Besucherin. Anscheinend lief der Film noch.

Isabel machte kehrt und wanderte das kurze Stück hinüber zum Friedhof, wo sie die Hände auf den kalten Grabstein legte und sich ihm anvertraute. »Es war kein erweiterter Suizid, Tante Elisa. Weder dein Vater noch deine Mutter haben der Familie etwas angetan.« Es hätte sie erleichtern sollen. Aber Isabel empfand noch immer keinen Frieden. Nichts dergleichen.

Bei ihrer Heimkehr war das Wohnzimmer dunkel. Nebenan, in Berta Scharnitzers Haus, erlosch gerade das Licht. Sie ging in Richtung Haustür, der Bewegungsmelder aktivierte das Hoflicht. Zwischen Türblatt und Klinke steckte ein Gegenstand. Sie griff arglos danach. Es handelte sich um eine kleine Puppe, die sie mit hineinnahm und dort genauer besah.

Im ersten Moment war an dem Fund – bis auf die bloße Tatsache seiner Existenz – nichts besonders auffällig. Im nächsten Moment sank Isabel damit auf die Knie. Im Flur, gleich unterhalb von Onkel Quirins Nudeln.

Es handelte sich um eine handgefertigte Puppe aus Baumwolle und Filz, mit braunem Wuschelhaar. Augen und Mund waren mit blauem und rotem Stickgarn gestaltet. Dort, wo der Mund hätte sein sollen, klaffte ein Loch, grob in das hübsche Stoffgesicht hineingeschnitten. Inmitten der hervorquellenden Füllung steckte zusammengeknäultes Kassettenband.

Isabels Herz wummerte unkontrolliert, als hätte man einen der Weasel Balls losgelassen, die in italienischen Fußgängerzonen so gerne vorgeführt werden; der Ball neongrün, das Kunstwiesel mehr einem toten als einem lebenden Wiesel nachempfunden.

Oben in ihrem Zimmer überprüfte sie das Versteck im Kamin. Alle Kassetten waren da, alle waren unversehrt. Isabel atmete lange ein, lange aus.

Alle da. Gott sei Dank.

Die Puppe war als makabre Warnung gedacht, keine Frage. Doch zumindest hatte derjenige, der von den Kassetten wusste und sie von der weiteren Beschäftigung damit abbringen wollte, noch keinen Zugriff darauf gehabt. Die Tatsache, dass es überhaupt jemanden gab, der ihr eine solche Puppe an die Tür klemmte, wegen Tante Elisas Geschichte, ließ sie zittern wie Eschenblätter im Wind.

Eigentlich konnte nur Michael Radspieler diese Person sein, Toms Vater, denn er allein hatte den Tod der Familie Forggenmüller zu verantworten. Toms Vater, mein Gott. Sie wischte sich über die Stirn. Jetzt, da Isabel die Wahrheit kannte, kam sein Bemühen ohnehin zu spät. Das sollte er besser bald erfahren.

Sie vergrub sich im Bett. Versuchte, an andere Dinge zu denken. An Dominik. An ihre Arbeit, die sie noch nicht wiederaufgenommen hatte, weil sie sich um Onkel Quirin zu kümmern hatte. Wenigstens hoffte sie, dass genau das der Fall war – dass die Unterstützung für den Onkel ihr keine Zeit ließ – und nicht die Soziophobie ihr längst unbemerkt und voller Heimtücke auflauerte, um sie an der Rückkehr ins eigene Leben zu hindern.

Nach einer schlaflosen Stunde voller wilder Gedanken und Spekulationen über die Puppe und Michael Radspieler gab Isabel auf und holte sich den Kassettenrekorder ans Bett.

Für mich hat unser Mühlrad nie aufgehört, sich zu drehen. Das Rauschen des Wassers, gluckernd und geschäftig, ist immer da. Ist in mir drin. In meinem Kopf. Und würde ich noch tausend Jahre alt werden, Isabel, dieses Geräusch, ich verlöre es nie. Es begleitete uns auch im April 1954, oben beim Bänkchen, wo wir eine Aufgabe zu erfüllen hatten.

ELISA – April 1954

»Glaubst du, sie kommen noch?« Elisa schob mit Quirin Wache bei dem Bänkchen auf dem Hügel. Die Sonne wärmte ihnen die Köpfe, dass ihre Haare so warm wurden wie Mutters Wärmflasche unter dem Häkelüberzug. Vater und der Forggenwirt hatten ihre Sprösslinge beauftragt, nach den Polizeilichen Ausschau zu halten. Das taten sie getreulich, Elisa und Quirin im Wechsel mit Michael und Sybille.

»Schwer zu sagen. Aber ich bin nicht wild darauf, dass es uns so ergeht wie denen vom Jensch-Hof.«

»Deren Hof liegt ein gutes Stück außerhalb. Als die BAWAG im letzten Monat mit dem Probestau begann, bekamen die beim Jensch vor allen anderen nasse Füße.« Elisa zuckte mit den Schultern. »Vielleicht wurde man ja deshalb auf die Familie aufmerksam, weil die Leute von den Bayerischen Wasserkraftwerken das meldeten.«

»Das dürfte denen von der BAWAG egal sein, ob da einer bis zum Bauch im Wasser steht. Die hatten den Probestau ja angekündigt, und der Jensch-Bauer verkündete seit Monaten jedem, der ihm über den Weg lief, lieber ersaufen zu wollen als sich fortholen zu lassen.«

»Meinst du, es stimmt, was die Sandgruberin sagt? Dass die Jensch-Bäuerin wie ein närrischer Vogel geträllert hat?«

»Als die Polizeilichen sie fortschleppten? Mein Vater sagt, die kannten gar nichts. Sie haben den Bauern samt Familie und Habe gewaltsam vom Hof geschleppt.«

»Und mein Vater sagt«, wisperte Elisa, »dass der Jensch-Hof inzwischen schon abgerissen wurde.«

»Wir könnten hingehen und nachsehen, sobald die anderen uns ablösen.«

»Machen wir.« Sie lehnte sich mit dem Rücken gegen Quirin und blinzelte so lange in die Sonne, bis alles um sie herum weiß und strahlend wurde. »Ich muss gerade an die Geschichte von unserem Weiher denken.«

»Die vom Jensch-Bauern und der entlaufenen Sau?«

»*Weiß der Himmel*«, imitierte Elisa ihren Vater, »*wie das fette Vieh den Weg bis zu uns geschafft hat, bloß, um im Weiher zu ersaufen*. Das war noch vor meiner Geburt.« Manchmal stellte sie sich den massigen Körper der Sau vor, wie er leblos im Wasser trieb. Oft erinnerte sie das an Magdalena Radspieler, die ebenfalls tot im Wasser getrieben war, und jede frohe Laune verging ihr.

»Der Hof des Jensch-Bauern liegt in einer Senke, daher war die Flucht wohl so erstaunlich, weil sie die Sau zuvor eifrig gemästet hatten.«

»Lag«, korrigierte Elisa. »Vermutlich heißt es jetzt: Der Hof des Jensch-Bauern lag in einer Senke.«

»Ich mag hier nicht mehr herumsitzen.« Quirin stand auf.

»Weißt du, was ich meinen Kindern mal erzähle? Von Forggen?«

»Was denn?«

»Ich habe mir das heute Morgen überlegt, ehe Mutter mich aus dem Bett gestaucht hat. Hör zu: *Im Weiher neben unserer Mühle konnte man, fiel die Sonne günstig aufs Wasser, die Fische beobachten. Einen überschaubaren Karpfenschwarm, der an den Freitagen gelegentlich unsere Teller füllte; auch eine Menge kleiner Rotaugen und Rotfedern. Am Ufer schnatterten Lotte und Lieschen, unsere Gänse, und nicht selten hockten die Stallhasen dazwischen; gelegentlich auch ein entwischtes Kälbchen.* Was sagst du dazu? Klingt hübsch, oder? Quirin?«

»Sei still, Elisa.«

»So schlimm finde ich es …«

»Schau doch hin. Die Polizeilichen – sie kommen.«

Gerade rechtzeitig verschanzten die Forggenmüllers sich mit den Radspielers im Gewölbe der Mühle. Der Keller war uralt und niedrig, höchstens ein kleines Kind hätte bequem darin stehen können. »Das Gewölbe hat schon anderen Naturgewalten als einem Polizeitrupp standgehalten«, sagte die Mutter.

Anfangs fand Elisa es spannend, sich der Polizeigewalt zu widersetzen und den Gendarmen wie echte Revoluzzer ein Schnippchen zu schlagen. Bald merkte sie allerdings, wie langweilig es war, im finsteren Keller zu hocken. Die Luft war so feucht wie die Wände, und schon nach kurzer Zeit fühlten ihre Kleider sich klamm an.

Sie harrten stundenlang aus. Vater und der Forggenwirt bedienten sich großzügig am Bierfass, das dort unten lagerte. Am Ende waren sie weinselig und sangen Lieder. *So viel Wind und keine Segel; so viel Durst und keinen Gin. Und die*

Wolken hoch am Himmel wandern all' zur Heimat hin. Und die Wolken hoch am Himmel wandern all' zur Heimat hin.

Elisas Vater war ein Fan von Bruce Low. Manchmal lief an den Sonnabenden sein Plattenspieler heiß, während die Mutter keine Miene verzog und nur gelegentlich mit den Augen rollte, wenn ihr Mann gerade nicht hinsah. Müller und Wirt intonierten noch weitere Stücke. Elisa gab sich unterdessen alle Mühe, bloß unverdächtige Blicke mit Quirin zu tauschen. Dabei wäre sie am liebsten auf seinen Schoß gekrabbelt und hätte ihn geküsst, um die Zeit totzuschlagen und die dumpfe Hoffnungslosigkeit der Situation auszublenden. Sybille machte es genauso wie ihre große Schwester. Sie ging sogar noch weiter und sah Michael überhaupt nicht an. Man hätte meinen können, die beiden seien zerstritten.

Gleich am Tag nach der Flucht ins Gewölbe fing der Vater an, eine unterschenkeltiefe Rinne um den hinteren Teil des Obstgartens zu graben, wo die toten Brüder lagen. Von der Bank aus beobachteten die vier Freunde ihn zunehmend verdutzt. Binnen zweier Wochen goss er ein Fundament und zog eine Mauer hoch. Dabei pfiff er *Veronika, der Lenz ist da.* Manchmal auch *Blaue Nacht am Hafen.* Als er fertig war, stellte die Mutter Frühlingsblumen in geflochtenen Körben auf die Mauer.

Oben auf dem Hügel fingen die beiden Schwestern an zu weinen. Keine verstand bis aufs Letzte, was genau da unten vorging, doch die Tränen strömten ihnen über die Gesichter wie Wasser aus dem Spülbecken, wenn Mutter den Stöpsel zog.

War das die Art und Weise meiner Eltern, von den gestorbenen Kindern Abschied zu nehmen? Errichtete Vater einen Schutzwall, weil er selbst die Gräber bald nicht mehr würde schützen können? Brachte meine Mutter den Söhnen ein letztes Mal etwas Schönes?

Sie müssen gewusst haben, Isabel, dass ihr Widerstand nicht Bestand haben würde. Nicht, da Ministerien und Unsummen an Geldern im Spiel waren, eine mächtige Firma und unzählige Haushalte, die von der zukünftigen Stromversorgung durch den See profitieren würden.

Ich war bereit, mich mit ihnen im Gewölbe unserer Mühle zu verschanzen und dort zu langweilen, doch schien es mir mehr als trotzige Kinderei. Bloß ein letztes Aufbäumen.

29

Sterbebett

ISABEL – November 2016

Dominik besuchte Isabel. Sie hatten mit dem Onkel zu Mittag gegessen, Karottenauflauf nach Tante Elisas Rezept. Jetzt schlief Quirin auf der Couch im Wohnzimmer, während Dominik sich auf dem Bürostuhl in Isabels Zimmer im Kreis drehte.

Isabel musterte ihn mit schmalen Augen. »Sagst du mir, wie lange du noch bleibst?« Sie warf ihm die Frage wie einen abgenagten Knochen vor die Füße.

»Du darfst mich gerne auch noch zum Abendessen einladen.« Ein Lächeln blitzte in seinem Gesicht, das schnell erstarb. »Das hast du nicht gemeint, oder? Weshalb schaust du so böse?«

»Du wolltest unbedingt, dass wir einander kennenlernen. Gut, das tun wir inzwischen, wir kennen einander ein wenig. Wir waren miteinander im Bett. Was kommt als Nächstes, Dominik? Wirst du den Reiseführer beenden und weggehen? Zurück nach Stuttgart?«

»Vorerst gehe ich nirgendwohin.« Dominik gab dem Bürostuhl einen Schubs und stellte sich neben Isabel, die mit hochgezogenen Schultern, die Arme vor der Brust verschränkt, aus dem Fenster sah. Hinaus auf den See. »Ich kenne dich vielleicht noch nicht sehr gut, aber ich meine doch zu erkennen: Dich beschäftigt eigentlich etwas anderes. Ist es nicht so?« Er legte ihr die Hände um die Taille. »Komm, Schöne, schau mich an.«

»Ich weiß jetzt, was mit der Familie meiner Tante geschehen ist«, gestand Isabel. »Das Rätsel ist gelöst.«

»Das ist doch wunderbar!« Er wollte sie küssen, hielt in der Bewegung inne. »Ist es nicht?«

»Tom kannte die Wahrheit schon die ganze Zeit. Seit er mich seinem Vater vor einer Ewigkeit offiziell vorgestellt hat.«

»Euch verbindet seit langem mehr als nur eure Familien, oder? Dich und Tom?«

»Als Kinder waren wir Freunde, später – mit siebzehn und achtzehn – wurden wir ein Paar. Wir sagten es zuerst Quirin und Elisa, und anschließend Michael Radspieler. Da begann Toms Vater anscheinend zu fürchten, ich könnte eines Tages auf die Idee kommen, nach dem Verbleib der Forggenmüllers zu forschen.«

»Im Ernst? Ich schätze, bei Adoptivkindern ist es eher die Ausnahme, wenn sich eines übermäßig für die Familiengeschichte der Adoptivsippe interessiert.«

»Kann sein. Aber in Tante Elisas Fall ist Michael Radspieler schuld am Tod von Ernst, Barbara und Sybille Forggenmüller. Ich verstehe sogar, dass er keine Beziehung zwischen seinem einzigen Sohn und dem Mädchen absegnen wollte, dessen Adoptivmutter die Frau war, deren Familie er 1954 ausgelöscht hat.«

»Okay ..., puh, das alles klingt wahrscheinlich dramatischer, als es ist. Richtig folgen kann ich dir ohnehin nicht.«

»Tom hat mich seinerzeit nur deshalb verlassen, weil er mir mit dem Wissen über das, was sein Vater verbrochen hat, nicht mehr in die Augen sehen konnte.« Isabel biss sich ins Wangenfleisch, um nicht zu weinen. Wie gut sie sich an jene Begegnung mit Michael Radspieler erinnerte, deren Fatalität sich erst jetzt im Nachblick erwies. Toms Vater hatte sich damals nichts anmerken lassen, ihnen sogar Geld gegeben, damit sie sich Essen beim Lieferservice bestellen konnten. »Michael Radspieler ist ein Schwein.«

»Was hat er mit der Müllersfamilie angestellt, verrätst du es mir? Ich kann dich dabei im Arm halten, wenn du willst, oder du hältst dich einfach an mir fest.«

Isabel fasste Dominik bei der Hand. »Setzen wir uns aufs Bett, und ich sage es dir, ehe es mich zerreißt.«

»So schlimm?«

Sie erzählte es ihm.

Nachdem es heraus war, schwieg sie. Dominik genauso. Er stand auf, stützte sich mit den Armen auf die Lehne des Bürostuhls.

»Weshalb hat Radspieler nie die Wahrheit gesagt?«, fragte er mit dem Rücken zu ihr. »Faktisch hat er keinen umgebracht.«

»Ich weiß nicht. Anfangs wollte er in den Augen der Leute vermutlich nicht als dreifacher Mörder dastehen. Später fürchtete er wahrscheinlich um seinen guten Ruf. Michael Radspielers Vater ist Besitzer der Maad Nagel GmbH, einer großen Recycling-Firma; du hast deren Lkw sicher schon fahren sehen – sie sind überall in der Gegend. Das Logo ist ein gewundener Kreis aus drei verschiedenfarbigen Blättern.«

»Schon mal gesehen«, bestätigte Dominik.

»Toms Vater ist passiver Geschäftsführer, wobei er den Zusatz *passiv* wohl am liebsten streichen würde. Außerdem arbeitet er ehrenamtlich für mehrere gewichtige Vereine und war früher Mitglied im Bundestag.«

»Ein Mann von Format.« Dominik räusperte sich. »Und trotzdem so ein feiges Schwein. Was hast du jetzt vor? Willst du die Sache aufdecken? Zur Polizei gehen und an die Presse?«

»Ich schätze …« Das Läuten des Telefons unterbrach Isabel. Es schrillte wie ein betrunkener Gast, der sich partout nicht hinlegen will, durch das stille Haus. Nach einer Weile wurde unten abgehoben.

»Isabel.« In Onkel Quirins Stimme schwang etwas mit, das ihr Beine machte. Eine an Schmerz grenzende Dringlichkeit. Sie stolperte über ihre Füße, so hastig stürmte sie nach unten.

Der Onkel stand neben dem grünen Telefon mit der Wählscheibe, von dem er und Elisa sich nie hatten trennen wollen. Den Hörer hielt er fest an die Brust gepresst. Seine rote Brille war ihm fast bis hinunter zur Nasenspitze gerutscht, doch er schob sie nicht wieder hoch. »Woher kennst du Edith Kohlmeier?«, fragte er eisig.

*

Isabel klopfte leise, ihre Fingerknöchel berührten kaum die Tür. Von drinnen hörte man Gemurmel. Sie wartete, desinfizierte sich die Hände mit dem Spender an der Wand und klopfte ein weiteres zaghaftes Mal. Das Gemurmel setzte sich ohne Unterbrechung fort. Nach dem vierten Desinfizieren der Hände gab sie sich einen Ruck und drückte vorsichtig die Tür auf.

Drinnen roch es nach Stall. Nicht nach Krankenhaus, seltsamerweise; auch nicht nach Sterbezimmer. Isabel dachte daran, wie sie vor nicht allzu langer Zeit an Onkel Quirins Krankenbett um dessen Leben gebangt hatte; wie kürzlich Berta Scharnitzer gestorben war und sich jetzt Frau Kohlmeier anschickte, ihr ins Himmelreich zu folgen. War das die Strafe Gottes, weil sie nicht für Tante Elisa da gewesen war? Dass sie in der Folge andauernd mit dem Tod konfrontiert wurde?

Die Leute im Zimmer hatten ihr Hereinkommen nicht bemerkt. Isabel blieb unsicher im Halbdunkel des Gangs stehen, der nach wenigen Schritten in ein helles Zimmer mündete. Sie sah Maximiliane Ediths Tochter in einer knitterfreien Bluse, ein geblümtes Seidentuch im angegrauten Haar; der Pony lugte darunter hervor und klebte ihr wie zurechtfrisierte Algen an der Stirn. Sie hatte die Füße mit der Querstrebe des Stuhls verhakt, auf dem sie saß. Isabel schmeckte beim Anblick von Frau Kohlmeiers Tochter frische Kuhmilch auf der Zunge. *Das liebe Möwenkind.* In den anderen drei Personen, die sich um das Bett der Patientin gruppiert hatten, vermutete sie den Kohlmeier'schen Schwiegersohn und die erwachsenen Enkelkinder.

Die Tochter las aus einem abgegriffenen weißen Gotteslob. Was vor der Tür Gemurmel gewesen war, entpuppte sich im Zimmer als ernstzunehmender Versuch, das Sterben nicht zu begleiten, sondern vielmehr zu übertönen. »Jetzt, da der Tod alles Irdischen an deine Tür klopft und dich herausruft aus dem Land, das dich ernährt, aus dem Kreis der Menschen, mit denen du gelebt hast, mache der Herr dir den Abschied leicht. Er schicke dir seinen Engel entgegen, der dich begleitet.«

Isabel tat keinen Mucks, hörte still zu. Sie empfand großes Mitleid für die Tochter, die den Schmerz verzweifelt zu lindern versuchte. Ein Gebet folgte dem nächsten, während die winzige Gestalt auf dem Bett keinerlei sichtbare Regung zeigte. Ob Maximiliane gestorben war, unbemerkt von der Familie? Sofort schämte Isabel sich des törichten Gedankens. Wenn die alte Frau nach ihr verlangt hatte, blieb ihr sicher noch Zeit.

Die Menschen um das Bett ließen ihre Nervosität wachsen, je länger sie wartete. Um sich abzulenken – und damit einem von Doktor Biebels zahlreichen Vorschlägen folgend –, studierte sie das Bild an der Wand. Der Kunstdruck zeigte eine Kapelle auf weich geschwungenen Hügeln. Im Hintergrund weideten Schafe an den Ausläufern eines Sees.

Die Kapellentür stand einladend offen, im Inneren ließ sich eine brennende Kerze auf dem Altar erahnen. Ob sie hier im Krankenhaus mehrere Sterbezimmer mit verschiedenen Bildern hatten, ganz nach Religion? Kapellen für Christen, Synagogen für Juden, Moscheen für todkranke Muslime?

Die Betrachtung des Bildes half. Isabel fühlte ihr Herz ruhiger schlagen. Noch immer lehnte sie neben der Tür, schweigende Beobachterin der Szene. Die beiden Männer, die sie für die Enkelsöhne hielt, schienen sich zu langweilen. Einer bearbeitete verstohlen sein Handy. Sie konnte das Telefon zwar nicht sehen, wohl aber sein Tun an der Bewegung der Hände erahnen. Er tippte eine Mitteilung. Der andere Enkel saß Maximiliane Edith zu Füßen und kniff von Zeit zu Zeit die Augen zusammen, als wolle er nicht nachlassen in dem Versuch, die Wirklichkeit auszublenden. Etwa alle drei Minuten blickte er auf das Zifferblatt seiner Uhr und anschließend zu seiner betenden Mutter hin. Vielleicht grübelte er, wann sie ihn ungeschoren würde gehen lassen.

Keiner von ihnen schaute ein einziges Mal in Isabels Richtung.

Bis Maximiliane, die Reglose, deren Hände bis eben flach auf dem weißen Laken geruht hatten, die Arme in die Höhe hob und einmal klatschte. Schwach nur, kein kraftvoller Beckenschlag, doch es reichte, um die Tochter im Gebet innehalten und die Männer von den Stühlen springen zu lassen.

»Ich habe einen Gast«, verkündete sie mit kratziger Stimme. Vier Köpfe fuhren endlich zu Isabel herum. »Geht ihr euch einen Kaffee holen. Und die Jungen brauchen sicher etwas zwischen die Zähne.«

Die Familie begrüßte Isabel freundlich, wenngleich erstaunt über ihr unbemerktes Eintreten. Die Männer waren sichtlich erleichtert über die Ablösung, man machte sich geschlossen in Richtung Cafeteria auf. Isabel wunderte sich am

Rande, weshalb ihre Hand beim Schütteln nicht wegglitschte, so nassgeschwitzt war sie. Keiner nahm Notiz davon. Es war ein Sterbezimmer, wahrscheinlich fielen deshalb selbst die Worte nicht auf, die Isabel fehlten.

»Habe mir schon gedacht, Sie würden nicht lange auf sich warten lassen.«

»Ihre Tochter ließ ausrichten, Sie möchten mich dringend sprechen. Wie geht es Ihnen, Frau Kohlmeier?«

»Kommen Sie her. Setzen Sie sich neben das Bett. Die Stühle sollten warm sein. Meine Familie hat gutes Sitzfleisch.«

»Wie geht es Ihnen?«, wiederholte Isabel. Ihr wollte partout nichts anderes einfallen, dabei war sie nicht sicher, ob man eine Sterbende dergleichen überhaupt fragen durfte. War es noch wichtig, wo es drückte und schmerzte, wenn man im Begriff war, vor den Schöpfer zu treten? In etwas viel Größeres einzutauchen – oder sich im ewigen Nichts zu verlieren?

»Jeder zweite Mann und fast ebenso viele Frauen erkranken im Lauf ihres Lebens an Krebs.« Die alte Frau schien kaum Mühe mit dem Sprechen zu haben. »Kein Wunder, wenn es einen da erwischt. Ich habe jahrelang mit meinen Tumoren gelebt. Jetzt ist es gut. Stopfen Sie mir ein Kissen in den Rücken, dann reden wir.«

Isabel half der Kranken beim Aufsetzen. Maximiliane Edith war ihr als Frau von geringer Körpergröße im Gedächtnis geblieben. Jetzt wirkte sie nochmals geschrumpft, winziger als winzig. Neben dem Bett lehnten die roten Krücken an der Wand.

»Starren Sie die nicht so an. Ich weiß schon, dass ich sie nicht mehr brauchen werde.«

»Verzeihung.«

»Beim letzten Mal habe ich behauptet, ich könnte Ihnen

eine Menge über Forggen erzählen. Tatsächlich habe ich Ihnen dann fast gar nichts gesagt.«

»Sie haben mir die Augen über die Kindheit meines Onkels geöffnet«, versicherte Isabel. »Ich wusste bis dahin nicht, wie sehr er zu leiden hatte.«

»Wie auch immer«, sagte Maximiliane und schloss die Augen. »Hören Sie zu: Es war die Nacht auf den zweiten Juli 1954. Am Nachmittag hatte der Wind aufgefrischt, gegen Abend stürmte es heftig. Ein Hochwasser hob den Seepegel binnen Stunden an, so dass am Morgen diejenigen Forggener und Deutenhausener, die ihre Häuser noch nicht geräumt hatten, vom Wasser eingeschlossen waren. Klein-Venedig, sagten die Füssener später, weil die Post mit dem Kahn zugestellt werden musste. In jener Nacht verschwanden die Eheleute Forggenmüller mit ihrer jüngeren Tochter. Manche wähnten sie schlicht und ergreifend ertrunken, doch wäre es so gewesen, hätte man ihre Leichen gefunden.«

»Was wissen Sie?«, wisperte Isabel.

»Ich weiß«, Frau Kohlmeier schlug die Augen auf und nagelte ihr Gegenüber mit rätselhaftem Blick fest, »wo die ältere Tochter in der Sturmnacht war. Bei uns. In der Praxis meines Mannes.«

»Tante Elisa? Weshalb war sie bei Ihnen?« Isabel hätte der alten Frau die Füße geküsst, wenn sie das zum schnelleren Sprechen bewegt hätte.

»Meinem lieben Horst galt die ärztliche Schweigepflicht etwas. Er hat der Polizei nichts gesagt und auch niemandem sonst. Ich habe es genauso gehalten, allerdings ... Seit Sie bei mir waren, muss ich daran denken.«

»Woran müssen Sie denken, Edith?«

»Daran, dass Sie es wissen sollten. Elisa erzählte daheim, sie wolle bei einer Freundin übernachten. In Wahrheit kam sie in Horsts Praxis. Wegen ihrer Schwangerschaft.«

30

Diebstahl

ISABEL – November 2016

Ich für meinen Teil war mir immer sicher, dass die Leute mit ihrer Tratscherei damals danebenlagen. Das kannst du streichen, kleine Raupe: Michael hat meine Schwester nicht geschwängert.

Immerzu gingen Isabel diese Sätze ihrer Tante durch den Kopf. Elisa hatte auf Tonband glaubhaft versichert, dass ihre kleine Schwester kein Kind unter dem Herzen trug – weil sie selbst diejenige gewesen war, die 1954 ein Kind erwartet hatte, wie Isabel jetzt begriff. Während sie durch stille Krankenhausflure huschte und den Blick bloß vom Boden hob, um die Schilder mit der Aufschrift AUSGANG zu lesen, warf sie die Vorstellung einer schwangeren Elisa mehr und mehr aus der Bahn. Ihre Zieheltern hatten nie ein Kind gehabt, nie von einem Kind gesprochen. Sie konnte das Schweigen der Tante verstehen, was Forggen anbelangte. Wer seine Familie auf solche Weise verlor, der musste hinterher mit keinem darüber reden, wenn er nicht wollte. Aber ein Kind, ein Kind von Elisa und Quirin, das war etwas anderes. Ein so einschneidendes, entscheidendes Lebensereignis hätten sie ihr doch nicht vorenthalten. Oder?

Isabel rieb sich über die Nase und war gottfroh, kurz darauf endlich in der Eingangshalle des Krankenhauses zu stehen. Nur noch wenige Schritte bis nach draußen, nur noch einige hundert Meter bis zum Wagen.

In der relativen Sicherheit des Autos begann sie zu zittern. Die Fragen, die sich aufdrängten, mähten sie mit sintflutartiger Wucht nieder. Hatte Tante Elisa das Kind verloren? Es abgetrieben? Oder sogar ausgetragen? War am Ende die Weggabe dieses Kindes ausschlaggebend für ihre eigene Adoption gewesen? Hatten die beiden Radspielers geschehenes Unrecht wiedergutmachen wollen?

Isabel fuhr nach Hause. Sie wollte es jetzt wissen. Musste wissen, wann ihre Tante zu dem Punkt kommen würde, an dem sie von dem Kind unter ihrem Herzen sprach. Und wenn sie dafür die übrigen Kassetten tagelang am Stück würde anhören müssen. Anschließend wäre Onkel Quirin an der Reihe. Sie hatte ihn lange geschont, ihn aus dem Sog der Vergangenheit herausgehalten. Es war an der Zeit für Antworten. Womöglich auch an der Zeit, ihm die Wahrheit darüber zu sagen, was sein Bruder in der Sturmnacht getan hatte. Vielleicht wusste Quirin auch selbst etwas, vielleicht hatte er damals etwas gesehen, weswegen er sich später mit Michael überworfen hatte?

Daheim fand Isabel den Onkel schlafend auf dem Sofa. Er schlief viel in den letzten Wochen. Jähe Zärtlichkeit für den alten Mann überkam sie. Wieder war er mit der kratzigen Wolldecke zugedeckt, die Elisa schon vor Jahren hatte aussortieren wollen. Sie zog ihm die Decke bis zum Kinn hoch. Vielleicht hatten er und die Tante das gemeinsame Kind bloß deshalb verschwiegen, weil es zu schmerzlich gewesen war.

Isabel stieg die Treppe hoch in ihr Zimmer. Keine Spur von Dominik, nirgendwo ein Zettel oder eine Nachricht. Auch auf ihrem Handy keine eingegangene SMS. Wahrscheinlich hatte sie ihn mit ihrem überstürzten Aufbruch vergrault. Sie schalt sich selbst wegen des kurzen Anflugs von Erleichterung, den sie empfand. Was lief noch verkehrt in ihrem Kopf, dass sie die Zuneigung eines netten Mannes wie Dominik nicht einfach genießen konnte?

Entschieden schob sie den Gedanken beiseite und kniete sich auf das Bett, öffnete das Türchen zum Kaminversteck. Da waren ihre gebündelten Briefe und Karten; die gesammelten Muscheln und Tonscherben; ihre Schmuckschatulle, ausgeschlagen mit rotem Samt. Sie räumte alles beiseite, breitete die Schätze von einst auf der Tagesdecke aus. Die Schildkröte, die das Zugunglück gemeinsam mit ihr überlebt hatte; funkelnde Glassplitter; Toms Karte, geschrieben nach ihrem ersten Kuss.

Was sie in dem stillgelegten Kamin nicht fand, waren Elisas Kassetten.

Isabel stürmte an der Garderobe vorbei aus dem Haus. Der Verlust der Tonaufnahmen traf sie ins Mark. Wer hatte das getan?

Tom? Der Onkel hätte ihn jederzeit hereingelassen. Er wusste außerdem von ihren Schätzen im Kaminversteck. Isabel keuchte. Sie traute es ihm nicht zu. Wollte es ihm nicht zutrauen. Und wenn doch? Hatte er die Kassetten gestohlen, um jeden Beweis zu vernichten, den Elisa möglicherweise auf Tonband hinterlassen haben könnte?

Isabel musste herausfinden, ob er es gewesen war. Ob er sie an sich genommen hatte. Sofort. Ehe Hysterie sie befallen und sie sich mit Freund Alkohol auf Tage oder Wochen in ihrem Zimmer verkriechen würde. Ganz kurz flog der Verdacht gegen Quirin und Dominik sie an. Aber der Onkel wusste nichts von den Kassetten, und Dominik war in die Geschichte nur durch sie involviert. Ihn brauchten Elisas Aufnahmen gar nicht zu kümmern, obschon er ihretwegen natürlich Interesse daran gezeigt hatte.

Der November war mild zurzeit, die Herbstwinde bliesen mit trügerischer Wärme. Schnee und Eis ruhten in tiefem Traum, als hätten sie nie von ihrer großen Stunde gehört, die in den Wintermonaten schlug. Ihre in der Hast vergessene Jacke störte Isabel daher kaum, besonders nicht in Anbetracht des schwarzen Dolchs, der in ihrem Herzen steckte. Hatte Tom sie wahrhaft hintergangen?

Die Laubbäume entlang der Straße waren kahl, die herbstliche Blätterflut lag am Boden, zertreten von ungezählten Fußpaaren. Onkel Quirins Wagen parkte vor dem Haus, halb auf dem Gehsteig. Isabel steckte den Schlüssel ins Schloss, als mehrfaches Hupen sie innehalten ließ. Ein Auto parkte hinter Quirins Wagen ein.

»Warte!« Tom sprang mit einer Geschwindigkeit aus dem Fahrzeug, als hätte eben jemand den Schleudersitz aktiviert. »Warte auf mich!«

Isabel ging ihm entgegen. »Zu dir wollte ich gerade.« Sie sprach mühsam beherrscht, ohne auf seine offensichtliche Aufgewühltheit einzugehen. »Warst du es? Warst du heute schon einmal hier, um …?«

»Nein.« Er unterbrach sie, legte ihr die Hände schwer auf die Schultern. »Ich muss dir etwas sagen, Isi, und es wird dir nicht gefallen. Du weißt, ich will dir nicht wehtun …«

»Heraus damit.« Sie studierte Toms Gesicht. Sein Hautton ähnelte von Natur aus warmem Sand. Wenigstens hätte sie die Farbe seiner Haut bis heute so beschrieben. »Weshalb bist du so aschfahl?«

»Es geht um Dominik. Er war mir von vornherein suspekt, aber ich dachte, das ist, weil er sich an dich herangemacht hat. Schon in dem Drogeriemarkt, als wir beide noch zusammen waren.«

»Was hat er verbrochen?«, fragte Isabel leise.

»Das weiß ich nicht genau. Aber ich kann dir zeigen, wer er ist.« Tom zog sie an sich, kurz und heftig. Ehe sie wusste, ob sie diese Berührung überhaupt zulassen wollte, hatte er sie wieder freigegeben. »Steig ins Auto.«

Das Firmengelände war mit wenigstens zwei Meter hohem Maschendraht umzäunt, der in Isabels Vorstellung auch gut zum Hof eines Gefängnisses gepasst hätte. Fehlten nur die Insassen, die beständig im Kreis gingen, die fahlen Nasen gierig im Wind.

Auf dem Gelände standen Teile des Maad-Nagel-Fuhrparks in Reih und Glied – Lastwagen, Kräne und Lastwagen mit integrierten Kränen; nicht weit davon reihten sich gelbe und graue Abfallcontainer aneinander. Der Pförtner grüßte Tom mit einem Lächeln und öffnete anstandslos die Schranke.

»Sagen Sie, Herr Peters, ist Herr Schimmel noch im Haus?«

Bereitwillig griff der Mann im Pförtnerhäuschen nach dem Hörer. »Im Büro hebt keiner mehr ab, ist wahrscheinlich schon im Wochenende. Kann ich Ihnen sonst …«

»Ist schon gut, danke.« Tom winkte und steuerte den Wagen auf das Gelände.

»Nicht einmal ein Besucherausweis nötig?« Isabel zog die Brauen hoch. »Was tun wir hier?« Sie fragte zum dritten oder vierten Mal, seit das Fahrziel klargeworden war.

Tom schüttelte den Kopf. »Das musst du mit eigenen Augen sehen.« Er parkte den Wagen und schritt zielgerichtet aus.

Nicht alle Maad-Nagel-Angestellten schienen den Enkel des Firmengründers zu kennen, denn vom Personal, das Freitagabend noch vor Ort war, folgte ihnen manch scheeler Blick. Sie traten durch einen Seiteneingang ins Gebäude, und Isabel war fast sicher, jeden Augenblick aufgehalten zu werden. Doch kein Mensch sprach sie an.

»Früher war ich öfter hier – da hofften meine Leute noch, ich würde mich später ins Unternehmen einbringen.«

»Du musstest in den Sommerferien für deinen Vater arbeiten – und du hast es gehasst«, erinnerte sich Isabel, während schmucklose Wände an ihnen vorüberzogen und mit Teppich ausgestattete Korridore ihre Schritte dämpften.

»Der Bürotrakt über den Hallen«, erklärte Tom knapp. »Als Kind habe ich mich hier verlaufen. Wir sind gleich da.« Vor einer Bürotür, die genau wie fünfzig andere zuvor aussah, blieb er stehen. »Warte kurz.« Er klopfte. Als von drinnen keine Reaktion kam, steckte er den Kopf prüfend in den Raum. »Anscheinend wirklich schon Feierabend gemacht. Oder anderweitig beschäftigt.«

»Von wem sprichst du?«

»Lies das Schild an der Tür.«

31

Schimmel

ISABEL – November 2016

Hr. Matthias Schimmel
Sicherheitsbeauftragter Werkschutz

»Den Namen kenne ich nicht.«

»Leider«, schnaubte Tom. »Komm mit hinein.«

»Dürfen wir das?«

»Wir müssen sogar.«

Das Büro war ordentlich aufgeräumt, der Computer ausgeschaltet, der Papierkorb vor dem Wochenende geleert. Verblasste Fettflecken an der Wand hinter dem Schreibtisch zeugten von Fingern, die irgendwann einmal dort entlanggestreift waren; vielleicht ein Kind, Mund und Hände fettig, nachdem ihm jemand Pommes vom Hähnchenwagen spendiert hatte.

»Dieser Dominik war mir nicht bloß wegen meiner Eifersucht suspekt, sondern weil ich ihn kannte. Ich hatte ihn schon einmal gesehen. Bedauerlicherweise hat es ewig gedauert, bis der Groschen bei mir gefallen ist. Ich vermute, er hat sein Aussehen für seinen Sonderauftrag bewusst verändert.«

»Scheiße, Tom, hör auf damit. Wir sind nicht in einem drittklassigen Detektivfilm.«

»Detektiv. Das ist das Stichwort.« Tom nickte. »Bitte, sieh es dir selbst an.« Er sank auf das handgenähte Sitzkissen des Bürostuhls und deutete auf einen Bilderrahmen.

Isabel näherte sich dem Corpus Delicti nur zögernd.

»Mach schon.« Tom griff den Rahmen und hielt ihn ihr hin.

Das Bild zeigte eine Familie. Die Eltern hielten einander an den Händen, zwischen sich ein Mädchen im Vorschulalter. Auf den Schultern des Mannes saß ein kleiner Junge. Die Mutter, jung und hübsch, lächelte mit einem auffallenden Spalt zwischen den Vorderzähnen. Der Mann war glattrasiert und hatte die langen Haare zum Pferdeschwanz gebunden. Drei von ihnen, der Mann und die beiden Kinder, hatten rote Haare. Vielleicht war das Bild im Irlandurlaub aufgenommen worden.

»Das ist Dominik«, sagte Isabel, weil sie es aussprechen musste. Begreifen konnte sie es nicht.

»Das ist Dominik«, nickte Tom. »Oder besser: Matthias Schimmel. Ich habe mich erkundigt. Mit der Frau auf dem Foto ist er nach wie vor verheiratet.«

»Dann war alles nur Show? Der Reiseführer, an dem er arbeitet? Der Wohnwagen, in dem er lebt? Die Gefühle, die er für mich hat?« Isabel stellte den Rahmen zurück, drehte das Foto von sich weg. Sie fühlte sich seltsam benommen. »Er hat da einmal etwas Merkwürdiges zu mir gesagt: Dass er nicht erwartet hätte, so sehr mit mir schlafen zu wollen. Jetzt verstehe ich es. Weil er nämlich eine Frau hat und Kinder.«

Tom knirschte hörbar mit den Zähnen.

»Wenn er in Wahrheit für die Firma deiner Familie arbeitet, kann das nur bedeuten, dass dein Vater ihn beauftragt hat.«

»Tut mir leid.«

»Scheiße, Tom. Dann muss er erfahren, dass ich die Wahrheit über die Nacht auf den 2. Juli 1954 inzwischen kenne. Damit er aufhört, seine Leute auf mich anzusetzen.«

»Es tut mir ehrlich leid.«

»Ich habe es nicht anders verdient. Es war selten dämlich von mir, mich auf einen miesen Betrüger einzulassen.« Die altvertraute Stimme in ihrem Kopf wurde lauter. *Dumme Kuh. Dumme Kuh. DUMME KUH. Jede andere hätte gemerkt, dass er ein Betrüger ist.*

»Das konntest du nicht wissen.«

»Ich habe Dominik alles erzählt, was du mir anvertraut hast; was in der Sturmnacht wirklich geschehen ist.« Die Farben in Isabels Kopf, die Farben, mit denen sie Dominik sah – noch vor wenigen Stunden in Onkel Quirins Haus, in ihrem Zimmer –, explodierten. Mit plötzlicher Wut griff sie den Bilderrahmen und warf ihn auf den Boden. Der Teppich verhinderte den Bruch des Glases. Da trat sie mit dem Fuß darauf, bis es unter der Schuhsohle knirschte und splitterte. »Er weiß jetzt, dass ich es weiß. Ich habe es ihm heute gesagt. Der Mistkerl hat Tante Elisas Kassetten gestohlen. Außerdem hat er gar keine Brotmaschine.« Sie fing an zu weinen.

»Brotmaschine? Wie meinst du das jetzt?«

»Es war überhaupt keine Brotmaschine in seinem Wohnwagen«, schniefte Isabel und trat gegen Matthias Schimmels Schreibtisch.

»Was hättest du getan, wenn wir in der Firma auf Dominik getroffen wären? Wenn er unerwartet hereingekommen wäre?«

»Ihm eine verpasst.« Tom verzog keine Miene. Er nahm Isabel mit zu sich ins Stadtmauerhaus, sorgte dafür, dass sie sich ins Bett legte, und drückte ihr ihr Heimweh-Äffchen in die Arme. Eine Weile ließ er sie allein im Dunkeln.

Später brachte er ihr Tee.

»Hast du Onkel Quirin angerufen?«

»Es geht ihm gut. Er weiß Bescheid, dass du über Nacht bei mir bleibst.«

»Will ich das? Ich bin nicht sicher. Im Moment fühlt es sich so an, als stünde ich inmitten eines tosenden Sturms auf rutschigem Deck, mit dem abgebrochenen Steuerrad in den Händen.«

»Lass mich dir helfen.«

»Helfen, obwohl ...«

»... meine Lügen immer zwischen uns stehen werden. Das habe ich schon begriffen, Isi. Du brauchst es nicht zu wiederholen.«

»Tom.«

»Nein, hör zu. Ich schwöre dir, ich lüge dich niemals mehr an. Nie wieder. Aber lass uns Freunde sein, Isabel. Wir brauchen einander. Das weiß ich, seit du auf Elisas Beerdigung den Kopf gehoben und mich angesehen hast. Bleib hier heute Nacht. Ruh dich aus. Ich schlafe auf dem Boden.«

»Okay. Nur für heute Nacht. Und dann ... wir werden sehen, ob wir ... ob das mit dem Freundesein noch funktioniert nach ... alldem.«

»Gut«, sagte Tom. »Onkel Quirin hat übrigens vorgeschlagen – von sich aus –, dass wir morgen Mittag Pizza holen und zu ihm kommen sollen.«

»Klar.«

»Ist toll, wie er sich wieder aufrappelt.«

»Unbedingt.«

»Ich fühle mich zum Kotzen, Isi.« Er seufzte entnervt. »Sparen wir uns das. Ich will nicht, dass eine Sache uns auseinanderbringt, die passiert ist, als wir beide noch unschuldig in Abrahams Wurstkessel schwammen.«

»Und ich finde zum Kotzen, wie du mich hintergangen hast.« Isabel schniefte und funkelte Tom zornig an.

»Das ist doch wenigstens eine Grundlage.«

»Gut. Reden wir darüber. Was war wirklich, nachdem wir uns auf Tante Elisas Beerdigung wiedergesehen hatten?«

»Gott, Isi ... Es war Jahre her, das mit uns, und ich hatte Forggen fest verschnürt an die hinterste Adresse meines Hirns versendet. Mit *No Return*-Aufkleber. Das glaubte ich wenigstens.« Er rutschte auf der Bettkante hin und her. »Aber dann wollte ich unbedingt erfahren, wie es dir ergangen war; bei dir sein. Als ich in Bamberg begriffen habe, wie sehr du Hilfe brauchtest, hatte mich Forggen längst eingeholt. Dabei war es niemals meine Geschichte.«

»Dann kam ich in die Klinik«, sagte Isabel. »Erzähl weiter.«

»Mein Vater hat von mir verlangt, unsere Beziehung ein weiteres Mal aufzugeben. Die ganze Zeit, während du fort warst, hat er mich damit bedrängt.«

»Hast du aber nicht getan.«

»Anscheinend bin ich weniger leicht als mein jugendliches Ich zu überzeugen. Ich hab klar Nein gesagt.«

Isabel berührte ihn an der Hand. »Ich wünschte, das wäre jetzt schon das Ende der Geschichte. Du sagst Nein, und alles ist gut.«

»Es war mein Fehler.« Tom rieb sich mit den Fingerknöcheln über die Schläfe. »Ich habe schlafende Hunde geweckt. An dem Tag, an dem du aus der Klinik entlassen wurdest und ich Tante Elisas Brief in deiner Tasche fand ...«

»... und hineingelesen hast«, ergänzte Isabel.

»... da bin ich zu meinem Vater gegangen.«

»Nein.« Sie setzte sich steil im Bett auf. »Neinneinnein! Sag mir nicht, dass du damit schnurstracks zu deinem Vater gelaufen bist.«

»Leider schon. Ich habe ihm von den Kassetten erzählt. Bleib doch liegen, Isabel, bitte. Ich weiß selbst, das war eine Riesendummheit.«

»Weshalb hast du es dann getan?«

»Ich dachte, Papa hätte das Recht, davon zu wissen. Weil Tante Elisa auch seine Geschichte erzählt. Und weil sie ihn hätte gefährden können.«

»Was hat er dazu gesagt?« Isabel war nicht bereit, seine Entscheidung zu verstehen. Nicht im Moment.

»Er änderte flugs seine Meinung über unsere Beziehung. Plötzlich sollte ich unbedingt bei dir bleiben und dich vom Anhören der Kassetten abbringen, überhaupt vom Wühlen in Elisas Vergangenheit.«

»Was nicht funktioniert hat.«

»Nein. Wie auch. Aber ich hatte die Hoffnung, dass wir zusammen sein könnten.«

»Bis zum Geburtstag deines Großvaters?«

»Ich hatte echt geglaubt, du würdest meinen Vorschlag annehmen und dich statt mit Forggen mehr mit deiner Krankheit auseinandersetzen.«

»Da hat euch meine Krankheit ja bestens in die Hände gespielt, dir und deinem Vater.«

»So war es nicht. Ich dachte eben, dass es für alle am einfachsten wäre, die ganze unglückselige Sache mit Elisas Familie hinter uns zu lassen. Alle wären zufrieden. Bis du und Großvater mir im *Alten Boot* beigebracht habt, dass es so nicht laufen würde.«

»Mit der Brechstange, gewissermaßen.«

»Ihr habt über vollgeschissene Windeln und erweiterten Suizid gesprochen.«

»Dein Großvater hat davon gesprochen. Ich habe nur gefragt. Aber du fandst es besser, dich gleich von mir zu trennen?«

»Und mich mit meinem Vater zu zerstreiten, der wollte, dass ich bei dir blieb.« Tom unterstrich seine Worte mit einem unsichtbaren Lineal in der Luft.

»Um Einfluss auf mich und meine möglichen Entdeckungen zu nehmen?«

»So ungefähr. Es lief darauf hinaus.«

»Du hast dich geweigert – und er strich dir daraufhin die Putzfrau.« Isabel lächelte kurz, ein Aufblitzen von Galgenhumor. »Was ist das nur für ein großer Mist, Tom? Dein Vater hätte 1954 nur die Wahrheit sagen müssen, um uns alle vor solchen Folgen zu bewahren. Es wäre so einfach gewesen.«

»Einfach?« Tom hustete in die hohle Hand. »Ich würde es nicht unbedingt einfach nennen, eine dreifache Tötung zu gestehen.«

»Er hat die Forggenmüllers ja nicht vorsätzlich umgebracht. Elisas Schwester starb bei dem Sturz, die Eltern wurden durch den plötzlichen Anstieg des Wassers getötet.« Isabel kratzte sich am Kopf, bis die Nägel laut genug über die Kopfhaut schabten, um ihre Gedanken zu übertönen. Sie durfte sich nicht fragen, wie es sich anfühlte, in einem finsteren Gewölbe zu ertrinken, während oben die Leiche der eigenen Tochter lag. Sie *durfte* sich das nicht fragen. Durfte sie nicht. Durfte sie nicht. Durfte sie nicht.

»Isabel?«

»Ja? Das fällt sicher unter höhere Gewalt.« Isabel betastete die baumwollene Bettwäsche, um sich an etwas Stofflichem festzuhalten. Sie schaffte es nicht, den entsetzlichen Tod der Forggenmüllers als ebenso wahrhaftig zu empfinden wie Toms Schlafzimmer im Stadtmauerhaus und das leise Brausen des Verkehrs. Dafür hätte sie die Wahrheit an sich heranlassen müssen. Doch allein die Vorstellung dessen … Dabei war der feuchte Keller, in dem Barbara und Ernst gestorben waren, 1954 keinen Deut weniger real gewesen. Mit einem Mal übermannte Isabel das Grauen darüber, was Elisas Familie widerfahren war. Sie würgte.

»Isi?«

Sie fuchtelte mit den Händen. Tom verstand.

»Hier.« Er brachte ihr einen giftgrünen Putzkübel aus Plastik, in den sie sich zitternd erbrach. »Geht es besser?«

»Ich gehe mir den Mund ausspülen.« Isabel blieb nur kurz im Bad, sah ihrem blassen Spiegelbild entgegen. Als sie wiederkam, war der Eimer schon fort. Sie setzte sich im Schneidersitz neben Tom und verschränkte die Arme, ließ die Hände in den Ärmeln des jeweils anderen Arms verschwinden. »Danke.«

»Ist doch selbstverständlich.« Ein zärtliches Lächeln knisterte über seine Züge. »Sollen wir ein anderes Mal weiterreden?«

»Nein. Du glaubst, dein Vater wäre ins Gefängnis gekommen?«

»Was denkst du denn? Beim Streit mit Sybille hat er sie gestoßen, ich denke, das läuft unter Körperverletzung. Im Fall der Eltern war es wohl Freiheitsberaubung mit Todesfolge – oder was auch immer. Ich habe keine Ahnung, wie man diese Anklageliste korrekt formuliert, aber günstig hätte ihm das vermutlich kein Gericht ausgelegt. Mein Vater hat drei Menschenleben auf dem Gewissen, daran lässt sich nicht rütteln.«

»Dann wenigstens später.«

»Was meinst du?«

»Er hätte später alles richtigstellen können. Als die Anklage verjährt war. Elisa hätte Gewissheit darüber verdient gehabt, was ihrer Familie widerfahren ist. Sie waren doch Freunde, dein Vater und Tante Elisa. Von Kindesbeinen an.« Isabel blinzelte. Sie würde jetzt nicht wieder die Beherrschung verlieren. »Wenn er die Wahrheit gesagt hätte, hätte er uns beide nie auseinanderreißen müssen.«

»Ich weiß«, versicherte Tom. »Das weiß ich natürlich, Isi.

Und ich finde es abscheulich und verachtenswert, was er getan hat.«

»Ist es auch. Es ist unvorstellbar grässlich.«

»Man sollte ihm kräftig in den Arsch treten, dass er im Dreck liegt und so schnell nicht wieder aufsteht. Aber er ist trotzdem mein Vater, wenn auch ein Blender, wie er im Buche steht. Er lebt von der Anerkennung und dem Respekt der Leute, inhaliert sie wie andere die ätherischen Öle bei einem Saunaaufguss. Nach Forggen hat er Karriere gemacht, erst in Großvaters Firma, dann als Politiker. Du weißt, dass er wenig Zeit für mich hatte.«

»Pff. Eher nie.«

»Was denkst du, hätten die Medien wohl getitelt?«

»Was werden die Medien jetzt titeln?«, entgegnete Isabel leise. »*Herr Landrat a.D., der geheime Mörder?*«

»Du wirst die hässliche Geschichte doch nicht an die Öffentlichkeit zerren, oder?«

»Ich täte es, wenn Tante Elisa noch am Leben wäre. Ich schwöre, Tom, ich täte es. Und wenn ich hinterher in den Armen der Soziophobie krepieren müsste, ich würde es der ganzen Welt ins Gesicht schreien. Um ihr Gerechtigkeit zu schenken.«

»Tante Elisa ist nicht mehr am Leben«, sagte Tom sanft.

»Dominik hat die Kassetten gestohlen.« Sie nagelte ihn mit ihrem Blick fest. »Für deinen Vater.«

»*Wahrscheinlich* hat er die Aufnahmen inzwischen.«

»Ich will sie wiederhaben.«

»Es ist dumm, da unten auf dem Boden zu liegen«, flüsterte Isabel später, in den dunkelsten Stunden der Nacht. »Komm ins Bett. Wir sind Freunde.«

Die Matratze bog sich nach unten, als Tom sich vorsichtig neben sie legte. Den Stoffaffen als Sittenwächter zwischen sich, berührten sie einander lediglich mit den Fußspitzen.

»Dein Vater muss geahnt haben, dass du dich nicht noch einmal so vor seinen Karren spannen lassen würdest wie 2004. Deshalb hat er Matthias Schimmel auf mich angesetzt. Als zweites Ass im Ärmel.«

»Vermutlich.«

»Das ist krank.« Isabel zögerte.

»Sag es mir. Was ist noch?«

»Da war ein Kind, Tom.«

»Was meinst du?«

»Elisa war 1954 schwanger von Quirin.«

Tom stöhnte. »Bitte nicht noch mehr Geheimnisse in dieser Familie.«

»Ich weiß nicht, ob sie es abgetrieben oder zur Welt gebracht hat.«

»Dann wird uns nichts anderes übrigbleiben, als mit Quirin darüber zu sprechen.«

»Uns?«

»Wenn du willst.«

»Sag ehrlich: Bereust du es, dich gegen ihn gestellt zu haben? Gegen deinen Vater?«

»Wegen der verlorenen Putzfrau?« Tom schnaubte in das Fell des Heimweh-Äffchens. »Isabel ...«

»Hm?«

»Schlaf jetzt. Wird nicht angenehm, was wir morgen vorhaben.«

32

Laternenschein

ISABEL – November 2016

Isabel trat in aller Frühe vor die Tür des Stadtmauerhauses. Die Luft war kalt, viel kälter als am vergangenen Abend oder irgendwann in den vorherigen Wochen. Die Temperatur war um einige Grad gefallen, dabei blies der Wind vom Vortag ihr mit unverminderter Heftigkeit ins Gesicht. Es fühlte sich an, als würde sie gefrorene Wattebäusche schlucken.

Ihr Blick huschte über Toms Vorgärtchen, während sie auf ihn wartete. Es sah nackt und traurig aus. Ein allerletztes Herbstblatt hing an einem Strauch; mehr nicht. Auf dem Kalender in Toms Küche stand der 19. November. Noch acht Tage bis zum ersten Advent, der früh kam in diesem Jahr, weil der Heilige Abend auf einen Samstag fiel.

Tom stellte sich neben Isabel, schweigsam und in sich gekehrt. Seit den geflüsterten Worten in der letzten Nacht hatte er so gut wie nicht mehr mit ihr gesprochen, nur das Allernotwendigste. Welche Gedanken ihm auch durch den Kopf jagen mochten – seine Miene sah aus, als wären sie auf Hexenbesen unterwegs.

»Bist du in Ordnung?« Isabel studierte Toms Gesicht. Sein Mund erinnerte sie an den kurzen Stummel eines Bleistifts. Er stand ein wenig vornübergebeugt, der Kopf hing leicht nach vorne. Sie kannte diese Haltung von sich selbst, wenn sie sich klein machen, am liebsten in Luft auflösen wollte. »Möchtest du doch erst etwas essen?« Beide hatten sie nicht gefrühstückt. Zu schwer lag ihnen die anstehende

Konfrontation im Magen. »Wenigstens einen Kaffee trinken? Dein Vater läuft uns um die Uhrzeit sicher nicht weg.«

»Lass uns fahren. Mir ist lieber, wir bringen es hinter uns. Ich streite nicht gern mit ihm. Er ist weiß Gott kein Heiliger, wir standen uns auch nie wirklich nahe, aber für mich bleibt er anscheinend auf immer und ewig eine Respektsperson. Ich komme da nicht aus meiner Haut. In seiner Gegenwart fühle ich mich wie ein Kind.«

»Dein Vater soll uns die Kassetten geben, mehr nicht. Wir wissen, was in der Sturmnacht geschehen ist. Dahingehend braucht er keinen mehr zu belügen.«

»Falls er sie hat.«

»Wie bitte?«

»Falls mein Vater die Kassetten hat«, wiederholte Tom gezwungen. »Fragst du dich nicht, Isabel, ob wir am Ende irgendetwas übersehen haben?«

*

»Kommt ihr, um mir Vorwürfe zu machen?« Michael Radspieler öffnete die Tür im Pyjama. »Herrgott, es ist kurz nach sieben!«

Sie hatten ihn ohne Zweifel aus dem Bett geworfen. Seine Augen waren vom Schlaf verquollen, das faltige Gesicht zerdrückt wie ein Milchbrötchen in Kinderhand. Er sah weder gefährlich noch angriffslustig aus. Nur müde. Für einen Moment hatte Isabel die Fotos in Tante Elisas Album vor Augen, den Buben, der Michael gewesen war – ehe er sich mit Elisas Familie drei Tote auf das Gewissen geladen und Forggen hinter sich gelassen hatte; ehe er heiratete und Toms Vater wurde; Geschäftsmann, Landrat und Bundestagsmitglied.

»Sie waren nicht umsonst Hauptverdächtiger der Polizei«, sagte Isabel zu ihm. »Sie hatten die Gesichter der Toten die ganze Zeit vor Augen und haben geschwiegen.«

»Ich bin nicht einmal enttäuscht, Thomas. Mir war klar, du würdest es ihr früher oder später sagen. Mich denunzieren. Was gilt dir schon das Leben deines Vaters?« Michael Radspieler fixierte seinen Sohn.

»Es geht nicht um dein Leben, sondern lediglich um deinen guten Ruf, Papa. Du fürchtest doch in erster Linie, die Leute könnten dich anders ansehen; dass die Sache dich den ein oder anderen Vorsitz kostet, womöglich sogar alle. Aber ist das im Grunde nicht egal?«

»Dann werden Sie an die Presse gehen? Ohne Beweise?« Jetzt drehte Radspieler den Spieß um, fokussierte sich ganz auf Isabel. »Ich habe niemanden ermordet.«

Dieser Blick. Verachtung. Sie fühlte die Symptome ihrer sozialen Phobie zurückkehren, alle auf einmal, die sie schon vielfach überwunden geglaubt hatte. Das Herz zitterte ihr in der Brust wie ein gefangener Vogel, der panisch gegen die Scheibe fliegt. Sie konnte fühlen, wie Radspieler ihr Erröten und Schwitzen beobachtete – und es genoss.

»Starr sie nicht so an, Papa.«

»Weshalb nicht? Beschädigt das ihr zartes seelisches Gleichgewicht?« Der Hohn in Michael Radspielers Stimme brachte Isabel beinahe dazu, sich wieder zu übergeben, gleich an Ort und Stelle.

Tom trat warnend einen Schritt vor, so dass sie sich hinter seinem Rücken in Sicherheit bringen konnte. Vor den bösen Blicken eines alten Mannes.

»Es ist doch so, Papa: Eine Geschichte ist eine Geschichte. Bringt Isabel die Fakten ans Tageslicht, ist dein Ruf unwiderruflich beschädigt, ob die Leute die Sache nun glauben oder nicht. Ob die Polizei ihr nachgeht oder nicht. So etwas bleibt hängen. Und dir jedenfalls ist das nicht egal. Erinnerst du dich an den Münchner Lehrer, mit dem du korrespondiert hast? Den man vom Vorwurf des sexuellen Missbrauchs freigesprochen hat – und der trotzdem nirgendwo mehr gern gesehen war?«

»Ich glaube nicht, dass deine Freundin den Mumm hat, auch nur mit der Presse zu telefonieren.«

»Lass es nicht darauf ankommen.«

»Was wollt ihr?«

»Elisas Kassetten.« Isabels Stimme war nicht energisch und bestimmt, wie sie es sich gewünscht hätte, aber: Sie war da. »Geben Sie mir die Kassetten zurück. Dann verspreche ich, nicht an die Öffentlichkeit zu gehen.«

»Was ist mit Quirin?«

»Er hasst dich so oder so, Papa. Es wird sich also nichts ändern, wenn er erfährt, was du getan hast.«

»Und wenn er sich dann an die Presse wendet, mein eigener Bruder?«

»Das liegt nicht in unserer Hand. Geben Sie mir die Kassetten«, verlangte Isabel.

»Bedaure. Ich bin nicht im Besitz irgendwelcher Kassetten.«

»Hat er sie noch, dein Handlanger?«

»Handlanger? Von wem bitte sprichst du?«

»Er hatte Sex mit ihr, wusstest du das? Und dafür bezahlst du den Kerl?«

Michael Radspieler streckte die Hand nach Tom aus und legte sie ihm für einen Moment auf den Kopf. »Ihr müsst auf euch aufpassen. Das Leben ist viel komplizierter, als ihr beiden Grünschnäbel euch vorstellen könnt.« Er lächelte kryptisch und schlug ihnen die Tür vor der Nase zu.

*

Die Pizzen zu Mittag blieben unangetastet. Isabel fehlten die Nerven, bis nach dem Essen zu warten, um mit Quirin zu sprechen. Der Onkel sah gut aus, besser als in der letzten

Zeit. Sie wertete das als gutes Omen. Die Zeit war reif, ihrem Ziehvater alles offenzulegen, was sie bislang verheimlicht hatte – angefangen bei Tante Elisas Brief. Unter dem Tisch hielt Tom ihre Hand fest. Die Kuppe seines kleinen Fingers lag an der Kuppe ihres kleinen Fingers.

Während Isabel redete, kratzte Quirin sich am rechten Nasenflügel, am linken Nasenflügel, dann am Hals. Er rieb sich die Stirn, atmete zeitweilig gefährlich schnell und flach, unterbrach sie kein einziges Mal. Gelegentlich zuckten seine Lider. Als Isabel ihm erzählte, wie die Forggenmüllers gestorben waren, entgleisten ihm die Gesichtszüge. Aber er sagte kein Wort.

Zum Schluss, nachdem sie sich leergeredet hatte und sich keine einzige Silbe mehr in ihrem Kopf fand, die noch nicht gesagt wäre, fragte Isabel den Onkel nach Elisas Schwangerschaft.

Quirin Radspieler schüttelte die grauen Locken und rückte seinen Stuhl zurück. »Ich werde darüber nicht sprechen. Mit niemandem, nicht einmal mit euch beiden.« Er stand auf und griff sich seinen Staubwedel vom Regal, ein violettes Ungetüm, das ihm Elisa vor Jahren geschenkt hatte. Kommentarlos ging er hinaus in den Flur, wo er seine Nudeln abzustauben begann.

Isabel und Tom warteten eine Weile.

Er kam nicht zurück an den Tisch.

»Können wir dich für den Rest des Nachmittags alleine lassen?« Isabel fragte ihn hilflos, so hilflos, wie sie sich fühlte. Sie wollte Quirin böse sein wegen seiner Verstocktheit. Stattdessen war sie beschämt über ihre eigene Unbeholfenheit. Da hatte sie so lange mit der Wahrheit hinter dem Berg gehalten, um den Onkel dann doch völlig zu überfahren. *Er weiß weniger, als du vielleicht annimmst.* Das hatte Tante Elisa in ihrem Brief geschrieben, der mit den Kassetten verschwunden war. Isabel streichelte über Quirins Rücken, der hart war vor Anspannung.

»Ich bin erwachsen.« Der Onkel klang mürrisch; vielleicht versuchte er auch nur, nicht zu weinen. »Ihr solltet einmal darüber nachdenken, ob ihr wirklich das Recht habt, auf diese Weise im Leben anderer Menschen zu bohren.« Er hielt den Staubwedel wie eine Waffe. »Und falls ihr die Kassetten wiederbeschaffen könnt, will ich sie haben. Elisa war meine Frau. Die Bänder sind mein Eigentum.«

*

»Was jetzt?« Sie standen vor der Haustür, der Wind stob aufkommenden Schneeregen vor sich her durch die Luft, ihnen in die Augen. Wenn der Onkel nicht über die Vergangenheit reden wollte, blieben nur Elisas Kassetten. Und die waren zusammen mit dem alten Fotoalbum verschwunden.

»Wir fahren zu dem Wohnwagen. Ich kann mir nicht vorstellen, dass der falsche Dominik seiner Ehefrau sonderlich viele Details über einen so prekären Auftrag anvertraut hat. Wenn wir Glück haben, wollte er die Kassetten lieber nicht privat zu Hause lagern und hat sie im Wohnwagen versteckt.«

»Der prekäre Auftrag, das bin ich.« Es klang schrecklich verkehrt, für einen Mann, den es gar nicht gab, ein bloßer Job gewesen zu sein.

»Er war mit dir im Bett, Isi. Ich will einfach nicht glauben, dass mein Vater das von ihm verlangt hat.«

»Du glaubst es nicht, oder du willst es nicht glauben?«

»Wahrscheinlich sollte er dich lediglich beschatten, um anschließend einen freundschaftlichen Kontakt zu knüpfen. Um dich auszuhorchen. Ich hoffe, wir treffen den Scheißkerl in seinem beschissenen Wohnwagen.« Tom lief in Richtung Auto und trat im Vorbeigehen kräftig gegen den Gartenzaun.

»He!«, protestierte Isabel.

»Ist doch wahr! Schlimm genug, dass Papa einen Werkschutzbeauftragten Detektiv spielen lässt. Dass der Kerl die Geschichte aber ausnutzt, um Sex mit dir zu haben ...«

»Ich glaube, er hat es nicht darauf ange...«

»Lass gut sein. Sag nichts mehr dazu.« Tom hielt ihr die Autotür auf. »Ich mag die Vorstellung einfach nicht, wie du in den Armen dieses roten Affen liegst.«

»Der hier ist es.« Isabel fand den Stellplatz auf Anhieb wieder. Der zweite Wohnwagen in der dritten Reihe links. Vor der Unterkunft stand eine der Lampen, deren nächtlicher Anblick sie ins London vergangener Zeiten geträumt hatte. Im verwischten Grau des Tages war sie ohne Zauber.

Tom klopfte an die Hartplastiktür des Wohnwagens. Auf seiner Schläfe trat eine Ader hervor.

Niemand öffnete. Das hatten sie auch nicht erwartet.

Pro forma klopfte er ein weiteres Mal, obschon die Anlage menschenleer war und sich daher vermutlich selbst an einer Horde Einbrecher mit Stemmeisen keiner gestört hätte. Dann drehte er versuchsweise den Türknauf.

»Ist nicht abgeschlossen.« Tom schlüpfte in den Wohnwagen, ehe Isabel protestieren konnte. »Deswegen sind wir schließlich hergekommen. Um nachzusehen, ob er die Kassetten hier versteckt hat.«

»Falls sie nicht doch längst bei deinem Vater sind. Oder vernichtet.«

»Hilf mir suchen.« Tom legte die Stirn in Falten.

»Das ist Hausfriedensbruch«, murmelte Isabel, die sich schon in Handschellen sah, abgeführt von einem Polizisten, der sie grob auf den vergitterten Rücksitz des Polizeiwagens drückte. Nichtsdestotrotz schaute sie in jeden Schrank und in jedes Schubfach, unter das Bett und unter die Matratze.

Sie fanden: nichts.

Selbst die Prospekte, mit denen der falsche Dominik seine angebliche Arbeit am Reiseführer unterstrichen hatte, waren fort.

»Das nennt man wohl einen Schlag ins Wasser.« Tom kontrollierte lustlos ein Klappfach unter der Bank, in das er zuvor schon hineingesehen hatte.

»Tut mir leid.« Sie hörte auf zu suchen. »Ich dumme Kuh habe ihm mit meiner Bitte, mir beim Rätsel um Elisas Familie zu helfen, noch in die Hände gespielt.«

»He, Isi, was denkst du denn? Der hat sich doch nicht umsonst als Journalist ausgegeben – als genau der Typ Mann, den du brauchen konntest.« Er küsste sie beschwichtigend auf die Stirn und kletterte aus der Enge des Wohnwagens. »Lass uns abhauen.«

Isabel, die ihm folgte, lief prompt in Tom hinein, so abrupt blieb er auf dem Lochblech der oberen Treppenstufe stehen.

»Was …?« Die Frage erübrigte sich. Sie brauchte sie nicht zu beenden.

Mit einem kaum hörbaren *Pling*, als klängen zwei zartwandige Weingläser sehr leise aneinander, sprang die Beleuchtung des Campingplatzes an. Die Lampen erhellten ein Szenario, in dessen Zentrum sich Matthias Schimmel gegen den Laternenpfahl lehnte und lange Regenfäden auf seine Jacke klatschten – auf eine Jacke mit aufgenähtem Maad-Nagel-Logo.

»Ihr solltet gehen.« Schimmels Hände steckten in den Taschen. Er war sicher nicht wegen des leeren Wohnwagens zurückgekommen – und er war die Ruhe in Person. Keine Spur von Beunruhigung. Hatte er sie verfolgt und zeigte sich jetzt, um ihnen zu drohen?

»Gib mir die Kassetten zurück.«

»Ich mag dich, Isabel. Du bist ein wenig gestört, das schon, aber sind wir das nicht alle? Lass die Vergangenheit ruhen, ehe etwas Dummes geschieht.«

»Die Kassetten«, zischte Isabel und spürte an ihrer Seite Toms mühsame Zurückhaltung.

Matthias Schimmel schüttelte leicht den Kopf, es war nur eine angedeutete Bewegung. »Etwas wirklich Dummes.«

»Weiß Ihre Frau, was Sie mit Isabel getrieben haben? Das ist doch Ihre Frau auf dem Bild in Ihrem Büro? Die Blonde mit dem Zahnspalt? Wie würde es ihr gefallen, wenn sie davon erführe?« Tom klang derart eiskalt, dass Isabel nicht anders konnte, als den überraschenden Moment der Explosion zu fürchten. »Was Sie hier tun, Herr Schimmel, gehört nicht zu Ihrem Job. Sie sollten sich an die Stellenbeschreibung eines Werkschutzbeauftragten halten und Isabel nie wieder nahekommen.«

Der Mann, der nicht Dominik war, lachte schallend. »Ich sage euch was: Vergesst die Kassetten. Vergesst mich. Glauben Sie mir, *Tom*, Sie würden es sich nie verzeihen, wenn Isabel etwas zustieße. Was nicht heißen soll, dass Sie nicht vielleicht trotzdem damit leben müssen.«

»Ich werde mir die Kassetten wiederholen.« Isabel tat einen Schritt auf ihn zu. Eine Herde Wildpferde jagte im Galopp über ihr Herz.

»Törichtes Ding.« Ein letztes kurzes Gelächter, dann drehte er sich um und marschierte schnellen Schrittes in die zunehmende Dunkelheit jenseits der Laternen.

*

Später, nachdem er berichtet hatte, klingelte sein Telefon. Er hielt die Hand über den Hörer, als könnten die verdächtigen Worte sonst heraushüpfen und alle – alle, die ihm lieb und teuer waren – vor dem Monster warnen, das in ihm wohnte. Eilig verließ er den Raum, um draußen in der Garage (wo sein Sportwagen über den Winter stand) im Flüsterton zu telefonieren.

Der Anrufer fragte ihn, ob er bereit sei, die letzten Raten für das Haus abzubezahlen. Er mochte den Euphemismus.

33

Brüder

ISABEL – November 2016

Sonntagmorgen lag Schnee. Isabel fühlte sich an den verschneiten Park des Marguard-Klinikums erinnert. Noch Anfang des Jahres hatte sie dort am Fenster gesessen, hatte Bilder von einem Stofftier geschossen und in vielen Gruppen- und Einzelsitzungen verinnerlicht, dass letztlich ihr eigener Blick auf die Welt der einzige war, der für sie, für Isabel Radspieler, zählte. Dass die Meinung Fremder ihr nicht Anlass sein sollte, stundenlang über eine Geste, ein Wort oder einen Blick nachzugrübeln.

»Ich gehe spazieren, Onkel Quirin. Kommst du mit?«

Der alte Mann brummelte etwas, das nach Ablehnung klang. In den Händen drehte er einen kleinen Gegenstand, der in durchsichtige Folie gewickelt war, den Isabel aber nicht erkennen konnte. Sie traute sich auch nicht, danach zu fragen; besonders nicht nach gestern, als sie die Welt eines alten Mannes auf den Kopf gestellt hatte, den sie doch von Herzen liebte. Wieso war ihr vorher nie in den Sinn gekommen, Quirin würde – anders als Elisa – das schlimme Schicksal der Forggenmüllers womöglich gar nicht erfahren wollen? Jetzt war es zu spät. Sie hatte ihm keine Wahl gelassen, und nun saß er da, diesen kleinen Gegenstand in den Händen, und schwieg sie an.

Draußen riefen die Glocken zum Gottesdienst. Isabel blieb im Hauseingang stehen und sah den Kirchgängern zu. Ältere Leute waren das zumeist, ihre Zahl geringer, als es einem Pfarrer lieb sein mochte. Auf einigen Männerköpfen saß Trachtenfilz, zwei oder drei kecke Federn am Hut, während die Umschlagtücher der Frauen in durchweg gedeckten Farben gehalten waren. Eine der älteren Damen zog ihren Gatten beiseite, befeuchtete einen Zeigefinger mit Spucke und rieb eilfertig an seinem Kragen, bis der so Bemutterte sich unwirsch losriss. Isabel war dankbar, dass die vorüberziehende Kirchengemeinde keine Notiz von ihr und den quietschgelben Gummistiefeln an ihren Füßen nahm. Vorhin, ehe sie hineingeschlüpft war, hatte sie kurz gezögert – die Stiefel verbanden sie mit Dominik und ihrer ersten Begegnung. Es war kein Zufall gewesen, alles andere als schicksalhaft, als er ihr im abgelassenen Seebett nachgelaufen war. Kein Zufall, natürlich nicht. Seltsamerweise bedauerte sie die besudelten Glücksgefühle, die sie ob eines unschuldigen Flirts empfunden hatte, am allermeisten.

Isabel lief am Scharnitzer-Haus vorbei, ein Stück die Straße entlang, die sie mit tausenderlei Erinnerungen an ihre Kindheit und Jugend verband. Dort an der Ecke das Einfamilienhaus mit den Marmorsäulen, dessen Bau damals für Getuschel unter den Alteingesessenen gesorgt hatte. Inzwischen war es rosa gestrichen, was in der Nachbarschaft dem Fass vermutlich den Boden ausschlug. Ein Stück weiter die Stelle, wo sie einmal einen überfahrenen Igel gefunden und im Garten begraben hatte. Onkel Quirin war die Trauerrede zugefallen. Sie wusste noch, wie ernst sie dagestanden hatte, mit kummervoll gefalteten Händen. Drüben, in Richtung See, sah sie die lange Reihe Nistkästen, von denen Tom behauptete, in einem davon sei ein verschwundenes Diamantenkollier des Märchenkönigs versteckt. Selbst ohne Elisas Kassetten hätte Isabel sich gut vorstellen können, wie schmerzlich es für alle gewesen sein musste, die Heimat zu verlieren und sie auf immer zerstört zu wissen.

In der Kirche begann die Orgel zu spielen. Isabel lauschte den leisen Klängen nach, bis ein herannahendes Auto sie übertönte. Der Wagen kam von hinten. Das Gaspedal wurde durchgetreten, und der Motor jaulte auf.

Sie drehte sich nach dem Fahrer um, der die zulässigen fünfzig Stundenkilometer zweifelsohne überschritt. Ihre Reaktion kam gerade noch rechtzeitig, um zu sehen, wie der Wagen auf den Randstein fuhr und sich ihr mit höllischem Tempo näherte.

Isabel sprang zur Seite; es mochten nur Sekunden sein, ihr kam es vor, als dehne sich die Zeitlupe über Stunden. Sie landete in einer verschneiten Auffahrt, wo ihr Körper eine Figur im Weiß formte, die an einen missglückten Schneeengel denken ließ. Das Auto verschwand bereits in der Ferne. Ein silbergrauer Golf, mehr konnte sie mit benommenem Kopf nicht erkennen. Weder das Nummernschild noch die Person hinter dem Steuer.

Sie kam auf die Beine, klopfte sich das Weiß von Jacke und Hose, dann sah sie sich um, ob jemand den Vorfall beobachtet hatte. Eigentlich hätte sie auf einen Augenzeugen hoffen sollen, der weiterhelfen konnte. Stattdessen betete sie darum, niemand möge verborgen hinter den Fenstern der umliegenden Häuser stehen und sich über ihre ungelenke Gestalt im Schnee amüsieren. Als sie begriff, was sie da gerade dachte, schlug sie sich mit beiden Handballen gegen die Stirn. Wie konnte sie bloß so himmelschreiend dumme Gedanken vor einen Mordversuch stellen? War es das denn gewesen, ein Mordversuch?

Der Onkel war inzwischen vor den Fernseher gewechselt. Es lief eine *N24*-Reportage über Hunde mit Prothesen. Er hatte sich Cornflakes in eine Schüssel gekippt, die wackelig auf seinem Schoß stand. Seine Füße lagen ausgestreckt auf dem

Couchtisch. Er hätte ein Bild völliger Entspannung abgegeben, wenn nicht die linke Hand sich krampfhaft um etwas geklammert hätte, das Isabel für den Inhalt der ominösen Folie hielt.

»Ich bin schon wieder zurück.«

»So.« Der Onkel sah nicht auf und bemerkte daher das Zittern nicht, welches sie mit zunehmender Heftigkeit umfing. Erst war es eine Gänsehaut, feine Nadelstiche am ganzen Körper, die sich zu einem Crescendo zuckender Muskeln, klappernder Zähne und bebender Gliedmaßen ausweitete. Die Panik schlug verspätet ein; ihre Wucht – der Krater, den sie riss – war deshalb nicht geringer. Isabel ging in die Knie, als könne sie den Schlag in kauernder Stellung abmildern, ihm weniger Angriffsfläche bieten.

»Tom hat angerufen. Erst wohl auf deinem Handy, dann auf dem Festnetz.« Quirin nahm die Augen nicht vom Bildschirm. »Du sollst ihn jetzt gleich bei seinem Vater treffen.«

Toms Vater, das war Quirins Bruder. Michael Radspieler. Isabel hatte seit Jahren nicht mehr gehört, wie der Onkel dessen Existenz auch nur in Worte kleidete. »Geh da nicht hin, kleine Raupe. Hol dir Cornflakes und setz dich her zu mir. Lass den Teufel draußen.«

*

Sie klingelte an Radspielers Tür und stand fraglos noch immer unter Schock. Der Türgong war ein langgezogener, tiefer Ton, der sich in menschlicher Form als gewichtiger Herr mit Kugelbauch manifestiert hätte. Das dachte Isabel, und noch allerlei anderes, während sie wartete und zitterte. Zitterte und wartete.

»Da bist du.« Michael Radspieler duzte sie wieder. Er war akkurat gekleidet, doch die gewohnt autoritäre Ausstrahlung fehlte, schien ihm irgendwie abhandengekommen zu sein.

Er wirkte wie einer, der nach langem Kämpfen keine Kraft mehr hat. »Wir sind im Wohnzimmer. Komm bitte herein.«

Sie folgte ihm mit einem unguten Gefühl. Er war Toms Vater und zugleich der Mann, der den falschen Dominik beauftragt hatte. Was wollte er von ihr – und war sie vorhin auf seine Anweisung hin fast überfahren worden?

»Da ist sie.«

Tom sah nicht hoch, als sein Vater ihn ansprach. Mit dem kleinen Finger rührte er Kreise auf dem Polster der Couch. Seine Haltung erinnerte sie an Onkel Quirin vor etwas mehr als einer halben Stunde. *Lass den Teufel draußen.*

»Was ist los mit dir?« Er brauchte Isabel gar nicht anzublicken. Sie wusste auch so von den Tränen, die er vergossen hatte. »Was ist passiert, Tom?«

»Mein Vater soll es dir erzählen. Mach du das, Papa. Ich kann es nicht.«

»Nimm Platz, Isabel. Es gibt etwas, das du erfahren musst.« Dieses Mal gab es keine winzigen, walnussfarbenen Espressotassen von Rosenthal auf dem gläsernen Couchtisch. Isabel sank neben Tom auf das lederne Ecksofa und rückte dicht zu ihm heran, bis sie sein Zittern spüren konnte und er ihres.

Dieses Mal gab es nur Michael Radspielers Geschichte.

»Es stimmt nicht, was ich Thomas damals erzählt habe. Das, was ihr beide über die Geschehnisse in der Sturmnacht zu wissen glaubt, ist nicht wahr.«

»Du hast geweint, Tom«, flüsterte Isabel und hätte Michael mitsamt seinen Wahrheiten am liebsten aus dem Zimmer geworfen. »Du weinst nie. Weshalb hast du geweint?«

Ganz langsam hob Tom ihr ein Gesicht ohne Farbe entgegen; ohne Farbe, bis auf die Augen, die waren trüb und rot. »Hör es dir an.« Mehr sagte er nicht.

»Elisa erwartete ein Kind von meinem Bruder.« Michael berichtete mit gesenktem Haupt und ohne große Gesten. Da war eine Demut in seiner Stimme, die Isabel bei einem Mann wie ihm niemals erwartet hätte. »Sie war damals, in jener Nacht, wegen des Babys beim Arzt. Nur Quirin, Sybille und ich wussten davon, sonst keiner.«

»Das mit ihrer Schwangerschaft sagen Sie bloß, weil Sie sich die gestohlenen Bänder angehört haben«, warf sie Toms Vater vor. »Tante Elisa erzählt davon, ist es nicht so?«

»Soll das eine Frage sein?« Der indignierte Blick, mit dem er Isabel bedachte, passte zum alten Michael Radspieler. »Quirin ist mein kleiner Bruder. Wir sprechen seit vielen Jahren nicht mehr miteinander, aber ich liebe ihn.« Die Demut war zurück in Michaels Stimme. Isabel empfand sie als beängstigend. Der trügerische Vorbote des Teufels? Sie sah Onkel Quirin daheim auf der Couch sitzen, die Cornflakes-Schüssel auf dem Schoß. »Große Brüder beschützen ihre kleinen Geschwister. Nichts anderes habe ich getan, als ich Tom eine falsche Version der Ereignisse erzählte.«

»Was soll das heißen?«

»Es gab Streit. Sybille hatte große Angst um ihre Schwester und das Baby. Sie war panisch vor Furcht, Elisa könnte das Kind womöglich noch am selben Abend abtreiben lassen. Sie hielt es für grundfalsch, die Schwangerschaft abzubrechen, und ging so weit, alles ihren Eltern sagen zu wollen. Sybille war in so mancher Hinsicht gläubiger als der Rest der Familien Forggenmüller und Radspieler zusammen. Sie, die jüngere Schwester, hatte weniger von dem Schmerz um ihre toten Brüder mitbekommen, weniger von der Sorge um Forggen – und an die Alliierten in unserer Gaststube erinnerte sie sich eher vage. Vielleicht war ihr fester Glaube auch unser Verdienst, weil wir sie gut behütet hatten.«

»Dann haben Sie also tatsächlich schon angefangen, die gestohlenen Kassetten zu hören.«

Michael Radspieler fuhr fort, ohne auf ihren Kommentar einzugehen. »Quirin und ich taten unser Bestes, um sie zu beschwichtigen. Ich weiß noch, ich wurde richtig laut mit ihr, was gelegentlich vorkam, wenn mir die Hutschnur riss. Wir waren ineinander verliebt, aber sie blieb doch immer die Kleine und Brave, die sich am wenigsten traute. Diejenige, auf die wir anderen aufpassten. Ich nutzte das schamlos zu meinem Vorteil und habe nie verstanden, weshalb sie sich auf die Beziehung mit mir einließ.«

»Sie hat Sie vermutlich geliebt«, gab Isabel leise zu Protokoll.

»Wir trieben es so weit, dass sie weinend weglief. Wir folgten ihr in die Küche der Müllerei. Ich weiß noch genau, was Quirin ihr an den Kopf warf: *Was willst du eigentlich? Jemand, der blöd genug ist, sich von meinem Bruder abkanzeln zu lassen, will mir sagen, was ich zu tun habe?*« Mein Bruder war zornig, weil Elisa ihm strikt verboten hatte, sie zum Arzt zu begleiten. Er wollte sie beschützen, ihr bei jeder Entscheidung beistehen, die sie traf. Aber sie wollte das unbedingt alleine machen – und da tanzte ihm auch noch die kleine Sybille auf der Nase herum.«

»Du denkst, das klingt nicht nach Onkel Quirin?« Tom schlug sich mit dem Handballen gegen die Schläfe. »Hör dir an, was noch kommt.«

»Quirin war der Beherrschtere von uns beiden. Ich möchte selbst nicht glauben, was ich gleich über ihn sagen muss. Er war noch sehr jung, aber das entschuldigt nicht, was er getan hat.«

Was hat er getan? Die Frage schrie aus Isabels Augen.

»Er war in Rage und schubste Sybille. Sie fiel hin. Es sah im Grunde nicht sehr schlimm aus, bloß, als würden ihre Glieder durcheinanderpurzeln. Wir sind in unserer Kindheit oft hingefallen, das dürft ihr mir glauben. Nur dieses Mal

… dieses Mal stand Sybille hinterher nicht auf. Wir konnten rütteln und rufen, wie wir wollten. Sie hatte keinen Puls, und der Kopf lag in einem merkwürdigen Winkel zum Körper. Ich denke, ihr Genick war gebrochen.«

»Mein Gott.« Rohes Grauen sprach aus Isabel. Sie war ganz bei dem Mädchen mit den drei Zöpfen, das in der Nacht auf den 2. Juli 1954 sein junges Leben verloren hatte.

»Ich habe diese Bilder von der toten Sybille nie vergessen können. Meiner Sybille. Da kann man noch so viele Jahrzehnte von den Geschehnissen entfernt sein, es lässt einen nie los.«

»Du hättest sie geheiratet, oder?«

»Wahrscheinlich. Wenn sie mich genommen hätte.« Michael fuhr sich über die Augen.

»Deshalb haben sie keinen Kontakt. Weil Papa es irgendwann nicht mehr ertrug, Quirin anzusehen.« Tom schnaufte wie ein ambitionierter Läufer, der seine Joggingrunde um ein paar Minuten zu viel verlängert hat.

»Ich habe ihn gedeckt. Das tun große Brüder. Halt sie jetzt gut fest, Thomas, deine Freundin.«

Tom schob seinen Arm um Isabels Hüfte.

»Was soll das?« Die Melodramatik in Michael Radspielers Ton verriet ihr, dass sie vermutlich lieber auf dem Podest in einem vollbesetzten Saal tanzen würde, als sich das Folgende anzuhören. »Weshalb muss ich festgehalten werden?«

»Ich erzähle dir jetzt, wie es war. Das ist der Punkt, an den du unbedingt gelangen wolltest. Die Wahrheit, um die Quirin Elisa zeit ihres Lebens betrogen hat.«

Isabel kniff sich mit Daumen und Zeigefinger in den Arm. Sie drückte zu, so fest sie konnte, bis der Schmerz ihr die Tränen in die Augen trieb. »Sagen Sie es.«

»Barbara Forggenmüller kam in die Küche, fiel neben ihrer Tochter Sybille auf die Knie und fing an zu schreien.

Mein Bruder beteuerte weinend, sie sei hingefallen, aber Barbara hörte ihn wohl gar nicht. Plötzlich ging ein Ruck durch Quirins Körper, und von jetzt auf gleich wurde er ruhig. Er sah mich an und meinte ganz vernünftig, der Forggenmüller würde ihn beim Anblick der toten Sybille sicher umbringen. Ich solle besser losgehen und unseren Vater zur Hilfe holen. Genau das tat ich. Auf dem Weg nach draußen hörte ich ein dumpfes Geräusch, wie ein Apfel, der aus der Schale über den Tisch gerollt ist und auf den Boden knallt.«

»Da sind Sie umgekehrt?«

»Nein, ich habe mich erst mit meinem Vater an der Seite wieder in die Mühle getraut. Ich war ein junger Bursche, und es war mein Mädchen, das da in der Müllersküche tot am Boden lag – wenn es nicht die Not meines kleinen Bruders gewesen wäre, keine zehn Pferde hätten mich noch einmal dorthin zurückgebracht.«

»Sag es ihr endlich«, verlangte Tom. »Es geht jetzt nicht um deine Gefühle. Sie muss erfahren, was Quirin getan hat.«

»Er saß neben den Leichen der Forggenmüllers und hatte Sybilles Kopf auf dem Schoß. So haben wir ihn gefunden. Quirin erzählte uns von den Morden, als läse er aus einem Schulaufsatz. Zuerst hat er Barbara mit einem gusseisernen Topf erschlagen – das war leicht für ihn, sie kniete wohl noch über dem Leichnam ihrer Tochter –, dann lauerte er hinter der Tür auf den Forggenmüller. Der war von den Schreien seiner Frau angelockt worden. Mein sechzehnjähriger Bruder zog auch ihm den Topf über den Schädel, Ernst ging davon allerdings bloß benommen zu Boden. Da stach Quirin ihm vorsorglich noch ein Küchenmesser in die Brust.«

»Geht's?« Tom legte Isabel eine Decke um die Schultern.

Langsam löste sich die Schockstarre. Der Eisblock taute,

und Isabel begann zu überlegen. Das waren heftige Bilder, die Michael Radspieler ihr in den Kopf gepflanzt hatte. Jetzt saß er ihr gegenüber, ein Bild Fleisch gewordener Läuterung in fachmännisch gereinigter blütenweißer Weste. Sie stellte sich Quirin vor, setzte ihn in Gedanken neben seinen älteren Bruder. Tante Elisa. Mein Gott. Isabel fühlte ihr Hirn durchglühen wie den Draht einer Birne. Sie starrte Michael Radspieler an, der auf seiner teuren Ledercouch zusammengesunken war. »Wenn Ihr Bruder drei Menschen ermordet hat, zwei davon vorsätzlich, weshalb haben Sie ihn gedeckt? Weshalb durfte Ihr eigener Sohn große Teile seiner Jugend bei Quirin verbringen?«

»Er ist mein Bruder, Herrgott!« Michael schlug sich die Hände vor das Gesicht, wie im letzten Akt eines schlechten Dramas.

»Lass ihn in Ruhe«, bat Tom müde. »Er hat uns gesagt, was er zu sagen wusste. Wir sollten gehen.«

»Du brauchst keine Angst um Isabel zu haben. Er wird ihr nichts tun, Thomas. Er hat seitdem überhaupt niemandem mehr etwas getan.«

»Ich glaube, Papa, du kennst ihn nicht. Keiner von uns kennt ihn wirklich.« Im Vorbeigehen drückte Tom die Hand seines Vaters. Der küsste den Handrücken des Sohnes. Die beiden sahen aus, als wären sie einander näher als seit langem.

»Wissen Sie was?« Isabel schob sich die Decke von den Schultern. »Onkel Quirin ist kein Mörder. Ich glaube davon nicht ein Wort.«

34

Der Mond eckig, die Sonne grün

ISABEL – November 2016

»Du kommst zu mir.« Tom hatte nicht viele Worte.

»He, du. Schau mich an. Es ist schrecklich, was dein Vater erzählt hat.« Ihre felsenfeste Überzeugung bewahrte Isabel vor dem emotionalen Supergau. »Aber du darfst das nicht für bare Münze nehmen. Er hat sich das zusammengesponnen, vielleicht, um seine Haut zu retten. Das passt alles hinten und vorne nicht.« Isabel holte Luft. »Außerdem lügt er uns ständig an, wie vermutlich seit 1954 die ganze Welt«, setzte sie hinzu. »Erinnere dich: Er ist derjenige, der eine heilige Angst wegen seines guten Rufs hat. Glaubst du ernsthaft, da stellt er sich vor seinem Sohn selbst als Bösen hin und tischt eine Geschichte auf, die ihn mindestens das gute Ansehen kosten könnte – und das, um einen Bruder zu schützen, mit dem er seit vielen Jahren nicht mehr spricht? Die Sache stinkt zum Himmel, Tom. Und: Weshalb sollte er ausgerechnet jetzt doch noch die Wahrheit sagen?«

»War es das mit deinem Quirin-Plädoyer?«

»Wenn du verstanden hast, dass er ganz sicher nichts getan hat?«

»Ich habe meinen Vater nie zuvor derart offen und zugewandt erlebt. Da war etwas, das ich nicht benennen kann. Ich glaube, er hat uns die Wahrheit gesagt.« Tom kämpfte wieder mit den Tränen. Ihm zerbrachen die Parameter seines Daseins. Er liebte Onkel Quirin, wie sie ihn liebte. Er war ihr Ersatzvater, genau wie seiner. In den Jahren nach dem Tod seiner Mutter, als Michael politische Karriere gemacht hatte, war Tom entweder bei seinem Großvater gewesen oder bei Quirin und Elisa; meistens bei Quirin und Elisa. Anscheinend hatte Michael keine Angst davor gehabt, sein Sohn könnte den beiden unliebsame Fragen stellen, solange sie ihn nur gut betreuten.

Der Tag zog sich in die Länge. Isabel konnte nicht sitzen, nicht liegen und nicht stehen. Alles fühlte sich verkehrt an. Ihre Arme, ihre Beine – wie in einen Neoprenanzug gesteckt, der nicht passte. Ein Zwangskorsett, gestrickt aus Lügen, Wahrheiten und Halbwahrheiten. Was sollten sie tun?

»Tom?« Er lief durch das Stadtmauerhaus. Treppauf. Treppab. »Es ist das Stillhalten, oder? Du erträgst es nicht.«

»Das Denken ertrage ich nicht.«

»Was ... sollen wir tun?« *Und wenn ich falschliege? Wenn er es doch getan hat?*

»Machen? Mit dem Mörder in unserer Familie?« Tom stapfte in die Küche, riss die Besteckschublade auf und griff sich ein Messer. Warf es scheppernd zu Boden. Ließ eine Gabel folgen. Noch ein Messer; dann einen Löffel.

Isabel sah ihm schweigend zu. Ihre Blicke trafen sich – und da war nichts als Dunkelheit in seinem Gesicht. Sie ging zum Schrank und nahm einen Kochtopf heraus, wog ihn erst in den Händen und schleuderte ihn dann mit Wucht von sich, so fest sie konnte. Der Topf traf den Türrahmen, Farbe und Holz splitterten ab. Tom nickte grimmig, und einvernehmlich ließen sie ihn herein, den Wahnsinn. Töpfe und Teller; Schalen und Besteck; das Regal mit den Gewürzdosen; die handbemalte Kaffeemühle und die Stecklinge auf dem Fenstersims. Sie verwüsteten die Küche gründlich, und es verschaffte ihnen beiden Erleichterung. Wenigstens, bis sie hernach auf das gemeinsam angerichtete Chaos starrten und Isabel in Tränen ausbrach.

»Nicht weinen.« Die Worte waren Befehl, nicht Trost. Tom schob Töpfe und zerbrochenes Geschirr mit dem Fuß beiseite, während er gleichzeitig Pullover und Hemd auszog.

Isabel sah ihn an und schluckte; öffnete ihre Bluse. Knopf um Knopf. Bis er sie ungeduldig packte und auf den Boden drückte, wo Scherben sich in ihr Fleisch bohrten. Es war ihr egal, dass er grob war. Egal, dass sie sich schnitt. Als Tom in sie eindrang, umschlang sie ihn mit den Beinen und zerkratzte seinen Rücken, fühlte warmes Blut an ihren Fingern; seine Pein wurde zu ihrer, ihre zu seiner, verschmolz zu einem Konglomerat aus Schmerz.

Bis in den späten Nachmittag hinein lagen sie einfach da, dort auf dem verwüsteten Küchenboden, die Glieder nach und nach so kalt wie die verwundeten Herzen.

»Glaubst du wirklich, dass Quirin schuldig ist?«

Tom gab keine Antwort, knirschte nur mit den Zähnen.

»Was?« Isabel stemmte ihre Hand gegen seine Brust und setzte sich auf. »Bitte sag mir, dass du an ihn glaubst.«

»Kann ich nicht.«

»Ich bin heute Morgen fast von einem silbernen Golf überfahren worden, Tom. Auf dem Gehsteig in Quirins Straße. Quirin war daheim – und er hat keinen Golf.« Die Bilder von dem Auto, wie es auf sie zuraste, kehrten zurück; kletterten über zerbrochenes Geschirr und nackte Gliedmaßen. »Lass uns zu ihm gehen. Das hätten wir gleich tun sollen.«

Sie fuhren hin.

Isabel dachte an die unzähligen Mahlzeiten, die sie am Familientisch mit Elisa und Quirin geteilt hatte. Jedes Lachen, jedes Gespräch rief im Licht dessen, was Michael Radspieler seinem Bruder angelastet hatte, nach neuer Bewertung. Nein. Sie schüttelte heftig den Kopf. Nein und nein und nein. Nicht einmal den Verdacht wollte sie zulassen.

»Schließt du die Tür auf?«

Isabel steckte den Schlüssel ins Schloss und zog die Haustür fest zu sich heran, damit er sich drehen ließ.

»Lass besser mich vorgehen.« Tom schob sie zur Seite.

»Das ist lächerlich.« Tom hatte (gegen ihren energischen Protest) sein Fischermesser eingesteckt, um sich notfalls gegen einen alten Mann wehren zu können, den er liebte. Was nun wirklich hochgradig lächerlich war.

Quirin schlief im Wohnzimmer. Ein Speichelfaden rann ihm aus dem Mund. Auf dem Polster war ein nasser Fleck. Anscheinend hatte er sich kaum bewegt, seit Isabel zu Michael Radspieler aufgebrochen war. Die leere Cornflakes-Schüssel stand neben der Couch auf dem Boden.

Tom ging hin und rüttelte ihn wach. Sie sah, wie sein Mund das Wort *Onkel* formen wollte und dann doch stumm blieb.

»Hallo.« Er rieb sich die Augen wie ein Kind, das von der Mutter zu nachtschlafender Stunde aus dem Bett geholt wird.

Isabels Herz flog ihm zu. »Wir müssen mit dir reden.«

»Fangt nicht wieder so an.« Quirins Miene verschloss sich. »Da lasst ihr mich besser gleich in Frieden.« Er pustete Luft in die Wangen und pfiff trocken wie ein Teekessel, vergessen auf dem Holzofen, das Wasser schon fast verkocht.

»Wir wissen alles. Wir wissen, was du getan hast.« Tom stand aufrecht im Raum, Abscheu und Ekel als Kriegsbemalung im Gesicht.

Der alte Mann schnurrte in sich zusammen wie das Kabel eines Staubsaugers, bei dem man die Rückholtaste gedrückt hat. Dieses Eingeständnis seiner Schuld war so offensichtlich, dass es Isabel noch bis in die letzten Herznischen traf.

»Was bist du für ein Monster!« Tom wuchs in die Höhe, Zentimeter um Zentimeter, während er seinem Zorn lautstark Luft machte. »Ich möchte mich übergeben beim Gedanken, wie sehr Tante Elisa dich geliebt hat. Sie hat dir vertraut. Und jetzt schau dich nur an: ein alter Mörder auf einer alten Couch, der sich anscheinend nicht mehr anders zu helfen weiß, als Rotz und Wasser zu heulen. Die Reue in verflüssigter Form, oder was?«

»Hör auf.« Isabel reichte Quirin ein Taschentuch. Als er danach griff und dabei ihre Hand streifte, zuckte sie zurück.

»Spar dir doch dein Mitgefühl!«, fuhr Tom sie aufgebracht an.

»Es tut mir leid.« Quirins Entschuldigung war mehr Wimmern denn Sprache. »Ich verstehe, weshalb du mich einen Mörder nennst, Junge. Er wäre vermutlich nicht in dem Unglückszug gewesen, wenn ich Elisa die Wahrheit gesagt hätte.« Tom und Isabel standen als erstarrte Wächter neben der Couch, als der Onkel fortfuhr. »Ich hätte es gemusst, es war ihr Recht, es zu wissen, aber ich konnte einfach nicht damit umgehen. Ich war egoistisch und dumm, und jetzt, wo ihr die Kassetten zurückhabt, hasst ihr mich. Elisa hat sich meinetwegen die dringlichste Wahrheit verbieten lassen; weil sie mich liebte. Und dabei hat sie nie erfahren, dass ich es lange vor ihr wusste.« Quirin hob den Blick zu Adoptivtochter und Neffen. »Es mag abscheulich sein, die Wahrheit ist es dennoch: Ich hatte ihn lange vor ihr gefunden.«

»Wovon redest du, Onkel?« Isabel sah Tom die Hand aus der Tasche nehmen, fort vom Fischermesser. Sie verstanden beide kein Wort von dem, was der alte Mann da von sich gab.

»Ich habe Elisa das Versprechen abgerungen, dass wir ihn – falls wir ihn fänden – nicht testen lassen würden. Ich wollte es nicht wissen. Da war kein Platz in mir für Rücksichtnahme, und so habe ich ihre Gefühle einfach übergangen. Als die Nachricht kam – Elisa war an dem Tag mit Berta

Scharnitzer nach Kempten gefahren, ein Einkaufsbummel unter Frauen, ich weiß es noch gut –, behielt ich die Neuigkeit für mich. Jahrelang, einfach so. Bis es zu spät war, und selbst danach noch. Bis ...«, ein Lächeln raffte die Falten um Quirins Augen, »... bis sie dich fand, kleine Raupe. Und noch immer wollte ich die Wahrheit nicht erfahren; wollte dich anfangs nicht haben, weil ich meine Feigheit über das Glück stellte, dich großziehen zu dürfen. Die Angst, ihn in deinem Gesicht zu entdecken, galt mir lange Zeit alles.«

»Du musst mir sagen, von wem du da gerade sprichst.« Es war keine bewusste Entscheidung, vor dem Onkel auf die Knie zu sinken und seine Hände fest zu umklammern. Isabel spürte die Kühle seiner Finger; sie sah die feinen Tränen, die sich als See am unteren Lidrand sammelten und schließlich überflossen, einfach aus den Augenwinkeln tropften. »Bitte sag mir, von wem du da gerade sprichst.«

»Geh weg von ihm, Isi.« Tom warnte sie zwar, klang aber nicht mehr überzeugt. Die Wut in seiner Stimme war verpufft.

»Ich spreche von meinem Bruder Michael. Deinem Vater, Tom, der Tante Elisa damals vergewaltigt hat. Ihn wollte ich nicht in Isabels Gesicht entdecken müssen.«

Isabel brachte kein Wort heraus. Auch von Tom kam keine Silbe. Die Stille sank wie dicker Stoff herab.

»Ich dachte, ihr wüsstet es? Deshalb starrt ihr mich doch an wie den Satan in Person. Elisa hat es immer nur angedeutet, nie ausgesprochen, aber ich kannte sie. Oft besser als mich selbst. Sie litt unter den Treffen mit meiner Familie und war erleichtert, als ich endlich begriff und den Kontakt abbrach. Obwohl Michael ihr nichts mehr antun konnte, hatte sie entsetzliche Angst vor ihm.«

»Michael hat uns gesagt, du warst es, der die Forggenmüllers ermordet hat«, brachte Isabel vor. »Deshalb sind wir ...«

Toms Handy spielte *One With The Freaks.* The Notwist ließen etwas ins Zimmer, das Wirklichkeit sein konnte oder Wahnsinn. Ihr Denken war derart durcheinandergewürfelt – gut möglich, dass der Mond eckig war und die Sonne grün.

»Radspieler.« Tom meldete sich erst, als es überhaupt nicht aufhörte zu klingeln. Er hörte zu, nickte anfangs, wurde dann aschgrau und legte ohne Verabschiedung auf.

Es war dieser Anruf, der Isabel davon abhielt, die vom Onkel aufgegebenen Rätsel sofort verstehen zu wollen und zu können. Das musste warten.

35

Piusse

Der Mann und sein Dackel – beide hießen Pius; Pius Schnorr, der Mann, und nur Pius, der Hund – hatten sich übernommen.

»Wir hätten uns eine kürzere Strecke aussuchen sollen, was?« Schnorr sah sich nach seinem Gefährten um. Der Hund war nicht angeleint, was auch nicht nötig war, denn das verschneite Seebett war menschenleer. Außerdem litt Pius unter Teckellähme und war daher keiner von der schnellen Sorte, was insofern von einer gewissen Komik war, da man sein Herrchen erst fünf Wochen zuvor an der Bandscheibe operiert hatte. Pius Schnorr ließ sich immer wieder von den Parallelen verblüffen, die ihn und das Tier verbanden.

Der Spaziergang hatte Mann und Hund zur Genesung und Ertüchtigung dienen sollen – und hatte sich dann zu einem gefühlten Marathonmarsch ausgewachsen.

»Da vorne bei den Ruinen ruhen wir aus.« Schnaufend erreichte Pius Schnorr die viereckigen Grundmauern eines Gebäudes, von dem er nicht sagen konnte, wozu es einst gehört hatte. Wahrscheinlich ein Wohnhaus oder ein Stall. Er war gebürtiger Berliner und trotz des Dackels und der reizvollen Landschaft seiner Wahlheimat im Grunde ein geborener Stubenhocker. Wenn er sich nicht dem Willen seiner Frau und den gesellschaftlichen Normen heillos unterlegen gefühlt hätte, er wäre froh gewesen, ganze Wochenenden in bequemer Feinrippunterwäsche vor dem Kachelofen zu verbringen und Comics zu lesen.

Pius, der Hund, fing an zu bellen. Schnorr kannte das. Der Dackel war ein mitteilsames Tier und sein Gebell überaus differenziert. Er drückte damit Zustimmung und Freude aus, genauso Aggression und Unwohlsein. Im Moment klang Pius, der Hund, irritiert, weshalb sein Herrchen den Stein des Anstoßes irgendwo zwischen den Ruinen vermutete. Kürzlich hatte Dackel Pius einen Straßenmusikanten so lange angebellt, bis der ihm ein Lied gespielt hatte. *Somewhere Over The Rainbow.* Schnorr schmunzelte bei der Erinnerung und stieß gemächlich zu seinem Hund vor, der inzwischen in einer Senke hockte und dort weiterkläffte. Er rechnete mit keinem Fund von Bedeutung, daher registrierte er erst nach geraumer Weile, worauf sein teckellahmer Dackel die Vorderpfoten gestemmt hatte: nämlich auf die Brust eines reglosen Mannes. Pius Schnorr blinzelte mehrfach. Der Mann blieb, wo er war. Anscheinend handelte es sich nicht um ein Trugbild. Schnorr überprüfte die Vitalzeichen. Nichts. Kein Puls, keine Atmung. Er fürchtete sich vor Toten und wich zurück, denn dieser hier war eindeutig tot. Erst als Pius Schnorr auf Abstand zur Leiche gegangen war, stellte er fest, dass er den Verstorbenen aus der Zeitung kannte: Es handelte sich um Michael Radspieler, Herrn Landrat a.D.

36

Das Paket

TOM – Dezember 2016

»Herr Thomas Radspieler?«

»Der bin ich.«

Die beiden Beamten in Uniform waren jünger als Tom, allerhöchstens Mitte zwanzig. An einem anderen Tag hätte ihn das vielleicht amüsiert. Er stellte sich Kriminalpolizisten irgendwie älter und respekteinflößender vor – was am häufigen Genuss seiner Lieblingskrimis liegen mochte, in denen in die Jahre gekommene Ermittler, Narben an Körper und Seele, wenig sprachen.

Die Polizisten gaben ihm die Hand. Einer war größer als Tom, der andere reichte ihm an die Schulter. Zwei blonde Männer, das Haar mittelmäßig akkurat geschnitten, die mit der richtigen Ausstattung ebenso als Bauarbeiter, Versicherungsvertreter oder Totengräber durchgegangen wären. Totengräber.

»Möchten Sie reinkommen?« Die Beamten folgten ihm in die Küche, die nach der Zerstörungsorgie mit Isabel praktisch leer war. Etwas zu trinken lehnten sie ab. Er konnte sehen, wie sie sich nur halb auf die Stühle setzten, als wollten sie die Sache schnell hinter sich bringen. »Ich habe vorgestern bereits einen Anruf erhalten, dass der Leichnam zur Bestattung freigegeben ist. Die Todesanzeige stand schon in der Zeitung. Morgen ist die Beerdigung.«

»Das ist richtig. Uns liegen die Ergebnisse der Obduktion vor.« Der kleinere Polizist reichte Tom ein verschlossenes

Kuvert. »Wir bedauern, Ihnen mitteilen zu müssen ...« Hier wechselten die Männer so flüssig die Sprechrolle, als hätten sie die Übergabe der Redefackel zuvor lange trainiert.

»... dass Ihr Vater sich zweifelsfrei das Leben genommen hat. Ein Fremdverschulden wurde ausgeschlossen.«

»Wie?«

»Entschuldigung?«

»Wie hat mein Vater sich umgebracht?«

»Er schluckte ein Narkosemittel, das in Deutschland unter das Betäubungsmittelgesetz fällt.«

»Das steht da drin, in dem Bericht?« Tom fuhr sich durch die Haare. »Was er genommen hat?«

Die Beamten nickten. »Das Medikament wird unter anderem in der Schweiz zur Freitodbegleitung verschrieben. Wir wissen nicht, wie Ihr Vater da herangekommen ist – aber es wirkt schnell. Er musste nicht lange leiden.«

»Ich verstehe.«

»Unser Beileid, Herr Radspieler.«

»Danke.« Tom rieb sich über die müden Augen. »Sagen Sie, ist es üblich, den Angehörigen ihren Durchschlag des Obduktionsberichts an die Tür zu tragen?«

»Nein.« Die Beamten schüttelten synchron den Kopf. »Ihr Vater war persönlich mit dem Polizeichef bekannt ...«

»... der es angemessener fand, dass Sie mir die Botschaft persönlich überbringen«, erriet Tom. »Dann nochmals vielen Dank.«

Er begleitete die Männer hinaus und kehrte eilig zurück zu dem Paket, das erst eine Stunde zuvor angekommen war. Seine Größe entsprach dem Umfang mehrerer dicker Versandhauskataloge, wie Tante Elisa sie früher oben auf der Garderobe gestapelt hatte.

Bis er den Namen des Absenders gelesen und den Inhalt gesehen hatte, war Tom über die unverhoffte Sendung bloß ein wenig irritiert gewesen. Danach hatte er stehenden Fußes Isabels Handynummer gewählt.

Sie sollte jeden Augenblick hier sein.

*

ISABEL

»Der Bote hat mir gesagt, dass er es bei der Post so in Auftrag gegeben hat. Er wollte, dass es erst heute zugestellt wird.«

»Mein Gott.«

»Ja.« Tom seufzte. Er weinte nicht, tat er schon die ganze Zeit nicht, doch im Nachhall seines Seufzers hing das Gewicht einer fremd gewordenen Realität. Die Welt war zu einem Ort der Verdammnis verkommen, wo ein Vater sich bei den Forggenruinen umbringen und ein geliebter Onkel des Mordes verdächtigt werden konnte. »War alles in Ordnung bei Quirin?«

»Es geht. Er ist besorgt und aufgebracht. Ich soll wieder zu ihm nach Hause kommen.«

»Auf keinen Fall. Du bleibst bei mir, solange wir nicht wissen, welche Wahrheit die richtige ist.«

»Die *richtige* Wahrheit, Tom?«

»Wenn Onkel Quirin Elisas Familie umgebracht hat, werden wir ihn anzeigen. Mord verjährt nicht. Das siehst du doch genauso?«

»Natürlich.« Sie schlang die Arme fest um ihn und ersparte ihm das Herunterbeten der Fakten. Er wusste sehr gut, dass es sein Vater war, der sich zwischen den Ruinen Forggens vergiftet hatte – und was das wahrscheinlich bedeutete.

»Ich habe den Rekorder mitgebracht.« Isabel zeigte ihm den Kassettenspieler. Sie hielt den Tragegriff dabei so fest umklammert wie ein Schulmädchen den neuen Lederranzen an seinem allerersten Tag am Lyzeum. »Wo ist das Paket?«

»Komm mit. Ich habe es erst bei der Haustür abgestellt, dann in die Küche getragen und schließlich hier herauf. Ich wusste nicht, wohin damit. Als könnte der Karton mich wie ein reißendes Tier anfallen.«

Wer weiß. Isabel sagte das nicht laut. »Darf ich?«

»Nur zu.«

Sie beugte sich über das Paket und besah sich den Inhalt.

Die Kassetten – Elisas Kassetten – waren einzeln in kleinnoppige Luftpolsterfolie gewickelt, dazwischen steckten mehrere Lagen Pappe. Tante Elisas Brief war da und auch das Fotoalbum vom Dachboden. Die fremde Kassette fiel ihr nur deshalb ins Auge, weil sie – anders als die Plastikgehäuse von Elisas Kassetten – mit einem grünen Aufkleber versehen war. Es war Toms Name, der darauf zu lesen stand: Für Thomas.

»Die ist nicht von Tante Elisa.«

»Sondern?« Er riss ihr die Kassette aus der Hand.

»Ich weiß es nicht.« Isabel berührte ihn leicht bei der Schulter, während er vor dem offenen Paket kniete, die Tonbandaufnahme mit seinem Namen auf dem Schoß. Er sah verstört aus. Wie ein Junge, dem man das Spielzeugschiff mit der Piratenflagge in der Badewanne versenkt, um ihm dann eine rostige Dose mit Flickzeug in die Hand zu drücken. »Von deinem Vater, nehme ich an.«

»Nein. Das hat er nicht getan. Er hat mir kein postumes Geständnis hinterlassen, oder?«

»Finden wir es heraus.«

Tom rührte sich nicht. Er war versteinert.

»Ich kann auch nach unten gehen, wenn du die Aufnahme allein hören möchtest.«

»Wir machen das gemeinsam, Isi.« Da war mehr als nur ein Anflug von Panik in seiner Stimme, als er die Kassette in den Rekorder schob. »Los, drück du die Taste.«

Unser Schulweg war ein kiesiger Pfad, dem wir sommers wie winters zu Fuß folgten, bis unsere Schuhe durchgelaufen und unsere Zehen blutig waren. Ich weiß noch, mein Lieber, wie mir die Nägel faulten und abfielen ...

Schadenfrohes Gekicher schlüpfte aus dem Rekorder in das Schlafzimmer des Stadtmauerhauses. Isabel wurde rot im Gesicht. Sie zwang sich mit Gewalt, die Ohren nicht zu verschließen, indem sie sich Zipfel der Bettwäsche vor die Gehörgänge stopfte. Neben ihr knirschte Tom entsetzlich laut mit den Zähnen. Fast wäre ihr lieber gewesen, er hätte geschrien.

Verzeihung, mein Sohn. Ich dachte mir, ich steige in allerbester Elisa-Manier gleich mit rührseligen Erinnerungen an Forggen ein. Das potenziert den Showeffekt.

Das Band rauschte, lief dann für vielleicht eine Minute ins Leere, nichts war aufgezeichnet, bis man wieder Schnaufen und ein dunkles Räuspern vernahm.

Wie wäre es damit: Mein Name ist Michael Radspieler, und dies ist meine Beichte. Lass mich vorwegsagen: Ich bitte nicht um Absolution. Ich nehme an, Thomas, du sitzt mit aufgesperrtem Mund vor irgendeinem Tonvehikel aus alter Zeit; einem Ungetüm, das tatsächlich noch Kassetten abspielen kann. Ist Isabel bei dir?

Tom und Isabel sahen einander an.

Du verschwendest also keinen Gedanken daran, ob es vielleicht richtiger wäre, die Abschiedsworte deines verstorbenen Vaters allein im stillen Kämmerchen zu hören? Ich meine ja nur. Nicht, dass dir bei der Bewältigung deiner Trauerarbeit am Ende etwas fehlt.

Da bist du mit der Hinterlassenschaft deiner Tante schon anständiger umgegangen, stimmt doch, Isabel?

Die Aufnahmequalität war nicht gut. Radspielers Stimme wechselte ständig von laut zu leise, und Nebengeräusche erschwerten obendrein das Verstehen. Anders als Tante Elisa hatte Toms Vater sich nicht lange und gründlich auf die Aufzeichnung vorbereiten können.

Womöglich irre ich mich ja - und keiner von euch beiden hört mir zu. Das ist allerdings der Haken an dieser Art der Informationsübermittlung: Man kann als Toter nicht mehr überprüfen, wie die eigenen Worte ankommen. Für den Fall, dass die Polizei jetzt am Empfänger sitzt: Verzeihen Sie mir den schnoddrigen Tonfall. Ich bin so gut wie tot, da schießen einem die Worte lockerer aus der Hüfte - und einen Redenschreiber, der mir noch die hässlichsten Sachverhalte schön hindrehen könnte, beschäftige ich seit meinem Abschied aus dem Bundestag nicht mehr.

Zuletzt bleibt mir also nur, alles offenzulegen. Man könnte denken, das würde mir leichtfallen ...

Eines noch vorweg: Mein kleiner Bruder ist kein Mörder. Ich brauchte Zeit, um meinen Abgang zu planen, und dachte, die Auseinandersetzung mit Quirin würde euch von mir ablenken und für eine Weile aus dem Weg schaffen. Ihr habt den blanken Unfug doch nicht wirklich geglaubt?

Ich habe vieles getan - und doch auch nicht. Für das Folgende gilt keine Regel. Möge die Kunst der feinfühligen Erzählung Elisa Radspieler überlassen bleiben. Das hier sind meine Realitäten: Magdalena Radspieler brachte sich um, und das Sterben unserer Mutter entriegelte dem Irrsinn Tür und Tor. Unser Vater, Gunther Radspieler, erwies sich als Mann, der sich besser fühlte, wenn er seine Kinder misshandelte. Es fing mit Ohrfeigen und Magenhieben an. Im Lauf der Jahre dachte er sich perfidere Dinge aus. Nach jedem seiner Aussetzer versorgte er unsere Wunden, Quirins und meine; er trug Salbe auf und sang uns hinterher mit kehliger Stimme in den Schlaf. Wir hätten ihn beide gern abgrundtief gehasst, wenn wir es bloß fertiggebracht hätten.

»Wusstest du das, Isabel?« Tom fragte wie nebenbei, doch seine Augen wurden eng, und er schob das Kinn ein wenig nach vorne. »Du siehst so aus, als ob du es schon wusstest.«

»Ich wusste es.« Merkte er nicht, dass ihm Tränen übers Gesicht liefen?

Die Misshandlungen gehörten bald zu unserem Alltag wie das Wasserlassen nach dem Aufstehen. Alle drei trachteten wir danach, sie vor der Welt geheim zu halten. Wir funktionierten wie die gut geölten Rädchen einer verzwickten Maschinerie. Ab und an, wenn eine unserer Verletzungen sich entzündete und von selbst nicht heilen wollte, mussten wir beim Doktor in Rieden vorstellig werden – einem Arzt, dem die Verschwiegenheitspflicht nach Hippokrates alles galt. Als er uns das erste Mal hinbrachte, war Vater nervös. Danach nicht mehr.

Es ließ sich damit leben, Thomas, und gar nicht schlecht. Wenigstens, solange unser Vater nicht in der Nähe war. Ich habe keine Ahnung, wie er hinter das Interesse kam, das Sybille Forggenmüller für mich hegte. Quirin und ich erzählten ihm nie etwas, schon gar nicht von den beiden Nachbarsmädchen, dem Licht unserer Tage.

Radspieler schnaubte unwillig.

Ich mache jetzt eine Pause, Thomas, ehe ich doch noch so kitschig wie deine Tante Elisa werde.

Zwar sagte Michael Radspieler vorerst nichts mehr, die Aufnahme hatte er aber nicht unterbrochen. Isabel und Tom konnten ihn minutenlang atmen hören. Einmal gab es ein Geräusch, das wie das Krachen von Porzellan auf Glas klang. Isabel sah ihn vor sich, wie er eine walnussfarbene Rosenthal-Tasse auf den Glastisch im schick designten Wohnzimmer fallen ließ.

Quirin und ich wurden älter, langsam erreichten wir Alter und Größe, um uns gegen Vater zur Wehr setzen zu können. Er war kräftig, wir hingegen voller Energie und zu zweit. Theoretisch. Wir haben es letztendlich nie gewagt, uns gegen ihn aufzulehnen. Hätten wir das getan - hätte wir uns getraut, füreinander einzustehen -, wäre vieles heute anders. Wir waren nicht einfach Brüder, wir waren Freunde. Die besten. Wir vertrauten und bauten jeder auf den anderen.

Umso unerwarteter kam Vaters Angebot. Es war ein exklusives Angebot für mich, seinen Ältesten. Ich durfte Quirin kein Wort davon sagen. Erst prügelte er mich, bis ich überzeugt war, den Morgen nicht mehr zu erleben. Dabei dachte er laut darüber nach, ob er Sybille erzählen sollte, dass ich mir manchmal in die Hose machte, wenn mich einer überraschend an der Schulter berührte.

Dann plötzlich versprach er mir in die Hand, mir nie mehr wehzutun. Im Gegenzug brauchte ich bloß seinem Willen zu willfahren.

Ihr wundert euch? Es ist eigentlich sehr einfach. Mein Vater hatte entschieden, dass ich von seinen Söhnen der bessere Jünger sein würde. Er machte mich zum Instrument seines Willens. Zu einer Puppe, die tat, was er sagte.

»Was soll das?« Toms gedrückte Stimme schnitt durch die Aufzeichnung. »Ich begreife es nicht.«

»Wir müssen das nicht am Stück anhören.«

»Doch. Müssen wir.«

Ich ging auf den Handel ein, ohne meinem kleinen Bruder etwas zu verraten. Es war dumm von mir, und ich habe es erst sehr viel später durchschaut. Ich war meinem Vater so dankbar, dass er mir keine körperlichen Schmerzen mehr zufügte – und übersah dabei, wie er die Kontrolle über meinen Kopf übernahm.

Von da an hatte Quirin doppelt zu leiden. Um mich von Vater und Bruder abzulenken, stürzte ich mich in die Liebelei mit der kleinen Sybille. Ich war garstig und grob zu ihr, machte ihr aus Spaß Angst; lange Zeit erkannte ich nicht, woher meine Grausamkeit eigentlich kam. Ich meine: Ich hatte Sybille wirklich gern. Als ich es später begriff – als ich begriff, wer mir da aus dem Spiegel entgegenlachte, konnte ich es nicht mehr abstellen. Der Forggenwirt war Teil meiner selbst geworden.

Dein Großvater ist ein Trickbetrüger, Thomas, und ich bin sein Vasall; bin ihm hörig und ergeben, süchtig nach seinem Wohlwollen. Als Sybille tot war und Forggen unter Wasser lag, schien eine Beziehung für mich jahrelang undenkbar. Bis ich deine Mutter traf. Sie war meine Chance, mich von meinem übermächtigen Vater zu lösen.

Was soll ich sagen? Es konnte nicht gutgehen. Nicht, weil uns zweiundzwanzig Jahre Altersunterschied trennten, nein. Mein Vater mochte nicht, dass ich mich von ihm entfernte mit jedem Schritt, den ich hin zu ihr tat. Ich war ihm zunächst dankbar, weil er mich dennoch gewähren ließ, und sah nicht, wie er unsere Beziehung längst unterwanderte. Mir einflüsterte, sie würde mich belügen, wäre mir untreu, und es dabei doch nie direkt aussprach.

Deine Mutter und ich waren zwei Bojen auf hoher See, die

im Schaukeln der Wellen für einen Moment zusammenstießen. Himmelherrgott, und wieder spricht ein rührseliges Weib aus mir!

Radspieler raunzte und schimpfte eine Weile mit sich selbst, ehe er fortfuhr.

Viele haben gedacht, dass es bloß Geld und Einfluss waren, die meine Frau zu mir hinzogen. Sie war schön, und sie war jung, ohne Frage. Aber ja, sie liebte mich. Das tat sie wirklich. Und am Ende brachte sie mich so weit, ihr von den Misshandlungen während meiner Kindheit und der Nacht des Hochwassers zu erzählen. Jener Wahrheit, hinter der Isabel her ist. Schon gleich, als sie es wusste, bereute ich es. Sie sprach von Gerechtigkeit gegen den Forggenmüller – gegen meinen Vater – und wollte zur Polizei gehen.

Und was tat ich? WAS TAT ICH?

Ich rannte zu ihm und beichtete unter Tränen, was ich getan hatte. Er sagte, es gäbe nur eine Lösung.

37

Abschiedssonate

ISABEL – Dezember 2016

»Meine Mutter ist beim Schwimmen ertrunken. Sie hatte einen Krampf im Bein und ging unter, weit draußen auf dem See. Es war ein Unglück, Isi, ein grauenvolles und scheußliches Unglück.« Seine Hand kroch in ihre.

»Ich weiß. Komm her.« Isabel zog seinen Kopf an ihre Brust. Der große Körper vibrierte in ihren Armen, als durchliefen ihn Stromstöße. »Lass mich das letzte Stück alleine anhören, ja?«, bat sie ihn leise. »Wir haben die Andeutung deines Vaters eben falsch verstanden. Ganz sicher sogar. Es ist nicht das, was wir denken. Aber bitte, Tom, lass es mich zuerst allein hören.«

»Nein.«

Sie wussten es beide. Wussten, was kommen würde.

MICHAEL – Juli 1994

Seine Frau ging in den Monaten ohne R allmorgendlich schwimmen. Von Mai bis August. Manchmal begleitete er sie. Wie am Tag ihres Todes.

»Was hast du, Michael?« Sie merkte schon am Ufer, als sie aus den Kleidern schlüpften, dass etwas nicht stimmte. Er konnte es ihr ansehen.

»Es ist wegen meiner Beichte«, sagte er rau. »Über das, was ich dir über den Tod der Forggenmüllers anvertraut habe. Du weißt, ich habe mit keinem Menschen zuvor darüber gesprochen.«

»Und ich bin dankbar, dass du es mir endlich sagen konntest. Es ist eine Bürde, wie sie kein Mensch tragen sollte – und du hast sie so lange ganz allein mit dir herumgeschleppt.« So beschwichtigte sie ihren Mann. »Wir gehen gemeinsam zur Polizei. Versprichst du, dass wir das tun werden?«

»Ich verspreche es.«

Sie schwammen hinaus und sprachen nicht mehr vom Forggenmüller und dem, was er getan hatte. Friedlich pflügten sie durch den See und redeten über ihren kleinen Sohn. Gelbe Pollenteppiche schwammen auf dem Wasser.

»Du glaubst nicht, womit er sich heute schon am frühen Morgen beschäftigt hat.«

»Wahrscheinlich hat er wieder versucht, aus deinen Küchenutensilien Buttersäure herzustellen, um sein Geschichtsheft untauglich zu machen.«

Sie lachte. War das der Moment? Er sah sich um. Nichts. Sie waren allein, nur der weite Himmel über ihnen. Kurz dachte er, ob und mit wem sie ihn betrog.

»Nein, er hat deinen Globus Meter um Meter mit meiner Strickwolle umwickelt. Und du weißt ja, ich habe drei große Papiertüten voll mit Wolle. Ich frage mich, wann er heute Morgen schon aufgestanden ist.«

Und so starb sie dann. Mit einem Lächeln auf den Lippen beim Gedanken an ihren Sohn. Das fand er schön.

Es war kein Schwimmunfall. Sie hatte keinen Krampf im Bein.

Sie starb, weil sie seinem Vater immer ein Dorn im Auge und weil er ihm immer ein gehorsamer Sohn war.

»Was für ein mieser Scherz.« Tom machte sich von Isabel los und lacht dabei grell. »Mein Vater ist ein Arschloch. Er hat meine Mutter nicht umgebracht.«

Ich war fortan der tragische Witwer; der beherzt alleinerziehende Vater. Der Tod deiner Mutter feuerte meine politische Karriere an – und ich kann nicht sagen, ich hätte das nicht weidlich ausgenutzt. Es tut mir leid, Thomas. Ich bin kein Mörder. Ich konnte nur einfach meinem übermächtigen Vater nie entkommen.

Mehrere Minuten lang hörte man auf der Aufnahme bloßes Atmen, durchbrochen von leisen Hintergrundgeräuschen. Drehte Radspieler etwa am Radio?

Gut. Ich bin jetzt fast so weit. Kommen wir, mein Sohn, zur Delilah meiner alten Tage: Isabel. Als Quirin und Elisa das Mädchen adoptierten, sah man es noch nicht. Sie war ein verhuschtes Geschöpf, das mein Interesse nicht weckte. Ich begriff es erst, als du sie mir im Frühjahr 2004 ins Haus brachtest. Ein Schock, Thomas. Davor wäre ich gar nicht auf die Idee gekommen … Lassen wir das. Isabel sieht aus wie ihre Urgroßmutter Barbara Forggenmüller.

Bist du da, Isabel Radspieler? Erinnerst du dich, wie ich im Alten Boot *zu dir gesagt habe:* Du bist bloß irgendwer. *Das hat dich getroffen, oder? Dabei warst du nie bloß irgendwer.*

Wirklich, die Ähnlichkeit ist frappierend. Aus dem Grund hat Elisa diese Bänder für dich besprochen: Weil du bist, wer du bist. Herauszufinden, wer sich am Schicksal der Forggenmüllers schuldig gemacht hat, war nur das Tüpfelchen auf dem i. Du solltest vielmehr eine Geschichte begreifen lernen, deren Teil du bist. Elisa war ein liebes Mädchen. Sie hat vermutlich bis zum Schluss nicht akzeptieren wollen, wie tödlich wir Radspielers sein können.

Ich habe das Fotoalbum zu den Kassetten gelegt. Schau dir die Bilder deiner Urgroßmutter an, Isabel, dann wirst du es selbst sehen. Wenn ihr mich begrabt, hätte ich gern das Foto in der Brusttasche – das von Sybille, Elisa, meinem Bruder und mir, auf dem wir alle so ernst dreinsehen. Sybille und ich halten hinter dem Rücken der anderen Händchen. Sie schob ihre kleine Hand einfach in meine, selbst damals schon.

Ich schweife ab. Hörst du mir noch zu, Thomas?

Während du mit Isabel auf unserer Dachterrasse getanzt hast, stand ich unten und beobachtete euch. Dann rief ich deinen Großvater an. Wie ich wieder so dumm sein konnte? Ich habe keine Ahnung, Thomas. Ich folgte mein Leben lang den ausgetretenen Pfaden, die mein Vater vorgab. Mein Anruf trat eine Lawine los und resultierte in der Geschichte von Michael Radspieler, dem Unglücksraben. Jener Geschichte, die dich dazu brachte, Isabel zu verlassen. Ich deckte meinen Vater prophylaktisch für den Fall, dass eines Tages etwas ans Licht kommen würde.

Bis zu Elisas Hinscheiden geschah nichts weiter. Die Welt blieb in Ordnung. Grundsätzlich war ihr Tod eine Erleichterung für meinen Vater – und damit für mich. Doch dann setzten die Kassetten ein sorgfältig ausbalanciertes Gleichgewicht außer Kraft. Dein Großvater wollte sie vernichtet wissen. Dabei ist es gar nicht allein die Nacht des Sturms, die er zu verbergen hat. Aber ich will nicht vorgreifen. Hört euch die restlichen Kassetten ruhig selbst an.

Ein Ton, wie vom berührungslosen Spiel eines Theremins, atmosphärisch und intensiv, zitterte um ihre Köpfe. Isabel lauschte und begriff erst dann: Der Ton war ein Wimmern. Jemand wimmerte. Sie konnte nicht sagen, ob die Laute von ihr selbst oder von Tom kamen.

Ich engagierte in Vaters Auftrag Matthias Schimmel, unseren Maad-Nagel-Werkschutzmann – oder seinen Knaben für alles, wie er ihn nennt. Schimmel hat schon früher Gaunereien für meinen Vater erledigt, über die ich nicht genau Bescheid weiß.

Jedenfalls ist er ein fähiger Hacker, und seine winzigen Abhörgeräte sind überall in der Firma. Ihr tätet gut daran, Thomas, die Wanzen zu finden, die er bei euch montiert hat. Dank Schimmel erfuhr dein Großvater alles über Isabel, angefangen beim Inhalt der Tonbänder bis hin zur Zeitungsannonce, die sie ohne dein Wissen schaltete. Er weiß haarklein Bescheid über das, was du Isabel über die Sturmnacht gesagt hast. Verflucht, Thomas!

Isabel bedroht mit ihrer Suche nach der Wahrheit Ansehen und Ehre der Familie, SEIN Ansehen. Schimmel hat die Order, das Problem aus der Welt zu schaffen. Du musst auf sie aufpassen, wenn du sie nicht verlieren willst.

Ich tat das Meinige dafür und schlug Schimmel vor, es bei ihr zuerst mit Einschüchterung zu versuchen. Das tat er, denn er mag zwar vieles sein, ein erfahrener Auftragskiller ist er aber nicht. Was nicht heißt, dass er vor Mord zurückschreckt.

»Die Puppe!« Isabel schrie förmlich. »Die Puppe, der man den Mund gestopft hat!«

Mein Vater bekam Wind davon, wie er dort in seinem stinkfeinen Heim immer von allem Wind bekommt. Das ließ er mir nicht durchgehen. Er sprach mit Schimmel und rückte meine Order zurecht.

»Das Auto.« Es passte, was Radspieler sagte. »Es hätte mich um ein Haar überfahren.«

Dein Großvater, Thomas, ist ein fanatischer Greis, der von Ruf und Ansehen zehrt wie ein Geier vom Aasfleisch. Die Zeitungen berichten über ihn als Helden von Forggen; als denjenigen, der bis zum Schluss ausharrte und sich sogar an den Türsturz seines Gasthauses kettete, bis man ihn gewaltsam fortholte. Dabei ist es so nicht gewesen. Was glaubst du wohl, Sohn, woher kam das

Geld, mit dem er Maad Nagel gründete? Er hat die Geschichte vom einsamen Forggenhelden später lanciert, als er schon ein gemachter Mann war und die Leute ihm anstandslos glaubten. Es war ja nach dem Tod der Forggenmüllers keiner mehr da in Forggen, der ihn hätte widerlegen können.

Alle Vorstandsposten, die ich heute innehabe, übernahm ich von ihm. Hast du dir das jemals vor Augen geführt? Ich trat in die Fußstapfen des alten Königs, während er im Hintergrund weiter die Fäden zieht.

An dem Morgen, an dem du mit Isabel vor meiner Tür aufgetaucht bist, hatte ich die ganze Nacht lang Elisas Kassetten angehört – obwohl ich sie gleich hätte vernichten sollen. Es war ein berauschendes Gefühl, mich Vaters Anweisung zu widersetzen. Ich narrte euch bewusst mit der Geschichte von Quirins Schuld, um Zeit zu gewinnen. Ich musste nachdenken.

»Die Abhörgeräte! Mein Gott!« Isabel sprang unvermittelt auf, schlug sich die Hand vor die Stirn und drückte eilig die Stopptaste des Rekorders.

Tom reagierte nicht.

»Tom! Wir sitzen hier weiter in aller Seelenruhe, während Matthias Schimmel wahrscheinlich alles mitanhört!«

»Das ist Unsinn. Mein Vater hält uns final zum Narren. Ehrlich, Isabel, denk mal nach. Vertuschte Morde und Abhörgeräte in den Zimmern, das ist doch alles eine große Spinnerei. Ich kannte meinen Vater vielleicht nicht so gut, wie ich es mir gewünscht hätte, doch ich kenne meinen Großvater. Lass uns den Blödsinn einfach zu Ende hören, viel Platz kann auf der Kassette nicht mehr sein.«

»Aber du zitterst.«

»Bloß, weil mir mein wahnsinniger Vater mitsamt seinen Wahnvorstellungen leidtut.« Tom ließ das Band weiterlaufen.

Die Nacht auf den 2. Juli? *Jetzt willst du endlich wissen, was wirklich geschehen ist? Ich war in großen Teilen nicht dabei. Aber er hat es mir erzählt. Ich kann dir sagen, wie sie gestorben sind.*

GUNTHER – Juli 1954

Er hielt den Koffer in der Hand. Den Koffer mit dem Geld. Er merkte, dass ihm die Hand zitterte, weil er mit seiner Entscheidung nicht glücklich war. Aber Ernst war sein Freund, und er hatte genug Schaden angerichtet.

Gunther Radspieler betrat die Mühle, ging den Flur entlang und klopfte an die Küchentür. Der Koffer schien ihm so schwer, als befänden sich Wackersteine darin. Sie würden es nicht gutheißen, dass er die Scheine vom Direktor angenommen hatte.

Barbara Forggenmüller saß mit Sybille am Tisch. Sie sahen auf, als Gunther eintrat. Beide, Mutter und Tochter, zuckten vor seinem Anblick zurück. Abscheu malte sich auf ihre Gesichter. Da wusste er, dass sie heute nicht über das Geld sprechen würden, ganz sicher nicht. Er stellte den Koffer neben der Tür ab, langsam, als könnten schnelle Bewegungen die Frau und das Mädchen noch mehr verschrecken.

»Und dich haben wir wie eine Natter am Busen genährt.« Die Forggenmüllerin stand auf und stemmte die Hände in die Hüften. Eine vertraute Haltung bei ihr, die von rechtschaffener Empörung kündete, doch dieses Mal ging es weit darüber hinaus. »Dass du es wagst, auch nur einen Fuß in dieses Haus zu setzen.«

»Sie hat es euch also doch noch gesagt.«

»Mir hat sie es gesagt.« Sybille stellte sich neben ihre Mutter, kleiner und zarter. Zitternd. »Und ich habe es der Mutter erzählt.«

»Weißt du, wo Elisa gerade ist? Mein kleines Mädchen? Wohin sie in ihrer Not gegangen ist?«

»Wohin denn?« So, wie Barbara ihn anstierte, konnte er sich ausmalen, wo ihre Tochter möglicherweise steckte.

»Ernst kommt gleich. Wir werden sie holen. Und du wirst vor dem Richter landen.« Die Forggenmüllerin war eine große Frau und eine Löwin, wenn es um ihre Kinder ging. Jetzt sprang sie förmlich auf Radspieler zu und hätte ihn mit der Wucht ihres Fausthiebs fast von den Füßen gerissen. »Du Auswuchs einer stinkenden Höllengrube.« Sie prügelte auf ihn ein. »Magdalena würde es noch im Grabe das Herz aus der Brust reißen, wenn sie davon wüsste.«

»Ich werde jetzt gehen. Ich wollte das nicht, Barbara, und habe auch nie zuvor …«

»Du bleibst, bis Ernst kommt. Er soll dich erstechen oder erschlagen, das wäre mir lieb.«

»Hör auf!« Radspieler packte die Tobende bei den Handgelenken. »Hör auf, Barbara.« Es war nicht leicht, sie zu halten, aber er schaffte es.

»Nimm die Hände weg«, drohte die Müllerin.

»Lass meine Mutter!« Sybille trommelte mit den Fäusten gegen seinen Oberarm. Die Kleine hatte mehr Kraft, als er ihr zugetraut hätte, und ihre Schläge schmerzten ihn. Vor allem, wo er sich darauf konzentrieren musste, Barbara festzuhalten, damit die nicht wieder auf ihn losging. Er stieß das Mädchen kräftig mit dem Ellbogen vor die Brust. Sie taumelte nach hinten, knickte mit dem Knöchel um, schlug erst gegen den Tisch und dann mit dem Kopf auf den Fliesenboden. Dann lag sie und regte sich nicht mehr.

Barbara tat einen entsetzlichen Schrei. Um ihn drehte sich alles. Er ließ die Müllerin los und ging neben Sybille auf die Knie; prüfte ihre Lebenszeichen. Das Mädchen mit den drei Zöpfen war tot.

Und ihre Mutter hörte nicht wieder auf zu schreien.

Da packte er Barbara, schleifte sie hinaus in den Gang und weiter zum Kellerabgang. »Sei still! Es war ein Unfall. Hör auf zu schreien, und ich sehe sie mir noch einmal an. Vielleicht …« Er gab es auf. Sie schrie und schrie.

Gunther sperrte sie ins Gewölbe. Der Überlebensinstinkt trieb ihn. Er brauchte Zeit, um nachzudenken. Beim Zurückkommen in die Küche hoffte er, Sybille möge sich aufgesetzt haben und sich den Kopf reiben. Eine vergebliche Hoffnung.

Gunther Radspieler rollte sich auf dem kalten Boden neben der Toten zusammen und rang keuchend um Luft, bis er wieder atmen konnte. Dann nahm er hinter der Tür Aufstellung und wartete. Es dauerte bloß Minuten, bis Ernst hereinkam. Sein bester Freund, dessen jüngere Tochter er getötet und dessen älterer Tochter er Entsetzliches angetan hatte.

Der Forggenwirt war dankbar, dass er vom Müller nur den Hinterkopf sehen konnte, als der Sybilles Leichnam entdeckte. Es gelang mühelos, ihn zu überwältigen. Er packte ihn und drehte ihm die Arme auf den Rücken. Ernst wehrte sich nicht einmal richtig. Da war nur ein Ausdruck tiefen Grauens in seinem Gesicht, als Gunther ihn zu seiner Frau ins Gewölbe sperrte.

Hinterher bedeckte er Sybilles Kopf mit einem Tuch und setzte sich an den Küchentisch. Ein Unglück, dachte er. Das war es doch. Ein schlimmes, schreckliches Unglück.

Der Abend wurde zur Nacht, und Gunther gewann die Gewissheit, dass Elisa nicht mehr nach Hause kommen würde. Schon gar nicht bei einem solchen Sturm, wie er sich draußen erhoben hatte und ums Haus wütete. Also blieb er sitzen, ergab sich der Hoffnungslosigkeit und schlief über seiner Verzweiflung am Tisch der Familie ein. Dem Tisch, an dem er nach Magdalenas Tod so viele Stunden verbracht hatte.

Er träumte von Schuhen, die mit Schnee gefüllt waren.

Das Wasser weckte ihn, als es schon an seinen Waden leckte.

Gunther Radspieler begriff panisch, dass er nicht nur ein Leben auf dem Gewissen hatte.

»Steh auf, Junge.« Er hatte seinen Mund dicht an Michaels Ohr und rüttelte ihn gleichzeitig an der Schulter. Immer wieder wanderte sein Blick hinüber zu Quirin, der leise schnarchte. Michael wurde schlagartig wach, als er seinen Vater erkannte. Er legte seinem Sohn die Hand über den Mund. »Pst. Komm mit.«

»Da ist Wasser«, stammelte Michael auf der Treppe zum Erdgeschoss. »Da unten ist überall Wasser.«

»Komm mit«, sagte sein Vater unerbittlich. »Wir müssen hinüber zur Mühle. Es tut mir leid, aber es gab heute Nacht zwei grauenvolle Unfälle. Sybille und ihre Eltern sind tot.«

Michael wimmerte. Er begriff sofort, dass sein Vater es ernst meinte.

»Besser, du weißt es gleich. Komm mit jetzt.« Gunther machte kehrt, legte seinem Sohn die Hände auf den Kopf. »Das wird wieder, Michael. Aber vorher müssen wir beide da durch. Komm jetzt, lass uns die Leichen bergen. Wir haben nicht lange Zeit.« Er schob den Jungen vorwärts.

Drüben hieß er seinen Sohn, die Toten aus dem vollgelaufenen Keller zu holen, was grauenvoll war. Er wusste das.

»Bitte, Papa, zwing mich nicht. Ich kann das nicht tun.« Michaels Gesicht hatte die Farbe von frischem Zement.

»Du bist ein hervorragender Schwimmer, ich nicht. Und jemand muss in das Gewölbe tauchen, um an die beiden Toten heranzukommen.«

»Ich mache das nicht. Wo ist sie? Wo ist Sybille?«

»Du darfst dich von ihr verabschieden, wenn du die Leichen aus dem Keller geborgen hast. Los, mach jetzt. Du willst doch auch nicht, dass uns hier jemand überrascht.«

Also tat der Junge es. Gunther nahm erst Barbara in Empfang, packte die Ertrunkene unter den Armen und zog sie auf die im Wasser treibende Küchentür, die er ausgehängt hatte. Das Wasser machte es ihm leichter. Ernst kam als Zweiter. Auch ihn beförderte der Forggenwirt auf die Tür.

Hinterher weinte Michael über Sybilles Leichnam.

»Willst du sie zu ihren Eltern legen?«

Wortlos hob der Junge das tote Mädchen hoch, legte es auf die leblosen Leiber von Vater und Mutter. Gunther band sie fest. Irgendwo im Obergeschoss miaute eine Katze. Er blickte die Toten an und fragte sich, ob seine Magdalena auch so unheimlich ausgesehen hatte, wie aus Wachs gegossen.

»Wir begraben sie oben auf dem Hügel. Da steht kein Wasser. Geh in den Schuppen und hol zwei von Ernsts Schaufeln.«

Die ersten Takte der Mozartsonate Nummer 16 ertönten auf der Kassette. Man konnte hören, wie Michael Radspieler die Melodie mitsummte.

Ich glaube nicht, dass mein Vater noch jemals einer lebenden Seele die Wahrheit gestehen wird. Aber ich war bei ihm in der Mühle, am Morgen nach dem Sturm. Ich weiß mit unverbrüchlicher Gewissheit, dass er mir damals die Wahrheit darüber gesagt hat, wie sie gestorben sind.

Jetzt gerade verpacke ich Elisas Bänder, jedes einzeln, damit die Post sie nicht beschädigt. Anschließend werde ich deine Adresse auf das Paket schreiben, Tom.

Ich konnte dir kein guter Vater sein, weil ich viel zu sehr damit beschäftigt war, meinem eigenen Vater gerecht zu werden. Aber hier, hier schicke ich dir den ganzen Rest der Wahrheit.

Wenigstens das will ich dir geben.

Die Musik wurde lauter. Michael Radspieler hatte einen klassischen Abspann für seinen langen Monolog gewählt. Mit Mozart ging die Kassette zu Ende.

»Er hat mich Tom genannt, ganz zum Schluss, hast du gehört?« Tom starrte den schweigenden Rekorder an. »Zum ersten Mal nicht Thomas.«

»Warte, ich helfe dir.« Isabel streckte die Arme nach ihm aus, weil er versuchte, auf die Beine zu kommen, und dabei gefährlich schwankte. Eine Seele mitten im Orkan.

»Nicht. Sag nichts.« Er gewährte ihr keinen Raum für Worte. »Lass mich einfach.« Sprach es, drehte sich um und verließ das Haus. Die Tür krachte hinter ihm ins Schloss.

Isabel lief zum Fenster und sah ihn den Gehweg entlangstolpern. Im Vorübergehen streifte er Passanten, die er wohl gar nicht wahrnahm.

Isabel wartete auf ihn, tat sonst nichts. Saß benommen auf dem Schlafzimmerboden und starrte ins Leere. Michael Radspielers Worte ergaben Sinn, wenigstens irgendeinen. Sie hörte die eigenen Gedanken wie aus weiter Ferne. Als stünde ihr geklontes Ich am anderen Ende des Zimmers, bereit, die Führung über den gelähmten Verstand zu übernehmen.

Bis ihr die Wanzen einfielen und sie hektisch zu suchen begann.

38

Fischgrätmuster

ISABEL – Dezember 2016

Isabel arbeitete sich durch das ganze Haus. Sie fuhr mit den Händen an Bodenleisten und Möbelrückwänden entlang, untersuchte alle Schubladen von allen Seiten; die Böden, Zentimeter um Zentimeter; die Decken und Wände. Sie sah in jede Tasse und unter jeden Teller, jene, die noch existierten; untersuchte die Ritzen im Fußboden, die Blätter der Zimmerpflanzen, Toms Bücher und die Lampen; kroch auf allen vieren um das Bett, unter den Tisch und in die Schränke; sie stieß sich an Fenstern und Türen.

Draußen wurde es dunkel, die städtische Weihnachtsbeleuchtung sprang an und erstrahlte in Form von Engeln, Sternen und Tannenbäumen. Als Isabel letztlich fündig wurde, war das Versteck simpler als gedacht. Die Wanze – oder was sie dafür hielt – steckte in einer Ritze im Holz; in einem der Balken, die zum Bett gehörten.

Sie trug die Wanze mit spitzen Fingern zum Küchentisch, legte sie dort auf ein Blatt Küchenpapier.

Auf dem Fenstersims in der Küche, wo sonst das Wasserglas mit den Stecklingen gestanden hatte, lagen Toms Autoschlüssel und sein Handy. Er kam nicht zurück.

Es schneite wieder. Sie blieb am Fenster stehen. Dick und behäbig fielen die Flocken vom Himmel auf die Straße. Doch immerzu sah Isabel bloß Tom, wie er davongetorkelt war, vom eigenen Vater unmenschlich tief getroffen. Wenn er nur wenigstens sein Handy mitgenommen hätte …

Sie wischte sich ein paar ebenso hilflose wie unnütze Tränen fort und drückte den Internet-Button ihres Handys. Der Sender, den sie aus dem Balken des Bettes gezogen hatte (so es sich denn wirklich um einen handelte), war viereckig, schwarz und nicht größer als ein Daumennagel. Zu ihrer Überraschung erwies es sich als leichte Übung, ein ähnliches Modell zu finden. Sie brauchte bloß das Suchwort *Abhörgeräte* in die Maske einzugeben. Die Dinger ließen sich über mehrere Sicherheitsfirmen beziehen, die Preise waren moderat. Sie informierte sich über die unterschiedlichen Sendeleistungen, über Frequenzhub und Spannungsversorgung – und ihr wurde ganz flau bei der Einsicht, welch intime Momente Schimmel höchstwahrscheinlich belauscht hatte. Sicher gab es mehrere Wanzen, die sie nicht gefunden hatte. Ob er selbst in Toms Haus eingestiegen war, um sie zu installieren? Oder hatte Michael Radspieler das für ihn während eines unschuldigen Besuchs erledigt?

Isabel wäre gerne zusammengebrochen. Ein Nervenkollaps an Ort und Stelle, danach für viele Wochen die himmlische Ruhe einer Klinik; Medikamente, die scharfe Kanten weich wie Pusteblumen machten; das alles weit weg von Forggen und dem Bösen, das sich dort genährt hatte. Aber das konnte sie nicht, solange die Sorge um Tom sie aufrecht hielt. Solange er nicht zurück war.

Wo steckte er bloß? Sie überlegte, ihn suchen zu gehen, und war schon halb in Jacke und Schuhen, als ihr Handy vibrierte und den Eingang einer Nachricht anzeigte.

23:41 Uhr. Die Mitteilung stammte von einer unbekannten Nummer. Isabel fröstelte. Sie bekam sonst nur Nachrichten von Tom, höchstens noch Werbung von ihrem Telefonanbieter – und es war viel zu viel geschehen, als dass sie sich dem Inhalt der Nachricht anders als mit einem elenden Gefühl hätte nähern können. Kurz durchzuckte sie die Hoffnung, Tom könnte sich ein fremdes Handy geliehen haben und irgendwo darauf warten, dass sie ihn abholen kam.

Der Posteingang zeigte keine herkömmliche Mitteilung. Es gab keinen Text.

Jemand hatte ihr ein Video geschickt.

Sie legte den Finger auf das graue Dreieck im Display; stellte fest, dass ihre Fingernägel dringend geschnitten werden sollten, bewegte unendlich vorsichtig die Kuppe ihres Zeigefingers nach unten und startete die Aufnahme.

Tom lag auf dem Bauch, seine rechte Wange klebte an einer dunkelgrauen Decke (oder einem Teppich?) mit Fischgrätmuster und weißen Fransen an den Enden. Es war kein Hintergrund zu sehen, nichts, woran man den Aufnahmeort hätte festmachen können. Nur die Decke. Die Kamera zoomte heran. Seine Brust hob und senkte sich. Er LEBTE.

Lebte und war nicht gefesselt, lag einfach nur da, bewusstlos wohl, doch ohne offensichtliche Verletzungen. Lediglich unter seinem Stoppelbart war ein kleiner dunkler Fleck zu erahnen, der Dreck sein konnte oder Blut.

»Du bringst die Kassetten nach Forggen, morgen nach Einbruch der Dunkelheit, und deponierst sie in der Öffnung des Mühlengewölbes. Keine Polizei, kein Wort zu niemandem, das brauche ich dir nicht zu sagen, sonst ist er tot. Du weißt, ich habe dich im Auge. Und, Isabel ...«, die Stimme wieherte hässlich, »... ich hätte wirklich nicht erwartet, so sehr auf ihn einstechen zu wollen.«

Der Sprecher war nicht im Bild zu sehen, dennoch bestand an seiner Identität kein Zweifel. Matthias Schimmel. Der letzte Satz war eine grausige Verballhornung dessen, was er vor der ersten gemeinsamen Nacht zu Isabel gesagt hatte. *Gott, ich hätte nicht erwartet, so sehr mit dir schlafen zu wollen.* Da war er noch Dominik, der Reisejournalist, gewesen; ehe die Welt einen Salto ins Dunkel geschlagen hatte.

Die Zeit dehnte sich, schrumpfte zusammen und dehnte sich wieder. Ihr Verstand war wie ein Eimer, den jemand unter einen tropfenden Wasserhahn gestellt hatte, und der sich nur sehr langsam füllte.

Tropf.

Tom auf einer Decke.

Tropf.

In der Gewalt von Matthias Schimmel.

Tropf. Tropf. Tropf.

Bewusstlos. In Lebensgefahr. Vielleicht bald schon tot.

Das Video sickerte in ihr Bewusstsein, bis mit einem Mal ein Ruck durch ihren Körper ging. Sie stürmte nach oben ins Schlafzimmer und riss die Kassetten aus dem Karton; sie wühlte in Toms Sachen und fand einen Rucksack, in den sie alle Aufnahmen hineinstopfte. Die ganze Zeit schnaufte sie heftig. Bis in ihrem Kopf ein weiteres Detail an seinen Platz klickte.

Morgen Abend. Matthias Schimmel hatte morgen Abend gesagt. Das war noch viel zu lange hin. Wie sollte sie so viele Stunden ohne Tom ertragen? Wie sollte er so viele Stunden in Schimmels Gewalt durchstehen? Sie lief los und holte die Wanze, legte sie auf ihre offene Handfläche und fing an zu brüllen. »Weshalb denn nicht sofort?«, schrie sie das winzige Gerät an. »Weshalb willst du die Bänder denn nicht sofort?«

Hinterher belauerte sie ihr Handy, doch es tat sich nichts. Keine neuen Nachrichten.

Also weinte sie, bis es sich anfühlte, als schwämme alles Wasser des Forggensees zu ihren Füßen. Erst dann konnte sie nachdenken.

Stück für Stück, als drücke sie die Erinnerung langsam aus einer Tube, ließ sie sich durch den Kopf gehen, was Michael Radspieler gesagt hatte. Es war zermürbend. Isabel kaute auf ihren Gedanken herum, bis sie glaubte, vor lauter

Denken ohnmächtig zu werden. Dann endlich wusste sie es: zwei Sätze. Es waren zwei Sätze, auf die sie achten musste. Sie hörte sich die gesamte Aufnahme von Toms Vater noch einmal an und fand die erste Stelle: *Was nicht heißt, dass er vor Mord zurückschreckt.* Gleich darauf auch den anderen Satz: *Schimmel hat die Order, das Problem aus der Welt zu schaffen.*

Das Problem – das Problem, von dem Radspieler ganz ruhig gesprochen hatte – hieß Isabel Radspieler. Schimmel wollte nicht bloß die Bänder, die sie bis dahin auch irgendwie hätte kopieren können, er wollte sie; wollte ihr Leben auslöschen und damit ihr Wissen um die Nacht, in der die Forggenmüllers gestorben waren; wollte sie an einem Ort haben, wo er ihr etwas antun konnte, ohne Zeugen fürchten zu müssen. Ein Ort, wie geschaffen, einen Mord zu begehen: die Forggenruinen nach Einbruch der Nacht.

Sie begriff, dass sie dort nicht würde hingehen können, ohne zu sterben. Ging sie hingegen nicht, unterschrieb sie damit Toms Todesurteil. Oder? Tat sie das wirklich?

Tom stand ihr vor Augen, wie er die Hand auf die Schulter seines Großvaters legte, und der Greis seine darauf. *Du trägst dich doch nicht mit Heiratsgedanken, Opa?* Das war am Tag des Geburtstagsessens gewesen. Beide hatten gegrinst wie Schulbuben – und Isabel hatte die Liebe zwischen ihnen gespürt.

Wenn Gunther Radspieler Schimmels Auftraggeber war, würde er tatsächlich zulassen, dass der Mann seinen Enkelsohn umbrachte?

Sie schüttelte den Kopf, gab sich selbst die Antwort.

Matthias Schimmel bluffte. Er würde Tom nichts tun.

Es war keine restlose Gewissheit, die sie da im Stadtmauerhaus überkam, aber es genügte, um die restlichen Stunden der Nacht zu füllen und das zu tun, was noch blieb.

Sie hörte die Aufnahmen ihrer Tante zu Ende – Elisa erzählte vieles, was sie für den Moment nicht kümmern konnte, dann endlich auch das Entscheidende –, und das letzte Puzzlestück fiel an seinen Platz.

ELISA – Mai 1954

Elisa konnte die drohende Aufstauung als unsichtbaren Gast am Tisch sitzen sehen. Sie hatten gemeinsam zu Abend gegessen. Vater, Mutter, Sybille und Elisa. Brotsuppe, dazu Rote Bete. Hinterher saß die Familie noch in der Küche beisammen. Elisa kippelte auf ihrem Stuhl, und es überkam sie eine unheimliche Sehnsucht nach Quirin. Manchmal war das so. Dann schlich sie nach dem Zubettgehen fort und warf Steinchen an das Fenster über der Wirtsstube, hinter dem Quirin und Michael schliefen.

»Gute Nacht.« Die Töchter gaben ihrem Vater, rechts und links, jede einen Kuss auf die kratzigen Wangen.

»Nacht, meine Mädchen.« Er tätschelte ihnen abwesend die Hand.

Oben wartete Elisa auf die Mutter, die kam, ihnen beiden über die Stirn strich und einen Kuss gab. Danach lauschte sie auf Sybilles Atemzüge.

»Bille?«

Nichts.

»Sybille, bist du noch wach?«

Stille.

»Sag mal *piep*.«

Wieder nichts. Elisa wusste, dass ihre Schwester sie so oder so nicht verraten hätte, aber ihr war lieber, wenn der nächtliche Ausflug ihr Geheimnis blieb. Falls Michael drüben etwas mitbekommen sollte, würde Sybille ohnehin davon erfahren.

Sie kletterte über den Balkon vor ihrem Zimmer und

war draußen an der frischen Luft. Die Sterne funkelten am Himmel über Forggen, und Elisa bekam gleich noch größere Sehnsucht nach Quirin.

In der Schankstube der Radspielers brannte Licht. Das Wirtshaus hatte schon vor Monaten geschlossen, daher vermutete sie den Forggenwirt mit einer Flasche Weinbrand am Tresen. Sie näherte sich auf Zehenspitzen, wollte sich nur kurz vergewissern, dass ihn das Werfen ihrer Steinchen nicht aufschrecken würde.

Der Blick durch die Scheibe überraschte Elisa. Gunther Radspieler war nicht allein. Ein anderer Mann war bei ihm – ein Mann, den sie kannte. Ihre Mutter hatte ihm Wasser über den Kopf geschüttet. Der Direktor der BAWAG. Sie waren in ein lebhaftes Gespräch vertieft, das erkannte sie an den ausladenden Gesten, dem heftigen Kopfschütteln und Nicken. Weshalb wusste sie nichts davon, dass der Direktor in Forggen war? Keiner aus ihrer Familie wusste davon. Elisa wurde misstrauisch. Die letzten Male hatten ihre Eltern und Gunther Radspieler den Direktor immer nur gemeinsam getroffen.

Sie verließ ihren günstigen Sichtposten am Fenster, trat unschlüssig von einem Bein aufs andere, dann schob sie sich leise in den Vorraum der Wirtsstube. Dort konnte sie die Männer zwar nicht mehr sehen, dafür aber hören.

»Das ist viel Geld, Radspieler. Ein Koffer voller Scheine und – das ganz im Vertrauen – mehr, als irgendein anderer aus Forggen für Haus und Grund bekommen hat.«

»Das ist Bestechung«, brummte Gunther Radspieler.

»Nennen Sie es, wie Sie wollen. Behalten Sie das Geld oder, meinetwegen, teilen Sie es. Hauptsache, Sie sorgen mir endlich für die Räumung von Wirtshaus und Mühle.«

Der Forggenwirt versprach es.

Elisa verlor kein Wort über ihre Beobachtung. Eine ganze Woche lang nicht. Stattdessen wartete sie darauf, dass Quirins Vater mit dem Geldkoffer bei ihnen vor der Tür stehen würde. Sie wusste ja, der Kampf um Forggen war längst vernichtend geschlagen, und hielt es daher für vernünftig, wenigstens viel Geld dabei herauszuschinden. Aber der Forggenwirt kam nicht. Sie entfernte sich kaum noch vom Haus, um seinen Auftritt nicht zu verpassen. Dennoch, er kam einfach nicht.

Sieben Tage später verschwand sie nach dem Zubettgehen wiederum aus ihrem Zimmer. Erneut brannte Licht in der Wirtsstube, doch dieses Mal war der Forggenwirt allein. Sie ging zu ihm hinein.

»Nachbars Tochter.« Er nahm ihr Erscheinen ohne sichtbare Regung zur Kenntnis. »Es ist spät. Hast du mal auf die Uhr gesehen?«

Elisa schüttelte den Kopf, und er lachte, was irgendwie nach verkratzter Schallplatte klang.

»Auch einen?« Er hob den Zeigefinger vom Glas, das er in der Hand hielt, und tippte es an. Eine Welle rollte durch die schimmernde Flüssigkeit darin.

»Darf ich das haben?«, fragte sie anstatt einer Antwort und deutete auf das Coca-Cola-Plakat mit dem glücklichen Pärchen, weil sie nicht wusste, wie sie ihn auf den Direktor und das Geld ansprechen sollte. »Jetzt wird's ja eh nicht mehr gebraucht.«

Er nickte, dann schwieg er Elisa für mehrere Minuten an, ohne auch nur zu fragen, was sie zu nachtschlafender Zeit, bekleidet nur mit Nachthemd und Umschlagtuch, in der einsamen Gaststube wollte. Seine Wortlosigkeit wurde ihr zunehmend unheimlich.

»Ich weiß, dass der Direktor da war. Bei Ihnen.« Weil sie die Stille nicht ertrug, ließ sie schließlich einfach alles aus sich heraussprudeln, was sie gesehen und gehört hatte. »Er hat Ihnen Geld gegeben, und Sie wollen es für sich allein. Sie hintergehen meine Familie und …« Ihre Unterlippe zitterte. »Sie sind ein schmutziger Verräter!« Elisa hatte eine ganze Woche gehabt, sich in die Geschichte hineinzusteigern. Je länger sie redete, desto grimmiger wurde sein Gesicht.

»Nicht mit mir.« Das waren seine Worte.

Obwohl Elisa in der Nähe der Tür stand und er am Tresen lehnte, braucht er später in ihrer Erinnerung nur einen einzigen langen Schritt, um bei ihr zu sein. Er packt sie bei den Oberarmen, so dass sie die Hitze seiner Hände durch das Nachthemd spürt, und stößt sie zu Boden. Während seine Söhne ein Stockwerk höher schlafen, vergewaltigt er sie.

»Du verlierst kein Wort darüber.« Hinterher schloss er seine Hose und drohte ihr ganz nebenbei mit den übelsten Dingen, sollte sie irgendjemandem etwas davon verraten. »Geh jetzt, geh heim.«

Außer Sybille erzählte sie es niemandem. Es waren nicht so sehr die Drohungen des Forggenwirts, die sie einschüchterten. Sie schämte sich einfach viel zu sehr, um ihren Eltern mit einer solchen Wahrheit unter die Augen zu treten. Für eine Weile lebte sie damit, als wäre diese Vergewaltigung etwas gewesen, das einem mit Pech widerfährt; wie ein Blitzschlag im Gewitter oder ein böser Sturz auf der Treppe. Etwas, das in den Händen einer höheren Macht liegt. Bis ihr klar wurde, dass sie ein Kind erwartete. Da zerbrach der Teil in ihr, der zuvor heil geblieben war.

ISABEL

Ich brachte einen Sohn zur Welt und nannte ihn Quirin. Er hatte eine dicke pummelige Babyfalte im Nacken und kaum Haare auf dem Kopf. Seine Augen waren braun, gleich von Anfang an.

Ich wollte ihn meinen Eltern zeigen und seiner Tante. Gott, wie sehr wollte ich ihnen meinen Sohn zeigen.

Der Forggenwirt fungierte zu der Zeit vorübergehend als mein Vormund. In Absprache mit der Leitung des Mutter-Kind-Heims, in dem man mich untergebracht hatte, nahmen sie mir den kleinen Quirin fort. Man gab ihn ohne meine Einwilligung, entgegen meinem ausdrücklichen Wunsch, zur Adoption frei. Damals war es leichter als heute, einer minderjährigen ledigen Mutter das Kind zu entziehen. Es war der schrecklichste Tag meines Lebens, kleine Raupe. Ein Tag, wie ich ihn keinem lebendigen Wesen wünsche.

Der Forggenwirt überstellte mich staatlicher Obhut. Ich habe nie erfahren, wie genau er alles gedreht hat, denn man sagte mir kaum etwas. Ich war allein und hatte niemanden, der hinter mir stand. Keinen, der mich vor menschlicher Willkür schützen konnte.

Du denkst an deinen Onkel, nicht wahr? Man erlaubte uns kein einziges Treffen, nachdem ich in das Mutter-Kind-Heim gebracht worden war. Er hat ihn nie gesehen, den kleinen Quirin. Anders als ich durfte er das Kind, das vielleicht sein Sohn war – sein einziges Kind –, nie im Arm halten.

Die Fürsorge entschied über meinen Kopf, mich im tiefsten Baden-Württemberg eine Lehre zur Näherin machen zu lassen. Ich konnte mich damals nur an eines klammern: an den Plan, meinen Sohn zu suchen und ihn mir zurückzuholen. Doch es sollten Jahre vergehen, bis ich erstmals die finanziellen Mittel hatte, eine Detektei zu engagieren. Da war ich schon zurück am Forggensee und mit Quirin verheiratet, der auf mich gewartet hatte. Felsenfest in seiner Überzeugung, dass ich zu ihm zurückkommen würde, dürfte ich nur erst meine eigenen Entscheidungen treffen.

Ich habe ihm die Vergewaltigung immer nur angedeutet, aber er kennt mich gut, so gut. Er verstand, ohne dass ich es aus-

sprechen musste, was mir widerfahren war – und damit auch, dass mein Sohn möglicherweise nicht seiner war. Ich schätze, er glaubt bis heute, sein Bruder Michael hätte mir das angetan. Es war feige von mir, das nie richtigzustellen. Aber dafür hätte ich Worte in den Mund nehmen müssen, um die ich zeitlebens einen großen Bogen gemacht habe. Ich ging den Weg des geringeren Widerstands und rührte nicht an alten Wunden.

Dass ich nie wieder schwanger wurde, machte es nicht leichter für uns. Quirin hat sich nicht untersuchen lassen, doch uns beiden war die wachsende Wahrscheinlichkeit immer bewusst.

Als die Detektei nach vielen Jahren die Spur meines kleinen Quirin fand, lebte mein Sohn schon nicht mehr. Richard, so tauften ihn seine Adoptiveltern, Richard Apfel. Verheiratet mit Julia, Vater von Isabel, gestorben am 9. Juni 1991 bei einem Zugunglück zwischen Düsseldorf und Hannover.

Wir holten dich zu uns, sobald wir es wussten.

Ich wollte es dir immer und nie sagen, kleine Raupe. Quirin und ich sprachen zu der Zeit praktisch nicht mehr über die Vergangenheit; über den Verlust unserer Heimat; das traumatische Verschwinden meiner Familie; über die Gewalt, die er durch seinen Vater erfahren hatte, und die Vergewaltigung, die nur angedeutet zwischen uns hing. Auch nicht über den Verlust von Michael, unserem Bruder und Freund, der zu einer Kreatur des Forggenwirts geworden war, ohne dass wir jemals recht verstanden, wann und wo.

Deshalb habe ich diese Bänder über Jahre für dich aufgenommen. Immer dachte ich, mir bliebe dafür eine Menge Zeit. Bis die Krankheit kam. Danach nutzte ich jede Stunde, die ich für mich hatte. Damit du meine Geschichte erfährst und, wenigstens in meiner Erinnerung, den Menschen begegnest, die deine Familie waren. Sie hätten dich geliebt, Isabel, wenn sie dich noch hätten kennenlernen dürfen.

Verzeih mir, dass ich schwach war und dich nicht in den Arm nehmen konnte, während du die Kassetten gehört hast. In meiner Vorstellung habe ich das viele Male getan. Dich gehalten und gewiegt, mit dir über Kinderstreiche gelacht und oft auch geweint.

Dir muss der Kopf platzen, kleine Raupe, von all dem. Meiner tut es. Ich werde hier noch ein Weilchen auf deinen Onkel warten. Später setzen wir uns in den Garten und halten die Zeit an. Wir halten die Zeit an, Isabel Radspieler, um uns gemeinsam über das größte Glück zu freuen, das uns im Leben gewährt wurde: Dich.

Isabel weinte.

Quirin hatte ihnen die Wahrheit schon an dem Tag gestanden, an dem Michael gestorben war. Die Wahrheit, an die er glaubte: Dass sein Bruder Elisa vergewaltigt hatte.

Da hatte Isabel es noch nicht begreifen können. Hatte sich um Tom kümmern müssen und wollen, und ihr war kein Raum zum Nachdenken geblieben.

Jetzt weinte sie, weil sie zum ersten Mal die Wahrheit an sich heranließ. Gunther Radspieler hatte sich an der Nachbarstochter vergangen.

Tante Elisa war ihre Großmutter.

Die Forggenmüllers waren ihre Familie.

Vielleicht, nur vielleicht, hatte sie das schon lange gewusst.

39

Herr, erbarme dich

ISABEL – Dezember 2016

Irgendwann döste Isabel für eine halbe Stunde ein, bis Toms Wecker durch das Haus schrillte. Er klingelte unverdrossen jeden Morgen, dabei hatte Tom sich nach dem Tod seines Vaters von der Arbeit beurlauben lassen.

Tom. Ihr sank das Herz auf Grund. War es richtig, was sie vergangene Nacht beschlossen hatte? Konnte der Plan aufgehen, oder lag sie entsetzlich verkehrt mit dem, was sie über den Forggenwirt annahm? Sie war so unsicher; eine Schlittschuhläuferin, die mit den Kufen zum allerersten Mal auf Eis steht. Ihre nächtens gewonnene Überzeugung, das einzig Mögliche und Richtige zu tun, hatte sich verflüchtigt. Immer wieder sah sie zu ihrem Handy hin und wählte in Gedanken den Notruf der Polizei.

Keine Polizei, kein Wort zu niemandem, das brauche ich dir nicht zu sagen, sonst ist er tot. Du weißt, ich habe dich im Auge. Und, Isabel … ich hätte wirklich nicht erwartet, so sehr auf ihn einstechen zu wollen.

Sie hatte nur einen kleinen Teil ihrer Kleider bei Tom deponiert. Da sie auf keinen Fall nach draußen gehen wollte, ehe es losging – sie fürchtete, Schimmel könnte ihr auflauern; fürchtete allerdings fast genauso, er könnte einfach ins Stadtmauerhaus einsteigen, um ihr etwas anzutun –, zog sie ihre dunklen Jeans und ihre Lieblingsbluse an. Darüber ihre Winterjacke. *Sonst ist er tot.*

In der Kirche würde es kalt sein.

Beim Tritt vor die Tür setzt man sich mannigfacher Gefahr aus. Häufigen Gefahren genau wie unwahrscheinlichen und absurden, die allerdings genauso zum Tod führen können: dem Tod im Straßenverkehr; unter ein kippendes Regal im Supermarkt zu geraten, unter Putzlappen, Schwämme und Scheuermilch; dem Kontakt mit Tollwut beim Waldspaziergang oder dem freundlichen Amokläufer von nebenan vor die Flinte zu laufen, einer sonst stets höflichen und zurückhaltenden Person. Isabel sprach in Gedanken mit sich selbst und stellte fest, dass die Sache eine ganz andere war, wenn die Bedrohung einen Namen hatte – und einen geliebten Menschen in der Gewalt.

Matthias Schimmel.

Sie fürchtete ernstlich, über all dem wieder verrückt zu werden. Sie zählte im Kopf noch einige weitere unwahrscheinliche Todesarten auf, bis sie Toms Auto an der Straße vor Quirins Haus parkte.

Lange Jahre hatte sie die Welt mit den Augen ihrer sozialen Phobie gesehen; nun sah Isabel die Welt mit den Augen der Todesangst um Tom. Sie fragte sich kurz, ob der Onkel daheim war – ob er sich wohl überwinden würde hinüberzugehen, wenn die Glocken läuteten. Ein kalter Windstoß traf sie, als sie das Eisentor zum Kirchhof aufdrückte. Es quietschte in den Angeln. Von drinnen hörte sie Orgelspiel, es setzte ein und brach wieder ab. Das Tempo steigerte sich von Mal zu Mal. Vielleicht übte der Organist für die Bestattung. Isabel hörte Kinderstimmen aus der Sakristei; die Ministranten bereiteten sich vor. Sie folgte den Stimmen und klopfte an die Tür der Sakristei.

»Ich möchte bitte zum Pfarrer«, sagte sie zu einem hochaufgeschossenen Buben.

»Herr Pfarrer!«, rief der Junge in den Raum hinein. »Da will eine Dame mit Ihnen reden.«

»Sie sind Isabel, nicht wahr?« Der Geistliche war gleich

darauf zur Stelle und drückte ihr die Hand. Es war derselbe, bei dem Isabel zur Firmung gegangen war, der Tante Elisa und erst kürzlich Berta Scharnitzer beerdigt hatte. Er gehörte zur Waltenhofener Kirche wie das Weihwasserbecken, das im Vorraum etwas schräg in den Stein gehauen war. Anders als viele Pfarreien, in denen die katholische Kirche wegen des herrschenden Priestermangels auf geweihte Pfarrer aus Afrika oder Indien zurückgriff, hielten die Schwangauer seit Jahrzehnten auf ihren Sepp Hinterrock.

»Ja. Die Nichte des Verstorbenen.« Ihr Gesicht war heiß.

»Mein Beileid.«

»Danke. Kann ich Sie kurz unter vier Augen …?«

»Natürlich.« Er führte sie einige Schritte weg von der Sakristei, vor ein Bildnis des heiligen Andreas. »Was kann ich für Sie tun?«

»Es geht um Tom, Thomas Radspieler. Er wurde heute Morgen mit einer Blinddarmentzündung ins Krankenhaus eingeliefert und wird gerade operiert.« Konnte er sehen, dass sie log? Sie war fast sicher.

»Das ist furchtbar.« Sepp Hinterrock rieb sich die knollige Nase. »So kurz vor der Beerdigung, und das einzige Kind des Verstorbenen liegt auf dem OP-Tisch.«

»Die Beerdigung soll trotzdem stattfinden. Das hat Tom sich gewünscht und mich gebeten, seinen Platz während der Zeremonie einzunehmen. Sein Großvater weiß noch nichts.«

»Ein schwerer Schlag für einen zeitlebens so tapferen Mann. Dass das eigene Kind vor einem gehen muss, das wünscht man keinem.«

»Bitte sagen Sie ihm nichts von Toms Operation. Ich werde es ihm selbst schonend beibringen, dass sein Enkel nicht zugegen sein wird.«

Isabel schob sich in eine der hintersten Kirchenbänke. Die Chorempore darüber machte die enorme Höhe des Kirchenschiffs etwas weniger furchteinflößend. Vorne beim Altar stand jetzt der Sarg mit wuchtigem Blumenschmuck. Das Bestattungsunternehmen hatte ihn kurz nach ihrer Unterredung mit dem Pfarrer in die Kirche gebracht. Zwei herabhängende Lampen spendeten Dämmerlicht. Sie drückte Toms Rucksack fest an die Brust und verharrte mucksmäuschenstill, während die Kirche sich füllte.

Isabel erkannte Politprominenz, frühere Weggefährten Michael Radspielers, viele alteingesessene Schwangauer und Vorstandsfreunde, auch die Lokalpresse. Sicher weit über hundert Menschen und dennoch überschaubar für das, was Michael Radspieler sich wohl gewünscht hätte – oder sein Vater? Gunther Radspieler kam im schwarzen Anzug mit Schneiderkante, handgefertigt, ohne Zweifel. Über den dürren Schultern hing ein grauer Wollmantel. Er saß zusammengesunken im Rollstuhl, der viel zu groß schien für den uralten Mann. Isabel fühlte sich an die winzige Maximiliane Kohlmeier und die roten Krücken erinnert, während Frau Baierle ihren Patienten bis ganz nach vorne schob.

Das Handy im Rucksack vibrierte. Es war in der kleinen Vordertasche verstaut. Sie zog es sofort heraus, während Gunther Radspieler unentwegt den Sarg anstarrte. Die Nachricht kam von Unbekannt, es waren drei Worte:

Lass es bleiben

Matthias Schimmel konnte nicht wissen, was sie vorhatte. Nicht genau zumindest. Anscheinend reichte ihre Anwesenheit in der Kirche aus, ihn nervös werden zu lassen – oder vielmehr den alten Mann, der sich eben vom Pfarrer die Hand schütteln und das Beileid aussprechen ließ?

Kurz hob Sepp Hinterrock den Kopf, als hielte er nach jemandem Ausschau. Isabel machte sich klein, so klein sie konnte. *Bitte sag ihm nichts.*

Der Trauergottesdienst begann mit dem Läuten der Glocken und den ersten Klängen der Kirchenorgel. Michael Radspielers Sarg wurde mit Weihwasser besprengt. *Mit Jesus Christus bist du durch die Taufe verbunden. Mit ihm bist du gestorben. Mit ihm wirst du leben.* Pfarrer Hinterrock begrüßte die Trauergemeinde, und Isabel hörte die Schriftlesung und die Kyrie-Rufe.

Herr erbarme dich

Die Bankreihe, in der sie saß, war bis auf zwei ältere Männer leer geblieben. Einer hatte eine dicke Brille auf der Nase, der andere trug ein gut sichtbares Hörgerät. Viele Beerdigungsgäste standen einfach, als wollten sie den Pfarrer damit anspornen, sich mit dem Gottesdienst zu beeilen. Wenn Isabel sich unangenehm weit zu dem Mann mit dem Hörgerät beugte, konnte sie Gunther Radspielers spärliche Locken erkennen.

Christus erbarme dich

Einmal drehte der Greis den Kopf, als suche er etwas. Jemanden? Sofort beugte Frau Baierle sich beflissen zu ihm hinunter.

Herr erbarme dich

Isabel wartete die Anrufungen ab, ehe sie nach vorne ging. Der Pfarrer nickte ihr aufmunternd zu. »Die Nichte des Verstorbenen wird jetzt einige Worte an uns richten.« Er verlor kein Wort über Tom. Vielleicht, um die Trauergemeinde nicht zu beunruhigen.

Sie war an der Reihe.

Die Sozialphobie hielt sich neben ihr und schnürte ihr kalt lächelnd den Magen ab, Stück um Stück. Alle starrten sie an.

Der Weg durchs Kirchenschiff zog sich endlos. (Weshalb hatte sie sich nicht gleich sehr viel weiter vorne hingesetzt? Gunther Radspieler wusste doch sicher ohnehin, dass sie da war.)

»Immer dicht am Mikrofon sprechen«, erklärte ihr der Pfarrer leise und deutete zur unter dem Altartuch verborgenen Steckdosenleiste, weil er annahm, dass sie außerdem eine kurze Aufnahme von Tom abspielen würde – unter Schmerzen noch vor der Operation aufgenommen, um sich vom Vater zu verabschieden.

Der Blick des alten Radspielers saugte sich an ihr fest wie ein Scheibenputzerfisch am Glas des Aquariums.

Die Hände zitterten ihr, als hielte jemand Unsichtbares sie am Handgelenk fest und rüttle unentwegt daran. Ihr Herz raste, und ihre Gedanken drohten mehrfach, den roten Faden zu verlieren, weil ihr die Blicke der Kirchengemeinde wie Knüppel im Rücken waren. Trotzdem gelang es ihr, den Kassettenrekorder aus dem Rucksack zu holen und den Stecker in die Dose unter dem Altar zu stöpseln. Sie hatte schon im Stadtmauerhaus zur richtigen Stelle gespult. Nur ein Tastendruck entfernte die Trauergemeinde von der Wahrheit.

Isabel positionierte den Rekorder auf dem Rednerpult, direkt vor dem Mikrofon. Dann hob sie das Gesicht den Leuten entgegen und stellte sich den Blicken aus den Kirchenbänken. Einige wenige flüsterten miteinander; die Mehrheit schwieg gespannt.

»Michael Radspieler hat, ehe er starb, seinem Sohn Tom diese Aufnahme zugespielt, von der Sie alle Kenntnis haben sollen. Es ist meine Tante Elisa Radspieler, die Sie gleich über Michaels Vater werden sprechen hören. Ich glaube, der Verstorbene hätte gewollt, dass die Wahrheit hier und heute ans Licht kommt.« Sie stotterte nicht, unterbrach sich kein einziges Mal; redete einfach flüssig von dem, womit sie alles aufs Spiel setzte. Eine Karte für Toms Leben.

Bitte, Gott, lass es die richtige sein.

Die Soziophobie stand neben Isabel und applaudierte schmallippig, als sie auf *Play* drückte.

Ich warf Gunther Radspieler vor, meine Familie zu hintergehen, nannte ihn einen schmutzigen Verräter; ich hatte ja eine ganze Woche gehabt, mich in die Geschichte hineinzusteigern – und begriff nicht, dass ich zu weit ging. Weiter, als gut für mich war.

Je länger ich redete, desto grimmiger wurde sein Gesicht.

»Nicht mit mir.« Das waren seine Worte.

Obwohl ich in der Nähe der Tür stand und er am Tresen lehnte, braucht er in meiner Erinnerung nur einen einzigen langen Schritt, um bei mir zu sein. Er packte mich bei den Oberarmen, dass ich die Hitze seiner Hände durch das Nachthemd spürte, und stieß mich zu Boden. Ich erspare dir und mir die Vergewaltigung, Isabel. Denn das ist es, was er getan hat.

Das Rumpeln eines Rollstuhls. Frau Baierle im schwarzen Bleistiftrock schob den Rollstuhl mit klackenden Absätzen aus der Kirche.

»Gunther Radspieler hat nicht nur meiner Tante Gewalt angetan. Er hat seine Söhne Michael und Quirin misshandelt, und er hat den Tod der Familie Forggenmüller in der Nacht auf den 2. Juli 1954 zu verantworten.« Isabel sprach laut. »Gunther Radspieler ist nicht der Held von Forggen. Er ist ein Mann, der Menschenleben auf dem Gewissen hat. Und es existieren mehrere Kassetten, die genau das beweisen.« Ihre Worte lösten einen Tumult aus. Alle sprachen durcheinander. Kameralicht fing den Rücken Frau Baierles ein, wie sie mit dem Mann im Rollstuhl flüchtete. War es Zufall, dass Isabel die Gestalt oben auf der Empore dennoch wahrnahm? Onkel Quirin stand dort im Schatten der Orgel – und selbst auf die Entfernung konnte sie sein hilfloses

Weinen sehen. Sie wollte zu ihm laufen und ihn trösten. Aber es war Toms Leben, das jetzt zählte.

*

Es gab wohl nicht sehr viele Orte, an die ein Mann in seinem Alter sich zurückziehen konnte. Nicht ohne Familie im Rücken. Er hatte zwar die Kirche verlassen, doch Isabel betete, ihn in seinem Zimmer in der Seniorenresidenz anzutreffen. Und so war es.

»Gut gespielt, kleines Mädchen.« Gunther Radspieler war allein. Frau Baierle war verschwunden. Im CD-Player lief Tanzmusik. »Ich hätte schon nach dem Besuch im Restaurant auf dich wetten sollen, aber ich bin einer, der Frauen anscheinend immer zu wenig zutraut.«

»Sie werden Tom nichts tun.«

»Das war schon bei meiner Magdalena so. Ich hätte ihr nie zugetraut, ihren Mann und ihre Söhne im Stich zu lassen. Hättest du das an ihrer Stelle getan, Isabel? Deine Familie einfach so zurückgelassen?«

»Tom ist Ihr Enkel. Sagen Sie Ihrem Handlanger, die Karten liegen auf dem Tisch. Er braucht ihn nicht länger festzuhalten.«

»Einfach im Stich gelassen«, sagte der alte Mann wieder.

»Sie haben das nie verwunden, oder?« Isabel erkannte, dass Radspieler bestimmen würde, worüber sie sprachen. Es blieb ihr keine Wahl. »Sie haben nie verwunden, dass Magdalena sich umgebracht hat?«

»Sie war nicht die Einzige, der man Gewalt antat. Nicht während des Krieges und nicht nach dem Krieg. Ich habe meine Frau bewundert, weißt du. Sie war so schön, meine Magdalena, durchdrungen von Energie und Ehrgeiz. Ihre Lebenskraft hat mich angetrieben. Leider nicht zu den Höhenflügen, die sie sich von mir gewünscht hat.«

»Was meinen Sie?«

»Ihr waren die Gäste zu wenig, die bei uns einkehrten; sie wünschte sich das ganze Jahr über ein volles Haus. Genauso war ihr nicht recht, wie ich mit ihnen umging. Ich sollte leutseliger sein, strebsamer und angesehener. Magdalena wollte einen erfolgreichen Mann, einen, dessen Namen die Leute kennen und mit Respekt aussprechen. Den habe ich ihr gegeben, verstehst du? Ich bin der Mann geworden, den sie sich erträumt hat. Mehr noch. Nur, dass sie nichts davon miterleben durfte.« Der umgedrehte Hufeisenmund des alten Mannes wurde länger. »Jeder sieht, was du scheinst. Nur wenige fühlen, wie du bist. Machiavelli, Mädchen. So habe ich es gehalten.«

»Sie wollen sagen, *das* war Ihre Motivation?« Isabels Augen huschten über die gerahmten Zeitungsartikel, mit denen die Wände gepflastert waren. Alle hatten sie Gunther Radspieler oder seinen Sohn Michael zum Thema. »Sie haben meine Tante vergewaltigt ...«

»Und mir dabei vorgestellt, sie wäre meine Frau. Ein Moment der Schwäche nach langen Jahren der Einsamkeit.«

»Sie haben den Tod der Forggenmüllers verursacht. Sie haben Ihre Söhne misshandelt, eine junge Frau vergewaltigt und Michael womöglich sogar zum Mord an der eigenen Frau angestiftet.«

»Sprechen Sie nicht von Michael.« Radspieler spuckte aus. Der Speichel traf sein eigenes Knie. »Er hat mich im Stich gelassen, genau wie seine Mutter.«

»Er hat sein Leben lang alles für Sie gegeben.« Die Herzlosigkeit, mit der der Forggenwirt über seinen toten Sohn sprach, ließ die Temperatur im Zimmer fallen.

»Willst du das länger fortführen? Dann würde ich gerne eine Servicekraft rufen, die es mir im Bett bequem macht. Vielleicht ein Dessert kommen lassen.«

»Lassen Sie Tom gehen.«

»Tom?«

»Tom. Lassen Sie ihn frei.«

»Ich habe ihn nicht unter dem Bett versteckt. Du kannst gerne nachsehen.«

»Sie elender alter ...« Isabels Herz war ein Läufer beim Spurt, dem die Beine kurz vor dem Ziel zu versagen drohen.

Es klopfte.

Einmal lang.

Dreimal lang.

Zweimal lang.

»Das Morsealphabet«, lächelte der alte Forggenwirt. »Da kommt ja der Junge.«

»Tom!«

Er stolperte ins Zimmer; blass, der Bart vielleicht einen Tick länger als auf dem Video vom Vorabend. Der eingetrocknete Fleck auf seiner Wange war noch da und sah noch immer aus wie Blut. Hinter seinen Augen flackerten Irrlichter.

Erst rührte er sich nicht, starrte seinen Großvater bloß an. Dann machte er einen Satz, bewegte sich unerwartet und schnell. »Du wolltest Isabel von Matthias Schimmel umbringen lassen? Wirklich?« Er umspannte die Schultern des alten Mannes mit den Händen. Vogelknochen zwischen den Pranken eines Bären. »Und mich hätte er wohl anschließend beseitigt?«

»Nein!« Isabel wünschte, er möge den Alten loslassen und sich bloß einmal zu ihr umdrehen. Sie kurz in den Arm nehmen. Ihren Kopf an seine Brust halten, wenigstens für Augenblicke. »Dein Großvater liebt dich. Wahrscheinlich mehr, als er seit seiner Frau irgendjemanden geliebt hat.«

Tom wich von dem Mann im Rollstuhl zurück, als wäre die bloße Berührung Gift. Sonst zeigte er mit keiner Regung, dass er ihr zugehört und sie verstanden hatte.

»Es kommt der Punkt, wenn das Wasser die Mauern der Häuser umspült, an dem man sich geschlagen geben muss. Versteht ihr? Magdalenas Tod hat mehr aus mir gemacht, als ich sonst jemals hätte werden können. Ich habe das BAWAG-Geld genommen und bin auf den Recyclingzug gesprungen, als der noch in den Kinderschuhen steckte. Ich wurde Firmengründer und Geschäftsmann. Ein hochangesehenes Mitglied der Gesellschaft. Genau wie mein Sohn.«

»Landrat, Bundestagsmitglied und Selbstmörder«, sagte Tom.

Radspielers Gesicht verzog sich, als hätte er etwas Bitteres gegessen. »In diesem Zimmer gibt es Unterlagen. Belastende Dokumente, mit denen ihr Matthias Schimmel ans Messer liefern könnt. Ich habe seine Dienste des Öfteren in Anspruch genommen.«

»Sie können sich nicht freikaufen.«

»Ach, Mädchen, wo denkst du hin? Hast du mir gerade nicht zugehört?« Der Alte griff mit knochigen Fingern in die Tasche seines Anzugs und holte ein rundes Döschen, nicht viel größer als eine Walnuss, hervor. »Es reut mich, dass mein Ruf für die Nachwelt zerstört ist. Ich hätte mir das Ende zufriedenstellender gewünscht. Andererseits ... Mein älterer Sohn ist tot, der jüngere Sohn wird kein Wort mit mir wechseln, selbst wenn ich zweihundert Jahre alt würde – und mein Enkel zeigt deutlich kein Interesse am Imperium, das ich aufgebaut habe.«

»Es gibt auch mich.« Isabel wollte das gar nicht sagen, es widerstrebte ihr so heftig, dass sie praktisch keine Empfindung dafür hatte; keine, die sie hätte in Worte kleiden können. Aber die Möglichkeit blieb bestehen. *Wahrscheinlichkeiten*, davon hatte Elisa gesprochen. »Haben Sie jemals darüber nachgedacht, dass ich Ihre Enkelin sein könnte?«

»Das bist du nicht.« Radspieler öffnete die Dose. Zwei

ovale Kapseln lagen darin. Graue Eier in einer Walnuss. »Die hat mir Michael besorgt. Ich wollte nie elend vor mich hinsterben, den Zeitpunkt meines Abgangs selbst bestimmen. Da sind uns andere Länder in der Sterbehilfe weit voraus, findet ihr nicht?« Er hielt die Kapseln mit Spinnenfingern gegen das Licht der Deckenlampe. »Fünfzehn Gramm ... Ich wünschte, man könnte die Flüssigkeit darin sehen. Ich wünschte, sie hätte die Farbe von gutem Weinbrand. Wenn nur mein Junior nicht so dumm gewesen wäre, das Zeug selbst ...«

»Du wirst das nicht schlucken.« Tom sprach dumpf, als käme seine Stimme aus einem Grab. Aus einem Grab wie jenem, in dem man Michael Radspieler inzwischen wohl beerdigt hatte.

Isabel ging langsam auf ihn zu, als nähere sie sich einer scheuen Wildkatze. Sie fasste seine Hände mit ihren. »Was willst du machen, Tom? Soll man ihn ins Gefängnis sperren, samt seinen Windeln und der Pflegerin?«

»Tststs«, schnaufte der Greis, und ein Hauch von Farbe legte sich über seine wächsernen Züge. »Das mit den Windeln hat mich jetzt getroffen, Mädchen.«

»Er stiehlt sich jedenfalls nicht davon wie ein Dieb. Lass meine Hände los, Isabel. Wir rufen die Polizei. Ich sage dir, wenn du zulässt, dass er das schluckt ... Isabel, verdammt!« Er löste sich mit einem heftigen Ruck.

Der alte Radspieler hatte den Mund offen und die Tabletten auf der Zunge. »Wo ich hingehe, gibt es keine Gerichtssäle, Tom. Das mag feige sein, aber im Grunde meines Herzens war ich immer ein Feigling, der sich für deine Großmutter zum reißenden Rudelführer aufgeplustert hat. Wer weiß, vielleicht wartet Magdalena irgendwo in der Unendlichkeit auf mich.«

»Nicht, Großvater!« Tom riss dem alten Mann den Mund

auf, doch die Tabletten waren verschwunden. »Ruf einen Arzt, Isabel!«

»Drei bis vier Minuten. Dann tritt ein tiefes Koma ein.« Der Forggenwirt gluckste zufrieden. »Da hilft kein Arzt der Welt mehr.«

»Lauf, Isabel, und hol einen Arzt.«

»Er hat recht, Tom. Es ist zu spät.«

»Bitte. Wie du willst.« Tom ging zur Tür, ohne noch einen Blick an den alten Mann zu verschwenden. »Das verzeihe ich dir nicht, Isi. Dass du einverstanden bist, ihn davonkommen zu lassen, das ... das verzeihe ich dir niemals.«

»Bleib da, Junge.« Zum ersten Mal klang Panik in der Stimme des Alten.

»Und ob ich gehe, Großvater. Ich halte einem Mörder beim Sterben nicht die Hand. Wenn du jetzt stirbst, dann stirb mit aller Verachtung, die ein Mensch für einen anderen übrighaben kann.« Er knallte die Tür ins Schloss.

Die CD mit der Tanzmusik war zu Ende. Isabel hörte Tom vor der Tür mit einer Frau sprechen, wahrscheinlich Frau Baierle. Anscheinend verriet er ihr nichts von den Vorgängen, denn niemand stürmte hektisch ins Zimmer. Isabel blieb mit dem Todgeweihten allein.

»Du möchtest mir wohl auch nicht die Hand hal...ten? Verstehe ... schon. Bestell Quirin Grüße. Er hätte sich mal bes...ser ei...nen anderen Vater aus...ge...sucht.« Radspieler sprach jetzt erkennbar angestrengt.

Isabel entgegnete nichts; redete und rührte sich nicht. Aber sie ging auch nicht fort, bis Gunther Radspieler das Bewusstsein verlor und eine knappe Stunde später aufhörte zu atmen.

40

Schmetterling

ISABEL – Dezember 2016

»Dein Vater ist tot.« Isabel fand Quirin in ihrem Kinderzimmer, wo er auf dem Bett saß und so tat, als würde er nicht weinen.

»Es tut mir leid, Onkel Quirin. Alles.«

»Ist schon gut, kleine Raupe.« Er blinzelte unter Tränen zu ihr hin und streckte den Arm aus. »Ich habe mich schuldig gemacht. Deine Tante hätte erfahren müssen, was ich über ihren kleinen Sohn wusste. Sie hätte ihn noch kennengelernt, weißt du, wenn ich nur meinen Stolz überwunden und es ihr gesagt hätte.«

»Was hast du da?« Isabel berührte seinen ausgestreckten Arm. Quirin öffnete die Faust, und dort, auf seinem Handteller, lag ein durchsichtiges Tütchen. Jener rätselhafte Gegenstand in Plastikfolie, den sie erst kürzlich bei ihm gesehen hatte.

»Die braune Strähne ist von Elisa. Sie schenkte sie mir, als wir ein Paar wurden. Der feine Flaum dazwischen, das sind Haare vom Kopf ihres Babys. Eine Frau von der Fürsorge, die ein wenig Herz zeigte, hat sie ihr gegeben. Die weiße Locke ist meine. Wir hätten diesen Test schon vor langer Zeit machen sollen. Es war mein Fehler, ein schrecklicher Fehler, das nicht zuzulassen.«

»Onkel ...«

»Psst. Ich liebe dich, Isabel. Egal, wessen Kind dein Vater war. Egal, wie dumm ich lange Zeit gewesen bin. Allein, dass du Elisas Enkelin bist, reicht mir aus. Allein, dass du *du* bist.«

Isabel nahm Quirin in die Arme und staunte, wie weniger Worte es letztlich bedurfte, einer so schmerzlichen und komplizierten Sache den Beginn einer Heilung zu ermöglichen. Sie verstand jetzt, weshalb Elisa in ihrem Brief das Bild des Schmetterlings verwendet hatte. Die Suche nach dem Schicksal der verschwundenen Forggenmüllers war eine Reise zu den eigenen Wurzeln gewesen. Elisa hatte ihr die Familie gezeigt, von der Isabel geglaubt hatte, sie nicht zu haben.

Jetzt konnte sie fliegen.

41

Der dunkle Grund des Sees

In den späten Oktobertagen, wenn der Wasserstand des Sees stetig sinkt, steht sie frühmorgens am Ufer. Sie blickt hinaus auf das Wasser; und sie wartet. An der Innenseite ihres linken Handgelenks prangen die Initialen R & J, eingerahmt von einem herzförmigen Apfel.

Vereinzelt kommen Jogger und Hundebesitzer an ihr vorüber. Man sieht sie stutzen und sich für einen Moment fragen, was es wohl ist, das die Frau dort draußen so sehr fasziniert. Sie starrt mit einer Überzeugung auf den See, als leuchte ein neonfarbenes X auf dem Wasser, das nur sie allein sehen kann.

Bis die Sonnenstrahlen sich auf schwarzes Eisen legen und es wärmen. Viele kennen das Kreuz, die wenigsten seine Geschichte. Eingelassen in Stein steht es dort, wo einst ein Hügel inmitten sattgrüner Auen erwuchs; wo Barbara und Ernst Forggenmüller miteinander lachten; wo sie in späteren Jahren hinunter auf die Gräber ihrer Söhne blickten. Es markiert für alle Welt den Fundort der sterblichen Überreste von Sybille, Barbara und Ernst Forggenmüller. Im Frühjahr auf den Friedhof in Waltenhofen umgebettet, ruhen sie neben ihrer Tochter und Schwester; inzwischen auch neben dem Schwiegersohn und Schwager.

Jahr für Jahr, wenn das Wasser zurückgeht, kommt das Kreuz im See zum Vorschein. Erst die stilisierte Spitze, auf der sich an schönen Tagen die Morgensonne bricht, bald darauf die Plakette mit der Inschrift. Es ist ein Idyll, das Gänsehaut verursacht. Selbst jenen, die nicht wissen, was dort geschehen ist.

Für Forggen gelebt, im See geblieben,
im Tode vereint mit den Lieben.
Lasst uns beten hienieden,
für der Gestorbenen Frieden.

Dem Andenken der
Familie Forggenmüller gewidmet.

Ist das Kreuz erst vom Wasser freigegeben, sieht man die Frau durch Matsch und Morast zu ihm hinstreben. Sie trägt Gummistiefel, und ihre Augen sind braun. Ohne einen Klecks Grau, ohne einen grünen oder blauen Ring um die Iris. Einfach nur braun.

Sie legt Blumen nieder und hält Zwiesprache mit den Toten.

In manchem Jahr kommen sie zu zweit.

Nachwort

Ursprünglich als Kopfspeicher für die Wasserkraft und zur Hochwasserregulierung entstanden, erfreut sich der Forggensee heute von Juni bis Oktober größter Beliebtheit bei Badegästen, Erholungssuchenden und Anglern. In den übrigen Monaten, nach der Abstauung, zeigt der See ein anderes, ein faszinierendes Gesicht. Besucher können dann entlang der alten Römerstraße *Via Claudia* wandeln, die mitten durch den See führt. Jahr für Jahr erscheint auch die alte Brücke über dem Tiefen Tal, wo der heilige Magnus einst einen Drachen getötet haben soll. Auf der Illasberginsel sind die Reste eines Altars zu finden – und nicht zuletzt kann man durch das Seebett zu den Überresten Forggens wandern, wo ein Teil des alten Mühlengewölbes noch zu sehen ist. Der Weiler Forggen, der im Seenamen fortlebt, durfte sich im Roman zum Dorf auswachsen. Er bestand aus fünf Hausnummern, eine davon gehörte zur Mühle. Neben Forggen verschwanden im Zuge der Aufstauung auch bewohnte Gebäude in Deutenhausen und im Schwangauer Ortsteil Brunnen. Eine großartige Wildflusslandschaft musste dem künstlichen See weichen. 1952 einigten sich die Betroffenen im *Schwangauer Vertrag* mit der Bayerischen Wasserkraftwerke AG. Man kann nachvollziehen, dass viele Forggener dennoch nur mit Wehmut von der verlorenen Heimat sprachen und sprechen.

Von der Sozialen Phobie, unter der Isabel im Buch leidet, ist im Durchschnitt jeder Zehnte irgendwann im Leben betroffen. Das klingt viel für eine Erkrankung, die sich nicht besonders reißerisch im öffentlichen Bewusstsein etabliert hat. Dabei gehört sie zu den häufigsten psychischen Leiden. Je nach Ausprägung kann die Sozialphobie bis hin zu völliger Vereinsamung und sozialer Isolation führen. Weiterführende Informationen zu diesem Thema hält unter anderem der *Bundesverband der Selbsthilfe Soziale Phobie* bereit: www.vssp.de

Dank

Ich möchte mich bei jenen bedanken, die zur Entstehung dieses Buches beigetragen haben. Insbesondere sind das

- meine Lektorin Regine Weisbrod, für ihr außergewöhnliches Textgespür und ein Lektorat, das wieder außergewöhnlich viel Spaß gemacht hat.
- meine Lektorin beim Goldmann Verlag, Barbara Heinzius, die an dieses Buch geglaubt hat.
- das Team von Goldmann. Für das schöne Buch, das aus meinem Manuskript entstehen durfte.
- meine Familie und Freunde. Für das Hüten der Kinder, für Fachkompetenz beim Thema psychische Erkrankungen (Danke, Brüderchen!) und vieles mehr. Nicht zuletzt für das Äffchen.

Stefanie Kasper

stammt aus Peiting im Bayerischen Oberland und lebt mit ihrem Mann und ihren beiden Söhnen im Ostallgäu. Gleich mit ihrem ersten Roman, »Die Tochter der Seherin«, gelang ihr ein großer Erfolg, dem viele weitere folgten.

Mehr von Stefanie Kasper:

Die Tochter der Seherin. Roman
Als E-Book erhältlich.

Der Eid der Seherin. Roman
Als E-Book erhältlich

Das Bündnis der Jungfrauen. Roman
Als E-Book erhältlich

Das Haus der dunklen Träume. Roman
Auch als E-Book erhältlich

Das verlorene Dorf. Roman
Auch als E-Book erhältlich